LE
TRAITÉ DE FRANCFORT

GASTON MAY

PROFESSEUR A L'UNIVERSITÉ DE PARIS

LE

TRAITÉ DE FRANCFORT

ÉTUDE

D'HISTOIRE DIPLOMATIQUE ET DE DROIT INTERNATIONAL

Avec 3 cartes dans le texte

BERGER-LEVRAULT & CIE, ÉDITEURS

PARIS | NANCY
RUE DES BEAUX-ARTS, 5-7 | RUE DES GLACIS, 18

1909

INTRODUCTION

Ce livre est le développement d'une série de leçons professées à la Faculté de droit de l'Université de Paris dans la chaire d'histoire des traités, dont je suppléais le titulaire. C'est dire qu'en écrivant cette page d'histoire diplomatique je n'ai jamais abandonné le point de vue du juriste. J'ai voulu étudier dans leur succession et leur contenu juridique les divers actes diplomatiques destinés à consacrer les résultats de la guerre de 1870-1871 entre la France et l'Allemagne et à rétablir les relations pacifiques entre les deux pays. Le traité de Francfort est le document essentiel, la pièce centrale de cet ensemble. Mais il a été précédé et suivi d'autres conventions destinées à dégager, expliquer, compléter les stipulations de l'acte principal, à en régler les conséquences immédiates ou lointaines, prévues ou inattendues. Tout cela forme une masse où chaque partie trouve sa place, s'ordonne selon un plan qui, pour n'avoir pas été concerté, n'en forme pas moins un tout harmonique.

Le traité de Francfort n'a pas remis les choses en l'état où elles étaient avant 1870, il a créé des situations nouvelles. Il a enlevé à la France une partie de son territoire, et cette amputation a été grosse de conséquences de tout genre. Il a fallu entre autres, déterminer les effets du changement de souveraineté sur la nationalité des habitants des territoires cédés, trancher la question du partage de la dette publique, régler l'indemnité due à la Compagnie des chemins de fer dont le réseau d'exploitation était amoindri par l'annexion, remanier les circonscriptions diocésaines coupées par le tracé de la frontière nouvelle, liquider dans le plus minutieux détail les situations multiples, publiques ou privées, atteintes par le démembrement territorial et, comme on l'a dit, opérer le partage de l'indivision séculaire qui avait uni la France aux provinces qu'elle venait de perdre. Mais ce n'était pas tout. Le traité de Francfort n'imposait pas seulement à la France une diminution de territoire. Il l'assujettissait au paiement d'une indemnité de guerre. En quelles valeurs devait-elle être acquittée, dans quels délais, quelles garanties de paiement étaient assurées à l'État créancier?

A ces questions soulevées par les exigences de l'Allemagne victorieuse venaient s'en joindre d'autres, qui se posent habituellement à l'issue de toute guerre. Quel devait être le sort des conventions de toute nature qui liaient auparavant les États en conflit? Qu'allait devenir surtout le traité de commerce avec le *Zollverein?* Que décider des traités de navigation, de ceux pour la protection de la propriété artistique et littéraire, de ceux concernant l'extradition, l'exécution des jugements? Allait-on, conformément à une doctrine assez généralement répandue, poser en principe que toutes ces conventions, malgré leur caractère d'ordre économique, tombaient par l'effet de la guerre? Et si on l'admettait, quels étaient les accords qu'on rétablirait tels quels, quels étaient ceux qu'on allait modifier?

J'en ai dit assez pour montrer la variété, la complexité, la gravité des problèmes qui se posaient tous à la fois, exigeaient une solution prompte, des arrangements appropriés, des mesures concertées en vue de pourvoir à une situation toute nouvelle et de rétablir au plus tôt ces liens d'interdépendance, produits nécessaires de la vie moderne, que l'effort des générations antérieures avait noués pour le bien commun des deux nations et que la guerre avait brutalement tranchés.

Ce tableau en raccourci souligne, avec une précision suffisante pour l'instant, l'importance juridique des actes diplomatiques où les résultats du conflit franco-allemand se sont exprimés en forme de rapports contractuels. Mais ce n'est point assez, pour les confronter avec la réalité, de les examiner du point de vue du droit. Commenter des textes, les traiter non comme une matière vivante, mais comme un résidu sans couleur, sans forme, sans mouvement, ne saurait suffire à notre curiosité. Nous ne devions pas nous barrer l'horizon. Dans le domaine du droit international, les conventions ne peuvent rester isolées des circonstances ni des faits qui ont préparé, hâté, retardé, déterminé leur conclusion, ni de l'état d'âme des contractants, ni de l'atmosphère de passion et de lutte au milieu de laquelle ceux-ci ont discuté et qui fatalement a pesé sur eux.

Les hommes de ma génération ont été contemporains de ces événements. Ils nous ont atteints dans nos intérêts, nos affections familiales, nos ambitions patriotiques, nos rêves de prééminence, nos illusions de grandeur, notre foi dans l'avenir pacifique. Ces passions, nous les avons partagées; leur contre-coup s'est continué, leur écho douloureux s'est prolongé dans nos âmes. Nous avons vécu ces heures sombres; nous n'avons point à faire effort pour les rappeler à la lumière et les ressusciter dans leur tragique réalité. Pourtant l'histoire, qui ne s'arrête jamais, a continué à développer la série de ses tableaux mouvants. Un recul s'est produit, assez ample déjà, pour que, d'acteurs et de témoins, nous puissions tenter de nous ériger en juges. Nous sommes dès maintenant assez près et assez loin pour apprécier les faits dans leurs rapports de filiation avec le passé et avec l'avenir.

Il ne m'a donc point paru impossible d'envisager le traité de Francfort et son cortège de conventions annexes comme un sujet d'études qu'on pouvait aborder, sinon avec sérénité, du moins avec le détachement qui convient à ce genre de travaux. Je ne puis oublier que ces actes ont entamé le territoire national, fait déchoir la France de son rang politique passé, porté atteinte pour un temps à sa prospérité économique, tenté de la ruiner dans ses forces vives. Mais le souvenir de ces amertumes et de ces humiliations peut se concilier, j'espère l'avoir prouvé, avec le sang-froid scientifique. Aussi bien, cette impartialité, qui cherche la vérité et la dit, une fois trouvée, est-elle plus facile au juriste qu'à l'historien. Et c'est ce que j'ai voulu signifier dès les premiers mots de cette introduction, en indiquant l'origine du présent livre. Mon sujet est renfermé dans des bornes étroites.

Il n'est question, ici, ni des origines de la guerre
de 1870, ni des péripéties politiques ou diplomatiques au milieu desquelles elle s'est poursuivie
et terminée. Il ne s'agit pas de l'apprécier dans ses
causes lointaines ou récentes, mais de montrer
quels actes, quelles conventions internationales, quels
arrangements de toute nature y ont mis fin.

Rechercher si ces accords sont entachés dans leur
essence d'un vice originel de violence, s'ils sont caducs
parce qu'ils sont l'œuvre de la force, me paraît également hors de propos. Tant que la guerre sera considérée comme un état de droit entre deux pays, anormal,
il est vrai, mais légitime, exceptionnel et pourtant
régulier, prévu par le droit des gens, catalogué parmi
les modes juridiques de solution des conflits internationaux, il ne pourra être question de révoquer en
doute la validité d'un traité qui la termine. Le vaincu
qui a souscrit aux clauses qu'on lui impose par la force,
les a acceptées. Si dures que puissent être ces conditions, il les a voulues après délibération. Il a opté pour
un mal en vue d'en éviter un pire. Il est sorti d'une
situation qu'un droit encore à ses débuts estime légale,
par un acte qui n'est pas moins légal. Le contrat qu'il
a signé l'oblige. La sûreté des relations internationales
ne saurait exister sans cela.

Et il m'a paru encore plus inutile et vain d'inter-
roger l'avenir sur ses secrets, d'examiner si l'édifice
construit par les négociateurs de 1871 a des chances
de durée, si ses fondations sont désormais assurées,
si des vices intérieurs n'en amèneront point un jour
la ruine, si des lézardes ne se sont point déjà déclarées
dans le gros œuvre. J'ai voulu seulement établir les

*

plans sur lesquels il a été bâti, en retracer l'ordonnance consciente ou involontaire, en parcourir les diverses pièces, montrer comme elles se rejoignent et se commandent, et non si la destinée fera d'elles un établissement permanent et durable. Les actes conventionnels, les traités entre États ne sont, comme l'a dit si excellemment un maître historien, que la traduction aussi fidèle que possible des rapports existant entre les deux puissances à une époque donnée de leur histoire. Ils sont un des points de rencontre de la courbe que décrit chacune dans son évolution. C'est ce moment que j'ai observé, cette heure que j'ai voulu décrire.

Chose singulière : ni en France, sauf les rares écrivains que je vais citer, ni, ce qui est plus surprenant, en Allemagne, personne, à notre connaissance, ne s'est avisé qu'il y avait dans l'étude du traité de Francfort de quoi solliciter l'effort d'un chercheur consciencieux, de quoi retenir l'attention d'un lecteur qui veut être instruit. Pourtant, il s'agit d'événements en nombre restreint, de qualité toujours identique, faciles à saisir par leurs dehors, ayant chaque fois laissé des traces officielles, se groupant aisément autour de quelques axes de polarisation bien définis. N'importe, il semble que leur caractère ultra-technique, la difficulté de les ramener aux communes mesures accoutumées, aient découragé les bonnes volontés.

En France, d'ailleurs, durant longtemps, par une sorte de pudeur mal entendue, de répulsion instinctive, on s'est tenu à l'écart de ces questions de droit, où on croyait qu'il n'y avait pas de place pour le droit. La

blessure était encore trop récente; certains craignaient
de l'agrandir en y touchant, d'autres de la fermer rien
que pour s'en être occupés. Ce n'était point là un de
ces accidents de croissance, quelque peu attendus
quoique hasardeux, comme tous les peuples en ont eus
dans leur histoire, mais que le temps ou les hommes
peuvent réparer. C'était un coup fatal porté par une
force qui s'était brusquement levée à nos côtés, alors
que, la veille encore, nous ne soupçonnions ni son
existence, ni sa puissance d'irruption, ni ses réserves
de patience, ni la continuité de son vouloir malfaisant
une fois déchaîné, une force qui ne savait ni s'arrêter en
chemin, ni se laisser fléchir, ni se limiter d'elle-même.
Atteints dans nos œuvres vives par ce choc qui avait
fait de nous presque une épave, nous n'eûmes, durant
un temps, d'autre souci que d'éviter un contact nouveau qui s'annonçait plus funeste encore que le premier.
On songeait alors à durer au jour le jour, à se reprendre
à la vie des nations sans vouloir mesurer exactement
l'importance des avaries, sans rechercher comment les
voies d'eau avaient été aveuglées, les organes essentiels du mouvement préservés et par quelle fortune,
le navire ayant continué à flotter, sa marche en avant
était redevenue possible.

On s'était donc tu, non sur le choc lui-même, que
beaucoup, au contraire, avaient décrit sous le coup de
leurs impressions d'hier, mais sur les débats d'affaires,
les discussions techniques, qui avaient mis aux prises
les deux diplomaties et où elles s'étaient essayées à
rétablir le cours habituel des choses, la paix bienfai-
sante, existence normale des nations. Cette paix,
d'ailleurs, pourquoi l'eût-on considérée comme un de

ces actes où l'histoire consigne des résultats destinés
à durer? N'était-elle pas plutôt une halte provisoire,
une trêve dans la lutte qui allait recommencer, aussitôt que la France, un moment trahie par ses destins,
aurait reconquis ses forces? Nombreux étaient ceux qui
pensaient ainsi sans le dire, nombreux aussi ceux qui
le disaient ouvertement. Et cette conviction irraisonnée, espoir renfermé dans le secret des cœurs, cri
d'une douleur qui ne voulait pas être consolée, in-
citait à se détourner des documents où étaient consi-
gnées les stipulations pacifiques, à les laisser à l'écart,
comme dans un domaine secret, en dehors de toute
investigation scientifiquement menée, de toute recherche instituée selon les règles coutumières des historiens. Le transitoire et l'accidentel ne valaient pas,
semblait-il, d'être notés. Près de quarante années
ont passé depuis qu'on s'est bercé de ces espérances illusoires, sans que rien soit changé à la
position respective des deux pays, à l'ordre établi en
1871. Il m'a paru que le temps était venu où, sans
examiner si cet ordre est définitif, nous pouvions le
considérer comme n'étant plus soustrait aux prises de
l'histoire.

Mais ce n'est point en France seulement qu'on
s'était abstenu de toucher à ces questions. La littérature technique allemande, si curieuse toujours de
nouveautés, elle aussi paraît avoir négligé ce terrain
de recherches. Ce silence, surprenant de la part de
vainqueurs trop enclins à se glorifier de leur succès,
mérite réflexion. Il a ses causes, qui se comprennent
aisément. L'état d'esprit créé par la victoire, joint
aux préjugés depuis longtemps ancrés dans l'âme

allemande, n'y est pas pour peu de chose. Les résultats de la guerre, qui ont révolté notre sentiment,
blessé profondément notre conscience de civilisés,
bouleversé la notion que nous nous faisions du droit
des peuples, ont paru, au contraire, si naturels aux
Allemands que les actes destinés à les consigner devenaient à leurs yeux peu intéressants à examiner, soit
en eux-mêmes, soit par rapport aux circonstances où
ils furent écrits, soit dans leur application immédiate.
L'agrandissement de leur domaine territorial, avec
toutes les conséquences de droit qu'il entraînait et qui
étaient commandées par des usages internationaux
certains ou discutables, était un événement, capital
sans doute, mais qu'on pouvait enregistrer sans com-
mentaires. Tout entiers à leur triomphe inespéré, en
pleine fièvre de jeunesse et de brusque croissance, ils
ne songèrent point à scruter les titres de leur nouvel
établissement. Il était le produit de la force guerrière,
il avait été consacré par la victoire. C'était là un acte
de naissance suffisant. Le traité, les actes antérieurs
ou postérieurs, débattus, concertés, conclus par la
diplomatie, n'étaient que la constatation d'un fait.
Et la politique réaliste de Bismarck, adoptée, applaudie
d'enthousiasme par l'opinion, ne voulait plus rien voir
au delà du fait.

J'ajoute que l'acquisition des portions de territoire
cédées par la France, l'essentiel du traité de Francfort, n'était pas, aux yeux prévenus des Allemands,
un accroissement, une conquête au sens propre du
mot. Et cette conception n'a point varié depuis lors.
L'annexion, c'était l'affirmation d'une souveraineté
préexistante, une reprise et non une prise. L'Alsace

et la Lorraine étaient *das wiedergewonnene Land*, un
domaine jadis enlevé, un bien perdu qu'on recou-
vrait (1). Sur ces terres, le droit de l'Allemagne était
antérieur aux événements qui venaient de les réasso-
cier au corps germanique, dont elles avaient été dis-
jointes aux heures de faiblesse et de désunion. Dès
lors, ce droit n'était point créé, mais confirmé seulement. Il était au-dessus des actes conventionnels con-
sacrant la restitution rêvée par les générations précédentes, réalisée subitement. Les traités passaient donc
au rang de pièces secondaires; ils étaient de simples
actes récognitifs. Aussi, les questions qui, chez nous,
en dehors de celle du démembrement, avaient paru
capitales : le sort des habitants des territoires perdus,
le partage de la dette, la liquidation si compliquée des
droits de l'État, des départements, des communes, des
particuliers, tout cela a pu sembler n'être que des problèmes d'arrière-plan, bons tout au plus à être résolus
par des sous-ordres, sous l'œil vigilant du maître,
comme cela eut lieu en effet. Rien n'était plus simple
après tout. Le principe de l'annexion étant admis, il
n'y avait plus qu'à en déduire les conséquences logiques, à restituer avec la terre ce qui en était l'accessoire obligé : les habitants, les constructions, les chemins de fer, les canaux, les archives, les dossiers.
Pourquoi donc s'attarder à décrire ces débats secondaires? Ici encore, le résultat était nécessaire, attendu,

---

(1) *Unser wiedergewonnenes Land,* tel est le titre d'un opuscule paru à Berlin
en 1870, dès après nos premières défaites. Et ce n'est pas le seul dont l'intitulé soit révélateur. Il y a encore : Hoyns, *Die Zurücknahme von Elsass und
Lothringen,* Hanovre 1870; Adolf Wagner : *Elsass und Lothringen und ihre
Wiedergewinnung,* Leipzig 1870; Gustav Lenz, *Die alten Reichslande Elsass
und Lothringen,* Greifswald 1870. Toutes ces brochures sont à la Bibliothèque
nationale à Paris.

imposé. Il n'y avait lieu de s'arrêter ni au moment où ces faits avaient pris figure comme droit, ni aux tentatives infructueuses de nos agents pour les empêcher de se produire, ni aux accords internationaux qui les avaient sanctionnés. Les choses avaient suivi leur cours naturel. Elles avaient été remises à leur vraie place. Il ne fallait, dans les histoires du temps présent, qu'une brève mention pour le constater.

Et pourtant, n'étaient-ils pas passionnants à décrire, riches en faits et en documents, fertiles en péripéties, ces moments de transition, où, par étapes, deux grands pays revenaient à la vie normale des nations, où se tissait à nouveau la trame pacifique des relations journalières entre voisins, avec, parfois, des arrêts inquiétants, des tensions pleines de menaces et de subites déchirures? Deux écrivains seulement, Français l'un et l'autre, n'ont point dédaigné ce grave sujet (1). L'un et l'autre, ils avaient assisté les hommes d'État qui eurent la lourde tâche de conclure la paix. Ils les avaient approchés, avaient été initiés à leurs angoisses patriotiques, à toutes les phases d'une lutte qui prolongeait douloureusement celle où la fortune des armes venait de nous être si contraire. Tous deux avertis et pénétrants, ont eu, dès les premières heures, l'idée de traiter ces questions.

L'un, Valfrey, s'est tenu plus étroitement enfermé dans la narration de l'événement d'ordre international qui mettait fin à la guerre. Il est le seul qui ait abordé

---

(1) Dans la bibliographie générale je citerai à nouveau les ouvrages auxquels je fais allusion ici et dont je me borne à donner le titre : VALFREY, *Histoire du traité de Francfort et de la libération du territoire français* ; SOREL, *Histoire diplomatique de la Guerre franco-allemande.*

le sujet en soi, avec l'intention de l'épuiser, et en laissant les faits purement historiques au second plan, ce qui était, vu son dessein, leur véritable place. Ses deux volumes, pleins de substance, ordonnés selon un plan naturel qui suit la succession chronologique des faits, posent tous les problèmes avec netteté et les résolvent avec une science technique qui n'est jamais en défaut. On peut regretter seulement que l'ardeur du polémiste ait parfois obscurci le sang-froid de l'historien. Valfrey n'était partisan ni de Thiers, ni des républicains. Influencé par les passions politiques, il a sacrifié à la mode du jour. Écrivant en 1874-1875, en pleine bataille des partis, il cherche trop visiblement à rabaisser le rôle capital qu'a joué le chef de l'État dans l'œuvre du rétablissement de la paix et de la libération du territoire français.

Sorel n'avait pas les mêmes visées que Valfrey. Celui-ci, dès 1871-1872, avait donné une *Histoire diplomatique du gouvernement de la Défense nationale.* A son exemple, Sorel a voulu exposer les péripéties diplomatiques qui, se déroulant en marge de la guerre franco-allemande, lui donnaient toute sa signification de grand événement européen. La pente naturelle de son sujet l'a donc conduit à s'occuper des négociations relatives à la paix et de celles, postérieures en date, qui ont eu pour effet d'en assurer le maintien. Mais ces négociations et leurs résultats ne sont pas étudiés à part, comme sujet distinct. Elles prennent rang dans l'ensemble dont elles ne sont qu'un des aspects. Nécessairement plus ramassé que le livre de Valfrey, et de portée plus restreinte, du moins en ce qui touche le groupe de faits dont le traité de Francfort occupe

le centre, l'ouvrage de Sorel n'en a pas moins dit,
brièvement, l'essentiel. Personne n'a vu ni aussi vite,
ni aussi juste, ni aussi profond. Les publications parues
depuis n'ont rien apporté de nouveau à ce qu'il avait
écrit, car il avait tout indiqué ou tout deviné ; elles n'ont
rien modifié non plus de ses jugements, car il avait tout
compris. D'une allure plus froide et plus contenue que
celle de son devancier, cette œuvre fait présager le
vaste monument où la maîtrise de l'historien, soutenue par la grandeur du sujet, s'est affirmée avec
plus d'éclat, mais non avec plus de sincérité et de
force.

Au seuil de mon travail, je ne devais pas oublier ces
deux écrivains qui ont été mes guides constants. S'avan-
çant les premiers sur un terrain encore semé de ruines,
ils en ont décrit avec exactitude la topographie générale,
signalé les grandes lignes et, malgré les obscurités de
la première heure, pénétré jusqu'aux accidents et aux
détails. Mais tous deux étaient trop près des événements ; ils écrivaient à un moment où la série
des conséquences prévues n'était pas encore parvenue à son terme ultime. J'ai cru qu'il était possible, après eux, de revenir sur les mêmes faits,
coordonnés selon une perspective que le temps a
agrandie, observés d'un point de vue choisi tout exprès
pour les juger dans leurs rapports de dépendance,
sous l'angle qui en fait le mieux ressortir la signification. Le lecteur qui me suivra jusqu'au bout saura
si, par sa composition et sa couleur, ce nouveau tableau peut passer pour n'être point une réplique des
anciens.

On verra dans la bibliographie générale, placée à la

fin du chapitre premier de ces études, la liste copieuse des ouvrages que j'ai consultés et auxquels pourrait recourir quiconque serait curieux de s'avancer plus loin que je n'ai fait. A propos de chaque grande question, objet d'un chapitre spécial, j'ai donné en outre une bibliographie plus spécialisée où aux références générales vient s'ajouter l'indication des livres, brochures, sources de toute nature.

Parmi les écrits consultés, on ne verra que fort rarement figurer les journaux et jamais, sauf une exception (1), les documents d'archives. Pour ce qui est de la presse périodique, en effet, il ne m'a pas paru utile d'y avoir recours. La nature des questions abordées ici ne se prête guère, par l'effet de sa technicité, à des articles pouvant intéresser un public plutôt avide de faits que de théories à propos des faits. Des articles intéressants peuvent m'avoir échappé. Je m'en excuse et j'en ai pourtant pris aisément mon parti par avance, dans la conviction que la substance de ces articles avait dû, faisant son chemin, trouver place dans un des livres consultés et signalés par moi. Je me suis montré plus curieux des *Revues,* quoique, ici encore, la même observation puisse être faite. Restent les documents des dépôts publics d'où j'aurais pu, cela n'est pas douteux, tirer des renseignements inédits. Mais, comme on sait, le plus riche de ces dépôts, celui des Affaires étrangères, reste obstinément fermé à la plupart des chercheurs, dès qu'il

---

(1) Je fais allusion aux pièces de la correspondance administrative de Saint-Vallier avec les préfets des départements occupés. On verra dans le chapitre relatif à l' « Occupation » le parti que j'ai pu tirer de celles qui sont conservées aux archives de Meurthe-et-Moselle.

s'agit des temps contemporains. Je n'ai pu puiser à cette source. Mais cette lacune dans mes informations est comblée, dans une certaine mesure, par les nombreux mémoires, souvenirs, récits publiés par ceux qui ont été mêlés aux événements.

LE

TRAITÉ DE FRANCFORT

CHAPITRE I

LES FAITS ET LES ACTES CONVENTIONNELS

Pour suivre dans leur succession chronologique et comprendre dans leur portée pratique les négociations d'ordre si divers et d'importance si variée que j'entreprends de raconter, il paraît indispensable de présenter en bref le tableau des faits historiques où viennent s'insérer, chacun à sa place, les actes de droit international qui, tous, convergent vers ce but : le rétablissement des rapports pacifiques entre la France et l'Allemagne. On aura ainsi sous les yeux un ensemble récapitulatif qui permettra de situer les documents officiels, de les confronter avec les événements dont ils sont l'aboutissant et de leur donner ainsi leur vraie valeur.

La période de temps sur laquelle s'échelonnent les conventions dont je veux parler embrasse, dans toute son amplitude, un espace de sept années. Elle a commencé, en effet, le 28 janvier 1871, pour finir le 29 juin 1878. Elle se scinde en trois grandes phases qui correspondent à trois moments décisifs : la phase préliminaire qui va de l'armistice au traité de Francfort; la période, relativement fort courte, qui a précédé cet acte et s'est terminée par sa conclusion; l'époque postérieure, la plus longue, qu'on pourrait dénommer la phase des conventions additionnelles.

I

Pour la phase préliminaire, la succession des événements se fractionne en trois étapes bien marquées. C'est d'abord la négociation très brève qui aboutit à la convention d'armistice du 28 janvier 1871. Ensuite se placent les préliminaires de paix de Versailles, du 26 février 1871 et les conventions qui s'y rattachent. Enfin, dans une troisième période, du 28 mars au 4 mai 1871, des conférences furent tenues à Bruxelles en vue de rédiger l'instrument définitif de la paix. Mais ces conférences n'aboutirent pas, et la négociation fut transportée à Francfort.

Si l'on sait beaucoup sur les deux premières étapes de cette marche en avant brusquement interrompue, il n'en est pas de même pour la troisième. Les acteurs mêlés à des événements retentissants, comme l'armistice ou les préliminaires, ont parlé. Ils ont dit, non tout ce qui était à dire, mais une grande part de ce qui pouvait être dit. On possède d'ailleurs les actes officiels constatant les accords intervenus au cours de ces deux mois. Sur ce qui s'est passé à Bruxelles, l'obscurité n'est pas encore dissipée. Les négociateurs, sauf un seul, et des moins importants, se sont tus sur la part qu'ils avaient prise à des discussions qui avaient mal tourné. Comme pour dérouter davantage la curiosité, il n'a pas été tenu de protocole officiel de ces conférences. Certains — Valfrey, fort heureusement, est du nombre — ont été en situation de savoir quelles questions furent abordées, quelle méthode de travail, peu propice à la réussite, fut adoptée. Mais il n'en reste pas moins impossible, encore aujourd'hui, de retracer les péripéties de ces réunions qui ne paraissent avoir été que des colloques. L'histoire générale de l'époque permet seule de deviner pourquoi on en est resté à des échanges de vues contradictoires, sans pouvoir sur presque aucun point aboutir.

II

La phase centrale et capitale se resserre dans un très court espace. Elle va du moment où furent rompues les négociations de Bruxelles, 4 mai 1871, jusqu'au 10 du même mois. En six jours, à Francfort-sur-le-Mein, on eut le temps de terminer ce qu'en un mois on n'avait pas même ébauché. On discuta les conditions de la paix définitive sur la base des préliminaires, mais en y apportant de notables modifications et en les complétant sur plus d'un point important. Le 10 mai fut signé le traité de Francfort, suivi d'articles additionnels.

Ici non plus, on n'a pas jugé à propos de rédiger des protocoles. L'instrument de paix est le seul document officiel qu'on possède. Mais les personnages politiques qui ont conduit la négociation, surtout ceux du côté français, ont tenu note de leurs impressions et consigné leurs souvenirs. Les discours ou rapports au Reichstag ou à l'Assemblée nationale nous renseignent d'une façon non moins précise. Toute cette documentation, quoiqu'un peu maigre, permet de reconstituer assez facilement l'histoire de cette lutte suprême où, comme plusieurs mois auparavant sur les champs de bataille, nous combattîmes en plein désarroi, mal servis par les circonstances, mal secondés par les hommes.

III

La période qui a immédiatement suivi la signature de la paix s'est prolongée longtemps. Je l'ai nommée : période des conventions additionnelles. Elle n'a pris fin qu'en juin 1878. C'est qu'en effet, durant ce long intervalle, les deux États ont conclu une série de conventions complémentaires destinées à régler le détail des questions multiples dont l'acte de mai 1871 n'avait pu qu'indiquer ou faire présager la solution. Ces conventions touchent à des objets différents qui se groupent cependant sous trois chefs principaux.

Il y a d'abord la série des conventions concernant la date et le mode des paiements partiels de l'indemnité de guerre. Il y en a eu quatre aux dates suivantes : 21 mai 1871, 12 octobre 1871, 29 juin 1872, 15 mars 1873. A ces accords se rattachent de la façon la plus étroite les arrangements destinés à régler le mode d'entretien du corps d'occupation allemand restant en France et en même temps le régime des parties du territoire qui devaient supporter jusqu'à l'entier acquittement de la dette cette charge exceptionnelle. Il y a eu là une situation sans précédent pour l'étendue et la durée. Elle fait l'objet de deux conventions, celle du 11 mars 1871 signée à Ferrières, celle du 16 mars datée de Rouen. Elle continua d'ailleurs à donner lieu à des négociations incessantes entre le quartier général allemand et une mission diplomatique spéciale accréditée auprès de lui par le gouvernement français. Des publications récentes, dont il sera fait état au cours du présent ouvrage, ont permis de suivre pas à pas et par le menu l'histoire de ces relations diplomatiques d'un genre tout nouveau, où un État s'est vu amené à entretenir un envoyé permanent sur son propre territoire, comme s'il était terre étrangère. Émanant de certains des hommes politiques qui ont dirigé ces relations ou qui y ont été mêlés comme agents d'exécution, ces documents ont une valeur d'authenticité indéniable. On avait chance de compléter les lumières qu'ils nous apportent et qui, parfois, ne sont que des lueurs, en recourant à la correspondance administrative du Commissaire chargé par la France de cette mission extraordinaire. Elle se trouve conservée, du moins pour partie, dans les archives du département de Meurthe-et-Moselle. Ce dépôt public, moins jalousement fermé que d'autres, nous restitue un aspect jusqu'alors inédit de la période si troublée qui n'a pris fin que par l'évacuation.

Le second groupe d'accords intervenus postérieurement au traité de Francfort est, sans contredit, le moins riche et le moins important des trois. Il a trait à des questions d'ordre économique. Il concerne, en effet, le régime douanier transitoire des produits fabriqués en Alsace-Lorraine (convention du 12 octobre 1871) et la réorganisation des relations postales entre la France et l'Allemagne (convention du 12 février 1872). La convention de poste n'est mentionnée ici que pour mémoire et par souci d'exactitude. Il n'a pas paru que l'étude détaillée de son économie rentrât nécessairement dans le cadre du présent ouvrage. Somme toute, les arrangements qui forment ce second groupe n'ont eu ni la portée ni le retentissement des premiers. Et l'on en peut dire autant quand on les compare à ceux qui composent la troisième catégorie.

Dans ce dernier lot figurent, en effet, des conventions additionnelles complémentaires de l'acte de Francfort. L'annexion à l'empire allemand d'une fraction du territoire français soulevait une foule de problèmes qui ne pouvaient pas, tous du moins, être suivis d'une solution immédiate. Des conférences, dont on a conservé les protocoles, furent tenues à ce sujet à Francfort, du 6 juillet au 11 décembre 1871. Elles aboutirent à la signature de la convention additionnelle du 11 décembre, acte qui n'égale pas en importance le traité lui-même, mais qui n'en est pas moins dans un rapport étroit avec lui. Ces conférences, d'ailleurs, ne pouvaient non plus tout terminer. Le traité et la convention additionnelle n'avaient fait que poser des principes. Il fallait les traduire en applications pratiques. Ce fut l'œuvre de trois commissions internationales mixtes.

La première avait à délimiter la nouvelle frontière qui nous était assignée. Sa tâche comportait une suite d'opérations techniques nécessitées par le tracé de la ligne séparative : pose de bornes, plan général d'abornement, dressé de cartes, arrangements relatifs aux forêts coupées en deux par la ligne nouvelle. Ce n'est que fort tard que ce travail a été achevé. Le procès-verbal définitif de clôture n'est que du 26 avril 1877. De cet accord on rapprochera celui qui a remanié les circonscriptions diocésaines de manière à les faire cadrer avec la frontière politique. Il fallait, pour aboutir ici à un arrangement, l'assentiment de la cour de Rome.

On ne l'obtint qu'en 1874. La commission mixte qui se réunit le 7 octobre de cette même année n'eut d'ailleurs qu'à enregistrer les décrets pontificaux réorganisant les diocèses en tenant compte du changement de souveraineté consacré par le traité de Francfort. Enfin, une commission dite de liquidation a siégé à Strasbourg, à partir du 28 mai 1872. Les procès-verbaux de ses séances ont été consignés dans cent soixante-neuf protocoles qui ne paraissent pas avoir été publiés. Elle avait pour mission de liquider le compte respectif de ce que chacun des États pouvait devoir à l'autre par l'effet de la cession des territoires détachés de la France. Ces comptes de liquidation qui, eux, ont été livrés à la publicité, n'ont été définitivement arrêtés que le 29 juin 1878. C'est donc à cette date tardive que se place le dernier document clôturant officiellement la série des questions soulevées par la mise à exécution du traité de 1871 (1). La liquidation diplomatique, suite nécessaire de la guerre, avait duré plus de sept années. Il est plus facile de troubler la paix que de la rétablir.

IV

Les faits que je viens de rapporter sommairement n'ont pas tous une importance égale. Le récit que j'en ai donné n'est qu'une sorte de tableau d'assemblage destiné à assigner à chacun sa véritable place, soit dans l'ordre des temps, soit dans les rapports de connexité qui le rendent dépendant d'un ou de plusieurs autres. Si ce groupement est nécessaire pour que chacun ait sa valeur vraie, il est logique de suivre l'idée jusqu'au bout et de ne pas se borner pour chaque question à des références bibliographiques appropriées, mais sans lien entre elles. Il y a donc lieu de présenter d'abord une bibliographie générale, convenant au

---

(1) Sorel, qui écrit en 1875, assigne comme terme ultime aux arrangements diplomatiques nécessités par l'exécution du traité de Francfort, la date (7 octobre 1874) du protocole concernant le remaniement des circonscriptions ecclésiastiques (*Histoire diplomatique de la Guerre franco-allemande*, t. II, p. 354). La date que j'indique au texte me paraît la seule vraie.

sujet tout entier et qui jusqu'à présent n'a point été faite. Mais, au lieu de la borner à une sèche énumération, j'ai jugé utile de lui donner la forme d'un catalogue descriptif et critique. Ainsi s'explique et se justifie la place que j'ai réservée à l'indication et à l'étude des sources.

Comme je viens de le dire, on n'a pas songé jusqu'à présent à faire une bibliographie s'appliquant exclusivement aux questions traitées dans le présent ouvrage. Mais il y a un certain nombre de bibliographies de la guerre de 1870-1871. On y trouve d'utiles et copieuses indications sur la période postérieure à la guerre et les événements d'ordre diplomatique qui l'ont signalée. Dans l'ordre des dates, ces ouvrages sont :

1º BALDAMUS, *Literatur des deutsch-französischen Krieges*, paru en 4 fascicules, Reudnitz 1870, Leipzig 1871, in-8. Cette publication, hâtivement faite au fur et à mesure des événements, ne contient que la production parue jusqu'au traité de Francfort. Elle ne peut donc être que d'un secours fort minime.

2º Albert SCHULZ, *Bibliographie de la Guerre franco-allemande et de la Commune de 1871*, 2e édit., Paris 1886, in-8, qui donne une liste, dressée avec beaucoup de soin, des publications de tout ordre, en langues française et allemande, ayant surtout trait à la Guerre et à la Commune. Une table systématique un peu trop succincte permet de retrouver les écrits qui sont du domaine historique ou diplomatique.

3º BIEDERMANN, *Geschichte Deutschlands vom Wiener Congress bis zur Aufrichtung des neuen deutschen Kaisertums*, Breslau 1891, 2 vol. in-8. A la fin du tome II, il y a une suite d'indications concernant les faits d'ordre international.

4º PALAT, *Bibliographie générale de la Guerre de 1870-1871*, Paris et Nancy 1896, in-8. Cet ouvrage considérable, de 581 pages, est divisé en deux parties. La première, la plus étendue, est un répertoire alphabétique; la seconde un catalogue raisonné, fort court et dont les divisions paraissent trop compréhensives pour pouvoir être utilisées rapidement. Pour les questions relatives au rétablissement des relations pacifiques, il faut recourir au n° 2 du catalogue raisonné : *Politique extérieure de la France et de l'Allemagne dans ses rapports avec la guerre de 1870,* numéro qui comprend les rubriques suivantes : Histoire diplomatique; Armistice et occupation; Traités entre la France et l'Allemagne; Annexion de l'Alsace-Lorraine; Droit des gens.

5° Pierre LEHAUTCOURT, *La Guerre de 1870-1871,* Paris, s. d. (1900), in-8, faisant partie de la « Bibliothèque des bibliographies critiques » publiée par la Société des études historiques. Bien que le dernier paru, ce répertoire n'est pas de ceux qui renseignent le mieux. Il n'a fait aux ouvrages d'histoire diplomatique qu'une place fort restreinte, ce qui se comprend à la rigueur, étant donné son objet. Mais il en omet d'essentiels, tels que le recueil de Villefort, et, parmi les bibliographies générales, il ne fait pas mention de celle de Schulz.

6° DALHMANN-WAITZ, *Quellenkunde der deutschen Geschichte,* Leipzig, 1906, 7e édit., in-8, où la liste des ouvrages touchant aux questions particulières qui nous préoccupent est peu abondante (Voir n°s 9484-9490 sous la rubrique : *Friedenverhandlungen,* et n°s 9295-9340, *passim*).

Après les bibliographies générales il convient de mentionner les recueils où sont réunis les documents officiels, conventions internationales de toute sorte, protocoles, discussions dans les Chambres, rapports des commissions parlementaires, etc. Le plus remarquable par la richesse de sa documentation et la manière intelligente dont elle est distribuée, est le *Recueil des traités, conventions, lois, décrets et autres actes relatifs à la paix avec l'Allemagne,* Paris 1872-1879, 5 vol. in-8. C'est aussi celui qui est le plus complet, parce que c'est lui qui va le plus loin dans le temps. En tête du tome V, le patient éditeur de cette masse de documents, M. Villefort, ministre plénipotentiaire, a écrit un avertissement où il a tenté d'en donner la synthèse. Chaque volume est terminé par une table analytique des matières. A la fin du cinquième, on trouve en plus trois tables générales d'un grand secours. La plus importante est la « Table analytique des matières contenues dans les cinq volumes ». A elle seule elle suffit pour retrouver immédiatement dans cet amas considérable de matériaux ceux qu'on est appelé à utiliser pour un groupe de questions ou une question particulière (1).

Une collection faite dans le même esprit, mais avec un moins grand luxe de pièces et qui, surtout, n'embrasse pas une aussi longue période de temps, est celle d'ANGEBERG, *Recueil des traités, conventions, actes, notes, etc., concernant la guerre franco-allemande,* Paris 1873, 5 vol. in-8. De ces cinq volumes, le dernier seul concerne notre étude. Il contient, énumérés dans l'ordre chronologique, les conventions diplomatiques, protocoles, documents législatifs et aussi, ce qui n'est pas d'un mince secours, un choix de dépêches diplomatiques échangées entre l'Allemagne et la France ou émanant de puissances non mêlées à la lutte. Mais il s'arrête en 1873. La dernière pièce qu'il rapporte est la convention du 15 mars 1873 pour le paiement définitif du reliquat de la contribution de guerre.

Le recueil de DE CLERCQ, *Recueil des Traités de la France,* t. X, 1867-1872; t. XI, 1872-1876; t. XII, 1877-1880, Paris, 1872, 1880, 1881, in-8, est d'un emploi commode pour qui veut suivre la succession des conventions dans leur ordre historique. Mais la collection de Villefort, qui va aussi loin quant aux dates, lui est supérieure par la méthode et l'abondance des documents reproduits.

On peut citer pour mémoire un volume composé de pièces officielles, publié en novembre 1873, sous le titre : *Traités de la France avec l'Allemagne, janvier 1871 à octobre 1873,* Paris 1873, in-8, qui contient l'essentiel, mais qui s'arrête

---

(1) C'est ce recueil auquel je renverrai pour toutes les citations de pièces officielles. Pour abréger, j'omettrai le titre, trop long, et je le désignerai sous la rubrique : *Villefort,* avec l'indication du tome et de la page. Cf. sur ce recueil, l'article de COGORDAN, *Revue des Deux-Mondes,* 1er juillet 1880.

au 6 septembre 1873. La publication de Villefort, plus copieuse et qui va plus loin, l'a rendu inutile.

L'Allemagne est moins riche, semble-t-il, en publications analogues à celles que je viens de rapporter. On ne peut citer comme recueil de documents officiels que le volume intitulé : *Friedensvertrag zwischen dem deutschen Reiche und Frankreich, vom 10 mai 1871, mit dem Præliminaire-Frieden und den Schluss-Protokollen*, Berlin 1871, in-8, forcément incomplet. Plus abondante en pièces de toute sorte est la publication de Ludwig HAHN : *Fürst Bismarck, sein politisches Leben und Wirken*, Berlin 1878-1891, 5 vol. in-8, dont le volume II, 1878, pp. 214-251, 299-320, donne dans l'ordre chronologique tous les actes concernant l'armistice, les préliminaires, le traité, les discours prononcés dans les assemblées délibérantes, des dépêches diplomatiques et des extraits, précieux à consulter, de journaux officiels ou inspirés.

En tête des ouvrages qui ont traité avec le plus d'ampleur les questions spéciales qui font l'objet du présent livre, se place, tant à cause de sa date que de son importance, celui de VALFREY, *Histoire du traité de Francfort et de la libération du territoire français*, Paris 1874-1875, 2 vol. in-8. Valfrey est le premier et le seul qui ait étudié les événements et les actes officiels sous leur aspect technique, sans pourtant les isoler du milieu politique où ils s'encadrent. Je n'ai rien à ajouter à ce que j'ai dit de son travail dans mon Introduction. On consultera avec non moins d'intérêt le tome III de son *Histoire de la diplomatie du gouvernement de la Défense nationale*, Paris 1871-1872, 3 vol. in-8.

Du même ordre et de la même valeur est l'ouvrage de SOREL, *Histoire diplomatique de la Guerre franco-allemande*, Paris 1875, 2 vol. in-8, dont j'ai dit aussi tout le bien que je pensais dans l'Introduction. Pour les faits dont il est question ici, c'est surtout le tome II qui est à consulter.

A côté de ces deux œuvres capitales, viennent des livres dont les auteurs ont pu observer et noter les faits auxquels ils furent mêlés comme acteurs principaux. C'est tout d'abord le récit que Jules FAVRE a consigné dans les deux derniers volumes de son *Gouvernement de la Défense nationale*, Paris 1871-1875, 3 vol. in-8 : narration attachante, généralement exacte, quoique avec des lacunes, mais où l'on sent parfois l'emphase et le plaidoyer *pro domo*. Favre y a joint une série de pièces justificatives qu'on retrouve maintenant ailleurs. Une publication dont l'intérêt n'est pas moindre, mais beaucoup plus complète comme documentation, est celle qu'on doit aux héritiers de Thiers. Un volume intitulé : *Notes et Souvenirs de M. Thiers, 1870-1873*, Paris 1901, in-8, contient le récit, fait par l'homme d'État lui-même, des événements où il a joué un rôle personnel. On y trouve, sinon des révélations inattendues, du moins des précisions sur plusieurs points importants, notamment sur les négociations qui ont précédé les préliminaires de Versailles. Des pièces explicatives intéressantes sont jointes comme annexes. Deux autres volumes, qui ont pour titre : *Occupation et Libération du territoire, 1871-1873; Correspondances*, Paris 1900, 2 vol. in-8, donnent les dépêches conservées en originaux ou en copie dans les papiers de Thiers et qui concernent les négociations relatives à l'occupation et à l'évacuation. Si les *Notes et Souvenirs* affectent, malgré leur caractère de haute impartialité, une tendance quelque peu apologétique, il n'y a plus rien que d'impersonnel dans les deux volumes de *Correspondances*, mine fructueuse de renseignements inédits sur une des périodes les moins connues de l'histoire du rétablissement des relations pacifiques entre la France et l'Allemagne. Les assertions contenues dans les écrits de Favre et de Thiers doivent être contrôlées et complétées par les dépositions faites devant la Commission parlementaire d'enquête sur les actes du Gouvernement de la Défense nationale.

D'un intérêt un peu moindre que les ouvrages précédents sont les livres où nos agents diplomatiques en Allemagne ont consigné leurs impressions à mesure que se renouaient les rapports normaux entre les deux pays. Citons d'abord les *Souvenirs diplomatiques de Russie et d'Allemagne*, Paris

1896, in-8, par le marquis DE GABRIAC, notre chargé d'affaires à Berlin en 1871, postérieurement au traité de Francfort. Il a eu à suivre de près les discussions de la conférence de Francfort et il fournit à ce sujet des éclaircissements appuyés par des citations de dépêches inédites. On y trouve aussi d'importantes déclarations rétrospectives de Bismarck sur les raisons qui poussèrent le parti militaire à réclamer l'annexion de Metz. Par contre, il y a peu à tirer du livre de BROGLIE, *La Mission de M. de Gontaut-Biron à Berlin*, Paris 1896, in-16. Seul, le premier chapitre est utilisable, parce qu'il donne quelques détails sur la position délicate faite à notre ambassadeur à Berlin en 1872 et 1873. Mais les questions de politique intérieure occupent dans l'ouvrage une place prépondérante et les préoccupations du chef de parti font tort à l'historien. Au surplus l'intérêt de cette publication a été éclipsé par l'apparition du livre du vicomte DE GONTAUT-BIRON, *Mon Ambassade en Allemagne, 1872-1873*, Paris 1906, in-8. On y trouvera des éclaircissements sur la question de l'amnistie des prisonniers français retenus en Allemagne après la paix, ainsi que sur les négociations relatives à la libération du territoire (chap. II, III, IV, VIII). Il y a moins à prendre dans le volume destiné à faire suite à celui-là : *Dernières années de l'ambassade en Allemagne de M. de Gontaut-Biron, 1874-1877*, par André DREUX, Paris 1907, in-8.

On aurait pu s'attendre à trouver sinon des déclarations sensationnelles, du moins des compléments d'informations dans les *Pensées et Souvenirs*, par le prince DE BISMARCK, trad. JÆGLÉ, Paris 1899, 2 vol. in-8. Les narrations de Favre et de Thiers eussent pu ainsi être utilement contrôlées. Malheureusement l'auteur, qui savait tour à tour être abondant et fermé, s'est tu sur les négociations où il a joué un rôle prépondérant. Peut-être a-t-il jugé que ses discours politiques suffisaient. C'est, en effet, à cette source recommandable qu'il faut recourir pour suppléer au silence voulu des *Pensées et Souvenirs*. Il a paru en Allemagne diverses éditions des discours politiques. Celle de Horst KOHL : *Die politischen Reden des Fürsten Bismarck*, Stuttgart 1892-1905, 13 vol. in-8, avec, en plus, un volume intitulé : *Nachträge und Gesammtregister*, contient dans les tomes V et VI les discours de la période qui nous intéresse. Plusieurs traductions françaises des discours ont été également publiées en Allemagne. Citons : *Les Discours de M. le prince de Bismarck, avec sommaires et notes, 1862-1889*, Berlin 1876-1880, 15 tomes en 9 vol. in-8 (Voir particulièrement les 3e, 4e, 5e, 6e volumes) et aussi : *Les Discours de M. le prince de Bismarck, avec notices historiques sommaires et notes*, Berlin, 1885-1889, 7 vol. in-8 (Voir tomes III et V) où les discours paraissent ordonnés selon un groupement plus méthodique.

Bien qu'écrits par des hommes ayant fait figure dans la politique de l'époque, les livres de Jules SIMON, *Le Gouvernement de M. Thiers*, Paris 1879, 2 vol. in-12, et de MARCÈRE, *L'Assemblée nationale de 1871*, Paris, 1904, in-12, paraissent avoir considéré les questions diplomatiques et surtout leurs aspects juridiques comme un domaine réservé auquel ils devaient s'abstenir de toucher. Le récit facile, clair et quelque peu superficiel de Jules Simon, l'écrit de de Marcère où prédomine le côté anecdotique n'ajoutent rien à ce qu'on savait par ailleurs. Un autre témoin des faits qui les a enregistrés au jour le jour, DE MAZADE a réuni ses articles de la *Revue des Deux-Mondes* en un livre écrit sous l'impression encore toute vive des événements : *La Guerre de France*, Paris 1875, 2 vol. in-8. Mais les problèmes de droit international n'ont pas eu à ses yeux une importance capitale. Les passages du tome II (pp. 398-468), qu'il leur a consacrés, n'offrent qu'un intérêt purement narratif.

Ces ouvrages n'ont donc pas au même degré que les précédents la valeur d'un témoignage direct. Pour leurs auteurs, contemporains pourtant des faits, les événements des années 1871 et suivantes, encore trop actuels, semblent plutôt promis à l'histoire que faire déjà partie de l'histoire. Il en est tout autrement des écrits plus récents. Je n'ai pas eu l'intention d'en fournir un catalogue complet. J'ai choisi ceux où l'on pouvait s'attendre à des jugements plutôt qu'à des informations nouvelles. Chez leurs auteurs, en effet, les faits d'allure spéciale et presque technique qui avaient frappé les écrivains de la période précédente, apparaissent maintenant dans la demi-teinte de l'arrière-plan. Ce qu'on voit, ce qui frappe, ce sont les résultats. La France, bien que vaincue et mutilée, a continué à figurer comme un des facteurs essentiels du système politique européen. Lentement elle s'est remise du choc, a essayé de se reprendre à la vie, de rentrer dans ses voies traditionnelles. Le traité de Francfort, les actes préparatoires ou additionnels, ont peu à peu changé de physionomie. Ils sont devenus l'origine d'une situation nouvelle qui se développe à cette heure dans les incertitudes du présent, au milieu d'obstacles qu'ils ont contribué à créer. Ils sont maintenant montés au rang de causes après avoir été des effets. Les auteurs d'histoires contemporaines ne leur consacrent plus qu'une place parcimonieusement mesurée, peu en rapport avec leur importance. Aucun ne se peut comparer aux ouvriers méritants de la première heure, aux Valfrey et aux Sorel.

Le livre de DURET, *Histoire de quatre ans, 1870-1873*, Paris 1876-1881, 3 vol. in-12, n'est qu'un résumé des faits, qui a puisé ce qu'il a de substantiel dans Valfrey et Favre. Et c'est encore de cette manière écourtée que les présentent : DEBIDOUR, *Histoire diplomatique de l'Europe depuis l'ouverture du Congrès de Vienne jusqu'à la clôture du Congrès de Berlin*, Paris 1891, 2 vol. in-8; ZÉVORT, *Histoire de la troisième République*, Paris 1896, in-8 (pp. 279-286) et même l'*Histoire de la France contemporaine*, de HANOTAUX, Paris, 1903 ss. in-8 (t. I, chap. I, II, V, VI) qui, sous des dehors brillants, est moins révélateur d'inédit qu'on ne l'a prétendu et où la verve de primesaut dépensée par quelqu'un qui n'a pas à compter, se contente facilement du trait sans aller jusqu'aux profondeurs. Il y a plus et mieux dans le *Manuel historique de politique étrangère* de BOURGEOIS, t. III, Paris 1905, in-8 (pp. 742-748; 755-763) où l'historien se hausse à des vues générales qui valent d'être méditées et retenues. La bibliographie un peu trop brève de la page 755 est heureusement enrichie, page 815, d'une liste beaucoup plus ample où il n'y a que des choix judicieux. Denis, *La Fondation de l'Empire allemand, 1852-1871*, Paris, 1906, in-8, ne touche qu'à peine aux questions qui nous occupent (pp. 514-520). Il parle surtout des cessions territoriales et du rôle de Thiers dans la négociation des préliminaires.

L'ouvrage consciencieux et attachant que Paul Matter vient d'achever, intitulé : *Bismarck et son temps,* Paris, 1905-1908, 3 vol. in-8, ne pouvait manquer de réserver la place qui leur était due aux tractations qui eurent pour point de départ nos défaites des années 1870-1871. Les chapitres VII, VIII, X du tome III, pp. 226-260, 271-282, 348-358, 368-376 sont consacrés pour une grande part à l'armistice, aux préliminaires, au traité de Francfort, au paiement de l'indemnité de guerre, à la libération du territoire. La narration forte et vive s'appuie sur une documentation abondante empruntée aux meilleures sources, allemandes et françaises.

Il m'a paru inutile de compléter cette liste des livres français par l'indication des articles parus dans nos *Revues*. Il n'y a guère que des périodiques spéciaux qui aient touché à ces questions et encore ne les ont-ils jamais abordées d'ensemble. La *Revue des Deux-Mondes* n'a rien donné, en dehors des articles de Mazade, sur les sujets qui nous intéressent. Les articles publiés par elle en 1871 et dans les années suivantes, ou bien traitent de la politique générale, ou bien sont consacrés à la condition de l'Alsace-Lorraine après l'annexion, ou encore à l'état des départements français pendant la période des hostilités, et aux procédés financiers proposés pour le paiement de l'indemnité de guerre. Elle n'a donné aucune étude sur les négociations et sur les accords si importants qui les ont suivies.

Quant à la bibliographie des ouvrages parus en Allemagne, l'observation que j'ai faite dans l'Introduction trouve ici de nouveau sa place. Le lecteur curieux d'indications un peu plus amples sur la littérature de provenance allemande pourra se reporter soit à la bibliographie donnée par Sorel dans les appendices de son tome II, pp. 435-439, soit aux ouvrages de bibliographie générale cités plus haut.

Au surplus, la revision qui précède ne vise pas à être complète. Je la présente comme un choix plutôt que comme un catalogue. Certaines omissions y sont parfois volontaires. Elles seront réparées dans les notices bibliographiques spéciales qui terminent chacun des chapitres.

CHAPITRE II

L'ARMISTICE ET LA RANÇON DE PARIS

I

Après l'inutile effort de Buzenval, Paris, à bout de vivres, n'avait plus qu'à capituler. Mais Paris n'était pas seulement une place forte subissant le sort de toute ville qui se rend. Paris était la capitale, le centre du gouvernement. Ceux qui avaient pris la lourde succession du régime impérial avaient cru bien faire en s'enfermant dans une place de guerre et en y enfermant avec eux le seul pouvoir régulier existant. Ils ne séparaient pas dans leur pensée le sort de la ville assiégée et celui du pays tout entier. Paris renonçant à la lutte, « la France leur apparaissait abattue » (1). L'armistice qu'ils allaient se résigner à demander était à leurs yeux le complément nécessaire de la capitulation. En le proposant à l'ennemi, ils espéraient d'ailleurs obtenir pour la ville des conditions avantageuses, la sauver de l'humiliation d'une occupation par les troupes du vainqueur, épargner à la garnison d'être faite prisonnière de guerre et emmenée en captivité. Voilà pourquoi, en allant trouver Bismarck à Versailles dans les derniers jours de janvier 1871, Jules Favre, ministre des affaires étrangères de la Défense nationale, était muni des pleins pouvoirs pour négocier à la fois le sort de la place et un armistice général (2). La convention à laquelle

---

(1) *Enquête parlementaire sur les actes du gouvernement de la Défense nationale, dépositions des témoins,* déposition de J. Favre, t. I, p. 358.

(2) VILLEFORT, t. I, p. 1, n. 2, reproduit le texte de ces pleins pouvoirs, datés officiellement du 25 janvier, mais qui lui furent donnés réellement le 23 (Déposition de J. Favre, pp. 358, 361).

ils aboutirent après des pourparlers d'une semaine, fut signée à Versailles le 28 janvier. Elle est donc à la fois un armistice et une capitulation (1).

Il n'y a pas là qu'une question de mots. L'armistice, quand il est général — et celui du 28 janvier avait ce caractère expressément souligné par l'article 1 — n'est pas une convention exclusivement militaire. Il est un acte de gouvernement, un acte politique, puisque, sans être la paix, il est un premier pas vers la paix. Aussi est-il admis par la coutume internationale qu'une pareille convention ne peut être valablement négociée que par des mandataires munis de pouvoirs spéciaux émanant de leurs gouvernements respectifs. Un chef militaire qui peut, de par sa fonction même et sans mandat spécial, signer valablement certains accords d'ordre essentiellement militaire, comme les cartels ou les capitulations, n'est pas qualifié pour consentir de sa seule autorité un armistice général. La convention du 28 janvier ne pouvait donc être conclue par le gouverneur commandant la place de Paris agissant de sa propre initiative. Et il importait peu que l'armistice fût doublé ici d'une capitulation. Celle-ci passait au second plan. Le principal, c'est-à-dire l'acte politique, l'emportait sur l'accessoire (2). Aussi comprend-on pourquoi, ni de part ni d'autre, les chefs militaires ne furent appelés à apposer leur signature au bas de la convention du 28 janvier. Seuls, Bismarck et Jules Favre la signèrent.

Toutefois, comme la convention stipulait un armistice général, il fallait qu'elle réglât avec précision la ligne de démarcation des armées belligérantes dans toutes les parties du territoire où elles étaient en présence. D'autre part, pour ce qui concernait la capitulation de la place, comme il avait

---

(1) Texte dans VILLEFORT, t. I, pp. 1-7.

(2) Telle fut la raison pour laquelle le conseil d'enquête chargé de donner son avis sur les capitulations se déclara incompétent pour statuer sur la capitulation de Paris (Décis. 29 avril 1872). Voir dans VILLEFORT, t. II, pp. 354-356, le rapport à l'Assemblée nationale sur la proposition tendant à donner pleins pouvoirs au conseil d'enquête pour examiner les conditions de la capitulation de Paris.

été convenu que les Allemands n'occuperaient que les forts et non l'enceinte continue, il fallait procéder, à Paris, à un tracé de même nature. Il fallait en plus régler les détails du désarmement de l'enceinte et de la remise des forts, de la remise de l'armement et du matériel, du désarmement de la garnison déclarée prisonnière de guerre. Pour discuter et trancher avec la compétence voulue ces questions techniques, les négociateurs avaient besoin de recourir à des militaires. Bismarck avait donc demandé à Favre de se faire assister, comme c'est la règle pour les capitulations, par le chef d'état-major du commandant en chef (1).

Mais dans le désarroi où étaient tombés les esprits à Paris, c'était à qui arriverait à esquiver les responsabilités. Aucun général ne voulait prendre sur lui de signer la capitulation, ni de coopérer avec le négociateur de l'armistice. Après avoir sollicité vainement le général Caillé qui refusa, on se rejeta sur le général de Beaufort d'Hautpoul. Celui-ci, de concert avec de Moltke et des officiers de l'état-major allemand, traça la ligne de démarcation entre les deux armées pour la province. Il devait revenir à Versailles le lendemain pour continuer à régler ce qui concernait Paris. Mais on l'avait trouvé trop surexcité, cassant, et s'exprimant sur un ton de vivacité qui parut peu compatible avec la nature de sa mission (2). Bismarck imposa son remplacement. Le jour suivant, qui fut précisément le 28 janvier, jour de la conclusion des préliminaires, Favre revint accompagné du général de Valdan, chef d'état-major du général Vinoy qui avait remplacé Trochu comme gouverneur de Paris. L'usage, cette fois, était respecté. Cet officier discuta et régla avec l'état-major allemand les détails relatifs à la reddition des forts, au tracé des lignes de démarcation de-

---

(1) *Enquête parlementaire sur les actes du gouvernement de la Défense nationale, dépositions des témoins*, déposition de J. Favre, t. I, p. 362.
(2) Récit de d'HÉRISSON, témoin oculaire, dans son *Journal d'un officier d'ordonnance*, Paris 1885, in-12, pp. 348-349, confirmé par Favre, déposition, t. I, p. 363. Beaufort dans sa déposition avoue lui-même avoir été peut-être dur et cassant (Dépositions des témoins, t. III, p. 166).

vant Paris, à la remise de l'armement et du matériel (1). Néanmoins, malgré la présence de ces militaires aux négociations, l'instrument de la convention ne fut pas signé par eux. Cette abstention des représentants de l'autorité militaire souligne encore de façon significative la portée politique de la convention qui mettait fin du même coup à la résistance de Paris et à celle de la France (2).

Ces précisions réduisent à sa vraie valeur la prétendue satisfaction que le roi Guillaume aurait voulu accorder à l'héroïsme de Paris. Il aurait consenti que l'acte du 28 janvier fût qualifié uniquement armistice. C'est, du moins, ce que rapporte Favre à qui Bismarck l'a affirmé à plusieurs reprises (3). Le négociateur allemand savait à qui il parlait et comme notre représentant était facile à s'illusionner et à se contenter des apparences. Il se trouvait qu'en effet nos gouvernants avaient intérêt à masquer la capitulation derrière l'armistice. Les Allemands, de leur côté, voyaient dans l'armistice la chose essentielle. Il était donc tout simple pour eux de ne pas mettre en vedette le mot de capitulation, du moment qu'ils avaient la chose et que l'acte fût désigné sous le nom qui lui convenait le mieux (4).

Le caractère double de la convention du 28 janvier se retrouve tout naturellement dans son contenu. Sur quinze articles, cinq sont d'ordre général et concernent l'armistice. Ils viennent en tête et à la fin, encadrant les dix autres qui sont spéciaux à Paris. Il y a peu d'observations notables à

---

(1) Déposition de Valdan dans l'enquête parlementaire (Dépositions des témoins, t. III, pp. 177-185).

(2) SOREL, *Histoire diplomatique de la Guerre franco-allemande*, t. II, p. 183, fait erreur en rapportant que la convention aurait été signée du côté français par Favre et Valdan. Seuls Bismarck et Favre ont signé. Et ce sont encore les deux seules signatures que l'on trouve au bas de l'annexe, en date du 29 janvier, réglant les questions militaires concernant Paris.

(3) J. FAVRE, *Gouvernement de la Défense nationale*, t. III, pp. 5-6.

(4) Aussi plus tard essaya-t-on de tirer parti du caractère politique et gouvernemental de la convention du 28 janvier. Lors de la discussion de la loi du 28 avril 1873, relative au remboursement à la ville de Paris d'une partie de la contribution de guerre que lui imposait l'armistice, un député proposa que la contribution lui fût tout entière remboursée. Cette proposition fut rejetée. VILLEFORT, t. III, pp. 261-262.

faire sur ces cinq stipulations. Elles n'ont rien que de normal. Bien que l'armistice proclamé par l'article 1 soit général, certaines parties du territoire en sont exceptées. Ce sont les régions où se continuaient les opérations de l'armée de l'Est, savoir les départements du Doubs, du Jura, de la Côte-d'Or et le terrain du siège de Belfort. Rien, en effet, ne s'oppose à ce qu'on restreigne de la sorte la portée d'un armistice. Il appartenait à chacun des contractants d'aviser les autorités militaires respectives de la continuation partielle des hostilités, prévue expressément dans le dernier alinéa de l'article. On sait que de notre côté cette précaution fut négligée et que cette fatale omission amena le désastre de ce qui restait de l'armée de l'Est.

Il n'y a rien d'exceptionnel non plus dans l'article 14 qui prescrit un échange immédiat des prisonniers. On remarquera seulement qu'il s'agissait d'échange et non de libération. Celle-ci ne peut être qu'une suite de la cessation définitive de l'état de guerre. La clause n'était donc, en somme, qu'un simple cartel. La réciprocité était stipulée, comme de droit. Mais cette égalité de traitement n'était qu'une apparence. Le nombre des prisonniers allemands tant militaires que civils était minime, celui des prisonniers français considérable. De la sorte, les Allemands obtenaient, même avant la paix, la mise en liberté de tous leurs nationaux. Les nôtres, pour la majeure partie, restaient en captivité. En fait, l'Allemagne profitait plus que nous de la clause.

L'article 12 portait que, durant l'armistice, il ne serait rien distrait des valeurs publiques pouvant servir de gage au recouvrement des contributions de guerre. C'était une mesure conservatoire et qui, sans être d'une dureté exagérée, témoignait d'un sentiment de défiance que rien ne justifiait. Elle était d'ailleurs l'annonce des intentions du vainqueur, l'amorce des réclamations pécuniaires qu'on se proposait de produire.

Remise des forts, désarmement de l'enceinte, désarmement de la garnison déclarée prisonnière de guerre, à l'ex-

ception d'une division de 12.000 hommes et de la garde
nationale demeurant armées pour le service intérieur, dispositions relatives au ravitaillement et à la libre circulation
des personnes : telles sont en bref les clauses spéciales à Paris,
ville de guerre capitulant après un siège de plus de quatre
mois. Elles ne sortent en rien de l'ordinaire. Toutefois, par
dérogation à l'usage, l'article 4 stipule que les troupes de
l'assiégeant n'occuperont pas la place. Mais cette abstention pouvait passer pour une mesure de prudence plutôt
que pour une concession à l'assiégé. La renonciation était
d'ailleurs déclarée provisoire, ne devant persister que durant l'armistice. Elle n'engageait pas l'avenir. L'événement
a prouvé que là, comme partout où elle le pouvait, l'Allemagne n'abandonnait rien de son droit. Pour le moment,
elle songea à tirer parti de cette apparente concession, à la
faire payer à la ville vaincue. « Supposé qu'on prît Paris,
écrivait Frédéric II, il faudrait bien se garder d'y faire
entrer des troupes, parce qu'elles s'amolliraient et per-
draient la discipline ; il faudrait se contenter d'en tirer de
grosses contributions (1). » Ce conseil d'un ancêtre ne devait
point être oublié. L'article 11 de la convention du 28 janvier
frappe la ville de Paris d'une contribution municipale de
guerre de 200 millions, qui devait être payée avant le quinzième jour de l'armistice.

II

Ce fut, comme Bismarck le proclama le premier et comme
tout le monde l'a répété après lui, la *rançon de Paris*. Place
de guerre capitulant après un siège régulier, Paris devait-il
une rançon au sens propre du terme ? Et, puisque dans les
actes officiels on avait la pudeur de ne pas se servir du mot,
puisqu'on y parlait de contribution de guerre, pouvait-on
exiger de Paris une contribution de cette nature ? Tout le

---

(1) Cité par ROTHAN, *L'Allemagne et l'Italie, 1870-1871*, Paris 1884, in-8,
p. 78, n. 1.

monde sur le moment a paru l'admettre sans difficulté. Favre a bataillé sur le chiffre, mais non sur le principe (1). Personne ne révoqua en doute ce qu'on crut être le droit du vainqueur; personne, en tout cas, ne se demanda si, quoique soutenable en théorie, cette réclamation d'argent n'avait pas quelque chose d'insolite et ne pouvait pas être écartée en se plaçant sur le terrain des faits.

Qui dit rançon dit rachat. La rançon est toujours le moyen donné à quelqu'un d'obtenir la liberté ou la sécurité de sa personne ou de ses biens contre paiement d'une somme fixée d'accord. La rançon d'une ville qui s'est rendue à l'assiégeant suppose donc que celui-ci avait droit absolu sur la ville et ses habitants et qu'il a renoncé à exercer ce droit. Mais en quoi consiste exactement le droit de l'assiégeant? On avait admis jadis que l'ennemi qui s'empare d'une place peut disposer comme il lui plaît de la vie ou de la fortune des assiégés, qu'il est autorisé par conséquent à livrer la place au pillage. La rançon était le rachat de ce droit. Mais il y a longtemps que le pillage est condamné par les usages de la guerre. Il ne peut donc être question de racheter à prix d'argent un droit qui n'existe pas (2).

Toutefois, si les rançons sont proscrites, on admet les contributions de guerre imposées aux pays occupés et levées en argent, soit pour fournir à l'occupant l'équivalent des réquisitions en nature, soit même pour l'indemniser des dommages qui lui ont été causés injustement. Au cours des hostilités, les chefs de l'armée allemande n'avaient certes pas manqué d'user de ce moyen fructueux de se créer des ressources et, sans ménagement, ils avaient été jusqu'à la limite extrême de leur droit. Mais si les lois de la

---

(1) J. Favre, *Gouvernement de la Défense nationale*, t. II, p. 399; Valfrey, *Histoire de la diplomatie du gouvernement de la Défense nationale*, t. III, pp. 78, 83, 84.

(2) Telle était la doctrine de Bluntschli, dans son *Droit international codifié*, n° 654, et il blâmait les Prussiens pour avoir, en 1866, levé sans motifs suffisants des contributions en argent. Pasquale Fiore, *Nouveau Droit international*, trad. Pradier-Fodéré, Paris 1869, est également de cet avis, t. II, pp. 305-306.

guerre moderne permettent à l'ennemi d'exploiter de la
sorte les parties du territoire envahi non défendues, il est
douteux qu'il en soit de même pour les villes assiégées qui
se rendent. Si la contribution dont on les frappe est représentée comme l'indemnité d'un dommage, il paraît difficile
de dire quel a été ce dommage. Serait-ce d'avoir résisté,
d'avoir causé ainsi à l'assiégeant un surcroît de pertes en
hommes et en argent ? Il n'est pas possible de l'admettre.
Car cette résistance était attendue, conforme qu'elle est à
la destination de la place, justifiée par les lois mêmes de
la guerre, légitime par conséquent. Tout au plus pourrait-
on admettre ici une contribution pécuniaire, servant de
substitut à des réquisitions en nature, dès lors relativement
peu considérable.

Il est peu probable que la pensée de Bismarck se soit
attardée à ces considérations d'ordre juridique. Les récits
authentiques des pourparlers où fut discutée la question
de la contribution diffèrent quelque peu quand ils rapportent les paroles du chancelier. Selon Favre, il aurait dit :
« La ville de Paris est une personne trop puissante et trop
riche pour que sa *rançon* ne soit pas digne d'elle. Il me semble qu'il serait peu convenable de l'abaisser au-dessous d'un
milliard (1). » Mais Cresson, le préfet de police, rapporte
autrement le propos tel que le lui répéta Favre lui-même,
qu'il accompagnait à son retour de Versailles : « La ville de
Paris, aurait dit Bismarck, est une demoiselle assez riche et
assez bien entretenue pour payer sa *rançon* (2). » Ce doit
être la vraie version. Favre aura trouvé trop crue cette plai-
santerie de soudard. Il l'a vêtue d'habits décents (3). Si

---

(1) J. FAVRE, *Gouvernement de la Défense nationale*, t. II, p. 399.
(2) CRESSON, *Les premiers jours de l'armistice en 1871*, Paris 1884, in-8, p. 32.
(3) Bismarck aimait à revenir sur cette phase des négociations. Il l'a contée,
paraît-il, mais de façon fantaisiste, dans une réception qu'il donnait en 1884,
rapportée par J.-J. WEISS, *Au Pays du Rhin*, Paris 1887, pp. 28-29. « Les plénipotentiaires français s'en allaient; ils étaient déjà sur l'escalier quand je
leur ai extirpé, *ausgedrungen*, 200 millions de contribution de guerre à lever
sur la ville de Paris. » Nos plénipotentiaires, ajoute plaisamment Weiss, auraient bien dû descendre l'escalier un peu plus vite.

divergentes qu'elles soient, les narrations pourtant con-
cordent en un seul point : la ville devait une *rançon*. Ainsi
d'un mot le vainqueur montrait à nu son état d'âme, ses
façons de penser d'un autre âge.

Avait-on chance, en contestant le principe, de faire revenir
Bismarck sur sa décision? Pouvait-on instituer une discussion utile sur la légitimité de la rançon? Il est probable que
c'eût été peine perdue. Comme il l'avait dit précédemment
au maire de Versailles s'insurgeant contre une amende de
100 francs imposée à la ville : « Ne discutons pas sur les principes; vous ne voulez pas que ce soit une amende, eh bien !
ce sera une contribution de guerre, une exaction si vous voulez (1). » En homme qui n'avait point souci des théories,
pour qui le résultat seul comptait, il n'eût pas manqué de
répondre du même style aux objections de droit qu'on lui
eût présentées. Mais, transporté sur un autre terrain, le
débat eût pu tourner à notre avantage. Des précédents ne
manquaient pas qu'on eût pu utilement invoquer.

Avant Paris, quantité d'autres places fortes avaient dû
capituler. A aucune l'ennemi n'avait imposé une contribution de guerre. Dans la majorité des cas, la capitulation est
muette sur le paiement d'une somme d'argent. Et si, pour
quelques villes, Soissons, La Fère, Péronne, Longwy, il en
est parlé, c'est pour spécifier qu'on les dispense de payer,
à raison des dommages qu'elles ont soufferts, ou à cause de
leur belle résistance (2). Chez les chefs militaires allemands
persistait donc cette conception retardataire, qu'ils étaient
en droit d'exiger une contribution de guerre, lors de la reddition d'une place. Mais, expressément ou tacitement, ils
avaient consenti à ne point appliquer leurs principes.

Connaissait-on le détail de ces faits à Paris? Cela est peu
probable, étant donné l'investissement absolu de la capitale
où n'avaient pu filtrer que de rares nouvelles du dehors. Et
il fut également impossible, pendant les quelques jours de

---

(1) Délerot, *Versailles pendant l'occupation*, Versailles 1900, in-8, p. 206.
(2) Pour le texte des capitulations, voir Villefort, t. I, pp. 287 et suiv.

négociation où l'on débattit l'armistice, de se documenter
sur les capitulations. Notre négociateur était soigneusement
tenu séquestré, maintenu isolé, sans pouvoir communiquer
avec qui que ce fût au dehors. Que Favre, diplomate improvisé, n'ait pas songé de lui-même à demander à s'éclairer
sur la question, il n'en faut pas être surpris. Mais, qu'il ne
se soit trouvé personne, ni à l'Office des affaires étrangères
dont il était le chef, ni parmi ses collègues du Gouvernement,
ni dans le monde des chefs militaires, pour penser à ce
moyen de discuter et le lui signaler, cela montre jusqu'où
allait le trouble des esprits. Paris n'était-il pas digne d'avoir
le sort de Soissons, de La Fère ou de Longwy ? Sa longue
résistance, les dommages de toute nature qu'il avait soufferts, ne lui méritaient-ils pas ce traitement privilégié (1)?
Était-ce assez d'avoir laissé ses armes à la garde nationale,
d'avoir renoncé provisoirement à entrer dans le corps de la
place ? Ne pouvait-on pas épargner à la capitale cette
charge écrasante, cette contribution municipale qui n'avait
pas jusqu'alors de précédents? On eût pu soutenir cette
thèse avec vigueur, peut-être même avec succès. On n'y
pensa pas. On préféra marchander sur le chiffre, obtenir
qu'il fût abaissé d'un milliard à 200 millions. Même rame-
née à ce taux, la contribution était exorbitante. Mais déjà
se dessinait l'un des caractères typiques de toutes ces négociations. Les stipulations financières prenaient une place
prépondérante dans les accords entre les deux États. Il fallait
à l'Allemagne de l'argent; il lui en fallait tout de suite (2).
La guerre l'avait épuisée plus qu'elle ne voulait l'avouer.
L'occasion était bonne. La capitale vaincue était assez riche
pour entretenir quelque temps son vainqueur.

Telle fut la première convention entre les deux États belligérants. Dans son ensemble, elle était à l'avantage de l'Al-

---

(1) Tel a été le thème développé par un membre de l'Assemblée nationale,
lors de la discussion de la loi du 7 avril 1873. VILLEFORT, t. III, p. 262.

(2) C'est ce que prouve le terme très rapproché stipulé pour le paiement
qui devait être fait avant le quinzième jour de l'armistice (art. 11 de la convention d'armistice). VILLEFORT, t. I, p. 6.

lemagne. Les quelques concessions de détail qu'elle faisait, le non-désarmement de la garde nationale, la limitation de l'occupation aux forts, le maintien des troupes prisonnières dans Paris, étaient en réalité un profit de plus pour l'assiégeant. Et il ne faut pas s'étonner, comme le fait J. Favre, que l'armistice ait eu ce caractère, qu'il n'ait pas été une transaction renfermant des concessions réciproques (1). Les choses se passent toujours de la sorte lorsqu'un des adversaires est assez fort pour imposer ses volontés et dicter sa loi au vaincu. La position n'était plus égale. Après tout, les déconvenues que nous causait cette première rencontre sur le terrain diplomatique étaient bien minimes auprès des sacrifices que nous allions être obligés de consentir.

III

La convention d'armistice posait les principes. Des annexes devaient en assurer l'application. Ces conventions accessoires touchent à des questions diverses qui se groupent en deux catégories.

Dans la première rentrent les conventions ayant trait aux opérations militaires. Ce sont : 1° celle du 29 janvier 1871 traçant la ligne de démarcation des armées devant Paris, réglant la reddition des forts et la remise de l'armement et du matériel, datée de Versailles, signée par Bismarck et Favre ; 2° celle du 31 janvier 1871, complétée le 5 février, établissant la démarcation entre les deux armées dans le Nord, signée sur place par les chefs d'état-major des corps en présence ; 3° celle du 15 février 1871, datée de Versailles, signée par les signataires de l'armistice général et stipulant la reddition de Belfort, l'extension de l'armistice aux trois départements qui en avaient été exceptés et la démarcation des troupes dans ces régions (2).

---

(1) J. FAVRE, *Gouvernement de la Défense nationale*, t. III, p. 4.
(2) VILLEFORT, t. I, pp. 7, 9, 16, 19.

Au nombre de ces conventions ne figure pas celle qui réglait la position respective des deux armées dans tout le reste du pays. La chose avait été faite par avance dans l'armistice même (art. 1). On remarquera en passant ce que ce procédé avait d'insolite. Le tracé, au lieu d'être, comme d'usage, l'œuvre des chefs de corps ou de leurs délégués, au lieu d'être effectué sur le terrain même des opérations, avait été convenu à Versailles entre les deux négociateurs et inscrit dans la convention d'armistice. Ici, une fois de plus, c'est nous qui faisions les frais de l'accord. Le général de Beaufort, qui assistait Favre, n'était pas plus que lui au courant des opérations de province. Il ne lui fut d'aucune aide. Aussi l'État-major allemand en profita-t-il pour avancer ses lignes, gagner du terrain et occuper de meilleures positions en vue d'une reprise possible des hostilités (1).

Quant aux conventions du second groupe, elles sont datées de Versailles, les 2 et 3 février 1871. Elles ont pour objet le rétablissement des communications télégraphiques et postales (2). On y peut joindre l'accord du 11 février 1871 par lequel la commission mixte allemande et française réglait le mode de paiement de la contribution de guerre imposée à la capitale. Les versements devaient être effectués de la manière suivante : 50 millions en numéraire, 50 millions en billets de la Banque de France, 37 millions et demi en lettres de change sur Berlin, à deux mois de date, 63 millions en lettres de change sur Londres, à six jours et quinze jours de date. La ville de Paris s'adressa à la Banque de France pour avoir le numéraire et les billets, à un syndicat des premières maisons de banque de Paris pour la fourniture des remises sur Berlin et Londres. L'exécution suivit

---

(1) *Enquête parlementaire, dépositions des témoins*, CHAPER, t. I, p. 367; DE BEAUFORT, t. III, p. 167; note de Trochu, du 13 février 1871, annexée à la déposition de Valdan, t. III, pp. 184, 185. VALFREY, *Histoire de la diplomatie du gouvernement de la Défense nationale*, t. III, p. 89; SOREL, *Histoire diplomatique de la Guerre franco-allemande*, t. II, p. 185.

(2) VILLEFORT, t. I, pp. 13, 14.

immédiatement. A la fin de juin 1871, tout avait été réglé (1).
Cette première affaire financière si vite et si bien terminée
n'était qu'un prélude. Ce coup de sonde dans les réserves de
la richesse française avait pleinement réussi. Si la force
militaire de la France était abattue, sa vitalité financière
était encore intacte. On pourrait par la suite formuler de
plus grosses exigences.

BIBLIOGRAPHIE

Le détail des négociations relatives à l'armistice se trouve rapporté dans J. FAVRE, *Gouvernement de la Défense nationale*, t. II,
pp. 362-417, t. III, pp. 1-7, complété par sa déposition dans
l'*Enquête parlementaire sur les actes du gouvernement de la Défense nationale, dépositions des témoins*, t. I, pp. 356-375. On y
joindra les narrations de VALFREY, *Histoire de la Diplomatie du
Gouvernement de la Défense nationale*, t. III, pp. 60-99 et de
SOREL, *Histoire diplomatique de la Guerre franco-allemande*, t. II,
pp. 163-185.

Sur le rôle joué par les militaires successivement adjoints à
Favre, les généraux de Beaufort et de Valdan et la part prise
par chacun d'eux dans le règlement des questions d'ordre militaire, on se référera en particulier aux dépositions de ces deux
officiers généraux dans l'*Enquête parlementaire, dépositions des
témoins*, t. III, pp. 163-176, 177-185, auxquelles il faut joindre
une relation faite par Calvel, lieutenant d'état-major attaché au
général de Beaufort, annexée à la déposition de ce dernier,
Dépositions des témoins, t. III, pp. 168 et suiv. D'Hérisson, officier d'état-major qui, à plusieurs reprises, pendant le siège, avait
été en parlementaire à Versailles, accompagna Favre pendant
les négociations d'armistice. Son récit, surtout anecdotique, consigné dans son *Journal d'un officier d'ordonnance*, Paris 1885, in-18,
pp. 347-360, n'est pourtant pas à négliger. VINOY, *L'Armistice
et la Commune*, Paris 1872 in-8, pp. 437-439, a tenu à bien préci-

_____

(1) Le texte de l'accord conclu par la commission mixte n'est pas rapporté
par Villefort. Les renseignements sont empruntés à Léon SAY, *Rapport de
la commission du budget de 1875 sur le paiement de l'indemnité de guerre*,
reproduit dans VILLEFORT, t. IV, pp. 41, 42.

ser, mieux que Favre dans ses récits, les dates où des militaires furent adjoints au négociateur et le rôle de chacun d'eux.

L'exemple de Bismarck a été contagieux. Après lui, on a continué à parler de *rançon*, à propos de la contribution de guerre imposée à Paris. Voir entre autres : Maxime DU CAMP, *Les Convulsions de Paris*, Paris 1879 in-8, t. III, p. 162 : « Paris dut payer rançon comme un roi prisonnier »; VALFREY, *Histoire de la diplomatie du gouvernement de la Défense nationale*, t. III, p. 83; BONNET, *Le Paiement de l'indemnité prussienne* (*Revue des Deux-Mondes 1873*, numéro du 1er juillet, p. 157).

Il est remarquable que même les auteurs français qui ont étudié au point de vue du droit international les pratiques suivies par les belligérants en 1870-1871, ont omis de relever le caractère anormal de la contribution de guerre imposée à Paris, ville forte capitulant après un siège. MORIN, *Les Lois relatives à la guerre*, Paris 1872, 2 vol. in-8, t. I, chap. IX, p. 477, explique que si on exigea une contribution c'est que, au lieu d'occuper la ville, on se contenta de l'ouvrir à quelques mille hommes qui ne devaient pas dépasser les Champs-Élysées et n'y devaient rester que peu de jours. L'erreur est manifeste. La question de l'entrée des troupes allemandes dans Paris n'a point été tranchée par la convention d'armistice. L'article 4 décidait simplement que, pendant la durée de l'armistice, les troupes allemandes n'entreraient pas dans Paris. Mais la question n'était que réservée. L'occupation partielle de Paris fut décidée, après l'armistice, par la convention additionnelle aux préliminaires, du 26 février 1871, alors que la contribution était imposée depuis un mois, payée même en partie. Il est inexact par conséquent de représenter cette contribution comme le rachat de l'occupation totale de Paris. Le même auteur, t. II, pp. 491-492, examinant les conditions des capitulations, constate qu'elles ont été à peu près les mêmes partout, sauf que la convention de Versailles contenait aussi un armistice. Mais, ce qu'il y a eu d'anormal dans la capitulation de Paris, la contribution en argent, lui a échappé. Le caractère exorbitant de cette exigence n'est relevé ni par GUELLE, *Précis des lois de la guerre sur terre*, Paris 1884, t. II, p. 317, ni par GIGOUT, *Les principales violations du droit des gens commises par les armées allemandes pendant la campagne de 1870-1871*, Dijon 1900, in-8, p. 61, ni par BRENET, *La Campagne de 1870-1871 étudiée au point de vue du droit des gens*, Grenoble 1902, p. 82.

Le rapport de la commission nommée par l'Assemblée nationale pour faire une enquête sur les départements envahis, constate que la somme payée par les départements aux Allemands avant le 3 mars 1871, à titre d'impôts, contributions de guerre ou amendes, s'élevait, suivant quittances authentiques, à 79.558.282 francs. Il s'agissait de rechercher ce qui dans ce chiffre devait être considéré comme impôts payés à l'ennemi occupant, et donnant lieu par conséquent à une restitution intégrale due par le Trésor français. Les agents des finances chargés de ce travail délicat ont constaté que, dans la somme globale ci-dessus, les impôts figuraient pour 49.476.822 francs, les contributions de guerre et amendes pour 30.081.459 francs. (Voir Villefort, t. III, pp. 155, 156, 159, 160, 161, et l'état récapitulatif annexé au rapport, pp. 180-181.) Il va de soi que le montant de la contribution imposée à Paris ne figure pas dans ces chiffres. On peut donc conclure que Paris, taxé à 200 millions, alors que les départements envahis l'ont été à un peu plus de 30 millions, a dû payer six fois plus que ceux-ci.

CHAPITRE III

LES PRÉLIMINAIRES DE VERSAILLES

L'armistice était de vingt et un jours. Il devait expirer
le 19 février. Une convention du 15 février l'étendit aux
trois départements de l'Est qui en avaient été exceptés (1).
Puis, il fut successivement prorogé au 24 et au 26 (2). Cet
armistice avait été expressément conclu en vue de permettre
la nomination et la convocation d'une assemblée qui devait
se prononcer sur la continuation de la lutte. On avait fait
hâte. Les élections avaient eu lieu, même dans les départements qu'on soupçonnait devoir être gardés définitivement par l'Allemagne. L'assemblée s'était réunie à Bordeaux. Elle voulait la paix, ardemment, au prix des plus
douloureux abandons. Elle l'avait prouvé, d'abord en choi-
sissant Thiers comme chef du pouvoir exécutif, ensuite en
écartant la prise en considération de la protestation des
députés de l'Est contre toute cession éventuelle des territoires qu'ils représentaient (3). Thiers et Favre avaient reçu
pleins pouvoirs pour négocier à Versailles. Une commission
de quinze membres de l'assemblée devait les assister à titre
consultatif (4). En fait, c'est Thiers qui devait tout mener.

Il est peu conforme à l'usage qu'un chef d'État conduise
lui-même des négociations. Et il est avantageux, en effet,
qu'il n'y soit pas mêlé directement. Tout autre que lui a la

(1) VILLEFORT, t. I, pp. 19-20.
(2) VILLEFORT, t. I, p. 2, n. 1.
(3) Séance du 17 février 1871, VILLEFORT, t. II, p. 1.
(4) Séance du 19 février 1871, VILLEFORT, t. II, p. 6.

ressource de ne point s'engager à fond, de demander des délais pour en référer à son gouvernement, de se ménager une retraite. Mais Thiers n'eût pas voulu se réfugier derrière d'autres. Il se confiait en son habileté, en son expérience. A lui seul, il espérait avoir assez d'autorité pour mener au mieux la discussion avec un adversaire redoutable, peut-être même pour lui faire tête. Dès le 21 février, les pourparlers commencèrent. Ils se continuèrent sans arrêt jusqu'au 26. Ce jour-là furent signés les préliminaires.

Il n'a été conservé aucune constatation officielle des débats passionnés qui remplirent ces journées tragiques. On n'a pas coutume d'ailleurs de rédiger le protocole des pourparlers destinés à aboutir à une convention qui, par essence, est provisoire, puisqu'elle ne sert qu'à poser les bases préliminaires pour la paix définitive. L'instrument diplomatique est donc le seul acte authentique qui soit resté. Mais les narrations des principaux acteurs, celle de Favre, oratoire et néanmoins sincère, celle de Thiers, un peu plus contenue, permettent de suivre les péripéties de cette dernière partie du drame poignant dont notre pays, depuis de longs mois, était le théâtre. Il ne rentre pas dans notre dessein de rappeler ces discussions. Leur résultat seul nous importe.

Il est consigné dans une convention en dix articles, conclue entre la France et l'empire d'Allemagne de création toute fraîche (1). L'acte est du 26 février 1871. Il est conclu non seulement par la Prusse et les autres États de la Confédération du Nord, mais aussi par les États du Sud : Bavière, Wurtemberg, Bade. Nos négociateurs avaient pensé que, ceux-ci ayant fait la guerre en qualité d'États indépendants, il fallait signer une convention séparée avec chacun d'eux. Mais Bismarck ne l'entendait pas ainsi. Il ne pouvait les laisser livrés à leurs inspirations particularistes qui pouvaient contrarier les vues de la Prusse. Aussi les avait-il tenus à l'écart des pourparlers, soulignant ainsi leur effacement devant leur toute-puissante alliée, l'anéantis-

_____

(1) VILLEFORT, t. I, p. 21.

sement de leur personnalité internationale. Mais, pour ménager leur susceptibilité, il les admit à la lecture et fit figurer leurs noms comme parties contractantes, après que, par acte d'accession daté du même jour, ils eurent déclaré adhérer à la convention (1).

Le nom sous lequel l'acte du 26 février devait être désigné officiellement ne paraît pas avoir préoccupé outre mesure ses rédacteurs. Tandis que les articles 6 et 7 parlent de « préliminaires », l'article 10 de « traité préliminaire », les articles 1, 3, 8 le qualifient purement et simplement de « traité ». Ces négligences de rédaction n'empêchent pas l'acte d'être une convention de préliminaires, c'est-à-dire qu'il indique les conditions de la paix définitive, et que ces stipulations, en ce qu'elles ont d'essentiel, ne doivent plus être modifiées par les négociations ultérieures. Le préambule ne laisse aucun doute à cet égard.

Cette façon de procéder, très fréquente dans les usages diplomatiques d'alors, ne va pas sans inconvénients. Elle laisse la porte ouverte à des discussions ultérieures sur des points accessoires qui peuvent avoir leur importance. Elle permet aussi aux contractants de profiter des circonstances survenues dans l'intervalle et de les faire tourner à leur profit. C'est, peut-on dire, la paix en deux volumes. Mais si le second est destiné à développer les idées directrices du premier, il est à craindre qu'on n'en profite pour en altérer l'esprit. Cette méthode est donc peu recommandable. Mais les diplomaties se plaisent aux anciens errements. La suite a prouvé qu'on eût mieux fait de s'en écarter. Au surplus, les deux parties étaient lasses de la lutte. La France, à bout d'efforts, ne pouvait plus la soutenir. L'Allemagne redoutait l'intervention ou l'immixtion des neutres. On alla au plus pressé, s'en rapportant aux négociateurs définitifs du soin de compléter les lacunes inévitables d'un acte hâtivement conclu, où l'on croyait avoir mis l'essentiel.

Venaient au premier rang les clauses qu'on appelle com-

---

(1) VILLEFORT, t. I, p. 26.

munément spéciales, celles qui consacrent entre les deux contractants un état de choses nouveau, conséquence des succès militaires remportés par l'un d'eux. Ce sont les stipulations intangibles, celles qui ne peuvent plus être changées lors de la conclusion de l'acte définitif. En tête, est inscrite la cession à l'Empire allemand d'une partie du territoire français située à l'est d'une frontière dont le tracé est soigneusement indiqué. Toutefois, la ville et les fortifications de Belfort, primitivement comprises dans la portion cédée, restent à la France avec un rayon à déterminer ultérieurement (art. 1). C'est ensuite l'obligation à la charge de la France de payer à l'Allemagne une indemnité de 5 milliards de francs, avec indication sommaire des termes de paiement (art. 2). Comme garantie du paiement de l'indemnité, l'article 3 stipule que certaines parties du territoire français resteront soumises à l'occupation des troupes allemandes et indique les conditions de l'évacuation progressive. Le chiffre de l'armée d'occupation est fixé à 50.000 hommes, mais à dater seulement du paiement des deux premiers milliards. Enfin, les frais d'alimentation des troupes de l'armée occupante devront être supportés par la France, d'après des bases à débattre avec l'intendance militaire allemande (art. 4).

A ces clauses viennent s'adjoindre celles qu'on trouve communément dans les préliminaires de paix, parce qu'elles sont la conséquence nécessaire du rétablissement des relations pacifiques. C'est la cessation immédiate des réquisitions en argent ou en nature dans les territoires occupés (art. 4), la mise en liberté des prisonniers de guerre qui n'auraient pas été échangés (art. 6), le droit pour l'État français de percevoir dès à présent les impôts dans les départements occupés dont l'administration ne devait pourtant être remise à l'autorité française qu'après le traité définitif (art. 8). Enfin, on convenait que pour la conclusion de ce traité des négociations seraient ouvertes à Bruxelles sur la base des préliminaires, une fois ceux-ci ratifiés (art. 7).

Cette convention, on l'avait spécifié, ne pouvait avoir

effet qu'après ratification par l'Assemblée nationale (art. 10).
Immédiatement elle fut soumise à ses délibérations (1).
Avec une décision que les circonstances rendaient nécessaire, l'Assemblée, cédant aux objurgations de Thiers, au
désir ardent de paix manifesté par le pays, la vota le
1er mars. L'échange des ratifications eut lieu le lendemain à Versailles (2). La rapidité qu'on avait mise à voter
l'acte et à échanger les ratifications évitait la prolongation
d'une situation très critique, dont il n'a pas encore été
parlé : l'occupation d'une partie de Paris par l'armée allemande.

L'armistice, on se le rappelle, n'avait pas tranché définitivement la question de l'entrée des troupes allemandes
dans la capitale. Lors de la négociation des préliminaires,
ce point fut l'objet d'une discussion des plus vives entre
Bismarck et Thiers. Les Allemands tenaient essentiellement
à occuper la ville, à donner à leur armée victorieuse cette
satisfaction d'amour-propre. Il paraissait difficile de s'y
opposer. On parvint à faire de cette demande un objet de
transaction. On avait fini par proposer à Thiers et Favre de
choisir entre l'occupation temporaire de certains quartiers
de Paris et la restitution de Belfort et de son rayon. Nos
négociateurs n'avaient pas hésité (3). Ils avaient opté pour
la conservation de la vaillante place de guerre qui avait
résisté jusqu'à la dernière heure et ne s'était rendue à l'ennemi que sur l'ordre du gouvernement français (4).

Cet arrangement avait été écrit, partie dans les préliminaires, où l'article 1 *in fine* laissait Belfort et son rayon
en dehors des territoires cédés, partie dans une convention
additionnelle datée du même jour, qui réglait l'occupation
partielle de la capitale par un chiffre de troupes ne dépas-

---

(1) Villefort, t. II, pp. 11 et suiv.
(2) Procès-verbal d'échange des ratifications, dans Villefort, t. I, p. 28.
(3) Thiers, *Notes et Souvenirs*, pp. 113, 117, 118, 125, 126 ; Favre, *Gouvernement de la Défense nationale*, t. III, pp. 105-106.
(4) Villefort, t. I, p. 322. Bitche ne s'est rendue qu'un mois après, le
23 mars 1871. Villefort, t. I, p. 325.

sant pas 30.000 hommes (1). On avait d'ailleurs limité
la durée de cette occupation. Il était convenu (art. 3 des
préliminaires) qu'immédiatement après la ratification, les
troupes allemandes évacueraient l'intérieur de Paris et les
forts de la rive gauche. Il y avait donc intérêt, une fois les
préliminaires ratifiés, à hâter l'envoi à Versailles de l'instrument en bonne et due forme de cette ratification. Les
précautions les plus minutieuses furent prises pour arriver
à ce résultat (2). Un messager porteur de la ratification de
l'Assemblée était parti de Bordeaux le jour du vote, il était
arrivé le lendemain 2 mars, à Paris. L'échange des ratifications avait pu avoir lieu le jour même. La rapidité avec
laquelle on s'était acquitté de ces formalités avait écourté
la durée de l'occupation de Paris et empêché l'entrée solennelle que l'empereur d'Allemagne se proposait d'y faire le
3 mars.

Aussitôt les ratifications échangées, les deux gouvernements se concertèrent au sujet des stipulations des préliminaires qui étaient susceptibles d'une exécution immédiate. De là sortirent sept conventions additionnelles dont
plusieurs fort importantes. Les 4 et 6 mars, deux accords
entre les chefs d'état-major règlent l'évacuation des forts
de Paris (rive gauche) et l'occupation de Versailles par l'armée française (3). Vient ensuite la convention du 10 mars,
signée à Reims par les directeurs généraux des postes des
deux États, en vue de l'exécution du service postal dans les
départements occupés (4). Deux conventions sont datées de
Ferrières, le 11 mars: la première, entre J. Favre et le chef
d'état-major allemand Podbielski, concerne la remise à la
France des prisonniers de guerre français (5); la seconde,

_____

(1) Convention additionnelle dans VILLEFORT, t. I, p. 27. Elle est complétée
pour le détail par une convention du même jour, négociée par le général de
Valdan avec le général de Moltke, VILLEFORT, t. I, p. 29.
(2) Narration circonstanciée dans FAVRE, *Gouvernement de la Défense nationale*, t. III, pp. 154-157.
(3) VILLEFORT, t. I, p. 31.
(4) VILLEFORT, t. I, p. 35.
(5) VILLEFORT, t. I, p. 54.

réglant dans le plus grand détail l'alimentation et le logement des troupes de l'armée d'occupation, est signée par
J. Favre et deux intendants militaires allemands (1). Il
était convenu dans cette dernière que l'intendance allemande aurait à pourvoir à l'alimentation pour laquelle la
France devait fournir une indemnité pécuniaire évaluée à
1^f 75 par ration de vivres et à 2^f 50 par ration de fourrages,
sur le pied de 500.000 rations de vivres et 150.000 rations de
fourrages par jour, avec réduction graduelle quant au nombre de rations, à mesure des paiements sur l'indemnité de
guerre. D'autres dispositions, contenues dans cette convention ou ses annexes, organisaient le casernement des troupes
d'occupation et la reprise du service des chemins de fer
français. Dès la signature de la convention, toutes réquisitions devaient cesser de la part des Allemands.

Enfin, le 16 mars, à Rouen, intervenaient entre le général
de Fabrice pour l'Allemagne et notre ministre des finances
assisté de délégués des ministres de l'intérieur et des affaires
étrangères, deux conventions (2). La principale restituait
par anticipation aux autorités civiles françaises le droit d'administrer les départements occupés, droit qui ne devait leur
revenir qu'après le traité définitif. Elle stipulait la reprise
du service de la justice française, le rétablissement de la
gendarmerie, mais maintenait l'état de siège au profit des
autorités allemandes et subordonnait les autorités administratives françaises aux mesures ordonnées par les commandants de troupes allemandes dans l'intérêt de celles-ci.
C'était, en un mot, l'organisation de l'occupation militaire
de garantie.

La seconde convention de Rouen était destinée à régler
l'exécution du dernier aliéna de l'article 8 des préliminaires,
d'après lequel la perception des impôts devait s'opérer pour
le compte de la France à partir de la ratification de la convention du 26 février. Cette ratification ayant eu lieu le

---

(1) VILLEFORT, t. I, p. 40.
(2) VILLEFORT, t. I, pp. 56, 58.

2 mars, on pouvait se demander si les impôts dus pour janvier et février 1871 par les départements occupés partiellement ou complètement, seraient payés à l'Allemagne, ou conservés par elle au cas où ils auraient été payés déjà. Comme il est admis par la pratique internationale que l'occupant a le droit durant la guerre de percevoir les impôts dus par les pays occupés, le principe ne pouvait faire doute. Il s'agissait seulement d'en réglementer l'application et d'établir les comptes en conséquence, tant pour ce qui restait dû sur l'année 1870 que pour ce qui était afférent aux deux premiers mois de 1871.

On admit que les impôts arriérés de 1870 seraient définitivement remis. Pour 1871, l'Allemagne se montra plus intraitable. Elle ne voulut rien abandonner. La convention détermine, en conséquence, pour chaque catégorie de départements, ce qu'ils devront en tant qu'impôts directs ou indirects. Et comme, dans certains départements, lesdits impôts avaient déjà été levés par l'occupant, que, quelquefois même, il avait perçu des taxes de remplacement dont le chiffre dépassait le montant de ce qui était dû d'après les bases fixées par la convention, il y avait de ce chef des sommes à revenir à la France. On stipulait donc que le règlement du compte serait fait dans le courant du mois et le paiement des sommes dues en définitive par l'un ou l'autre des deux États, devait avoir lieu dans les cinq jours après la signature du traité de paix définitif (1).

BIBLIOGRAPHIE

Le récit des négociations qui ont abouti à la convention de préliminaires du 26 février 1871 est rapporté dans le plus grand détail par J. FAVRE, *Gouvernement de la Défense nationale*, t. III,

---

(1) Ce compte s'est soldé au débit de la France par un reliquat de 6.089.392 francs qui ont été payés le 22 mai 1871. VILLEFORT, t. I, p. 60, n. 1. (Cf. Loi du 9 septembre 1871, VILLEFORT, t. I, p. 377).

pp. 89-120, et par THIERS, *Notes et Souvenirs*, pp. 109-127, complété par sa déposition dans l'*Enquête parlementaire sur l'insurrection du 18 mars*, Versailles 1872, 3 vol. in-4, t. II, *Dépositions des témoins*, pp. 8-9. SOREL, *Histoire diplomatique de la Guerre franco-allemande*, t. II, pp. 232-251, a mis en œuvre ces sources de première main avec l'habileté et la finesse dont il est coutumier.

CHAPITRE IV

LA CONFÉRENCE DE BRUXELLES

I

Le traité de paix, qui doit être substitué aux préliminaires, ne peut être débattu que dans un pays neutre. Telle
est, telle était, du moins en 1871, la coutume internationale.
Elle se justifie facilement. On pense que là du moins le
vaincu pourra discuter sur le pied d'égalité avec son vainqueur d'hier. Les préliminaires de Versailles ne dérogeaient
pas à cet usage. L'article 7 indiquait Bruxelles comme le
lieu où devaient se poursuivre les négociations en vue de la
conclusion de l'acte final.

Les représentants désignés par le gouvernement français furent le baron Baude, notre ministre en Belgique, et
M. de Goulard, membre de l'Assemblée nationale. Ils devaient être assistés de deux commissaires, l'un civil, qui était
M. de Clercq ; l'autre militaire, le général Doutrelaine. L'Allemagne, elle aussi, avait deux plénipotentiaires : M. de
Balan, son ministre à Bruxelles, et le comte d'Arnim, auxquels on adjoignait les envoyés des trois États du Sud qui
figuraient dans les préliminaires. Une commission militaire
mixte devait en même temps s'occuper des questions concernant la délimitation de la nouvelle frontière (1).

---

(1) La composition de cette commission était, pour l'Allemagne : le général
d'état-major von Strantz, l'ingénieur des mines Hauchecorne et l'assesseur de
régence Herzog ; pour la France : le général Doutrelaine, le colonel Laussedat,
l'ingénieur Renard et le capitaine du génie Bouvier. On verra plus loin quelle
signification avait la présence d'un ingénieur des mines du côté allemand.

Le rôle des plénipotentiaires français et des commissaires qui les assistaient s'annonçait comme devant être très difficile. Il s'agissait pour eux de tirer le meilleur parti des lacunes inévitables de l'acte contenant les stipulations préliminaires. Loin d'avoir tout réglé, la convention de Versailles avait laissé de côté une foule de questions qui, pour secondaires qu'elles étaient ou paraissaient être, n'en étaient pas moins dignes de leur attention. Tout en respectant ce qui ne pouvait plus être changé, la cession de territoire et l'indemnité de 5 milliards, il y avait encore place pour une discussion utile où l'on n'accorderait que ce qui était dû, où l'on pourrait invoquer les précédents, les règles constantes du droit des gens, où, enfin, si l'on devait céder sur certains points, on pouvait se faire payer ses concessions par des compensations sérieuses. La procédure de la paix en deux volumes implique ce genre de débats où l'on a chance de remporter certains succès diplomatiques, qui valent autant que des batailles et qui coûtent moins cher. Malheureusement, ni les dispositions de l'Allemagne, ni les circonstances où se poursuivirent les conférences de Bruxelles ne nous permirent de lutter avantageusement sur ce nouveau terrain et d'y prendre une revanche pacifique qui eût bonifié les conditions déplorables qui nous avaient été faites.

Les plénipotentiaires allemands arrivaient enorgueillis des succès de leur pays, mal disposés à nous céder, même sur des détails. La diplomatie prussienne, très formaliste, très méticuleuse, n'a point de propension pour les concessions ou, comme elle est très attachée aux réalités, elle se fait payer chèrement les transactions qu'elle consent. Elle avait donc une tendance naturelle à ne point s'écarter de la lettre stricte (1) et à pousser ses avantages aussi loin que possible. Elle y était d'ailleurs encouragée par le chancelier qui gardait la haute direction des négociations et qui sut

---

(1) C'est ainsi que le texte de l'article 2 des préliminaires portant que l'indemnité serait de 5 milliards de *francs*, les négociateurs allemands soutinrent qu'elle devait être payée en numéraire.

tirer merveilleusement parti de la crise intérieure créée par le mouvement communaliste de Paris.

Les conditions où l'insurrection naissante, bientôt grandissante, plaçait le gouvernement français, lui enlevaient sa liberté de résolution et d'action. Une fois que Bismarck eut la conviction que la sécession parisienne allait créer à la France des embarras sérieux et durables, il ne manqua pas de donner à ses agents des instructions restrictives qui rendaient les conférences à peu près illusoires et les empêchaient d'aboutir (1). En même temps, au lieu d'adopter les méthodes de travail habituelles et de constater soit les divergences de vues, soit les accords partiels dans des protocoles officiels qui resteraient pour faire foi, les négociateurs allemands convenaient avec les nôtres, dès le début, qu'il ne serait pas dressé de protocoles, sauf pour les séances où on serait tombé d'accord sur la rédaction définitive d'un article (2). Cette précaution, qui enlève à l'historien de ces débats tout moyen d'information authentique, permettait aux Allemands de ne point donner corps à leurs prétentions puisqu'ils les dérobaient à toute constatation officielle. Enfin, par un calcul parallèle, dont il est facile maintenant d'apercevoir la finesse, les plénipotentiaires allemands, au lieu d'épuiser les questions, les mêlaient intentionnellement les unes aux autres dans chaque séance et transformaient de la sorte les délibérations en une série de colloques sans suite apparente et sans résultat utile (3). Ils acheminaient ainsi les choses au point où voulait les mener leur subtil inspirateur : pouvoir affirmer que les négociations n'avançaient pas, accuser la France de ces lenteurs (4), et nous acculer à ce dilemme : ou une rupture avec ses suites, ou l'acceptation sans réserve des conditions imposées par l'Allemagne.

---

(1) *Indépendance belge* du 6 mai 1871, revue politique, article de tête ; LAUSSEDAT, *La Délimitation de la frontière franco-allemande*, p. 28.
(2) VALFREY, *Histoire du traité de Francfort*, t. I, p. 39.
(3) VALFREY, *Histoire du traité de Francfort*, t. I, p. 34.
(4) C'est ce que Bismarck n'a pas manqué de faire. Discours au Reichstag, séance du 24 avril 1871, *Discours de Bismarck*, 1876-1880, t. III, pp. 37, 38.

En face d'adversaires conduisant un jeu dont la complication était faite pour dérouter les plus avisés, nos agents à Bruxelles paraissent avoir été dans un état d'infériorité qui ne leur permit ni de combattre avantageusement par les voies directes, ni de déjouer la manœuvre habilement ourdie à Berlin pour faire échouer leur mission. Il semble qu'à ce moment notre Office des affaires étrangères, en pleine crise de désorganisation, n'ait pu ou su donner aux négociateurs les directions nécessaires. Les diplomates de carrière se refusaient-ils à prêter leur concours à un gouvernement aussi mal défini et aussi peu assis que celui de Thiers; ou bien, désorientés par les changements auxquels ils venaient d'assister, ne voyaient-ils plus assez clairement les voies nouvelles où il nous fallait marcher? Les deux explications sont vraisemblables. Toujours est-il que Thiers, à ce moment critique, paraît avoir été peu secondé.

Seul capable de surmonter les difficultés de tous les instants, il avait cru faire assez en concluant les préliminaires. Maintenant, le souci des affaires intérieures l'empêchait de suivre le développement d'une négociation aussi complexe et d'en surveiller le détail. Aussi, chose à peine croyable, on laissa partir nos représentants sans les munir d'instructions d'aucune sorte. Ils n'en reçurent pas davantage durant leur séjour à Bruxelles (1). Livrés à eux-mêmes, ils durent chercher dans leurs seules inspirations les moyens de résoudre les problèmes difficiles qui se posaient à chaque pas devant eux. Par mauvaise rencontre, on ne les avait pas choisis comme il eût fallu. Mal inspiré, le gouvernement s'était adressé à des personnalités de seconde ligne, à qui manquaient, sinon l'expérience, du moins la dextérité et l'esprit de décision. S'il faut en croire un de leurs collaborateurs, le baron Baude n'était qu'un agent de transmission entre Versailles et Bruxelles; l'autre plénipotentiaire, Goulard, restait la plupart du temps étranger

---

(1) VALFREY, bien placé pour le savoir, l'affirme, *Histoire du traité de Francfort*, t. I, pp. 18, 20, 21, 38.

à ce qui se faisait, comme si la tâche eût été au-dessus de ses capacités (1). Tous, d'ailleurs, ceux-là comme leurs sous-ordres, croyaient remplir leur devoir en accentuant les résistances. Mais leur patriotisme intransigeant, exalté par nos désastres, leur enlevait la vue claire des possibilités et, leur suggérant des prétentions insoutenables, occasionnait des retards qui faisaient le jeu de l'Allemagne.

Au surplus, les lenteurs s'étaient produites dès le début des conférences, et, là encore, on ne peut pas dire que la diplomatie française ait été à l'abri de tout reproche. Les préliminaires avaient été ratifiés le 2 mars et c'est seulement le 19 et le 24 qu'arrivaient à Bruxelles nos plénipotentiaires, à l'exception toutefois du général Doutrelaine, qui n'avait pas paru (2). On avait montré plus de hâte du côté allemand : il ne manquait que les représentants des États du Sud dont on pouvait se passer en fait. Il n'y eut donc d'abord que des échanges de vues, des conversations n'ayant pas même l'allure de pourparlers. La négociation n'était pas ouverte officiellement que déjà les Allemands, pressés d'avoir des solutions, proposaient de s'entendre sur un certain nombre de points principaux, entre autres le mode de paiement de l'indemnité et de s'en rapporter pour les détails à des conventions additionnelles (3). Cette méthode hâtive, qu'ils finirent par faire prévaloir deux mois plus tard à Francfort, était la réédition de celle qui avait été suivie lors des préliminaires. Elle ne tranchait qu'un certain nombre de questions et ne permettait pas de saisir d'ensemble toute l'économie de l'accord destiné à rétablir finalement les rapports pacifiques entre les deux pays. Nos négociateurs ont-ils senti l'inconvénient du procédé et en ont-ils fait la remarque ; est-ce là la cause du retard qu'ils mirent à instituer une discussion suivie avec leurs

. (1) En ce sens, LAUSSEDAT, *La Délimitation de la frontière franco-allemande*, p. 27.
(2) SOREL, *Histoire diplomatique de la Guerre franco-allemande*, t. II, p. 275; VALFREY, *Histoire du traité de Francfort*, t. I, p. 17.
(3) VALFREY, *op. cit.*, t. I, pp. 19-20, où il donne, sans doute d'après des sources officielles inédites, le résumé de la proposition d'Arnim du 24 mars.

collègues, ou bien se laissaient-ils distraire par d'autres soins moins importants? c'est ce qu'il est impossible de savoir. Toujours est-il que c'est le 28 mars seulement qu'eut lieu la première réunion officielle de la conférence, séance de pure forme d'ailleurs, consacrée uniquement à la communication des pouvoirs des plénipotentiaires (1). Les débuts d'avril sont encore occupés ou à des séances d'apparat ou à des réunions officieuses sans résultat. Jamais conférence internationale ne s'était faite plus modeste (2). Les choses continuèrent à traîner ainsi pendant tout le reste d'avril.

Le mois s'acheminait vers sa fin sans qu'on eût abouti à autre chose qu'à la constatation d'un désaccord toujours persistant sur les points les plus essentiels. Le gouvernement allemand supportait avec une impatience croissante ces retards, qu'il nous accusait de susciter de propos délibéré, en vue de desseins hostiles. Il craignait ou feignait de craindre qu'appuyé par l'armée de Versailles, forte de 100.000 hommes, vieux soldats de métier, le gouvernement français ne cédât à la tentation de ménager la Commune, de s'entendre au besoin avec elle et de se servir de ses troupes réorganisées pour demander des changements aux préliminaires (3). Que ces projets ténébreux aient hanté l'esprit de nos gouvernants, on n'en a aucune preuve et Bismarck leur prêtait des intentions que seule une politique à la fois astucieuse et désespérée eût pu concevoir. Pour réussir, il nous eût fallu l'appui des neutres qui, encore étourdis des succès de l'Allemagne, continuaient à se dérober. Livrés à nos seules forces, obligés de réduire Paris avec qui on ne songeait certes pas à s'entendre, préoccupés d'empêcher l'éclosion de mouvements insurrectionnels en province, nous n'avions ni la pensée ni les moyens de combattre. Mais les tergiversations de nos agents de Bruxelles qui ne savaient pas pren-

(1) *Indépendance belge* du 29 mars 1871.
(2) *Indépendance belge* des 4-5 avril 1871. Dans son numéro du 8, le journal annonce que, « pour le moment, il se croit autorisé à ne pas s'occuper de la conférence qui, jusqu'à présent, n'a pas encore abordé l'examen d'une seule des questions qu'elle est appelée à résoudre ».
(3) SOREL, *op. cit.*, t. II, p. 284.

dre parti justifiaient, en apparence du moins, les appréhensions de l'Allemagne. Son intérêt évident était de sortir au plus vite de cette situation qui s'éternisait, de brusquer les choses en imposant les conditions de détail qu'elle avait en vue et de consolider, tout en les amplifiant, les résultats inespérés consacrés par les préliminaires.

Le discours prononcé par Bismarck au Reichstag le 24 avril, à propos d'une demande de crédit de 120 millions de thalers pour l'entretien de l'armée d'occupation, fut pour lui l'occasion de manifester son mécontentement et d'accuser ouvertement la France de manœuvres destinées à se soustraire à l'exécution intégrale des conditions territoriales ou financières de l'acte de Versailles (1). Les déclarations de ce discours se doublaient au même moment de menaces de tout genre qui devaient finir par produire l'effet voulu. Notre diplomatie ne pouvait plus garder son attitude expectante. Il lui fallait donner la preuve de ses intentions pacifiques et, pour cela, convertir sans plus tarder les préliminaires en un traité définitif. Les conférences de Bruxelles, désormais inutiles, avaient vécu. Elles furent rompues le 4 mai et, d'un commun accord, la négociation fut transportée, non plus cette fois en pays neutre, mais en pays allemand, à Francfort-sur-le-Mein. Bismarck et Favre s'y donnaient rendez-vous en personne, pour le 6 mai (2).

II

Il serait inexact, toutefois, d'exagérer l'insuccès de ces conférences. Trop lentement conduites, puis trop brusque-

---

(1) *Discours de Bismarck*, 1876-1880, t. III, pp. 37-38. Un communiqué du 5 mai 1871 au *Progrès de l'Est* de Nancy, inséré dans ce journal le 7 mai sur l'injonction du commissaire civil impérial en Lorraine, porte que le chancelier ne poursuit nullement une politique d'atermoiements et que les retards dans les négociations viennent uniquement du côté de la France.

(2) Le numéro du 6 mai 1871 de l'*Indépendance belge* annonce le départ pour Francfort de MM. de Goulard, de Clercq et d'Arnim, et il espère « que, les plénipotentiaires n'étant point gênés par des instructions restrictives, on arrivera à résoudre les difficultés ».

ment interrompues, elles n'avaient pas pu donner tout ce qu'on en pouvait attendre. Elles avaient néanmoins, en tant que colloques préparatoires, facilité l'entente ultérieure en permettant à chacun des contractants de préciser ses prétentions, et en montrant jusqu'à quel point elles étaient irréductibles. En outre, elles avaient déblayé le terrain d'un certain nombre de controverses qui ne devaient plus être soulevées par la suite.

La première est la question du partage de la dette publique (1). Elle paraît avoir été soulevée dès le début par nos plénipotentiaires, en réponse au programme des propositions allemandes qui leur fut soumis à ce moment.

Il est de règle que la cession par un État à un autre d'une portion de son territoire, a pour conséquence de mettre à la charge de l'État cessionnaire une part de la dette publique de l'État cédant, proportionnelle à l'étendue de territoire cédé ou au chiffre de la population. Le principe n'était pas douteux (2). En fait, il avait été consacré dans les dernières années qui avaient précédé le conflit franco-allemand : en 1859, à propos de la dette lombarde, mise en partie à la charge de la Sardaigne par le traité de Zurich ; en 1860, pour la dette sarde, lors de l'annexion de la Savoie et de Nice à la France ; en 1864, lors de la cession par le Danemark des duchés de l'Elbe ; en 1866, lors de l'annexion des Romagnes à l'Italie. Le silence des préliminaires à ce sujet ne pouvait s'interpréter contre nous. Puisque cette règle est de droit commun, elle n'avait pas à être rappelée, surtout dans un acte préparatoire comme l'était celui de Versailles. Pour qu'elle pût être considérée comme exclue, il eût fallu une stipulation expresse. Celle-ci manquant, c'était bien la preuve qu'on avait voulu s'en tenir à ce qui pouvait, à juste titre, passer pour un usage constant.

Sans aller jusqu'à contester la théorie, la diplomatie allemande essaya d'en éviter l'application. Elle soutint

---

(1) VALFREY, *Histoire du traité de Francfort*, t. I, pp. 21, 22, 47, 66, 67.
(2) BLUNTSCHLI, *Le Droit international codifié*, nᵒˢ 54, 59.

que, lors des négociations pour les préliminaires, si l'Allemagne s'était contentée d'une indemnité de 5 milliards, c'est parce qu'il avait été convenu avec Thiers que l'Alsace et la Lorraine seraient acquises franches de toute dette. Thiers le niait. Mais Bismarck maintenait son affirmation et bientôt, l'Allemagne refusant de continuer la discussion sur ce point, on dut de notre côté abandonner la partie. Où était la vérité? Lequel des deux hommes d'État avait la mémoire la plus sûre? Il est difficile de le dire. Il y a quelque apparence, en tout cas, que la chose n'allait pas de soi, puisque, dans un discours du 25 mai 1871 au Reichstag, Bismarck célébrait ce résultat comme un triomphe personnel qu'il lui avait été difficile de remporter (1). A Francfort, en tout cas, la question ne se représenta plus.

Un débat, d'ordre financier également, mais beaucoup plus difficile, avait été mené tout près de sa solution, non sans avoir donné lieu à d'irritantes controverses. Il s'agissait de l'exécution de l'article 2 des préliminaires, qui réglait le mode de paiement de l'indemnité de guerre. Le chiffre, désormais hors de toute discussion, était énorme, supérieur à ce qu'on avait jamais exigé. Dans toute l'Europe, le monde de la finance était unanime à penser qu'il était immodéré, hors de proportion avec les ressources connues de la France. Plusieurs inclinaient à croire que l'Allemagne ne l'avait imposé que dans l'espérance secrète de ne pas l'obtenir, pour se réserver ainsi un prétexte de prolonger l'occupation. Quant aux délais de paiement, on ne les estimait pas moins rigoureux. Un milliard devait être payé dans le courant de 1871; pour les quatre autres, on avait trois ans à partir du 2 mars, jour de la ratification. Mais les préliminaires restaient muets sur deux points importants. Ils n'avaient rien dit de la possibilité de s'acquitter par termes échelonnés; ils n'avaient pas spécifié en quelles espèces aurait lieu le paie-

---

(1) « S'il est une chose que je puisse m'attribuer comme ma part personnelle, un résultat que je puisse revendiquer presque pour moi seul, c'est le fait que l'Alsace soit complètement franche de dettes, et ce n'était pas facile à obtenir. » *Discours de Bismarck*, t. III, p. 72.

ment. Ils laissaient donc le champ libre à la discussion et
permettaient à cet égard toutes les combinaisons.

Dès la première séance officielle, le 28 mars, les plénipotentiaires allemands demandèrent que le paiement eût lieu
en numéraire, en papiers de commerce ou en lingots, par
versements trimestriels ininterrompus, à partir du 2 juin
1871, jusqu'au 2 mars 1874 (1). Nos plénipotentiaires pro-
testèrent contre cette proposition, qu'ils soutenaient être
d'une exécution matériellement impossible. Trouver en
Europe et même dans le monde entier, en un aussi court
espace de temps, 5 milliards en numéraire et, après les avoir
réunis, les reverser à des dates aussi rapprochées, paraissait
une opération économiquement irréalisable. On en avait la
conviction en France et dans presque tous les milieux
financiers. Forts de cette assurance, nos agents à Bruxelles
proposaient de régler le premier milliard en numéraire, en
quatre termes, au courant de l'année 1871, à partir du
1er juillet, et les quatre autres milliards seraient acquittés
en obligations françaises sur l'État, avec intérêts de 5%. De
la sorte, le territoire français pourrait être évacué dès le
1er juillet 1871 (2). Ce mode de paiement était, il faut bien
le reconnaître, inacceptable. S'il est vrai, comme cela paraît
probable, que cette combinaison était l'œuvre de nos représentants, laissés sans instructions et qui avaient le tort
de n'en pas demander à de plus compétents qu'eux, elle ne
fait guère honneur à leurs capacités et prouve qu'ils ne se
rendaient pas un compte exact de la situation.

Tout d'abord, la proposition française était en opposition
avec les stipulations des préliminaires, avec la lettre du
texte de l'article 2, portant que l'indemnité était de 5 milliards de *francs*, ce qui indiquait que le paiement ne pouvait
avoir lieu qu'en espèces ayant cours sur le marché des valeurs
monétaires, en francs effectifs ou espèces équivalentes au
franc. Or, on offrait seulement 1 milliard en espèces; le reste,

---

(1) VALFREY, *op. cit.*, t. I, p. 29; MÜLLER, *Politische Geschichte der Gegenwart*, t. V, Berlin, 1872, p. 147.
(2) VALFREY, *op. cit.*, t. I, p. 31; MÜLLER, *op. cit.*, t. V, pp. 147-148-149.

c'est-à-dire les quatre cinquièmes de l'indemnité, aurait été payé en titres, c'est-à-dire autrement qu'il n'avait été convenu. D'ailleurs, payer en obligations, ce n'était pas payer. Car une obligation n'est qu'une promesse de payer. Or, cette promesse, la France l'avait déjà consentie à Versailles. En offrant à son créancier une autre promesse, elle substituait un engagement à un autre, elle n'acquittait pas le premier. Bien plus, on faisait à l'Allemagne une situation moins bonne, puisqu'on lui demandait de se contenter de valeurs soumises à des fluctuations de bourse et qui, si le crédit de la France n'était pas solide, pouvaient, sinon tomber à rien, du moins fléchir. En même temps, on diminuait le gage de l'Allemagne, puisqu'au lieu de l'occupation territoriale, on lui donnait pour unique garantie la confiance que pouvait inspirer la richesse de la France et sa loyauté à remplir ses engagements, Or, dans les dispositions où on était vis-à-vis de nous en Allemagne, c'était trop demander à notre adversaire. Il n'était guère croyable qu'il ferait fond sur nous, au point de renoncer aux réalités palpables, pour se contenter d'assurances d'avenir. Enfin, la contre-proposition française avait l'inconvénient de nous mettre à la discrétion de notre créancier, qui aurait eu en portefeuille des titres contre l'État français pour la somme énorme de 4 milliards et aurait pu, à un moment donné, abuser de cette situation.

Le projet de nos plénipotentiaires n'était point, a-t-on dit, si déraisonnable, puisqu'il s'inspirait, pour une grande part, de ce qui s'était pratiqué en 1815, dans des circonstances tout à fait analogues (1). Mais quand on étudie de près le mode de libération proposé aux Alliés et consenti par eux, on voit sans peine qu'il ne ressemblait en aucune façon à celui que préconisaient nos agents en 1871. La convention additionnelle au traité du 20 novembre 1815 et faisant corps avec lui, réglait de la manière suivante le paiement de l'indemnité de 700 millions de francs qui nous avait été

---

(1) VALFREY, *op. cit.*, t. I, p. 33 et, après lui, HANOTAUX, *Histoire de la France contemporaine*, t. I, p. 266.

imposée. Les puissances laissaient à la France un délai
de cinq années pour s'acquitter. Elles recevaient des bons
au porteur sur le Trésor français, payables à Paris, à jour
fixe. De la sorte, la France remettait à ses créanciers des
engagements fermes, exigibles à des échéances déterminées,
leur permettant de passer à la caisse et de se faire payer
effectivement en numéraire. On ne payait donc pas en rentes
ou en obligations. Mais, comme garantie de l'acquittement
régulier des bons, on remettait aux puissances une inscription de rente sur le grand-livre de 140 millions de capital,
représentant 7 millions de rente annuelle. Elle était destinée
à parer à l'insuffisance des paiements en argent et à mettre,
à la fin de chaque semestre, les paiements de niveau avec
les échéances des bons au porteur. Ces conditions, sans doute,
étaient excellentes. Mais elles l'étaient parce que la France
prenait des échéances fixes pour payer et offrait le paiement
en espèces. Si donc, dans les discussions, nos plénipotentiaires ont cru pouvoir invoquer le précédent de 1815, c'est
qu'ils s'en faisaient une idée inexacte. La situation politique,
d'ailleurs, était loin d'être la même. En face d'un gouvernement qui n'était pas sûr du lendemain, on conçoit que les
Allemands ne fussent pas enclins à accepter des propositions mal agencées et qui ne leur donnaient pour l'avenir
de leur créance aucune sécurité.

Non résolue fin mars, la question revint encore une fois
en discussion dans le courant d'avril. A ce moment, elle
s'était compliquée d'une circonstance peu propre à faire
triompher les prétentions françaises et qui, de nature à
donner raison aux craintes des Allemands, ne pouvait que
les confirmer dans leurs exigences. La France s'était mise
en retard pour acquitter ce qu'elle devait, aux termes de
la convention de Ferrières, pour l'entretien des troupes d'occupation. Deux échéances étaient restées impayées, celle du
21 mars se montant à plus de 30 millions, celle de fin mars
un peu moins forte (1). Privé de ses ressources normales,

---

(1) VALFREY, *op. cit.*, t. I, p. 56.

obligé à des dépenses militaires imprévues, séparé de la Banque de France, le gouvernement ne pouvait faire face à ses engagements les plus urgents. Le moment était donc mal choisi pour solliciter du crédit et offrir à l'Allemagne non l'argent comptant dont elle avait besoin, mais de simples promesses.

Pour faire avancer la négociation, le commissaire financier allemand consentit, le 14 avril, à abandonner ce qui, dans les exigences de son gouvernement, paraissait le plus impraticable, le paiement de l'intégralité en numéraire. Il admit la possibilité de se libérer en traites négociables (1). C'était le mode de paiement qui avait été accepté d'un commun accord, dès le 11 février, pour le règlement de la contribution imposée à la ville de Paris (2). Il y avait là un précédent que nos négociateurs eussent pu invoquer dès l'abord, s'ils n'avaient pas été butés à leur projet de paiement en obligations du Trésor. Quoi qu'il en soit, l'Allemagne faisait un premier pas en renonçant au paiement total en espèces métalliques. Au lieu de se contenter de ce demi-succès et de tâcher d'en tirer parti, nos négociateurs, avec une persistance bien maladroite, continuèrent à proposer un paiement partiel en obligations de l'État français. Il leur fut répondu que le gouvernement impérial ne céderait pas, mais qu'il pouvait admettre, comme équivalent des espèces métalliques, des traites négociables sur les principales places de l'Europe. Mais nos agents ne voulaient pas se résoudre à ce parti. Une dépêche du général de Fabrice à Thiers, du 3 mai 1871, indique qu'ils résistaient encore (3). Il semble bien, toutefois, qu'à la dernière heure, ils avaient adhéré aux propositions allemandes, car, quel-

---

(1) VALFREY, op. cit., t. I, pp. 58, 65, 66.
(2) Léon SAY, Rapport de la commission du budget de 1875 sur le paiement de l'indemnité de guerre, reproduit par VILLEFORT, t. IV, p. 41.
(3) THIERS, Occupation et libération du territoire, Correspondances, t. I, p. 1. L'Indépendance belge du 4 mai 1871, dans sa « Revue politique », indique que d'après la Gazette de l'Allemagne du Nord, c'est la question du mode de paiement de l'indemnité qui soulève les plus grosses difficultés, l'écart entre les propositions allemandes et françaises étant trop grand pour qu'une entente s'établisse.

ques jours après, à Francfort, sans discussion, nous admettions le mode de paiement, partie en numéraire, partie en traites, préconisé par l'Allemagne. Sur cette question, par conséquent, les discussions de Bruxelles avaient servi, du moins, à préparer l'entente. Mais ici, pas plus d'ailleurs qu'à propos de la part de dette afférente aux pays annexés, notre diplomatie ne pouvait se vanter d'un succès.

Il n'en fut plus tout à fait de même lorsqu'il s'agit de repousser les prétentions de l'Allemagne à raison des dommages causés par notre marine de guerre au commerce allemand. Pendant la durée des hostilités, il y avait eu quatre-vingt-dix bâtiments de commerce allemands capturés par nos vaisseaux de guerre. On en avait immédiatement relâché deux. D'après les calculs des autorités compétentes, la valeur de ces prises était de 6 millions au plus (1). Mais d'autres dommages, dont le chiffre était impossible à fixer, avaient été la conséquence du blocus des ports allemands. Ces pertes avaient provoqué dans le monde commercial de nos adversaires une agitation très vive qui s'était traduite, dès novembre 1870, par la constitution dans tous les ports de mer, de commissions chargées d'enregistrer les demandes des armateurs, des fabricants et des négociants, à raison des dommages soufferts par eux, soit par la saisie en mer, soit par l'interruption du trafic (2). Mais l'Allemagne ne s'était pas résignée à attendre la fin de la lutte pour obtenir la réparation d'un préjudice contre lequel elle n'osait élever aucune réclamation, puisqu'il était la conséquence des règles admises dans la guerre sur mer. A titre de représailles, certains départements avaient été frappés de contributions pécuniaires considérables (3). Le gouvernement allemand avait donc pris ses avances. Il

---

(1) VILLEFORT, t. I, p. 72, n. 1, BARBOUX, *Jurisprudence du Conseil des prises pendant la guerre de 1870-1871*, Paris 1872, in-12, p. 22.

(2) ROTHAN, Rapport du 12 novembre 1870, reproduit dans son ouvrage : *L'Allemagne et l'Italie*, Paris 1884, in-8, t. I, pp. 295-296.

(3) Rapport de Passy, au nom de la commission ayant pour objet d'éclairer l'Assemblée nationale sur l'état des départements envahis, séance du 14 mars 1873, VILLEFORT, t. III, pp. 152-153.

était en mauvaise situation pour réclamer une indemnité ou un complément d'indemnité, puisqu'il s'était fait justice lui-même et s'était payé de ses propres mains.

L'Allemagne était d'autant plus mal venue à demander satisfaction des dommages éprouvés par ses sujets que, dans le même temps, elle repoussait des prétentions élevées par nous pour des faits du même ordre. En venant à Bruxelles nos représentants avaient mission d'obtenir indemnité pour les dommages de toute sorte soufferts par les départements envahis, entre autres pour les contributions de guerre ou réquisitions exigées par l'armée ennemie, pour les impôts perçus par le Trésor allemand jusqu'au 2 mars, jour de la ratification des préliminaires. Cette créance devait, dans la pensée du gouvernement français, servir à compenser pour partie la dette écrasante de 5 milliards mise à notre charge. Mais les plénipotentiaires allemands avaient refusé de nous suivre sur ce terrain. Sans contester le principe, ils déclaraient ne plus vouloir s'occuper des faits de dommage antérieurs à la ratification des préliminaires. Ils alléguaient que l'abandon de 1 milliard sur les 6 exigés tout d'abord de la France avait été, de la part de Bismarck, une concession destinée à affranchir l'Allemagne de toute réclamation relative aux dommages soufferts par les départements envahis.

Cette réponse, on nous l'avait déjà faite pour repousser notre demande concernant le partage proportionnel de la dette publique. Elle paraissait si péremptoire qu'on la sortait à toute occasion. Qu'y avait-il de fondé dans l'assertion des Allemands? Il est difficile de le dire. En tout cas, elle avait paru irréfutable à nos plénipotentiaires, qui n'avaient plus insisté. Cette renonciation de notre part à réclamer indemnité pour les dommages, souvent contraires au droit des gens, causés par la guerre terrestre, empêchait les Allemands de demander quelque chose de leur côté pour les préjudices que leur avait occasionnés directement ou indirectement, l'application des pratiques suivies par toutes les nations, en cas de guerre maritime.

N'espérant pas réussir de ce côté, le gouvernement allemand se rejeta, par extraordinaire, vers les théories et les déclarations de principes pour lesquelles habituellement il n'avait que du dédain. Ses représentants eurent l'ordre d'insister pour nous faire admettre l'inviolabilité de la propriété privée, en cas de guerre sur mer (1). Cela était habile à un double point de vue. Si nous souscrivions à cette demande, nous paraissions nous blâmer nous-mêmes et donner raison aux critiques que Bismarck avait formulées, au cours de la lutte, contre certains usages admis dans la guerre maritime (2). L'Allemagne aurait eu ainsi l'avantage de nous faire la leçon et de se poser en réformatrice en proclamant, de façon solennelle, un de ces grands principes qui, comme l'abolition de la course, font époque dans l'histoire de l'amélioration graduelle du droit des nations. Cela était habile aussi pour l'avenir. L'Allemagne savait l'insuffisance de sa marine militaire. L'ambition ne lui était pas venue encore de rivaliser comme puissance maritime avec l'Angleterre. Dans une guerre future, elle eût été à l'abri du côté de la France. Vis-à-vis d'autres puissances, l'Angleterre, par exemple, c'eût été un précédent utile à invoquer pour obtenir d'elle une renonciation analogue. Mais ce n'était pas assez de l'honneur d'avoir formulé un principe nouveau. Pourquoi l'Allemagne se ferait-elle violence en n'en dégageant pas immédiatement les conséquences pratiques ? Pourquoi, à défaut d'une indemnité qu'on n'osait réclamer, ne pas demander tout au moins la restitution des navires capturés, sur le sort desquels le conseil des prises n'avait pas encore statué? Tel fut le parti auquel, en définitive, on s'arrêta à Berlin.

Sur la question de principe, nous étions à l'aise pour répondre. Le moment était mal choisi pour faire des déclara-

---

(1) VALFREY, *op. cit.*, t. I, pp. 35-36.

(2) En octobre et novembre 1870, Bismarck avait protesté contre le droit de capture appliqué aux capitaines marchands et aux équipages. La France avait répondu qu'elle ne faisait qu'user d'un droit unanimement admis. Voir le résumé des notes échangées à ce sujet, dans BARBOUX, *Jurisprudence du Conseil des prises*, pp. 28-34.

tions qui n'avaient rien à voir avec le règlement de la situation actuelle. Au surplus, la façon dont les armées allemandes s'étaient parfois comportées au cours de la lutte sur terre, à l'égard des propriétés privées, n'autorisait guère le gouvernement impérial à persister dans cette attitude et à faire proclamer dans l'acte définitif la thèse dont il avait eu la singulière idée de se faire le champion. Sur le point de fait, on pouvait répondre non moins victorieusement. Les prises avaient été faites en vertu d'un usage international admis par l'Allemagne elle-même. Elles étaient donc légitimes provisionnellement, sauf à faire juger la validité de la capture par le conseil des prises. On n'était donc pas tenu dès à présent de les restituer. Toutefois, il y avait place ici pour une solution transactionnelle à laquelle nos représentants ne se refusaient pas. Il était équitable que le retard apporté au jugement de la prise profitât aux capturés et qu'une fois les relations pacifiques rétablies, on ne leur appliquât plus le traitement qui eût été de mise au cours des hostilités. C'est à cette idée qu'on s'arrêta de part et d'autre. Quelques jours après elle fut consacrée à Francfort dans l'article 13 du traité de paix (1). Quant au principe lui-même, il n'en fut plus question.

***

BIBLIOGRAPHIE

Valfrey, *Histoire du traité de Francfort*, t. I, pp. 13-23, 28-39, 45-47, 51-68, est de tous celui qui est le plus complet sur cette période si peu connue, le seul aussi qui, à raison de sa situation aux Affaires étrangères, ait pu se documenter à des sources sûres, malheureusement encore tenues secrètes. Il l'indique d'ailleurs dans sa préface (pp. xv-xvi). Sorel, *Histoire diplomatique de la Guerre franco-allemande*, t. II, pp. 272-293, n'a fait que le suivre et Hanotaux, *Histoire de la France contemporaine*, t. I, pp. 259-271, se borne à résumer exactement ses

(1) Conformément à cet article, treize navires non jugés furent restitués à l'Allemagne.

devanciers. Les informations fournies par Müller, *Politische Geschichte der Gegenwart*, t. V, Berlin, 1872, pp. 147 et suiv. paraissent puisées, comme celles de Valfrey, à des sources officielles que l'auteur, par une réserve semblable à celle du narrateur français, n'a pas cru devoir indiquer. Dans Favre, *Gouvernement de la Défense nationale*, t. III, pp. 348-349, il n'y a presque rien. Comme, au surplus, il n'a pas été rédigé de protocoles des réunions de Bruxelles, on est, pour cette phase si intéressante des négociations, obligé de se contenter des assertions de Valfrey qu'on ne peut contrôler qu'imparfaitement avec l'aide de Müller. Toutefois, il a paru, en 1901, un ouvrage du colonel Laussedat, *La Délimitation de la frontière franco-allemande*, Paris, s. d. (1901), in-8, qui, sur certains points, a fait un peu de lumière. L'auteur faisait partie de la commission militaire mixte chargée de seconder les négociateurs dans la délimitation de la nouvelle frontière. Il est le seul des négociateurs de Bruxelles qui ait fourni son témoignage. Le ton du livre, rédigé sans doute d'après des notes prises sur le moment, est un peu trop passionné. Cette allure polémique n'enlève rien à la valeur documentaire de l'ouvrage. Elle montre au surplus dans quel état d'esprit un de nos agents techniques, et l'un des plus importants, poursuivait la négociation; elle confirme ce qu'on sait d'autre part sur les tendances de nos envoyés de Bruxelles.

L'ouvrage de Barboux, *Jurisprudence du Conseil des prises pendant la guerre de 1870-1871*, Paris 1872, in-12, reproduit les principales décisions rendues par ce tribunal, dont Barboux était le secrétaire. Très intéressant à consulter pour l'application du droit de prise, il ne contient rien qui concerne le débat soulevé à Bruxelles.

CHAPITRE V

LE TRAITÉ DE FRANCFORT

I

Les plénipotentiaires des deux pays sont maintenant réunis à Francfort. Les préliminaires de Versailles, que deux mois de débats obscurs n'ont pu transformer en un pacte définitif, vont être convertis en un accord qui consacrera les stipulations antérieures, les complétera sur des points importants, les aggravera même au détriment de la France. Cette fois, ce ne sont plus les seconds rôles qui vont mener la controverse, exprimer les prétentions opposées, transiger, conclure. Les directeurs responsables de la politique extérieure sortent de l'effacement apparent où ils s'étaient tenus. Aussi l'inégalité va-t-elle s'accuser d'une façon encore plus marquée. De notre côté réapparaît Favre, auquel on donne comme auxiliaires les agents qui ont si peu avancé les choses à Bruxelles (1). Un nouveau personnage leur est adjoint : Pouyer-Quertier, diplomate improvisé, en qui la vaillance et la belle humeur, voire même les capacités d'homme d'affaires, ne suppléent qu'imparfaitement à l'inexpérience professionnelle (2). Bismarck a appelé aussi à lui la mission allemande de Bruxelles. Mais il ne s'est pas embarrassé de suppléants ou d'adjoints. Lui seul suffit dans

---

(1) Maurice Busch, d'après les dires de Bismarck, nous représente de Goulard prêt à céder toujours et sur tout. Cf. *Mémoires de Bismarck*, t. II, 14 mai.

(2) Sur le rôle de Pouyer-Quertier lors de cette négociation, les témoignages laudatifs de Favre sont confirmés par Clément Simon, *La Comtesse de Valon*, Paris 1909, in-8, pp. 268-273.

ce dernier corps-à-corps qui va avoir enfin raison de nos résistances.

En arrivant à Francfort, il l'a déclaré quelques jours après la signature du traité, il ne pensait pas pouvoir en finir (1). Il croyait qu'il allait seulement obtenir ce qui lui tenait le plus à cœur : des termes rapprochés pour le paiement des premiers milliards et un supplément de garanties territoriales que l'état de nos affaires intérieures rendait, selon lui, nécessaire. Il agissait en créancier inquiet, doutant de la solvabilité de son débiteur, exigeant des sûretés. Une fois ce premier point gagné, il était décidé à s'en remettre pour la suite aux négociateurs de Bruxelles. De la sorte, ce qu'on eût signé à Francfort, c'eût été, non pas la paix définitive, mais une seconde convention contenant uniquement des stipulations financières. C'était là maintenant pour la diplomatie allemande la grosse affaire. Des territoires cédés il ne pouvait plus être question. En fait, ils étaient dans la possession de l'Allemagne; en droit, la clause qui stipulait la cession était irrévocable. Il n'y avait plus qu'à régler des points secondaires pour lesquels, une fois terminée la question des paiements et des garanties, on pouvait s'en remettre à des arrangements ultérieurs.

C'eût été, si l'on avait deviné la pensée et compris l'objet essentiel des convoitises du chancelier, le moyen pour nous de prolonger encore la lutte sourde inaugurée en mars à Bruxelles, peut-être d'obtenir des concessions de détail qui valaient d'être conquises. Mais Bismarck n'avait pas laissé voir son jeu. Comme d'usage, il demandait plus qu'il ne pensait avoir et, selon sa manière, il le demandait avec fracas. Dans une sorte d'ultimatum, qu'il produisit à la première entrevue, le 6 mai, il parla de réduire la Commune, soit seul, soit de concert avec les troupes françaises, mêla à ce projet, auquel il ne tenait pas, ses demandes d'argent auxquelles il tenait essentiellement et déclara que, faute d'entente, il faudrait en revenir à la lettre stricte des pré-

---

(1) Séance du Reichstag du 12 mai 1871, *Discours de Bismarck*, t. III, p. 57.

liminaires dont on s'était écarté par nécessité et, par conséquent, qu'il nous faudrait ramener derrière la Loire la partie de l'armée de Versailles qui excédait 40.000 hommes.

Il eût fallu à nos diplomates plus de perspicacité et aussi plus de fermeté pour discerner dans ces réclamations ce qui n'était que menaces et ce qu'on devait légitimement concéder. Contre un adversaire tel que Bismarck ils n'étaient pas de taille à soutenir le choc. Au surplus, ils arrivaient fâcheusement impressionnés par l'état de nos affaires à l'intérieur et, ce qui est toujours dangereux quand on traite, avec des idées trop arrêtées sur la nécessité de signer rapidement et d'en finir. Peu habitués à la pratique des marchandages, d'esprit plus simpliste, enclins, comme on l'est en France, à préférer les situations nettes, ils firent voir tout de suite qu'ils étaient d'avance résignés aux nouvelles exigences de l'Allemagne et prêts à céder sur ce qui n'avait pas été encore débattu, vite et sans se faire payer le juste prix. Les manœuvres de Bismarck avaient réussi, même au delà de ses espérances. Dès cette première prise de contact, il vit qu'il avait cause gagnée et qu'on pouvait terminer en quelques séances hâtives ce qui n'avait pu se finir en deux mois par les procédures ordinaires. Les journées des 7, 8, 9 et 10 mai furent remplies par la discussion des divers articles. L'instrument de paix fut signé sans désemparer le dernier jour de la négociation, le 10 mai (1).

Cet acte est conclu au nom de la France par Jules Favre, Pouyer-Quertier et de Goulard, au nom de l'empereur d'Allemagne par Bismarck et d'Arnim. Dans un protocole final du même jour, il est indiqué que le chancelier se charge de communiquer le traité aux trois gouvernements de l'Allemagne du Sud, pour obtenir leur accession. Les alliés de la Prusse, toujours maintenus à l'écart par la politique soupçonneuse de Bismarck, n'avaient pas participé officiellement à la discussion et ne figuraient pas comme parties contractantes à l'acte.

----

(1) VILLEFORT, t. I, p. 65.

Quant au libellé, ce document s'écarte quelque peu des usages traditionnels des chancelleries. Son préambule bien moderne, peu soucieux des vaines phrases sur l'amitié qui doit unir les nations après qu'elles se sont ruées l'une sur l'autre, ne contient ni invocation à la divinité, ni formule banale de courtoisie. Il va droit au but. Les stipulants se sont mis d'accord pour convertir en traité de paix définitif les préliminaires du 26 février. A cet effet, ils sont convenus des dispositions qui suivent. Viennent alors dix-huit articles, dont les deux derniers stipulent la continuation des négociations à Francfort pour le règlement des points accessoires et l'octroi d'un délai de dix jours seulement pour l'échange des ratifications. A ces dix-huit articles font suite trois articles additionnels du même jour et qui eussent pu trouver place dans le corps de l'acte principal. Mais ils ne furent convenus qu'à la dernière heure et sans doute après que les instruments avaient été déjà rédigés. Néanmoins ils font partie intégrante du traité de paix, quoique signés séparément. C'est ce que prend soin de déclarer le protocole final (1). Ratifié par le Reichstag dès le 12, l'acte de Francfort, après avoir été discuté en une seule séance par l'Assemblée nationale, le 18 mai, fut voté le même jour. Le 20, l'échange des ratifications eut lieu à Francfort dans le délai fixé. Par dérogation aux conventions arrêtées, qui excluaient des paiements les billets de la Banque de France, l'Allemagne accepta en acompte, sur le premier versement à effectuer, 125 millions de ces billets. Cet accord fut consigné dans une convention datée du lendemain, 21 mai (2).

II

L'étude détaillée de chacune des clauses de l'acte de Francfort est l'objet essentiel du présent livre. Mais, aupa-

---

(1) VILLEFORT, t. I, p. 76.
(2) VILLEFORT, t. I, pp. 76-77-78, pour le procès-verbal d'échange des ratifications et la convention relative au paiement en billets de banque.

ravant, il ne paraît pas inutile de se les représenter dans leur ensemble, de marquer leurs rapports de dépendance et de coordination, comme, aussi, il n'est pas hors de propos de montrer en quoi elles complétaient ou modifiaient les préliminaires. Ainsi s'accusera le caractère particulièrement dur de ce traité, débattu en aussi peu de temps et qui, mettant fin à des négociations confusément conduites, rendait à chaque État sa liberté d'action.

Il est remarquable tout d'abord que l'acte de Francfort ne rappelle pas les deux stipulations les plus importantes des préliminaires, celles qui doivent servir de base à la paix définitive : la cession de territoire et l'obligation de payer une indemnité. On a jugé inutile d'en reproduire le texte. Le traité les suppose, mais il ne les confirme pas. Cette négligence est caractéristique. Ces stipulations étaient considérées, dès le début, comme ne pouvant plus être remises en discussion. Elles n'avaient pas besoin, pensait-on, d'être réinscrites dans l'acte définitif. Peut-être eût-il été plus régulier de le faire, ne fût-ce que par un simple renvoi. Mais la correction protocolaire paraît avoir été le moindre souci des rédacteurs.

Ce qui, pour eux, était l'essentiel, c'étaient les clauses destinées à compléter ces stipulations primordiales. C'est d'abord l'exacte délimitation du rayon laissé à la France autour de Belfort. Tel est l'objet de l'article 1. En second lieu, c'est l'indication, par voie d'énumération limitative, des valeurs en numéraire, billets de banque ou papiers de commerce, qui seront acceptées comme libératoires pour le paiement de l'indemnité (art. 7). A cette clause s'adjoint la fixation des échéances pour les paiements à effectuer au cours de l'année 1871 et dans les débuts de 1872 (art. 7). Et, comme la durée et l'étendue de l'occupation territoriale étaient liées à l'acquittement graduel de la dette, ces points font encore l'objet du même article 7.

Mais l'annexion à l'Allemagne des territoires dont la cession nous était imposée, impliquait le règlement de tout un groupe de questions concernant la nationalité des habi-

tants de ces territoires, la remise des archives communales
et départementales, la restitution des sommes versées au
Trésor français par les départements, communes, établissements publics, comptables de deniers publics, etc., la
navigation sur les rivières ou canaux ayant leur cours
sur les deux territoires, une nouvelle délimitation diocé-
saine. Tout cela est consigné dans les articles 2, 3, 4, 5, 6.
On doit leur adjoindre les articles additionnels 1 et 2
concernant la cession à l'Allemagne des droits de l'État
français sur les parties du réseau de la Compagnie des
chemins de fer de l'Est situées en territoire annexé, et
l'indication de la somme à payer par l'Allemagne pour
cette cession.

Toutes ces stipulations sont de celles que les théoriciens
du droit des gens appellent spéciales. Mais il était tout
naturel que le traité contînt aussi des clauses générales. La
plus importante a trait au rétablissement de certains traités
entre la France et les divers États allemands, et à l'indication d'un régime commercial nouveau (art. 11). La condition
des nationaux allemands ne devant pas être aggravée par
la guerre, leur gouvernement, dans l'article 12, stipule pour
eux des faveurs qui sont déclarées d'ailleurs réciproques
pour les sujets français. Enfin, l'article 10 règle la remise des
prisonniers français et l'article 13 la restitution des navires
capturés qui n'auraient pas été condamnés avant le 2 mars
1871.

Telle est l'économie générale du traité. Dans son ensemble,
il maintient l'état de choses créé par les préliminaires. Il en
déduit les conséquences auxquelles il fallait logiquement
s'attendre. Mais sur plus d'un point, on le verra, il les pousse
aux extrêmes. Enfin, il contient certaines aggravations de
traitement qu'il n'est pas inutile de signaler dès maintenant (1).

Les préliminaires faisaient dépendre l'évacuation de

---

(1) SOREL, *Histoire diplomatique de la Guerre franco-allemande*, t. II, pp. 309
et suiv., a soigneusement étudié sous cet aspect particulier l'acte de Francfort.

certains départements (Somme, Oise, Seine-Inférieure, Seine-et-Oise, Seine-et-Marne, Seine et forts de Paris sur la rive droite de la Seine) du premier versement d'un demi-milliard (art. 3). Mais, à raison de l'état de nos affaires intérieures, on nous imposait la continuation de l'occupation dans plusieurs d'entre eux (Oise, Seine-et-Oise, Seine-et-Marne, Seine, forts de Paris), et ce malgré le paiement de ce premier acompte (art. 7 du traité). L'Allemagne avait le droit de choisir son moment et son heure. Elle se réservait le droit de n'évacuer ces pays que si elle jugeait l'ordre suffisamment rétabli en France et dans Paris. Mais cette ingérence dans notre politique intérieure devait cesser dès que 1 milliard et demi aurait été payé. Cet acompte parut devoir être d'une sûreté suffisante pour le sort d'une créance sur laquelle on veillait avec un soin si particulièrement soupçonneux.

En second lieu, les préliminaires avaient imposé à l'Allemagne la cessation des réquisitions dans les départements occupés (art. 4). Le traité (art. 8) permettait à l'armée allemande de lever des réquisitions en nature et des impôts et même d'étendre à d'autres départements ce régime si pénible, pour le cas où le gouvernement français n'exécuterait pas à l'échéance ses obligations relatives à l'entretien des troupes de l'armée d'occupation. Toujours reparaissait, à chaque ligne et sans même essayer d'en atténuer l'expression, la hâte d'être payé, les précautions d'hommes d'affaires qui craignent l'insolvabilité du débiteur écrasé sous le poids de la dette.

La rigueur de ces stipulations aggravantes, comme aussi celle des clauses purement complémentaires de l'acte primitif, n'était compensée que par l'extension considérable du rayon qu'on nous laissait autour de Belfort. Et encore, cette faveur, il fallait la payer chèrement. Nous cédions en échange une portion de territoire à l'ouest de Thionville, à laquelle l'Allemagne tenait beaucoup à cause de sa richesse minière et parce qu'en nous l'enlevant, elle restreignait nos communications avec le Luxembourg.

III

Il est difficile, après ces constatations, de comprendre l'optimisme laudatif de Thiers, représentant ce traité comme ayant été fort débattu et le célébrant même comme un vrai soulagement (1). Que les questions aient été débattues, on n'en saurait disconvenir. Reste à savoir si elles l'avaient été toutes au mieux de nos intérêts, si, avec moins de précipitation, avec une hâte moins fébrile de conclure et de conclure sur tout, nous n'eussions pas obtenu des concessions de détail intéressantes. On peut penser qu'avec plus de décision et de dextérité, on aurait amélioré la situation au lieu de l'empirer, puisqu'on se savait sur le point de venir à bout de l'insurrection parisienne et qu'on pouvait parler plus haut et plus ferme. Il n'en fut rien. Le traité du 10 mai ne fut pas seulement la consécration des préliminaires, il fut une nouvelle défaite diplomatique, mais une défaite à laquelle nos tergiversations des mois précédents eurent autant de part que les difficultés de notre situation intérieure. Le seul soulagement que nous apportât la conclusion de la paix, était de mettre fin à cette situation incertaine et équivoque qui se perpétuait depuis l'ouverture des conférences de Bruxelles et qui, dans l'état de tension des esprits, avec un adversaire soupçonneux, exigeant, jamais satisfait, menaçait à chaque instant de faire renaître un conflit armé. C'était pourtant un avantage. Au prix de quels sacrifices il était acheté, on l'a vu par ce qui vient d'être expliqué.

Au surplus, le pire et l'irréparable n'était point l'œuvre de nos négociateurs de Francfort. C'est dans les préliminaires qu'il fallait aller le chercher. C'étaient les articles où l'on avait inscrit la diminution territoriale de la France, où l'on avait cru consommer sa ruine financière. Rien dans ces

---

(1) Discours à l'Assemblée nationale, lors de la discussion du traité. VILLE-FORT, t. II, p. 131; *Notes et Souvenirs*, p. 183.

clauses, on l'a fait observer (1), n'était contraire aux usages du droit des nations. Le vainqueur se paie en territoires et en argent. C'est la pratique constante. On l'avait appliquée, comme à tous les jeux on applique les règles. Les politiques d'ancienne école ratifièrent. C'eût été trop sans doute de demander que l'Allemagne, naissant à la vie, répudiât ces procédés par où l'on croit se démontrer sa force, qu'elle renonçât à faire acte de nation. Si, du moins, en continuant d'appliquer les vieilles maximes, elle s'était montrée moins âpre dans la poursuite des conséquences ! Mais il eût fallu pour cela un désir de concilier, un esprit de libéralisme inné, une douceur d'action qui manquaient à la diplomatie prussienne. Dès les premières heures, elle interpréta l'accord avec étroitesse, elle s'efforça de tirer des stipulations territoriales et financières leur maximum de rendement utile. De là un redoublement de rigueur dans la série des négociations qui se greffèrent sur le traité principal. Et, comme les débats tendant à dégager dans le détail les effets pratiques de l'annexion et de la réclamation d'une indemnité continuèrent pendant plusieurs années encore, le traité de Francfort ne clôtura ni les discussions de principes, ni les controverses d'application. Ainsi, la paix officielle n'avait pas engendré la paix effective. A tout instant se ravivait la plaie au lieu de se cicatriser, et l'on entretenait en elle des ferments de discorde, germes des irréconciliations futures.

Ce résultat, facile à présager dès la première heure, apparaîtra en pleine clarté à l'examen de chacune des clauses principales d'un traité qui, sur tant de points, se dénonçait lui-même comme n'étant qu'un arrangement provisoire.

BIBLIOGRAPHIE

VALFREY, *Histoire du traité de Francfort*, t. I, pp. 85-124, et Jules FAVRE, *Gouvernement de la Défense nationale*, t. III,

---

(1) SOREL, *Histoire diplomatique de la Guerre franco-allemande*, t. II, p. 366.

pp. 348-376, 426-437, ont ici l'un et l'autre une valeur narrative de premier ordre. Ces deux auteurs sont les sources principales de Sorel, *Histoire diplomatique de la Guerre franco-allemande*, t. II, pp. 295-318, dont le récit, comme toujours ordonné et lumineux, est plus qu'une simple réédition de celui de ses prédécesseurs. Thiers, qui n'a suivi la négociation que de loin, est, dans ses *Notes et Souvenirs*, pp. 181-183, très sommaire, un peu léger même dans son appréciation des résultats d'ensemble.

Les renseignements puisés dans les documents d'origine parlementaire permettent aussi de suivre la marche des faits et d'apprécier la portée des stipulations principales. Dans cet ordre, se place en première ligne le discours prononcé par Bismarck au Reichstag, le 12 mai 1871, deux jours après la signature du traité. On le trouvera dans : *Les Discours de M. le prince de Bismarck*, t. III, pp. 55-62. Il y a lieu de le compléter par l'exposé des motifs de Jules Favre, lors de la discussion du traité à l'Assemblée nationale, séance du 18 mai 1871, et par les discours prononcés à cette occasion, notamment celui de Thiers. Ce débat est reproduit *in extenso* dans Villefort, t. II, pp. 93-137.

Des témoignages de ceux qui ont été mêlés à la négociation, on n'a, en dehors des déclarations de Bismarck et du récit de Favre, que les indications un peu écourtées, quoique très significatives, de Laussedat, *La Délimitation de la frontière franco-allemande*, pp. 42-47.

Les écrits consacrés à la vie et à l'œuvre du chancelier ne manquent pas de souligner comme il convient sa participation à l'acte de Francfort. Celui de Andler, *Le Prince de Bismarck*, Paris, 1899, in-12, pp. 151-152, 164-165, est un de ceux qui, en sa forme ramassée, font le mieux comprendre et revivre le personnage, à ce moment culminant de sa carrière. Plus récemment, Paul Matter, *Bismarck et son temps*, Paris, 1905-1908, 3 vol. in-8, dans son récit des négociations de Francfort, t. III, pp. 277-282, a soigneusement mis à profit tout ce qui avait été publié avant lui.

CHAPITRE VI

L'ANNEXION

I

Les préliminaires de Versailles enlevaient à la France, pour l'annexer à l'Empire allemand, une partie notable du territoire français, située à l'est d'une ligne frontière dont le tracé était soigneusement indiqué par l'article 1. Ce territoire englobait, en allant du nord-ouest au sud-est : la majeure partie du département de la Moselle, une notable fraction du département de la Meurthe, les deux départements du Bas-Rhin et du Haut-Rhin, sauf la ville de Belfort et le rayon autour de cette place qui devait être déterminé ultérieurement. C'était une perte superficielle de 1.447.466 hectares, une diminution de 1.694 communes, de 1.597.228 habitants (1). C'était plus encore. La France, vaincue, amputée de deux de ses plus belles provinces, sa frontière orientale ouverte, demeurait amoindrie matériellement et moralement à côté de l'Allemagne devenue une et forte.

L'Allemagne venait de réaliser un de ces projets à longue échéance où excelle son génie patient. L'annexion de l'Alsace, celle de la Lorraine totale ou partielle, était dans ses vœux depuis des temps déjà anciens. Rêvée par les philosophes, espérée par les poètes patriotes, escomptée par les hommes d'étude, méditée et préparée par les politiques,

_____

(1) Ces chiffres résultent du tableau statistique des pertes territoriales de la France donné par Villefort, t. II, pp. 502 et suiv.

elle était le but suprême, l'aspiration secrète de tout cerveau et de tout cœur allemand. Plus d'une fois, le fruit tentant avait été à portée de la main. Des circonstances peu propices, la jalousie des autres puissances, des rivalités intestines avaient empêché de le saisir. A cette heure, un coup d'épée heureux l'avait détaché de l'arbre.

La pensée de faire du Rhin un fleuve allemand, de nous prendre l'Alsace et une bonne partie, sinon la totalité de la Lorraine, avait germé dans les esprits germaniques dès le dix-septième siècle. Leibnitz l'avait formulée dans toute son ampleur en y mêlant d'autres revendications, plus ambitieuses encore (1). Lentement, elle avait fait son chemin, elle s'était implantée avec une ténacité que les années n'avaient pas lassée. La persistance de ce projet dans la mentalité d'outre-Rhin devenait une de ces forces latentes qui sont le ressort de la politique d'action, orientent les desseins des gouvernements et, au travers des indécisions ou des crises de stagnation passagères, désignent à leurs efforts un but éloigné mais précis. Aussi va-t-on voir les moindres incidents faire sortir l'idée d'annexion du domaine de la spéculation pure. En 1789, c'est l'affaire des princes possessionnés d'Alsace qui provoque les réclamations des petites cours auprès des grandes, pour que celles-ci prennent en main la cause des princes dépossédés de leurs droits régaliens et profitent de la conjoncture pour réclamer l'Alsace, province détachée jadis de l'Empire et devant lui revenir selon les principes du droit des gens (2). La thèse continue à s'affirmer, en même temps qu'elle se précise, au cours des négociations poursuivies entre la Prusse et l'Autriche, en 1791 et 1792, au sujet de leur intervention en France. Ce qu'elles se disposent à faire pour le rétablissement de l'autorité royale mérite des compensations équitables. De pareils services se paient. L'Alsace et la Lorraine sont marquées dans les pourparlers comme prix de cette

---

(1) SOREL, *L'Europe et la Révolution française*, t. I, p. 414 ; LÉVY-BRUHL, *L'Allemagne depuis Leibnitz*, pp. 11, 12, 15.

(2) SOREL, *op. cit.*, t. II, pp. 77, 82-84, 185, 194, 241.

intervention. Une fois ces provinces occupées par les Alliés, « il n'y aurait aucune raison de les restituer à la France » (1). Mais à qui les attribuer? Question grosse de difficultés, qui divise les coalisés, comme elle les divisera encore plus tard. Pour l'instant, c'est entre l'Autriche et la Maison palatine qu'on pense les partager, la Prusse recevant des avantages territoriaux par ailleurs (2).

L'insuccès de la campagne de France, les triomphes des armées de la Révolution et de l'Empire écartent pour un temps le péril. Obligées de veiller à leur propre salut, les puissances allemandes ont d'autres soucis. Mais viennent pour nous les heures de défaite et la pensée qui les hante va pouvoir se traduire en actes décisifs. Les publicistes le proclament : la frontière allemande, pour être solide, doit aller jusqu'aux Vosges et aux Ardennes. C'est, pour l'Allemagne, une question de sécurité. Sans cela, elle demeure obligée de rester sous les armes, toujours exposée à une nouvelle guerre (3). Les hommes d'État appuient ces prétentions. Mais il fallait ménager, sinon la France, du moins les Bourbons restaurés. Les Alliés repoussent toute idée de revendication territoriale. Le premier traité de Paris conserve à la monarchie les provinces tant convoitées (4). Mais ce n'est que partie remise. Dès le retour de l'île d'Elbe, les espérances renaissent et se font jour dans des explosions de colère. Les journalistes patriotes, les agents actifs, quoique peu écoutés, des puissances allemandes secondaires, s'agitent. Il leur faut la revanche de l'insuccès de 1814 : des frontières meilleures pour se protéger contre la France turbulente, toujours menaçante pour l'Allemagne (5).

---

(1) Dépêche à Jacobi, chargé d'affaires de Prusse à Vienne, dans SOREL, *L'Europe et la Révolution française*, t. II, p. 241.

(2) Pour ces projets : SOREL, *op. cit.*, t. II, pp. 185, 241, 254, 498, 505 ; *Mémoires du comte Valentin Esterhazy*, Paris, 1905, in-8, pp. 339-340.

(3) GÖRRES, dans le *Rheinisches Merkur*, cité et résumé par LÉVY-BRUHL, *L'Allemagne depuis Leibnitz*, pp. 359-360 ; CHUQUET, *L'Alsace en 1814*, Paris, 1900, in-8, chap. XV, pp. 347-361.

(4) SOREL, *Le Traité de Paris du 20 novembre 1815*, Paris, 1873, in-8, p. 30.

(5) SOREL, *op. cit.*, p. 31 ; CRÉTINEAU-JOLY, *Histoire des traités de 1815*, Paris, 1842, in-8, pp. 112-113.

Napoléon succombe à Waterloo. Cette fois, on touche au but. La Prusse se fait le porte-paroles des petits États et ceux-ci avec elle réclament les mesures nécessaires à la sécurité allemande. Il faut que la France « rentre dans sa défensive et qu'elle rende à ses voisins la défensive qu'elle leur a ôtée ». L'Alsace, la Lorraine, doivent lui être enlevées. Et c'est là un minimum. D'autres veulent pousser plus avant, leurs exigences ne se satisfont pas à moins du département du Nord, d'une partie des Ardennes, du Doubs, du Jura, et de l'Ain (1). Mais l'excès même de ces prétentions les empêcha d'aboutir. La Russie, par politique, ne voulait pas qu'on dépouillât la France à laquelle elle songeait pour s'en faire une alliée. L'Angleterre trouvait les propositions prussiennes extravagantes et finit par s'y opposer. Au demeurant, ce n'était pas seulement la résistance de ces deux alliés qui mettait obstacle aux projets des Allemands, c'était, pour les attributaires éventuels, l'impossibilité de s'entendre sur le partage. On était bien d'accord pour réclamer « les marches allemandes », mais tout le monde : Prusse, Autriche, Bavière, les voulait. C'était le sûr moyen de ne pas les avoir. On nous les laissa (2).

La France oublia vite le danger qu'elle avait couru. L'Allemagne, qui a la mémoire longue, garda et entretint le souvenir de cette humiliation infligée à son sentiment national naissant. Son esprit traditionnaliste, toujours tourné du côté du passé, se complut dès lors dans la contemplation des espérances avortées, avec l'arrière-pensée toujours éveillée de les voir se réaliser un jour dans les faits (3). Elle guetta l'occasion propice, le bon destin ou le *dux fortissimus* qui lui donnerait les pays tant convoités, restés sous un

---

(1) En tête du tome I d'ANGEBERG, *Le Congrès de Vienne et les traités de 1815,* se trouve la carte indiquant ce que certains parmi les Alliés voulaient réclamer.

(2) SOREL, *Le Traité de Paris du 20 novembre 1815,* pp. 68-131; *L'Europe et la Révolution française,* t. VIII, pp. 471, 472, 476, 478, 488, 489, 496-500; ANGEBERG, *Le Congrès de Vienne et les traités de 1815,* II⁰ partie, pp. 1549-1550; VAULABELLE, *Histoire des deux Restaurations,* t. III, p. 422.

(3) LÉVY-BRUHL, *L'Allemagne depuis Leibnitz,* pp. 362-367.

maître étranger. Entre 1830 et 1870, chaque fois qu'un vent
de révolution secoue les royautés, que l'équilibre des forces
tend à se modifier dans l'Europe modelée par les diplomates
du Congrès de Vienne, les espoirs renaissent dans les cœurs
allemands. Dès 1832, Quinet, plus clairvoyant que beaucoup
de nos écrivains, comprend et prophétise le sort de ces provinces « qui retombent sous l'attraction formidable de tout
le monde germanique qui n'attend plus qu'une occasion ».
Or, quel est celui des gouvernements de la Confédération qui
est le mieux placé à portée de nous pour épier et chercher
cette occasion? C'est celui qui « porte à sa ceinture les clefs
de notre territoire », la Prusse « qui donne aujourd'hui à
l'Allemagne l'action, la vie réelle, qui satisfait outre mesure
son engouement subit pour la puissance, la force matérielle (1) ». Mais Quinet, comme tous les prophètes, était un
isolé. Cette Allemagne que nous continuions à nous représenter sous des traits idylliques, la plupart, chez nous, ne
soupçonnaient pas qu'elle travaillât dans l'ombre à son
grand dessein, jamais abandonné.

Aux poètes de circonstance, aux politiques qui avaient dû
se taire par prudence, succédaient maintenant les hommes
de science, les « professeurs », ceux qui, au nom de la linguistique, de l'ethnologie, de l'histoire, de la géographie, de
l'art, redemandaient les frères trop longtemps séparés,
traçaient avec soin la ligne des frontières naturelles et la
complétaient par une enquête patiente sur la frontière des
langues (2). Les vieux griefs étaient repris un à un, ceux
du seizième siècle, ceux du dix-septième, la perte des Trois-
Évêchés, de l'Alsace, la réunion de Strasbourg, l'annexion
de la Lorraine au dix-huitième siècle, la déconvenue du
second traité de Paris. L'Allemagne est essentiellement
pacifique, cosmopolite, sympathique à toutes les nations.

---

(1) QUINET, *De l'Allemagne et de la Révolution*, Paris, 1832, t. II, pp. 25-26.
(2) Voir spécialement dans PFISTER, *La Limite de la langue française et de
la langue allemande en Alsace-Lorraine*, Paris-Nancy, 1890, in-8, pp. 6-7,
l'indication des ouvrages publiés en Allemagne sur la limite des langues, entre
1843, date de l'apparition de la carte de Bernhardi, et 1869, date de l'étude de
Richard Boeck.

Elle ne hait ni la France, ni le peuple français. Mais, puisque le napoléonisme, redevenu menaçant, veut enlever à l'Allemagne les pays du Rhin et parle d'établir des frontières naturelles à la place de celles réglées par les traités, il ne faut pas s'étonner si les peuples allemands veulent, eux aussi, élucider sérieusement la question des frontières naturelles, s'ils se rappellent que jadis des montagnes formaient la ligne de séparation des deux pays et que la Champagne était limitrophe de l'Allemagne (1). Plus on se rapproche de 1870, plus l'Allemagne prend conscience de sa force, plus les réclamations, toujours identiques dans le fond, deviennent violentes dans l'expression.

Tout ce que la France a acquis du côté de l'Est, elle l'a pris, dérobé à l'Allemagne. C'est surtout la perte de l'Alsace et de la Lorraine allemande qui ont atteint l'Allemagne dans ses intérêts nationaux. Ces pays furent comme un membre sain séparé d'un corps vivant. Le jour où on réglera les comptes, tout le *doit* sera du côté de la France. Tous les pays, même bourguignons, sont la propriété allemande et l'on pourrait réclamer « plus que la frontière des langues ». Si l'on se place au point de vue juridique, les traités de 1815 sont le seul titre de la France. L'Allemagne les a toujours observés. Mais si la France ne veut pas les reconnaître, si elle commence une guerre, ces traités ne peuvent plus servir de base à la paix. L'épée ne sera plus remise au fourreau, tant que la France n'aura pas rendu ce qu'elle a pris, tant qu'elle n'aura pas payé toute sa dette (2).

L'heure du règlement de compte si longtemps retardée sonnait maintenant. Les hommes d'État français, Thiers peut-être un des premiers, d'autres politiques moins avertis, la presse, l'opinion commune, tout le monde parut atterré devant des exigences territoriales qui, pourtant, s'étaient

---

(1) Je résume ici l'introduction de la première édition de l'ouvrage d'Ad. Schmidt, professeur à l'Université d'Iéna, *Elsass und Lothringen, Nachweis wie diese Provinzen dem deutschen Reiche verloren gingen,* paru en 1859; 2ᵉ édit., 8 septembre 1870; 3ᵉ édit., 26 septembre 1870.

(2) Wolfgang Menzel, *Unsere Grenzen,* Stuttgard-Leipzig, 1868, Die Grenze an Frankreich, pp. 23, 41, 42.

produites depuis si longtemps. Mais, comme on l'a dit, la France avait manqué d'attention (1). Elle aurait pu et dû savoir qu'à la thèse des frontières naturelles jusqu'au Rhin, qu'exprimaient par jactance certains publicistes français, les ethnographes et les géographes traditionalistes allemands opposaient le dogme des frontières naturelles jusqu'aux Vosges. Elle aurait pu ne pas ignorer l'avertissement donné par les travaux sur la *Sprachgrenze*. Elle pouvait se ressouvenir des réclamations de 1814 et de 1815, se dire qu'à cette heure, la Prusse était seule, avec des alliés placés sous sa forte main, pour liquider l'affaire, et qu'on n'avait pas deux fois la triste chance d'être vaincu par l'Europe coalisée (2).

II

La patience et la ténacité germaniques avaient enfin triomphé. L'Alsace moins Belfort, toute la Lorraine dite allemande et une partie de la Lorraine française, Metz y compris, étaient enlevées à la France. Un État était mutilé au profit d'un autre, un membre était détaché par force d'un corps vivant. Une fois de plus, l'idée antique de conquête s'affirmait dans sa brutalité traditionnelle, en contradiction avec les rêves et les illusions humanitaires. Quelles raisons allait invoquer l'Allemagne ou l'homme d'État parlant en son nom, pour justifier cet acte?

Et d'abord, avait-on à le justifier? Le droit pour un État de s'agrandir aux dépens du voisin, d'arrondir sa propriété de tout ce qu'il peut prendre à la propriété d'autrui, l'*Eroberungsrecht*, n'était-il pas admis comme maxime constante par le droit des gens? Et cette raison du plus-fort, la meilleure, la seule, selon l'opinion commune, ne se suffisait-

---

(1) SOREL, *Le Traité de Paris du 20 novembre 1815*, pp. 149-150.

(2) Bismarck, dans son discours au Reichstag, le 12 mai 1871, fait observer que si, dans des occasions antérieures, on avait laissé échapper la possibilité de garantir l'Allemagne, c'est qu'elle avait remporté la victoire en commun avec des alliés dont les intérêts n'étaient pas les mêmes que les siens. *Discours de Bismarck*, t. III, p. 44.

elle pas à elle-même? Nos plénipotentiaires à Versailles
n'eurent ni l'occasion, ni même la tentation d'instituer à
cet égard une controverse qui n'eût abouti à rien de pratique. L'heure n'était pas aux discussions académiques.
Leur terrible interlocuteur ne s'y est jamais prêté. En venant conférer avec lui des bases de la paix, Thiers et Favre
savaient qu'il fallait se résigner au pire sacrifice : une cession
de territoires. A l'avance, l'Allemagne avait cause gagnée.

Tout de même, Bismarck crut nécessaire de donner des
explications. Obéissait-il instinctivement à l'habitude que
nous avons tous d'exposer à autrui les motifs de nos actes?
Faut-il voir dans cette tentative de justification un hommage inconscient que la force rendait au droit? Ou bien,
politique avisé et prudent, sentait-il qu'il fallait avoir pour
soi les apparences et persévérer dans le rôle qu'il avait si
habilement ménagé dès le début à son pays, le rôle de celui
qui, ayant été injustement provoqué, se prémunit contre
toute attaque nouvelle du provocateur? C'est plutôt cela
qu'il faut croire. A Versailles, en effet, en face de Thiers et
Favre, comme plus tard devant le Reichstag, comme déjà
dans des occasions diverses au cours de la guerre, il invoqua
une raison, une seule, la seule qui pût passer pour plausible,
la raison — on pourrait presque dire l'excuse — de la légitime défense.

La thèse se ramène à quelques idées fort simples. La
France est agitée, turbulente, agressive. Elle ne peut vivre
en paix avec ses voisins, surtout avec ceux qui, comme les
Allemands, sont par essence pacifiques et doux. Or, la France
occupe une position géographique et militaire pleine de
tentations pour elle et de périls pour l'Allemagne sa voisine.
Par Strasbourg, bastion avancé, elle peut toujours envahir
l'Allemagne du Sud; par le coin que pousse l'Alsace dans
l'intérieur des territoires allemands du côté de Wissembourg,
la France peut séparer l'Allemagne du Sud de celle du Nord.
Il importe donc de rectifier cette frontière, de mettre les
pays allemands à l'abri d'une attaque toujours à craindre,
de reculer de plusieurs journées de marche en arrière les

points d'irruption d'une agression française. Ni la neutralisation des territoires alsacien et lorrain, ni le démantèlement des forteresses élevées sur ces territoires ne peuvent
être une protection suffisante, une garantie pour l'avenir.
L'annexion est le seul moyen de donner à l'Allemagne le
rempart qui lui assurera la sécurité. Elle a besoin de ce
glacis pour sa défense, et c'est la nécessité, le besoin légitime
de pourvoir à sa conservation, non point l'envie de posséder
des territoires et des hommes, qui l'ont guidée dans ses
réclamations.

Telle est la thèse, nous pourrions dire le thème. Il n'avait
même pas le mérite de la nouveauté. On le retrouve, sans
cesse réédité, transmis pour ainsi dire de génération en génération, sorte de *leitmotiv* patriotique auquel les politiques,
les publicistes, les historiens ajoutent, chacun selon son
tempérament, quelques variations. C'était déjà le langage
de Gagern, de Hardenberg, du ministre de Hanovre, du
ministre de Wurtemberg en 1815 (1). C'était celui des nombreux écrits de circonstance dont l'apparition coïncide avec
nos premières défaites en 1870 (2). Et, dans le même temps,
la presse, inspirée par la chancellerie de l'Allemagne du
Nord, met également en avant l'argument du glacis, la
nécessité d'une meilleure délimitation stratégique pour se
mettre à l'abri d'audacieuses incursions de la part de la
France (3). Les juristes eux-mêmes, quand, dès la première
heure, ils se mettent en quête des raisons de droit, ne trouvent pas autre chose. On doit, sans doute, dans l'état de la
civilisation moderne, réprouver hautement la politique de
conquête. Mais la question ne se présente plus sous le même
aspect lorsqu'il s'agit de repousser une attaque injuste et
quand, après avoir triomphé de l'agresseur, on cherche, en
lui imposant des diminutions territoriales, à prendre ses

---

(1) Sorel, *Le Traité de Paris du 20 novembre 1815*, pp. 34, 72-74, 89-90,
96, 105, 111-112; *L'Europe et la Révolution française*, t. VIII, p. 472.
(2) Voir la bibliographie du présent chapitre.
(3) Résumé des correspondances de la *Gazette de Cologne* dans le rapport de
Rothan au ministère français des affaires étrangères, du 29 septembre 1870.
Rothan, *L'Allemagne et l'Italie*, Paris, 1884, in-8, t. I, pp. 146-147.

sûretés pour l'avenir (1). Voilà la raison avouée, la raison officielle du sacrifice que l'Allemagne s'est crue obligée de réclamer à la France. C'était de toutes les raisons invoquées celle qui prêtait le moins aux objections. Le chancelier était trop fin politique pour n'avoir pas du premier coup discerné ce mérite. Les autres raisons mises en avant étaient moins solides.

C'était d'abord la raison historique, la raison des professeurs, comme Bismarck l'appelait non sans une certaine pointe de dédain (2). Les pays réclamés à la France avaient jadis appartenu à l'Allemagne. Ils lui avaient été ravis aux heures d'abaissement, à la faveur des dissensions intestines. Possessions du Saint-Empire romain, ils revenaient de droit, du jour où, restauré sous une forme plus moderne, cet empire renaissait à la vie (3). Mais, combien fragile était cet argument, peu d'Allemands pouvaient alors et peuvent peut-être encore à l'heure présente s'en rendre compte. Qu'importe, en effet, que ces pays aient été jadis terres d'Empire ! D'autres aussi, la Hollande, la Suisse, l'Italie, l'ont été. Est-ce suffisant pour permettre à la moderne Allemagne de les revendiquer ? Et pourquoi s'arrêter là ? Si l'argument des titres historiques est bon, il l'est de façon absolue. On n'en doit pas limiter arbitrairement l'effet dans le temps. Bien avant et par delà l'époque féodale, l'Alsace et la Lorraine étaient une terre celtique (4). Beaucoup de pays, aujourd'hui allemands, l'étaient aussi. Serait-ce une raison suffisante pour que de prétendus héri-

---

(1) Ainsi conclut un juriste belge ROLIN-JÆQUEMYNS, *Second essai sur la Guerre franco-allemande dans ses rapports avec le droit international* (Extrait de la *Revue de Droit international et de Législation comparée*, 2ᵉ livraison, 1871, p. 99 du tirage à part). Et c'est aussi presque textuellement l'opinion de HOLTZENDORFF, *Eroberungen und Eroberungsrecht*, Berlin, 1871, p. 32.

(2) ANDLER, *Le Prince de Bismarck*, pp. 151-152.

(3) Entre tous les écrits destinés à établir cette thèse, il faut citer au premier rang celui de SYBEL, *Les Droits de l'Allemagne sur l'Alsace-Lorraine*, Bruxelles, 1871, in-8, paru en allemand sous le titre : *Der Frieden von 1871*, Düsseldorf, 1871, in-8.

(4) Pour les noms géographiques d'Alsace et de Lorraine d'origine celtique, consulter PFISTER, *La Limite de la langue française et de la langue allemande*, pp. 18-23.

tiers du nom et de la grandeur celtiques les réunissent aujourd'hui sous une même domination? Et l'absurdité d'un
pareil résultat ne montre-t-elle pas la vanité de ces revendications archéologiques (1)? Mais, pour s'en tenir à des
époques plus rapprochées de nous, pouvait-on soutenir
justement que la réunion à la France des Trois-Évêchés, de
l'Alsace, de la Lorraine avait été une diminution soufferte
par l'Allemagne? Une seule puissance, l'Autriche, y avait
perdu. La France n'avait fait que commencer, aux seizième,
dix-septième et dix-huitième siècles, ce que la Prusse avait
continué au dix-neuvième. Elle avait refoulé cette puissance
vers l'Est, inauguré le *Drang nach Osten* (2). De quel droit
la Prusse et ses alliés allemands viendraient-ils maintenant
élever la voix au nom de la maison d'Autriche, se subroger
à elle et prendre en main une querelle que celle-ci ne soulevait pas?

Au nom de l'Allemagne, pourrait-on dire, à laquelle tous
ces pays avaient été enlevés. Mais qu'était-ce donc que
l'Allemagne à l'époque où ces territoires contestés furent
réunis à la France? L'Allemagne n'existait pas alors; elle
n'était pas un établissement politique à part, ayant une vie
propre, faisant figure d'État. Elle ne commence à exister
que depuis le moment où, au dix-huitième siècle, elle appa-
raît à la conscience de ses penseurs, de ses écrivains, comme
une patrie idéale en voie de formation. Politiquement, elle
n'était encore qu'un devenir et ce n'est pas assez pour justifier une revendication. La vérité est que la France avait
distrait à son profit un certain nombre de pays d'Empire,
qu'elle les avait séparés d'un groupement artificiel d'États,
le Saint-Empire romain, lequel n'était proprement qu'un
être moral, un système idéal (3) et n'était ni un État, ni
une patrie. Cet agrégat politique s'était d'ailleurs dissocié;
il n'était plus qu'un souvenir historique et personne, ni

---

(1) RENAN, « Lettre à Strauss » dans *Réforme intellectuelle et morale*, pp. 195-
196.

(2) En ce sens : HEIMWEH, *La Question d'Alsace*, passim, pp. 87 et suiv., 91.

(3) BIELFELD, *Institutions politiques*, Leyde, 1772, in-4, t. III, p. 262.

la Prusse, ni aucun de ses alliés, ni même l'Empire fédéral
de création récente, ne pouvait parler en son lieu et place.
Des traités successifs, depuis ceux de Westphalie jusqu'à
celui de Vienne en 1815, avaient consolidé les acquisitions
françaises, régularisé les choses, créé une situation historique
nouvelle et donné à la France des titres incontestables.

Et, à côté de ces titres juridiques, la France ne s'en était-
elle pas créé d'autres et de plus puissants en dotant d'une
patrie commune ces souverainetés diverses : villes libres,
villes impériales, possessions princières, duchés, en donnant
à ces fragments d'États la conscience de leur personnalité
comme provinces d'un grand État unifié, à la civilisation
duquel elle les avait fait participer? N'était-ce pas là un
bienfait continué durant des années, qui avait rendu ces
pays aptes à la vie moderne, leur avait donné l'avance sur
l'Allemagne demeurée féodale et morcelée? Et, en les mode-
lant ainsi à sa propre image, la France, la France surtout
de la Révolution, ne les avait-elle pas engendrés à une existence politique nouvelle qui ne permettait plus de parler
de celle d'autrefois?

Toutes ces réponses, par lesquelles se réfutait victorieusement l'argument tiré de l'histoire, le chancelier les pré-
voyait-il? On ne sait. En tout cas, il sut se délivrer des
controverses auxquelles elles l'eussent entraîné et pour
lesquelles il n'avait aucun goût. Son bon sens génial lui fit
comprendre qu'il n'y avait pas à faire fond sur celle de
toutes les raisons qui paraissait la plus séduisante et la plus
irréfutable à des esprits allemands. Les mentions dédai-
gneuses et écourtées qu'il lui consacre dans ses discours,
montrent le peu de cas qu'il en faisait (1).

Non moins précaire était la justification tirée de la communauté de langue, de l'identité de race, de manières et
de coutumes. Les « professeurs » ne manquaient pas non
plus de l'invoquer, la similitude de langue surtout. Elle

_____

(1) *Discours de Bismarck*, t. V, pp. 78, 79, 81, discours au Reichstag, 16 mai
1873.

était le signe indubitable de la communauté d'origine ethnique. Réclamer la frontière des langues, c'était revendiquer des frères séparés, combattre pour le principe moderne dont la politique extérieure du second Empire avait eu l'imprudence de se faire le champion, pour le principe des nationalités (1). Mais la politique des nationalités s'impose à elle-même des limites. Elle doit rester logique avec son principe. L'appliquer ici, c'eût été renoncer à Metz et au pays messin, à une partie de l'arrondissement de Château-Salins dans la Meurthe. Aussi, dès la première heure, longtemps avant la fin de la guerre, Bismarck l'a-t-il compris. Il s'en tient, écrit un diplomate, à la théorie bien autrement souple du « glacis », qui lui permet de demander plus, d'étendre plus avant ses prises (2). Et il s'y est tenu, toujours fidèle à sa maxime qui était de ne point se lier par des doctrines, de n'avoir que les opinions utiles, toujours invoquant l'unique raison : les exigences stratégiques, les nécessités de la défense allemande.

III

On est donc toujours ramené au même point dans cet examen de la légitimité de l'annexion. Les justifications tirées de l'histoire, de la communauté des races ou des langues, tout cela ne valait que comme adjuvant, comme argument sentimental et de seconde ligne. Un politique ne fait pas siennes ces raisons, parce que sur elles il ne peut rien fonder. Au contraire, il n'y avait rien à opposer à la raison tirée de la légitime défense. Chacun entend comme il lui plaît le soin de sa conservation. L'Allemagne pensait qu'il ne suffisait pas de nous avoir vaincus, de nous imposer une lourde indemnité de guerre; que, s'en retourner les mains vides, en nous laissant dans notre condition

---

(1) Voir particulièrement en ce sens : WAGNER, *Elsass und Lothringen und ihre Wiedergewinnung für Deutschland*, Leipzig, 1870, in-8, pp. 5, 17, 23.
(2) ROTHAN, Rapport du 12 octobre 1870 au ministre des affaires étrangères, *L'Allemagne et l'Italie*, t. I, p. 202.

territoriale ancienne, était pour elle un danger, que pour sa sécurité il lui fallait entre elle et nous une bande de pays dont elle serait maîtresse. Conviction raisonnée ou appréhension feinte, peu importe. Que répondre à de pareils arguments, quand on n'a plus la force matérielle qui seule permet de les réfuter ? Et il eût été inutile de demander à l'Allemagne qu'elle renonçât à prendre cette sûreté. Elle n'était pas d'esprit assez moderne pour s'affranchir d'anciens usages, pour donner la première un exemple qui eût été d'une incalculable portée morale, pour abandonner l'idée ancienne de conquête qu'elle associait à l'idée de garantie.

Au surplus, elle n'avait pas assez confiance en nous. Elle vivait sur une idée préconçue, sur un préjugé que les guerres du début du siècle avaient implanté et que la politique agitée du second Empire n'avait que trop contribué à enraciner : c'est qu'il y avait tout à craindre et toujours à craindre de la France, cette voisine turbulente et belliqueuse, prête à attaquer en toute occasion la pacifique et placide Allemagne. C'est pour cela qu'il fallait reculer de plusieurs étapes en arrière les frontières par où la France pouvait déboucher sur les pays allemands. Il est vrai qu'ainsi on avançait d'autant les points par où l'Allemagne pouvait faire irruption sur la France. Mais cela n'était point à redouter. Car, encore une fois, des deux pays, c'est l'Allemagne qui a le plus de propension pour la paix : affirmation que les Allemands produisaient en toute sincérité, parce qu'on finit par croire ce qu'on a souvent répété.

Que Bismarck ait été dupe de cette raison qu'il lui fallait donner, on ne saurait l'affirmer. Bien que sa nature, son éducation, ses souvenirs de jeunesse le portassent à préférer les solutions d'ancien style, il avait le sentiment très juste des temps nouveaux. Il a dû comprendre que l'acquisition de deux provinces, même riches, n'accroîtrait pas la force de l'empire qu'il venait de fonder, que les luttes de l'avenir se livreraient plutôt sur le terrain économique. Cette préoccupation perce partout dans le traité. Elle a inspiré plusieurs de ses plus importantes dispositions. Dans le fond, il n'a donc pas dû être partisan irréductible de la politique annexionniste, dont son intelligence pénétrante devait bien sentir les difficultés. Mais il lui fallait songer à sa fortune d'homme d'État et pour cela donner satisfaction aux exigences intransigeantes du parti militaire et des pangermanistes, faire des concessions aux préjugés patriotiques et flatter des passions que peut-être il ne partageait pas.

BIBLIOGRAPHIE

Sur les revendications allemandes dès le dix-huitième siècle, on consultera : Sorel, *L'Europe et la Révolution française*, t. I, p. 414; Lévy-Bruhl, *L'Allemagne depuis Leibnitz*, Paris, 1890, in-12, pp. 11, 12, 15. Pour l'époque de la Révolution : Sorel, *op. cit.*, t. II, pp. 77, 82-84, 185, 194, 241, 254, 489, 505; pour 1814 : Lévy-Bruhl, *op. cit.*, pp. 359-360; Chuquet, *L'Alsace en 1814*, Paris, 1900, in-8, chap. XV, pp. 347-361; pour 1815 : Sorel, *Le Traité de Paris du 20 novembre 1815*, Paris, 1872, in-8, pp. 68-131; du même, *L'Europe et la Révolution française*, t. VIII, pp. 471-500; Crétineau-Joly, *Histoire des traités de 1815*, Paris, 1842, in-8; d'Angeberg, *Le Congrès de Vienne et les traités de 1815*, Paris, 1863-1864, 4 vol., IIe partie, pp. 1549-1550, avec, en tête du tome I, la carte des territoires que l'on proposait d'enlever à la France.

Parmi les ouvrages ou opuscules parus en Allemagne entre 1815 et 1870, on peut noter comme particulièrement significatifs : Schmidt, *Elsass und Lothringen, Nachweis wie diese Provinzen dem deutschen Reiche verloren gingen*, 1859, réédité les 8 et 26 septembre 1870 à Leipzig; Anonyme, *Elsass und Lothringen deutsch*, Berlin, 1860; Wolfgang Menzel, *Unsere Grenzen*, Stuttgart et Leipzig, 1868.

Pfister, *La Limite de la langue française et de la langue allemande en Alsace-Lorraine*, Paris-Nancy, 1890, in-8, pp. 6-7, donne l'indication très complète des travaux des géographes et linguistes qui, depuis Bernhardi en 1843, ont dressé en Allemagne la carte de la frontière linguistique et en ont tiré des déductions en faveur des revendications allemandes.

La question de la légitimité juridique des annexions à la suite d'une guerre ne pouvait manquer d'être soulevée et discutée à propos de l'annexion de l'Alsace-Lorraine. Rolin-Jæquemyns, *Second essai sur la Guerre franco-allemande dans ses rapports*

avec le droit international, inséré dans la *Revue de Droit international et de Législation compraée,* 2ᵉ livraison, 1871, tout en repous-
sant la politique de conquête, admet l'annexion comme mesure
de préservation légitime pour assurer l'avenir. La question a
donné lieu à un échange d'opinions contradictoires entre cet
auteur et DE MONTLUC même *Revue,* 1871, pp. 383, 531, et la
controverse a continué entre eux, même *Revue,* 1873, pp. 581 et
suiv., 588 et suiv., sans qu'ils soient parvenus à s'accorder.

Bismarck n'a jamais varié dans les raisons qu'il a invoquées
pour justifier l'annexion. Il a toujours parlé des raisons de nécessité et de défense : conversation de Bismarck avec sa suite, lors
des batailles sous Metz, août 1870, dans Maurice BUSCH, *Le
Comte de Bismarck et sa suite,* Paris, 1879, in-12, pp. 37-38, et
dans *Mémoires de Bismarck* (Maurice BUSCH), Paris, 1898, t. I,
pp. 56-57 ; conversation tenue en septembre et rapportée par sir
Edward MALET, *Shifting scenes or memories,* Londres, 1901,
pp. 266-267 ; conversation avec le correspondant de l'*Evening
Standard* du 13 septembre, rapportée dans le *Courrier du Bas-
Rhin* du 4 octobre 1870 ; circulaire du 13 septembre 1870, datée
de Reims, adressée aux représentants de la Confédération de
l'Allemagne du Nord près des gouvernements neutres, insérée
dans le *Moniteur officiel du Gouvernement général de Lorraine*
du 29 septembre 1870 ; FAVRE, *Gouvernement de la Défense
nationale,* t. III, pp. 102-103, rapportant les pourparlers des
préliminaires, et p. 433, relatant les déclarations de Bismarck
lors de l'échange des ratifications du traité de Francfort ; déclaration à Gabriac, chargé d'affaires à Berlin : DE GABRIAC,
Souvenirs diplomatiques de Russie et d'Allemagne, Paris, 1896,
p. 140 ; discours de Bismarck au Reichstag, 2 mai 1871, 16 mai
1873, 3 mars 1874, *Discours de Bismarck,* t. III, pp. 45-48, 53 ;
t. V, pp. 78, 79, 194.

Les écrits de circonstance parus en Allemagne dès nos premières défaites et durant toute la guerre mettent aussi en avant
l'argument du « glacis ». A citer particulièrement : HISTORICUS,
Les Conditions de la paix et les droits de l'Allemagne, Genève,
1871, p. 13 ; LENZ, *Die alten Reichslande Elsass und Lothringen,*
Greifswald 1870, pp. 24, 25, 29 ; MAURENBRECHER, *Elsass eine
deutsche Provinz,* daté de Königsberg, 23 août 1870, Berlin, 1870,
pp. 5, 17 ; MAURER, *Deutschlands strategische Grenze gegen Frankreich,* Hildburghausen, 1870 ; SCHMIDT, *Elsass und Lothringen...*
2ᵉ édit., 8 septembre 1870, préface ; WAGNER, *Elsass und
Lothringen und ihre Wiedergewinnung für Deutschland,* Leipzig,
1870, p. 17.

D'autres que Bismarck avaient officiellement soutenu la nécessité pour l'Allemagne d'une frontière défensive taillée à nos

dépens. Voir le discours de Delbrück à l'ouverture du Reichstag, 24 novembre 1870, reproduit en français dans le *Moniteur officiel du Gouvernement général de Lorraine* du 29 novembre 1870.

Quant à la presse allemande, évidemment soufflée par la chancellerie, elle était presque unanime pour justifier l'annexion en la représentant comme une garantie strictement nécessaire de sécurité. C'est ce que constate dès le 10 septembre 1870 un article de fond de l'*Indépendance belge*. Cf. aussi le *Moniteur officiel du Gouvernement général de Lorraine* dans son nº 1, du 8 septembre 1870, et les résumés de journaux donnés par ROTHAN, dans *L'Allemagne et l'Italie*, t. I, pp. 146-147. Et c'est encore le langage que tient la presse inspirée dans la période entre l'armistice et les préliminaires. Cf. l'article de fond du *Moniteur officiel du Gouvernement général de Lorraine*, 23 février 1871. A l'heure présente c'est toujours la même thèse qui prévaut dans les cercles officiels allemands. Elle est soutenue et développée par DU PREL dans le grand ouvrage récent : *Das Reichsland Elsass-Lothringen*, Strasbourg, 1898-1903, 3 parties en 4 vol. in-8, I. Theil, p. 335.

Tous ceux qui ont étudié impartialement la condition politique de l'Alsace et sa situation vis à vis de l'Empire germanique lors de la conquête française au dix-septième siècle, n'ont pas manqué de faire remarquer qu'elle n'était, comme l'Allemagne elle-même, qu'une expression géographique, qu'un conglomérat de petites souverainetés indépendantes les unes des autres et souvent même hostiles. C'est l'annexion à la France, la réunion à l'unité française qui a fait l'unité de l'Alsace. Voir R. REUSS, *L'Alsace au dix-septième siècle*, Paris, 1897-1898, 2 vol. in-8, t. I, Préface, *passim;* LAVISSE, *La Question d'Alsace dans un cœur d'Alsacien*, Paris, 1891, pp. 5-6. L'idée que cette unité a été consolidée et fortifiée par la Révolution française est exprimée très nettement par Fr. Ch. HEITZ, *L'Alsace en 1789, Tableau des divisions territoriales*, Strasbourg, 1860, Avant-propos, suivi par TRAUTTWEIN VON BELLE, *Das Elsass in 17 und 18 Jahrhundert*, Berlin, 1865, in-8, pp. 18-21. Voir aussi R. REUSS, *op. cit.*, t. II, pp. 604-605.

Pour la réfutation des prétentions historiques des Allemands, on peut consulter, dans le sens français : MICHIELS, *Les Droits de la France sur l'Alsace-Lorraine*, Bruxelles, 1871 ; SCHURÉ, *L'Alsace et les prétentions prussiennes*, Genève, 1871 ; Mémoires pour la ville de Metz par PROST dans l'ouvrage du même : *Le Blocus de Metz en 1870*, Nogent-le-Rotrou, 1898, pp. 317-341. Du côté allemand, on a déjà cité l'ouvrage de Sybel, auquel on joindra tous les écrits de circonstance parus au cours de la guerre.

CHAPITRE VII

L'ÉTENDUE DES ANNEXIONS TERRITORIALES

———

I

L'annexion était, dès la première heure, dans les desseins de l'Allemagne. Mais jusqu'où iraient ses prétentions? Elle n'attendit pas qu'on discutât de la paix pour se poser la question, ni même pour la résoudre. Les Allemands ne laissent rien au hasard. Leurs plans sont toujours concertés, préparés de longue date, soigneusement et minutieusement mûris. L'Allemagne n'est pas le pays des improvisations.

Après les batailles du milieu d'août remportées sous Metz, avant la défaite de Sedan, en septembre, avant l'investissement complet de Paris, plus tard lorsque le succès s'affirma chaque jour plus certain et ne fut plus qu'une affaire de patience, le chancelier paraît s'être fixé des limites qu'il ne dépasserait pas. A certains, observateurs superficiels ou imparfaitement informés, ses projets ont pu paraître hésitants et mal assurés; en réalité, ils n'ont jamais varié. Toujours il a réclamé l'Alsace entière, Metz et presque tout le département de la Moselle, avec, en plus, la portion du département de la Meurthe que nous avions continué imprudemment d'appeler la Lorraine allemande. Tel était le maximum de ses exigences territoriales. Tel il fut au début, tel il demeura, toujours identique, lors des négociations infructueuses nouées au cours de la lutte, tel il se révéla officiellement lors du débat définitif.

Bismarck ne l'a laissé ignorer à personne. Les déclarations qu'il faisait ou laissait faire, les actes émanant des autorités militaires ou civiles, les mesures prises dans les pays occupés, destinés dans sa pensée à devenir allemands, tout prouve un programme prémédité, une préparation consciente et calculée qui n'attendait plus que l'événement. La remarque en fut faite presque immédiatement après la cessation des hostilités (1). Néanmoins, des polémiques acerbes s'élevèrent à ce propos entre les partis. Les adversaires des républicains prétendaient que la continuation de la lutte après le 4 septembre avait coûté plus cher à la France et qu'en traitant à ce moment, nous aurions obtenu de meilleures conditions territoriales. De bonne heure, pourtant, les historiens impartiaux dissipèrent les doutes et firent voir que les prétentions de l'Allemagne s'étaient révélées dès ses premiers succès, qu'elle n'avait fait que les maintenir par la suite et que notre résistance ne les avait pas accrues (2). La démonstration, toutefois, mérite qu'on la reprenne. A la distance où l'on est maintenant des événements, on peut la présenter de façon plus coordonnée et la fortifier de quelques preuves nouvelles.

II ·

Le 14 août 1870, un ordre de cabinet du roi de Prusse, daté du quartier général de Herny, créait un gouverneur général de l'Alsace chargé d'administrer les territoires alsaciens déjà occupés. Le comte de Bismarck-Bohlen était investi de cette fonction (3). En même temps était constitué un gouvernement général de Lorraine, comprenant les dépar-

---

(1) Discours de Varroy, député de la Meurthe, à l'Assemblée nationale, séance du 3 mars 1871. VILLEFORT, t. II, p. 87.
(2) Voir notamment SOREL, *Histoire diplomatique de la Guerre franco-allemande*, t. I, II, *passim*. C'est également la conclusion à laquelle aboutit DENIS, *La Fondation de l'Empire allemand*, Paris, 1906, in-8, pp. 514-518.
(3) *Nouvelles officielles pour le Gouvernement général de l'Alsace*, publiées à Haguenau, n° 1, 1er septembre 1870.

tements de la Meurthe, de la Moselle et de la Meuse. Nancy en était le siège désigné (1). Ce n'étaient là que des mesures d'ordre purement administratif, qui ne faisaient encore rien présager des projets de l'Allemagne. Mais, le 21 août, un autre ordre de cabinet, daté de Pont-à-Mousson, manifestait de la façon la plus claire les intentions annexionnistes des vainqueurs. Il était adressé au chancelier et décidait que les arrondissements de Sarrebourg, Château-Salins, Sarreguemines, Metz et Thionville seraient séparés de la circonscription administrative du gouvernement de la Lorraine, pour être rattachés à celle du gouvernement général de l'Alsace (2). La pensée était bien claire. Deux arrondissements du département de la Meurthe (Sarrebourg et Château-Salins) et trois de celui de la Moselle étaient distraits de leurs départements respectifs, pour être adjoints aux deux départements alsaciens. Une Alsace agrandie était constituée aux dépens de la Lorraine diminuée. L'arrondissement de Metz notamment était englobé dans le gouvernement d'Alsace.

Le 30 août, le gouverneur général d'Alsace faisait connaître aux habitants cette organisation nouvelle. Il déclarait dans sa proclamation que les territoires faisant partie du gouvernement d'Alsace étaient, par le fait même de l'occupation, « soustraits à la souveraineté impériale », au lieu et place de laquelle l'autorité des puissances allemandes était établie « dans les départements du Haut et du Bas-Rhin, ainsi que dans le nouveau département de la Moselle, comprenant les arrondissements de Metz, Thionville, Sarreguemines, Château-Salins et Sarrebourg (3) ». Ainsi se confirmait le projet d'adjoindre à l'Alsace reconquise les

---

(1) *Das Reichsland Elsass-Lothringen*, Strasbourg, 1898-1903, III. Theil, p. 596.

(2) Le texte est dans le n° 1 du 1er septembre 1870 des *Nouvelles officielles pour le Gouvernement général de l'Alsace*. Voir, au surplus, la bibliographie du présent chapitre.

(3) *Nouvelles officielles pour le Gouvernement général de l'Alsace*, n° 1, 1er septembre 1870. La proclamation est reproduite dans le n° 1 du *Moniteur officiel du Gouvernement général de Lorraine*, 8 septembre 1870.

parties dites allemandes de la Lorraine et, par surcroît,
Metz. Et l'on prenait soin de dire que ces territoires étaient
soustraits à la souveraineté de l'Empire français, alors qu'il
est de principe constant que l'occupation en cas de guerre
suspend de fait seulement l'exercice des droits du gcuver-
nement dont le territoire est envahi, mais n'anéantit pas
sa souveraineté (1).

Rien de plus catégorique que ce langage dont les termes
avaient dû être scrupuleusement pesés. Et, pour corroborer
ces déclarations et décisions, déjà assez significatives, le
gouverneur général de la Lorraine publiait de son côté un
arrêté du 8 septembre, portant que la province de Lorraine
comprenait : les arrondissements de Nancy, Toul et Lunéville, formant le département de la Meurthe, les départements de la Meuse et des Vosges, l'arrondissement de
Briey (2). Ainsi, l'ancien département de la Meurthe était
réduit de cinq arrondissements à trois, les deux autres
étant attribués à l'Alsace. L'ancien département de la Moselle avait le même sort, mais avec aggravation, puisque,
seul de ses arrondissements, celui de Briey restait affecté à
la Lorraine. On dressait donc la carte administrative des
pays de la Lorraine française. Mais pour ceux-là on ne parlait pas d'un changement de souveraineté. Après avoir indiqué les territoires qu'on se proposait de garder, on marquait
ceux qu'on était disposé à rendre. Les observateurs sagaces
ne s'y trompèrent pas (3).

Après ces mesures administratives, qui donnaient un
corps aux prétentions territoriales de l'Allemagne, la diplomatie pouvait entrer en scène. Deux circulaires des 13 et
16 septembre 1870, adressées de Reims et de Meaux par la
chancellerie à ses agents à l'étranger, indiquaient à l'Eu-

---

(1) Voir, pour le principe, l'article de LŒNING, cité dans la bibliographie du
présent chapitre, pp. 626-627.
(2) *Moniteur officiel du Gouvernement général de Lorraine,* nº 1, du 8 septembre 1870.
(3) LACROIX, *Journal d'un habitant de Nancy pendant l'invasion de 1870-
1871,* Nancy, 1873, in-12, p. 129; ROTHAN, Rapport du 20 septembre 1870,
dans *L'Allemagne et l'Italie,* t. I, pp. 101-102, 122-123.

rope que des cessions de territoires étaient nécessaires pour garantir l'Allemagne contre les tentatives ultérieures du peuple français, puissant mais ennemi de la paix. Elles signalaient l'annexion de Strasbourg et de Metz comme pouvant seule assurer ce résultat et marquaient bien le point jusqu'où l'Allemagne prétendait s'avancer si la victoire continuait à lui sourire (1). A Meaux, Bismarck eut l'occasion de répéter officieusement ces déclarations dans une conversation qu'il eut avec Sir Edward Malet, chargé par le gouvernement anglais de négocier avec lui une intervention en faveur de la France. Mais là, il se montra volontairement moins précis. Strasbourg et Metz lui paraissaient nécessaires, mais il n'était pas, disait-il, disposé à réclamer le reste de l'Alsace et de la Lorraine, pourvu, toutefois, que les pays ainsi laissés à la France ne pussent plus lui servir comme points d'appui dans une guerre future (2). Bismarck voulait amorcer la négociation avec le gouvernement de la Défense nationale avant de commencer le siège de la capitale. Sir Malet rapporterait ses propositions à Paris. Il l'y avait incité. L'apparente modération dont il faisait parade devant l'agent anglais était de bonne tactique. Il ne fallait pas effrayer ceux avec qui il voulait tenter de s'accorder.

Mais, peu de jours après, le 19 septembre, lors des entrevues de La Haute-Maison et de Ferrières, le chancelier se prononça plus nettement. Pressé d'indiquer quelles seraient ses demandes, pour le cas où le principe d'une cession territoriale serait admis, il mentionna « la formation d'un nouveau département de la Moselle, contenant les circonscriptions de Sarrebourg, Château-Salins, Sarreguemines, Metz et Thionville, comme un arrangement conforme à ses intentions ». De l'Alsace il fut à peine parlé, si ce n'est pour Strasbourg, « la clef de la maison », qu'il fallait de toute nécessité

---

(1) Extraits des deux circulaires dans SOREL, *Histoire diplomatique de la Guerre franco-allemande*, t. I, p. 333.

(2) Sir Edward MALET, *Shifting scenes or memories of many men in many lands*, Londres, 1901, in-8, chap. X, pp. 266-267.

avoir, le reste des pays alsaciens devant revenir à l'Allemagne par surcroît (1). C'était le maintien des réclamations
telles qu'elles avaient été manifestées dès le 21 août. La
circulaire de Bismarck aux agents diplomatiques de la
Confédération auprès des gouvernements étrangers, datée
de Ferrières le 27 septembre, faisait connaître officiellement à l'Europe jusqu'où l'Allemagne voulait aller (2).
Dans sa réponse du 17 octobre, J. Favre reconnaissait l'exactitude de ces déclarations relatives à l'étendue des annexions
projetées (3).

Metz, à ce moment, était encore étroitement bloquée.
Déjà, pourtant, l'Allemagne la traitait en ville prise et réglait son sort en l'englobant, avec son arrondissement, dans
les territoires qu'elle entendait garder. La place se rend le
27 octobre. Or, on lit dans l'appendice à la capitulation,
relatif aux intérêts de la ville, article 7 : « Les archives,
livres et papiers appartenant à l'État resteront en général
dans la place et, au rétablissement de la paix, tous ceux de
ces documents concernant les portions de territoires resti-
tituées à la France feront retour aussi à la France (4). »
Par là, on indiquait en termes voilés que l'ancien département de la Moselle devait rester pour la majeure partie entre
les mains de l'Allemagne. Mais, pour dissiper tous les doutes,
le *Staats Anzeiger* du 30 octobre, annonçant la reddition,
écrivait que les armées allemandes « avaient conquis le plus
fort boulevard pour la défense future de l'Allemagne du côté
de l'ouest et la plus sûre garantie pour le maintien de la
paix (5) ».

---

(1) SOREL, *Histoire diplomatique de la Guerre franco-allemande*, t. I, p. 353;
J. FAVRE, *Gouvernement de la Défense nationale*, t. I, pp. 165-166, 427-428;
D'HEYLLI, *Jules Favre et le Comte de Bismarck*, Paris 1870.
(2) La circulaire a été publiée pour la première fois dans le *North german
Correspondant*. Dès le 7 octobre 1870 elle était reproduite par le *Moniteur
officiel du Gouvernement général de Lorraine*. On la trouvera aussi dans
D'HEYLLI, *op. cit.*, p. 40.
(3) D'HEYLLI, *op. cit.*, pp. 46, 47.
(4) VILLEFORT, t. I, p. 300.
(5) ROTHAN, Rapport du 30 octobre 1870, dans *L'Allemagne et l'Italie*, t. I,
p. 244; SOREL, *op. cit.*, t. II, pp. 62-63.

C'était l'heure précisément où Thiers débattait à Versailles, sans succès, les conditions d'un armistice. S'il fut parlé de cessions territoriales éventuelles, ce ne fut qu'accessoirement et lorsque, déjà, toute chance d'aboutir à l'armistice s'était évanouie. Thiers raconte qu'il rapporta de cette conversation l'impression qu'à ce moment les conditions eussent été moins dures que par la suite, que si l'Alsace et une partie de la Lorraine devaient être sacrifiées, Metz, du moins, eût pu être sauvée (1). Mais, eût-on, dans ce cas, obtenu Belfort? N'est-il pas probable qu'ici, encore une fois, comme avec Malet, Bismarck avait intérêt à faire montre de modération et à ne pas étaler toutes ses exigences? D'ailleurs, il sentait la négociation d'armistice plus que compromise. Il ne risquait donc pas d'être pris au mot en faisant mine de réduire ses prétentions et il se réservait de la sorte la possibilité de les produire plus tard avec toute leur ampleur en invoquant la prolongation de la lutte. Au surplus, le parti militaire ne paraissait guère disposé à céder sur Metz (2). Et il le prouva. Ce fut, en effet, à cette date que l'État-major allemand traça sur la carte du gouvernement général d'Alsace, publiée à Berlin en septembre 1870, le « liseré vert » qui marquait la nouvelle frontière (3). Or, il n'y fut apporté aucun changement lors des préliminaires (4). Dès ce moment, Metz et ses environs s'y trouvaient englobés.

---

(1) THIERS, *Notes et Souvenirs*, pp. 95-96, plus complet et plus explicite sur ce point que dans sa déposition dans l'*Enquête parlementaire sur le gouvernement de la Défense nationale* (*dépositions des témoins*, t. I, p. 27).

(2) En ce sens, Karl JACOB, *Bismarck und die Erwerbung Elsass-Lothringens*, Strasbourg, 1905, in-8.

(3) LAUSSEDAT, *La Délimitation de la frontière franco-allemande*, p. 24, raconte qu'à Bruxelles, le lieutenant allemand Liebenow, topographe, lui rapporta qu'il avait tracé la « ligne verte » dès la fin d'octobre, sous la direction de Moltke, aussitôt après la nouvelle de la capitulation de Metz, et qu'on n'y a rien changé le jour de la signature des préliminaires.

(4) L'article 1 des préliminaires porte : « La frontière telle qu'elle vient d'être décrite se trouve marquée en *vert* sur deux exemplaires conformes de la carte du territoire formant le gouvernement général d'Alsace, publiée à Berlin en septembre 1870 par la division géographique et statistique de l'État-major général. »

III

Mais ce n'était pas assez pour l'Allemagne d'annoncer ainsi ses projets. Elle voulut passer à la réalisation et prouver par des mesures non équivoques son ferme dessein de considérer immédiatement comme siens ceux des pays occupés qu'elle s'était par avance attribués. C'est dans cet esprit qu'on la voit préluder, durant les hostilités, à une orgaganisation administrative de l'Alsace et de la portion de la Lorraine qu'elle entendait conserver.

Déjà, le 23 août 1870, un avis du général de Werder, commandant le corps de siège devant Strasbourg, annonçait en allemand aux fonctionnaires que l'autorité du gouvernement français était, quant à l'Alsace, désormais supprimée (1). Toutefois, on ajoutait que les divers organes de l'administration française, préfectures, sous-préfectures, mairies, resteraient en exercice, avec obligation d'exécuter les ordres du général. Cette annonce était, dans son incorrection, caractéristique. L'occupation, on l'a déjà fait observer, n'a pas pour effet de détruire l'autorité de l'État dont le territoire est envahi. Elle est un obstacle de fait à son exercice. Mais on tenait à dire plus, à aller au delà, pour bien marquer aux populations alsaciennes qu'elles devaient renoncer à toute espérance et que c'en était fini de l'autorité française. On le répéta. Le 30 août, dans sa proclamation datée de Haguenau, le gouverneur général de l'Alsace déclarait que les territoires occupés « se trouvaient soustraits à la souveraineté impériale (2) ». Il le redit non moins nettement, après la prise de Strasbourg, en prenant possession du siège de son gouvernement, le 8 octobre : la ville, par suite de la mise à l'écart de l'autorité française, est de nouveau unie à la patrie allemande, et désormais

_____

(1) « Die Autorität der französischen Regierung wird für das Elsass ausser Kraft gesetzt », _Les Murailles d'Alsace-Lorraine_, Paris, 1874, in-4, p. 226.

(2) _Nouvelles officielles pour le Gouvernement général de l'Alsace_, n° 1, 1er septembre 1870.

elle sera et restera une ville allemande (1). Cette fois, ce n'est plus la parole d'un chef militaire, peu habitué à peser ses termes. C'est le langage officiel d'un administrateur civil.

Aux paroles viennent se joindre les actes. La composition du gouvernement général d'Alsace est révélatrice. La division française en départements est conservée. Les départements du Haut et Bas-Rhin subsistent. Toutefois, ce dernier est agrandi, par ordre du roi de Prusse du 7 novembre 1870, d'une partie des deux cantons de Schirmeck et Saales, soustraite au département des Vosges. Ce pays, en effet, formant la vallée supérieure de la Bruche, court au pied de la ligne de faîte des Vosges, mais du côté alsacien. Il avait une importance stratégique considérable, car de là partent deux routes qui, passant par les cols du Donon et de Saales, assurent un débouché facile tant dans la plaine lorraine que dans le cœur du département des Vosges. C'en était assez pour que l'État-major en réclamât l'adjonction aux pays dont il préparait l'annexion jusque dans les moindres détails (2). Aux départements rhénans on ajoutait un département de formation nouvelle, celui de la Lorraine allemande, composé des arrondissements de Metz, Sarreguemines, Thionville, Château-Salins et Sarrebourg.

A la tête de chaque département on maintient un préfet. Mais l'étendue des sous-préfectures est restreinte et leur nombre, par suite, est augmenté. Le nom de ces circonscriptions administratives est d'ailleurs transformé. On les appelle des cercles, *Kreise*, et le fonctionnaire chargé de les diriger devient un *Kreisdirector* (3). Chacun des départements ne forme pas une unité isolée, comme du

---

(1) *Nouvelles officielles pour le Gouvernement général de l'Alsace*, nº 10, 13 octobre 1870.

(2) Avis du préfet du Bas-Rhin du 7 décembre 1870, dans la *Strassburger Zeitung* du 11 décembre 1870; Arrêté du gouverneur général de la Lorraine, 12 décembre 1870, dans le *Moniteur officiel du Gouvernement général de la Lorraine*, 21 janvier 1871.

(3) LŒNING, *Revue de Droit international et de Législation comparée*, 1872, p. 639, cite les ordonnances des 11 décembre 1870, 11 et 24 janvier 1871, pour la division du Bas-Rhin en cercles.

temps de l'administration française. Entre eux, il y a un certain lien de connexité, parce qu'à eux tous ils constituent un groupement territorial auquel on veut conférer une existence à part. C'est pourquoi, au sommet de la hiérarchie on place un gouverneur général, représentant de l'Allemagne, investi de tous les pouvoirs, militaires et civils, avec, à côté de lui, un commissaire civil. Bref, l'Allemagne revient de propos délibéré à l'idée rejetée par la Révolution : elle rétablit l'ancienne province.

Il est vrai qu'au même moment, elle procédait de la même manière dans les autres parties du territoire envahies pas ses armées. On avait créé d'autres gouvernements généraux, celui de Lorraine, celui de Reims, on allait créer celui du nord de la France. Mais, vis-à-vis de celui de l'Alsace et de la Lorraine allemande, l'Allemagne adoptait une ligne de conduite particulière qui faisait présager le sort qui leur était réservé. C'est ainsi que, fin octobre, lors des négociations avec Thiers pour l'armistice, comme il était question de convoquer une assemblée, Bismarck fit des difficultés pour donner à l'Alsace et à la Lorraine allemande la pleine liberté d'élire des représentants. Tout au plus consentait-il à ce que ces pays fussent représentés par des notables choisis par le gouvernement français (1). Le prétexte mis en avant était qu'il fallait éviter une agitation électorale dans ces pays. Mais le fait de ne pas les traiter comme le reste de la France révélait sa pensée secrète. Pour lui, ils n'avaient plus la capacité électorale française. Par contre, l'Allemagne essayait de s'attirer la sympathie des populations en renvoyant de captivité les gardes mobiles alsaciens et ceux de la Lorraine allemande, à condition de ne pas porter les armes contre les armées allemandes (2). Presque en même temps, un ordre du roi de Prusse prescrivait de réunir dans des garnisons particulières, à Juliers notamment, les prisonniers français de

---

(1) THIERS, *Notes et Souvenirs*, pp. 77, 80.
(2) Avis du préfet de la Lorraine allemande, Comte Henckel Donnersmarck, du 28 novembre 1870, dans *Les Murailles d'Alsace-Lorraine*, p. 104.

langue allemande, de façon à améliorer autant que possible leur situation (1).

Ce n'était pas seulement les militaires ou leurs familles qu'on s'efforçait de gagner à la cause allemande. On cherchait à se ménager les industriels, en rapportant, dès septembre, la défense d'importer des charbons en France, et en organisant l'introduction des charbons allemands en Alsace en rendant les canaux praticables à la navigation dans toute l'étendue du territoire alsacien. Guidé par les mêmes vues d'avenir, soucieux de conserver intact le riche domaine forestier qui allait lui échoir, le gouvernement d'Alsace se gardait bien de se livrer, comme en Lorraine, à des coupes irrégulières et abusives. Il exploita en bon père de famille (2). Les faveurs, il est vrai, n'allaient pas toujours sans des charges. Les trois départements alsaciens-lorrains n'étaient pas exempts de réquisitions. Mais on faisait pressentir qu'elles seraient remboursées par l'Allemagne (3). Quand, en décembre 1870, on imposa à tous les habitants des départements occupés une contribution extraordinaire de 25 francs par tête, elle ne fut réclamée que bien plus tard, le 20 février 1871, dans le gouvernement d'Alsace et presque immédiatement, on cessa de la percevoir.

Par ces tempéraments et cette mansuétude, on essayait de pallier les tentatives qu'on faisait d'autre part. Les grands services publics auxquels la guerre n'apporte pas d'interruption étaient réorganisés un à un selon le plan allemand. Le personnel était désigné (4). De bonne heure, on avait songé à la poste. Un ordre royal de Reims, du 12 octobre, avait décidé que le service postal dans « toute l'étendue du

---

(1) *Moniteur officiel du Gouvernement de la Lorraine* du 29 novembre 1870, et *Moniteur officiel de Seine-et-Oise* du 1er décembre 1870.

(2) Ces agissements sont constatés par Lœning, dans la *Revue de Droit international et de Législation comparée*, 1873, pp. 103, 104, 115. Et il en comprend très bien la raison : « Dès le début, on eut l'intention d'acquérir la province à la conclusion de la paix. »

(3) Lœning, *Revue précitée*, 1872, p. 647.

(4) « Uebersicht des bei der Civilverwaltung im Elsass und Deutschlothringen beschäftigten Personals », dans la *Strassburger Zeitung* des 11, 14-17, 21-23, 27, 29 décembre 1870.

gouvernement général de l'Alsace et de la Lorraine allemande sera organisé *définitivement* par l'administration des postes de la Confédération de l'Allemagne du Nord (1) ». En exécution de l'ordre de Reims, une direction supérieure des postes pour la Lorraine allemande était organisée le 16 octobre, avec siège provisoire à Nancy. Mais après la chute de Metz, le siège de la direction est transporté dans cette ville (2). Enfin, une décision du commissaire civil en Alsace, du 16 décembre 1870, destitue tous les employés français des postes dans l'Alsace et la Lorraine, à moins qu'ils n'aient reçu une nouvelle investiture de la direction supérieure de la poste à Strasbourg ou à Metz. Après les postes, ce sont les finances. Une circulaire du commissaire civil, du 14 octobre 1870, réorganise l'administration financière sur un plan tout différent de celui qu'avait établi la France. On fait de même pour les forêts (3).

Quant aux écoles, elles avaient non moins vivement sollicité l'attention du gouvernement, désireux de procéder au plus tôt, sur ce terrain qu'il croyait favorable, à l'œuvre de germanisation. Dès le 21 septembre, le commissaire civil se substitue au ministère français de l'instruction publique et soustrait les écoles à l'autorité des recteurs des académies de Strasbourg et de Nancy (4). Le 30 décembre, le même haut fonctionnaire ordonne la réouverture, pour le 3 janvier 1871, de l'école normale d'institutrices et de directrices de salles d'asile protestantes, avec une organisation applicable à l'Alsace et à la Lorraine et un programme d'études qui réduit le français au rang de langue accessoire (5). Enfin, ailleurs qu'à l'école, on s'essayait à supprimer la langue française. Le journal *Les Nouvelles officielles pour le Gou-*

---

(1) *Nouvelles officielles pour le Gouvernement général d'Alsace* du 21 septembre 1870.

(2) *Strassburger Zeitung* des 22 octobre et 11 novembre 1870.

(3) *Strassburger Zeitung* des 21 décembre, 23 octobre, 6 décembre 1870.

(4) *Nouvelles officielles pour le Gouvernement général de l'Alsace*, 24 septembre 1870.

(5) *Strassburger Zeitung*, 30 décembre 1870. Le programme n'admet à côté de la langue allemande que « die Anfangsgründe der französischen Sprache ».

vernement général de l'Alsace annonçait, le 2 octobre 1870,
que désormais la partie officielle paraîtrait exclusivement
en allemand et, le 7 décembre 1870, un avis du gouverneur
de Metz prescrit d'avoir à se servir de la langue allemande
pour les pétitions adressées aux autorités, sous peine de
voir la requête laissée sans réponse (1).

IV

Ces faits étaient trop concluants, trop nombreux, trop
concordants pour ne pas avoir de bonne heure éveillé l'attention des observateurs intelligents et suscité dans les
milieux politiques des inquiétudes assurément bien légitimes. Avant même que les hostilités eussent commencé, un
de nos agents diplomatiques, un de ceux qui avaient le
mieux pénétré les desseins politiques de la Prusse, avertissait notre Office des affaires étrangères du danger que nous
courions de perdre, en cas d'insuccès, nos provinces de l'Est.
Après les premiers désastres, les avertissements de Rothan
se succèdent de plus en plus positifs et précis. Le sort de
l'Alsace et d'une partie de la Lorraine n'est plus douteux.
L'Allemagne les veut garder irrévocablement. Si quelque
hésitation se trahit encore dans le langage de la presse
inspirée sur l'étendue des annexions, c'est qu'on n'a pas
encore décidé à qui attribuer ces conquêtes. On craint d'é-
veiller les convoitises et les appétits rivaux des alliés de la
Prusse, de retomber dans les dissensions et les fautes de
1815. Ainsi s'explique la demi-obscurité que Bismarck
laisse planer volontairement sur la portée de ses plans
annexionnistes. Mais voici qu'on a trouvé la solution élé-
gante, la combinaison ingénieuse, qui consiste à faire de ces
pays une terre d'Empire, un *Reichsland* (2). De la sorte, on

---

(1) *Les Murailles d'Alsace-Lorraine*, p. 97, avis du gouverneur von Lœ-
wenfeld.
(2) Déjà un article de la *Gazette de Spener*, reproduit dans une correspondance
de Berlin du 28 septembre, met en avant l'idée de faire de l'Alsace et de la

ne risque de mécontenter personne, puisqu'on associe tout le monde à la conservation et à la défense des territoires conquis par les efforts combinés de tous. Notre ministère des affaires étrangères en est avisé dès la première heure (1). Et son agent, toujours perspicace, dégage les conséquences de cette résolution. Le programme arrêté de longue date peut être repris. On ne s'arrêtera pas devant l'objection tirée de la différence des nationalités. Ce n'est pas l'Alsace seule, avec la Lorraine dite allemande, qui seront annexées. Les considérations stratégiques, les exigences du parti militaire l'emportent : Metz et les principaux districts de la Moselle, bien que n'étant pas de langue allemande, sont voués au même sort que le reste (2).

Comment admettre dès lors l'assertion de nos négociateurs prétendant qu'au moment de traiter ils ignoraient les conditions territoriales de la paix? Que toutes les déclarations et surtout les actes du gouvernement allemand aient échappé à Jules Favre enfermé dans Paris, on peut à la rigueur se l'expliquer. Mais il en était sorti après l'armistice, il était allé à Bordeaux, il avait pu revoir Chaudordy, le délégué de province aux affaires étrangères (3). Quant à Thiers, demeuré libre de se renseigner, il n'avait pas, comme Favre, l'excuse de l'ignorance obsidionale. Pourtant il arrivait à Versailles mal armé pour discuter utilement, terrifié par les revendications volontairement exagérées de certains publicistes allemands, ne sachant pas au juste jusqu'où Bismarck voulait aller, redoutant les pires solutions, les exigences les plus insensées, croyant qu'avec

---

Lorraine *ein reichsunmittelbares Vorland*. Le même projet est indiqué avec une non moins grande précision dans Gustav Lenz, *Die alten Reichslande Elsass und Lothringen*, Greifswald, 22 novembre 1870, pp. 56, 65-67. Voir également un article de la *Strassburger Zeitung* du 11 décembre 1870.

(1) Rothan, Rapport du 24 septembre 1870, dans *L'Allemagne et l'Italie*, t. I, pp. 122-123.

(2) Rothan, Rapports des 14 juillet, 20, 24, 27 septembre 1870, dans *L'Allemagne et l'Italie*, t. I, pp. 22, 23, 101, 102, 122, 123, 132, 134, 135.

(3) Favre reconnaît qu'en quittant Versailles, après l'armistice, il n'avait aucune idée des conditions qu'on nous imposerait, *Gouvernement de la Défense nationale*, t. III, pp. 49, 51.

l'Alsace, on allait lui demander la Lorraine tout entière (1). C'était se présenter à la négociation dans de fâcheuses dispositions d'esprit. Un pessimisme plus clairvoyant eût été nécessaire.

Le chancelier signifia ses prétentions. Rien n'était changé au programme dont la formule se trouvait inscrite, dès le 21 août 1870, dans l'ordre de cabinet de Pont-à-Mousson, délimitant le gouvernement général d'Alsace. On exigeait les deux départements du Rhin tout entiers et le nouveau département de la Moselle avec Metz. La Lorraine dite française devait nous rester. On peut croire que Thiers ne savait pas ou qu'en tout cas il ne vit pas avec sa lucidité coutumière qu'il y avait là un maximum de demandes susceptible d'être réduit. Sans doute, il protesta avec véhémence et discuta par devoir (2). Mais comme il redoutait des sacrifices plus considérables, pressé de mettre fin à une lutte dont il estimait la continuation impossible, il céda plus facilement qu'il n'eût fallu, regardant comme une chance inespérée la modération apparente de l'Allemagne. Il fit partager à Favre, à la commission de l'Assemblée, cette conviction erronée. « Nous avions craint de perdre toute la Lorraine, écrit Favre, nous en conservions la majeure partie (3). » Nos négociateurs se contentaient de ce qu'on n'avait jamais eu l'intention sérieuse de nous prendre. De la Lorraine, on nous enlevait cinq arrondissements, comprenant 768 communes avec 534.944 habitants (4). Nous perdions Metz que peut-être on eût pu sauver au prix d'un démantèlement. Mais Thiers, qui sentait qu'il fallait un effort, le fit porter du côté de l'Alsace. Là il fut plus heureux. Son énergie, sa ténacité, nous valurent de ressaisir Belfort.

---

(1) FAVRE, *op. cit.*, t. III, p. 90, où il raconte les impressions de Thiers pendant son voyage de Bordeaux à Versailles.

(2) THIERS, *Notes et Souvenirs*, pp. 116, 118, 119, 121, 123, 124.

(3) FAVRE, *op. cit.*, t. III, p. 93, et THIERS, *op. cit.*, p. 121 : « Nous conservions la plus grande partie de la Lorraine, mais Metz était perdu ».

(4) VILLEFORT, t. II, p. 507.

BIBLIOGRAPHIE

Sorel, *Histoire diplomatique de la Guerre franco-allemande*, t. I, pp. 209, 273-275, 277, 281, 327, 328, 333, 353; t. II, pp. 10, 15, 18, 62, 70, 205, 227, 228, fournit les preuves des projets allemands concernant l'étendue des annexions. Sa démonstration, convaincante et sérieusement appuyée, a pu être complétée dans le présent chapitre grâce à des documents qu'il n'a pas connus ou n'a pu se procurer. De ce nombre sont, avant tout, les actes officiels ou articles insérés dans les journaux publiés pendant la guerre par les gouvernements généraux d'Alsace et de Lorraine : 1º *Nouvelles officielles pour le Gouvernement général de l'Alsace* (onze numéros parus à Haguenau, la suite à Strasbourg sous le titre : *Strassburger Zeitung und amtliche Nachrichten für das general Gouvernement Elsass*); 2º *Moniteur officiel du Gouvernement général de Lorraine* (du 8 septembre 1870 au 28 mars 1871). On y joindra les documents reproduits par *Les Murailles d'Alsace-Lorraine*, Paris, 1874, in-4.

Pour les mesures d'administration prises dans le gouvernement général d'Alsace au cours de la guerre, en vue de préparer l'annexion, on se référera, en même temps qu'aux publications officielles susdites, à deux articles de Lœning, professeur à l'Université de Strasbourg, dans la *Revue de Droit international et de Législation comparée*, 1872, pp. 622 et suiv.; 1873, pp. 69 et suiv. On lira aussi avec intérêt : Alb. Dumont, *L'Administration et la Propagande prussiennes en Alsace*, Paris, 1871, in-12; Rambaud, « La Lorraine sous le régime prussien », *Revue des Deux-Mondes*, 1er mars 1871, pp. 138-177; Mézières, « La Lorraine pendant l'armistice », *Revue des Deux-Mondes*, 1er mars 1871, p. 85.

L'ordre de cabinet adressé de Pont-à-Mousson au chancelier le 21 août 1870 est un document capital, tant par sa date que par son contenu. Il fut publié en deux langues, comme tous les avis officiels, par les *Nouvelles officielles pour le Gouvernement général de l'Alsace*, nº 1, du 1er septembre 1870. Le texte français ne mentionne pas l'arrondissement de Metz parmi les arrondissements lorrains séparés du gouvernement général de Lorraine et réunis à celui d'Alsace. Mais cette omission n'a rien de prémédité. Elle est le résultat d'une erreur matérielle, car le texte allemand mentionne l'arrondissement de Metz. Il s'exprime ainsi : « Auf ihrem Vortrag bestimme Ich hierdurch dass die Arrondissements Saarburg, Château-Salins, Saargemünd, *Metz* und Thionville, von den Verwaltungs-Bezirken des General-Gouvernements in Lothringen getrennt und dem General-Gouvernement im Elsass zugewiesen werden. » L'*Indépendance belge* du 7 septembre 1870, reproduisant l'ordre du 21 août, ne donnait que la version française où Metz ne figure pas. Mais il n'y a pas à douter que l'arrondissement de Metz fut, dès le 21 août 1870, réuni au gouvernement général d'Alsace. Bismarck-Bohlen le constate dans sa proclamation datée de Haguenau le 30 août 1870, où il parle du nouveau « département de la Moselle comprenant les arrondissements de Metz », etc. (*Moniteur officiel du Gouvernement général de Lorraine* du 8 septembre 1870). C'est, d'ailleurs, ce que précise à deux reprises l'ouvrage : *Das Reichsland Elsass-Lothringen*, Strasbourg, 1898-1903, 3 parties en 4 vol. in-8, III. Theil, Lothringen, p. 596, Elsass, p. 256, où on lit, à propos de la composition du gouvernement d'Alsace : « so waren diesem General-Gouvernement in Elsass von Anfang an die Gebiete unterstellt, welche das deutsche Reich durch den Präliminarfrieden von Versailles... erworben hat. » Karl JACOB, dont l'opuscule, très riche en renseignements, est consacré au rôle de Bismarck dans l'annexion de l'Alsace-Lorraine, *Bismarck und die Erwerbung Elsass-Lothringens, 1870-1871*, Strasbourg, 1905, in-8, n'a pas manqué non plus de souligner l'importance de l'ordre de cabinet du 21 août; voir pp. 33-35 et note 22.

Il y a une carte de Kiepert, datée de 1870, sans indication de mois, intitulée : *Specialkarte der deutsch-französischen Grenzländer, mit Angabe der Sprachgrenze.* C'est la carte de la frontière des langues. L'éditeur annonçait, pour paraître ultérieurement, la carte de l'Alsace et de la Lorraine d'après leurs divisions actuelles. Elle parut, en effet, datée de Berlin 1870, sans indication de mois. Elle porte comme titre : *Elsass und Lothringen nach ihrer gegenwärtigen Eintheilung seit der deutschen Besitzergreifung*, et contient les deux gouvernements d'Alsace et de Lorraine. Celui d'Alsace comprend tout le Haut-Rhin avec Belfort, le Bas-Rhin, le nouveau département de la Moselle englobant Metz et ses environs avec, par exemple : Gravelotte, Mars-la-Tour, Xonville, Gorze, Novéant, Corny. Un liseré carmin cerne les contours du gouvernement d'Alsace, un liseré vert clair ceux du gouvernement de Lorraine qui lui est contigu. Le liseré vert clair marque donc la ligne séparative des pays qu'on annexera et de ceux qu'on laissera à la France.

Pouvait-on obtenir des Allemands qu'ils renonçassent à Metz? HANOTAUX, *Histoire de la France contemporaine*, t. I, pp. 111 et suiv., sur la foi de renseignements qui viennent de l'entourage du Kronprinz, du grand-duc de Bade et des ministres de l'Allemagne du Sud, assure que Bismarck inclinait à céder sur ce point et que Thiers ne put pas profiter de ces dispositions parce qu'il n'eut pas la finesse de les deviner. A défaut de preuves positives, il est difficile de se prononcer aussi catégoriquement. Les exigences du parti militaire, pour qui la possession du terrain en avant de la ligne de la Moselle était considérée comme une nécessité, pouvaient difficilement être réfutées. Voir ces considérations stratégiques déjà indiquées avant les préliminaires dans un article de la *Gazette de la Bourse de Berlin,* inséré dans le *Moniteur officiel du Gouvernement général de Lorraine* du 28 février 1871, et développées avec plus de netteté dans un article de la *Gazette de Silésie* inséré dans le même *Moniteur* du 16 mars 1871. En somme, ce sont ces considérations d'ordre militaire qui l'emportèrent. Aussi DENIS, pourtant peu indulgent pour Thiers, reconnaît que, vraisemblablement, un autre que lui n'eût pu sauver Metz (*La Fondation de l'Empire allemand,* pp. 518-519). Il est d'ailleurs présumable, on l'oublie trop aisément, que si Thiers eût réussi pour Metz, il eût échoué pour Belfort.

CHAPITRE VIII

LE RAYON AUTOUR DE BELFORT
ET LES AUTRES ARRANGEMENTS TERRITORIAUX

I

Le tracé de la nouvelle frontière entre la France et l'Allemagne avait été indiqué avec une extrême précision dans l'article 1 des préliminaires. Il englobait Belfort et le territoire avoisinant. Mais, à la dernière heure, les Allemands avaient consenti à nous rendre cette place forte à la condition qu'ils pourraient entrer dans Paris. Ils avaient exigé en plus les deux villages de Sainte-Marie-aux-Chênes et Vionville près de Metz, où s'étaient livrés en août 1870 des combats sanglants et qu'ils tenaient à conserver en témoignage de la valeur de leur armée. Au lieu de corriger le contexte de l'article pour le faire cadrer avec ces deux modifications au tracé primitif, on le laissa subsister dans sa rédaction première. On se borna à y ajouter une finale ainsi formulée : « Toutefois, le tracé indiqué a subi les modifications suivantes de l'accord des deux parties contractantes : dans l'ancien département de la Moselle, les villages de Sainte-Marie-aux-Chênes... et de Vionville... seront cédés à l'Allemagne. Par contre, la ville et les fortifications de Belfort resteront à la France avec un rayon qui sera déterminé ultérieurement. »

C'était un succès et qui n'était pas payé trop cher. Restait à établir le rayon qui devait nous être laissé autour de la place et dont la fixation avait été renvoyée à des négociations ultérieures. A Bruxelles, dès le début d'avril, cette question fut l'objet de pourparlers qui dégénérèrent bien vite en controverses acharnées, d'ailleurs sans issue (1). Nos commissaires militaires soutenaient que par le mot « rayon » on avait entendu parler du rayon militaire à tracer autour de la forteresse, c'est-à-dire du corps de place et des forts qui l'environnaient. Or, disaient-ils, ce rayon ne peut être inférieur à la portée du tir de l'artillerie moderne, portée qui atteignait déjà 10 kilomètres à cette époque et qui avait des chances de s'accroître encore par la suite. Aussi demandaient-ils qu'on ne se bornât pas à tracer un cercle à court rayon dont Belfort serait le centre, mais qu'on nous rendît l'arrondissement tout entier limité, géographiquement et administrativement du côté de l'Alsace par la ligne de faîte des bassins du Rhône et du Rhin.

Les commissaires allemands se récrièrent contre cette extension exagérée qu'on voulait donner à l'emprise française autour de la ville. Selon eux, en accordant Belfort et ses fortifications avec un rayon, on n'avait eu en vue que le territoire militaire, au sens le plus étroit du mot. Or, disaient-ils, on ne trouve dans les traités de paix, dans les ouvrages de droit des gens, aucune indication qui permette de définir le rayon d'une place forte. Seules, les prescriptions de la législation française sur les zones des servitudes militaires peuvent donner une idée précise de ce terme technique. Ce rayon calculé en additionnant les trois zones donne un total de 1.711 mètres (2). Mais les représentants de l'Allemagne consentaient à ne pas s'en tenir à une aussi stricte interprétation. Ils accordaient un rayon d'environ 5 kilomètres. C'était là, toutefois, une faveur pour laquelle

(1) Ces débats ont été racontés dans le plus grand détail par LAUSSEDAT, La Délimitation de la frontière franco-allemande, pp. 29 et suiv. Voir encore : VALFREY, Histoire du traité de Francfort, t. I, pp. 101-102; BOURGEOIS, Manuel de politique étrangère, t. III, pp. 745-746.

(2) DALLOZ, v° Place de guerre, n° 61; « Pandectes françaises », v° Servitudes militaires, n° 21. Bismarck, dans son discours au Reichstag du 12 mai 1871, l'évaluait à 960 mètres.

ils étaient, disaient-ils, en droit de demander une compensation. A plus forte raison, si nous persistions à étendre plus loin nos demandes, les compensations s'imposaient.

De pareils marchandages pouvaient peut-être surprendre nos commissaires militaires, peu au fait de ces procédés qui sont le pain quotidien des négociations. Mais, avec une diplomatie aussi réaliste que la diplomatie prussienne, il fallait s'attendre à n'obtenir un avantage, si minime fût-il, qu'en le payant au plus juste prix. Or, ce prix elle le fixait. C'était l'abandon pour nous d'une région située à l'ouest de Thionville et que les préliminaires avaient laissée à la France. Nos représentants refusaient d'adhérer à cette combinaison pour deux raisons. D'une part, la cession demandée restreignait, encore plus que ne l'avaient fait les préliminaires, nos points de contact avec le Luxembourg et rendait toute communication impraticable entre la France et ce pays que l'Allemagne essayait d'attirer dans son cercle d'influence. En second lieu, nous renoncions par là à des districts très riches en minerai de fer, exploités par des établissements métallurgiques très importants.

Ces considérations faisaient hésiter nos agents. Ils espéraient toujours pouvoir élargir le rayon autour de Belfort, sans être obligés d'acheter cet avantage. Mais ils se heurtaient à des adversaires qui ne voulaient céder d'un côté que pour regagner de l'autre. Les choses demeurèrent donc en l'état durant tout le reste d'avril. Au début de mai, lorsque les négociations furent transportées à Francfort, on n'avait pas fait un pas vers une solution définitive.

A Francfort, la discussion reprit, aussi ardente des deux côtés. Mais là le temps pressait. Aussi fut-elle de courte durée (1). Les Allemands renouvelèrent et précisèrent leur offre d'échange. Ils proposèrent de nous laisser autour de Belfort un territoire assez étendu, comprenant les cantons de Belfort, Delle, Giromagny, ainsi qu'une partie du canton

---

(1) LAUSSEDAT, *op. cit.*, pp. 40 et suiv., la raconte dans le plus grand détail. Voir également VALFREY, *Histoire du traité de Francfort*, t. I, pp. 102-103.

de Fontaine. Mais ils maintenaient leur demande de compensation du côté de Thionville. Le principe avait été posé par avance pour toutes les négociations concernant Belfort. En effet, la finale de l'article 1 des préliminaires liait expressément la rétrocession de Belfort et de son rayon à un avantage territorial minime, concédé par nous : l'abandon à l'Allemagne des villages de Sainte-Marie-aux-Chênes et de Vionville (1). Il y avait là un artifice de rédaction dont la portée avait sans doute échappé à nos négociateurs, mais dont la diplomatie allemande pouvait argumenter pour toute demande ultérieure d'augmentation du territoire belfortain. Il paraissait donc impossible d'obtenir plus que les alentours militaires de la place, si on ne se résignait pas à acheter un élargissement par des concessions territoriales.

C'est à quoi se résolurent nos plénipotentiaires, Jules Favre et Pouyer-Quertier. Ils bataillèrent l'un et l'autre de façon à obtenir le plus possible à l'entour de Belfort et à céder le moins à l'ouest de Thionville. Leur persistance fut couronnée de succès. L'Allemagne consentit, tout en maintenant ses offres au sud, à réduire la largeur de la bande de terrain qu'elle nous demandait en échange dans l'ancien département de la Moselle. Elle nous laissait ainsi certains villages industriels, entre autres Villerupt, où il y avait des établissements métallurgiques importants, dont Pouyer-Quertier était l'un des principaux actionnaires (2). Enfin, sur les instances pressantes de nos commissaires militaires, nous obtînmes, à la dernière minute, un agrandissement supplémentaire du territoire alsacien à l'est de Belfort (3).

---

(1) « Toutefois, le tracé indiqué a subi les modifications suivantes :... les villages de... seront cédés à l'Allemagne. Par contre, la ville et les fortifications de Belfort resteront à la France. » (Art. 1 in fine des préliminaires.)

(2) CLÉMENT-SIMON, La Comtesse de Valon, Paris, 1909, in-8, p. 272, raconte la scène où Pouyer-Quertier obtint comme une faveur personnelle cette concession.

(3) Grâce à ces arrangements, la frontière était reportée à l'est d'une ligne de communes, allant du nord au sud, commençant par Rougemont au pied des derniers contreforts du ballon d'Alsace et se prolongeant jusqu'après Suarce, pour rejoindre la frontière suisse.

Nous obtînmes surtout que la route allant de Giromagny à Remiremont et passant au ballon d'Alsace restât à la France sur tout son parcours, ce qui nous assurait une voie de communication toujours libre entre la vallée de la haute Moselle et la vallée de la Saône, ainsi que des positions stratégiques dominantes sans lesquelles la valeur de Belfort comme place forte eût été singulièrement diminuée. Ces améliorations importantes ne furent obtenues que le jour même de la signature du traité, le 10 mai, après que l'instrument officiel avait été rédigé. Aussi prirent-elles place dans les articles additionnels (art. 3).

L'échange proposé supposait la rétrocession à l'Allemagne de territoires que les préliminaires avaient laissés français. Nos représentants à Francfort ne se reconnaissaient pas le droit de disposer à eux seuls d'une partie du sol national. Il fallait réserver le droit souverain de l'Assemblée. On décida de lui laisser la faculté d'opter entre deux partis. Ou bien la France se contenterait du rayon réduit autour de Belfort, et ce rayon serait précisément celui que les Allemands avaient jugé eux-mêmes suffisant pour la protection de la place, lorsqu'ils avaient décidé de la garder. Dans ce cas, la distance de Belfort à la ligne frontière nouvelle serait exactement celle qui, sur la carte annexée à l'instrument des préliminaires, séparait la ville demeurée allemande de la frontière telle que l'Allemagne l'avait primitivement tracée. Le rayon concédé était, dans cette hypothèse, de 7 à 8 kilomètres (1). Ou bien la France céderait les territoires du côté de Thionville et alors le rayon de Belfort serait élargi dans la mesure où cela avait été convenu avec nos plénipotentiaires.

La question posée dans ces termes à l'Assemblée nationale donna lieu à une discussion approfondie où furent mises en parallèle toutes les raisons d'ordre militaire, économique, politique qu'on pouvait invoquer pour ou contre le projet

---

(1) C'est le chiffre donné par tous ceux qui ont pris la parole dans la discussion du projet d'échange à l'Assemblée nationale.

d'échange proposé par l'Allemagne. Attaqué très vivement par certains, il fut défendu surtout par Thiers. Avec sa clarté habituelle, il démontra les avantages, stratégiques surtout, du grand périmètre autour de Belfort ; comme quoi, avec la ligne des crêtes du ballon d'Alsace, nous restions maîtres de la route qui relie la vallée de la Moselle à celle de la Saône et du Rhône ; comment, enfin, nous pouvions de la sorte faire de Belfort une des plus fortes places de guerre de l'Europe, tandis qu'avec un court rayon, elle serait une place comme une autre et n'aurait plus la valeur qu'elle méritait d'avoir. L'argument tiré de ce qu'on restreignait notre frontière de contact avec le Luxembourg pouvait être écarté. L'important était de rester limitrophes de ce pays, afin de pouvoir invoquer notre droit de voisinage, au cas où la situation internationale de cet État neutre viendrait à être contestée. Sans doute les terrains qu'on nous demandait à l'ouest de Thionville étaient abondants en minerais de fer ; mais il nous restait encore ailleurs assez de richesses minérales du même genre pour alimenter l'industrie nationale. D'ailleurs, avec l'échange projeté, nous obtenions une partie des vallées qui approchent Mulhouse, ce qui permettrait à l'industrie alsacienne de se transplanter de l'autre côté de la nouvelle frontière et de demeurer française.

Le seul point que ne toucha pas le chef de l'État avait été abordé par d'autres orateurs. Consentir l'échange, c'était renoncer à des pays que les préliminaires avaient laissés à la France, c'était trafiquer de la nationalité des habitants de la Moselle qui avaient pu croire qu'ils échappaient à l'annexion. Mais on pouvait répondre que ces populations n'avaient pas de droit acquis à garder leur qualité de Français, puisque la convention des préliminaires n'avait pas un caractère définitif. On disait surtout que, si de ce côté nous perdions 7.000 habitants, nous en reconquérions 27.000 de l'autre (1), et que, puisqu'il fallait se résigner, quelle que fût

_____

(1) **Chiffres** donnés par VALFREY, *op. cit.* † I. p. 104, et FAVRE, *op. cit.*, t. III, p. 372.

la solution adoptée, à sacrifier nos nationaux, autant valait en sauver le plus grand nombre.

A une très forte majorité, l'Assemblée opta pour la combinaison défendue par le gouvernement. Ce vote du 18 mai 1871 modifiait le traité de Francfort, du moins dans sa rédaction. La faculté d'option qu'on y laissait à la France n'avait plus sa raison d'être, dès l'instant où la France avait choisi l'une des deux solutions proposées. Mais un instrument diplomatique de cette importance ne peut pas être récrit avec des modifications à son texte, même si elles sont prévues d'avance. L'échange des ratifications qui eut lieu le 20 mai 1871 fournit l'occasion de mentionner les transformations sur lesquelles les deux pays étaient tombés d'accord. Le procès-verbal constate que les stipulations d'échange dont il est question dans l'article 1 du traité et dans le troisième article additionnel feront partie intégrante du traité de paix et que la délimitation de frontière aura lieu en conséquence (1).

Les avantages que nous pouvions retirer de la solution adoptée n'avaient pas paru à tous suffisamment décisifs. Ainsi s'expliquaient l'hésitation, l'opposition de certains, en fort petit nombre d'ailleurs. Les généraux, membres de l'Assemblée, étaient partagés sur l'importance du rôle stratégique de Belfort (2). L'abandon d'une partie de notre domaine minier passait pour une perte difficilement réparable. En vain Thiers avait-il vanté la qualité des fers produits dans d'autres régions de la France, en vain avait-il soutenu, pour avoir gain de cause, que le développement de l'industrie du fer dans l'est de la France était excessif, qu'il ne durerait pas et que c'était la surproduction des dernières années qui avait poussé l'Allemagne à demander sa part des territoires miniers de cette région. On avait de justes

---

(1) VILLEFORT, t. I, p. 77.
(2) Les généraux Chanzy et Chareton opinaient en faveur du rayon restreint; les généraux Ducrot et Chabaud-Latour étaient pour le rayon étendu. On produisit à la tribune l'opinion écrite de Denfert-Rochereau qui concluait dans ce dernier sens.

raisons de croire que les appréciations de l'orateur ne fussent erronées. La persistance des négociateurs allemands, qui, depuis l'ouverture des conférences de Bruxelles, n'avaient cessé de réclamer un agrandissement de ce côté, l'adjonction à la commission technique de délimitation d'un ingénieur des mines allemand, Hauchecorne, qui avait visité autrefois les forges lorraines et paraissait connaître à fond les ressources métallurgiques du pays, tout décelait l'intérêt essentiel qu'attachaient nos voisins à acquérir une partie notable de notre richesse minière (1). On pouvait craindre qu'en cédant de ce côté pour nous arrondir au sud, nous n'eussions fait un marché de dupes. Toutefois, l'élargissement inespéré du rayon autour de Belfort compensait la perte de la bande de terrain cédée du côté de la Moselle. En ce qui concerne le chiffre de la population et l'étendue du territoire, le gain était incontestable (2). Mais les événements devaient l'accentuer encore et, tout en donnant un démenti aux prévisions pessimistes de Thiers sur le sort de l'industrie métallurgique dans l'Est, allaient déjouer les calculs d'une diplomatie qui ne négligeait aucune occasion de profit.

Il n'était pas difficile de prévoir que Belfort nous restant, avec un périmètre aussi étendu, les défenses en seraient augmentées, de façon à constituer une place d'armes formidable reliée, grâce à la possession de la vallée de Giromagny et de la route de faîte du ballon d'Alsace, au système des forts de la haute Moselle. Ces travaux, qu'on signalait déjà en 1871 comme nécessaires pour donner à la forteresse

---

(1) Laussedat, qui a été en rapports de service avec Hauchecorne, mentionne l'importance de sa présence dans la commission de délimitation, *op. cit.* p. 31. Il ignorait que, dès le début de la guerre, Hauchecorne avait été chargé d'un rapport sur la richesse et l'exploitation minières dans les pays situés entre Rhin et Meuse. La copie de ce rapport du 18 août 1870, communiquée par le commissaire civil en Alsace au gouverneur général de la Lorraine, est restée dans les bureaux de la préfecture à Nancy après le départ des Allemands. Elle a été versée aux archives de Meurthe-et-Moselle, où elle figure : série R, carton Affaires allemandes, 1870-1873, liasse Contributions allemandes 1870-1871.

(2) Voir le détail des chiffres donnés par Laussedat, *op. cit.*, Pièces justificatives, nᵒ 12.

toute sa valeur défensive et offensive, ont été exécutés (1). Mais ce qu'on ne pouvait prévoir, c'était le développement considérable qu'allait prendre l'industrie métallurgique dans les parties de la Lorraine qui nous avaient été laissées, dans le bassin de Briey et dans celui de Nancy. On avait cru que les Allemands avaient manœuvré de façon à se faire attribuer dans la Moselle les territoires où le minerai était le meilleur, où la fonte, par conséquent, était de qualité supérieure. Les autres gisements du bassin lorrain passaient pour fournir un minerai de fer inférieur. Il contenait, en effet, du phosphore en excès et, dans la transformation de la fonte en fer, il était impossible de la débarrasser de cette impureté. Ces minerais, quoique très abondants, ne permettaient donc de livrer que des fontes phosphorées, réputées mauvaises.

Mais l'emploi d'un procédé d'affinage nouveau pratiqué sur place a permis aux maîtres de forges de délivrer leurs fontes de l'excès de phosphore. On a pu ainsi avoir des fers pouvant lutter comme qualité avec ceux des meilleures régions. Comme, d'autre part, l'acier s'est substitué au fer dans la fabrication des rails ou poutres pour toutes les constructions, même pour les maisons, les usines ont vu s'accroître leur production en acier et celle-ci était facilitée par la déphosphoration préalable des fers. Bien plus, comme il est nécessaire, paraît-il, que l'acier contienne pourtant une certaine proportion de phosphore, l'emploi des fontes phosphorées assurait qu'après l'affinage il en subsisterait toujours un peu et il valait mieux qu'il y fût à l'état naturel et non rajouté après coup par un procédé industriel (2). Ainsi s'explique l'essor prodigieux de l'industrie minière

---

(1) Discours du général Ducrot dans VILLEFORT, t. II, pp. 132-135, et, pour la reconstitution des défenses de Belfort, VILLEFORT, t. IV, pp. 407-408.

(2) Ces détails sont tirés de : Georges VILLAIN, *Le Fer, la Houille et la Métallurgie à la fin du dix-neuvième siècle*, Paris, 1901, in-8; Fr. VILLAIN, *Les Minerais de fer du département de Meurthe-et-Moselle*, Paris, 1902, in-8; Fr. VILLAIN, *Le Gisement de fer oolithique de la Lorraine*, Paris, 1902, in-8. Voir aussi un article de Marcel LABORDÈRE, *La Métallurgie française dans le monde*, dans la « Revue de Paris » du 1er juin 1909, p. 514.

et de la fabrication correspondante dans le seul département de Meurthe-et-Moselle. Il résulte de la statistique
officielle de l'industrie minérale qu'en 1906 la production
totale de minerai de fer pour toute la France a été de

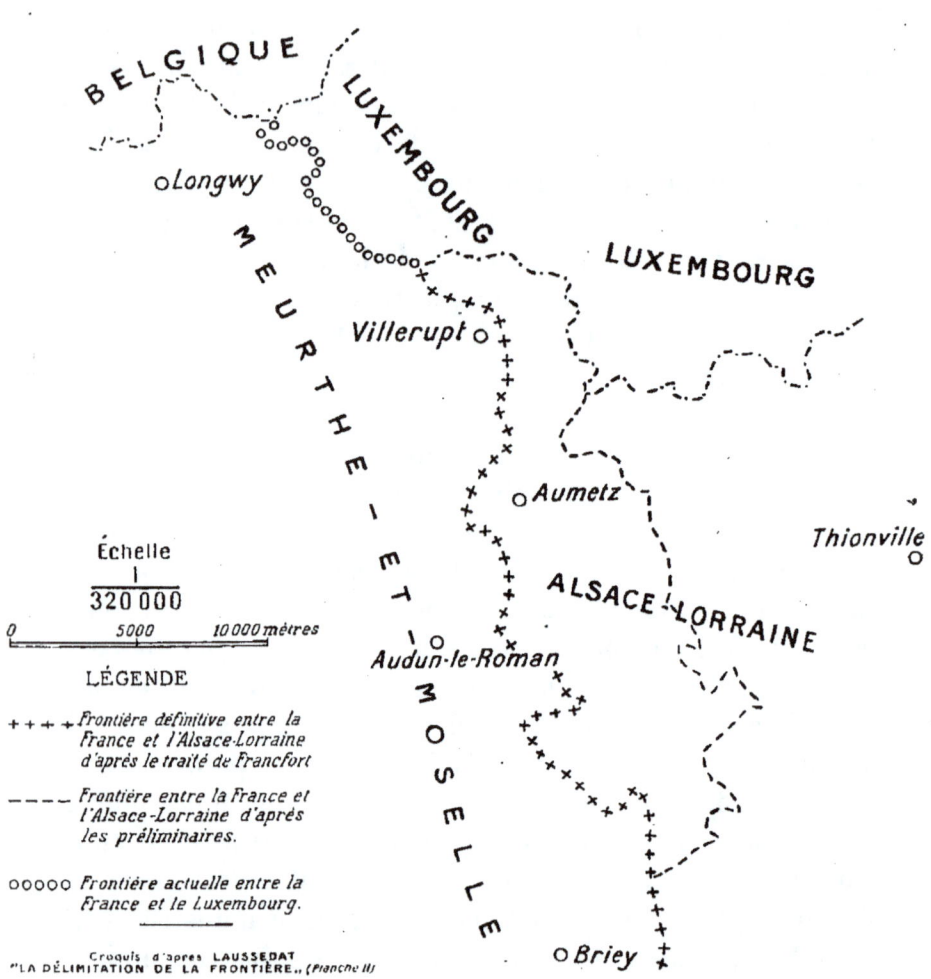

8.481.000 tonnes, sur lesquelles les bassins lorrains de
Nancy, Briey et Longwy ont produit 7.399.000 tonnes. Ces
districts ont fourni à eux seuls 2.295.000 tonnes de fonte,
plus des deux tiers de la production totale de la France.
Le département du Nord, qui vient ensuite, n'a donné

que 314.000 tonnes. Même supériorité du département de Meurthe-et-Moselle pour la production des fers et aciers fondus en lingots, puisque à lui seul il a fourni 1.212.417 tonnes et la France entière 2.436.322 tonnes (1).

Les circonstances, plus que les hommes, nous ont donc puissamment servis. Dans le Haut-Rhin, nous avons reconquis une bonne partie de l'arrondissement de Belfort, assuré la défense de cette ville, gardé la route qui descend vers la France méridionale. A l'autre extrémité de la nouvelle frontirée, nous n'avons cédé que ce qu'il fallait, conservant un domaine minier dont l'importance économique ne pouvait être soupçonnée alors et qui va croissant de jour en jour. Qu'on vienne à y découvrir, comme on l'espère, des gisements de charbon, prolongeant le bassin houiller de la Sarre, sa richesse s'augmentera encore. Dès à présent, les faits ont donné tort aux adversaires du projet d'échange : pour une fois, dans ses négociations avec l'Allemagne, la France a fait la bonne affaire.

II

La détermination du rayon autour de Belfort avait donné lieu à des difficultés que l'imprécision de l'article 1 des préliminaires avait rendues inévitables. On eût pu s'entendre plus aisément et plus vite à propos d'une autre question territoriale qui avait surgi au cours des premières opérations de délimitation de la nouvelle frontière. Ici, en effet, il s'agissait de très peu de chose, du territoire de trois communes vosgiennes que les Allemands voulaient englober dans les territoires annexés et que nos commissaires militaires avaient de bonnes raisons pour réclamer. Ce fut seulement la convention douanière de Berlin, du 12 octobre 1871, qui mit

---

(1) Voir les chiffres pour les périodes décennales de 1866 à 1900 dans : Georges VILLAIN, *Le Fer, la Houille et la Métallurgie à la fin du dix-neuvième siècle*, pp. 41-42, et, pour l'année 1906, la *Statistique de l'industrie minérale en France et en Algérie pour 1906*, Paris, 1907, in-4, pp. 23, 24, 72, 75.

CARTE DU TERRITOIRE DE BELFORT

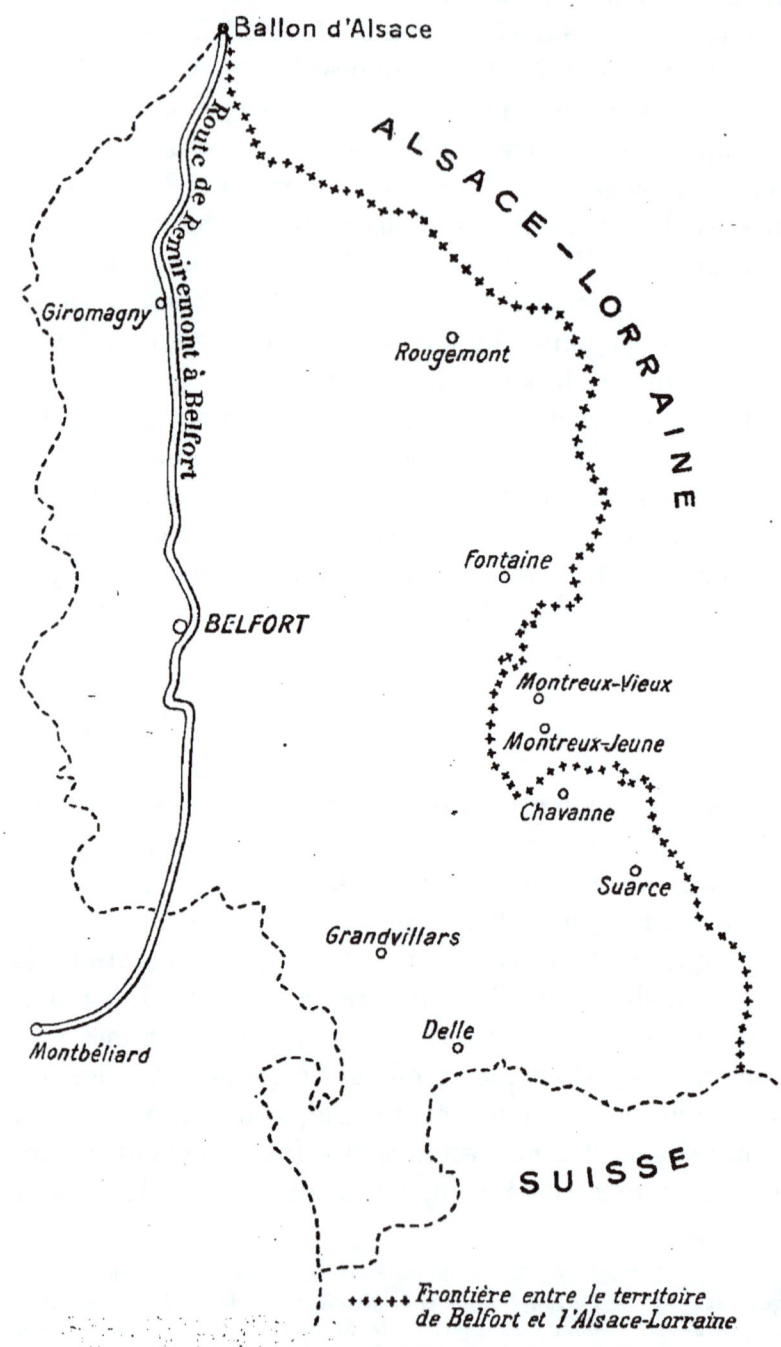

Frontière entre le territoire
de Belfort et l'Alsace-Lorraine

fin à ce débat qu'avec un peu de bonne volonté on aurait pu terminer dès le mois de mai.

On se rappelle qu'au courant de la guerre, dès novembre 1870, le canton de Schirmeck (Vosges) avait été détaché du gouvernement général de la Lorraine pour être rattaché à celui de l'Alsace. C'était faire présager son annexion à l'Allemagne, ce qui ne manqua pas en effet. Ce canton, bien que faisant partie du département des Vosges, comprenait des territoires situés en majeure partie sur le versant alsacien et formant la haute vallée de la Bruche. C'est ce qui explique pourquoi l'Allemagne le considérait comme une dépendance de l'Alsace. Mais le canton débordait aussi quelque peu sur le versant occidental des Vosges, de l'autre côté du col du Donon, dans la vallée de la Plaine, où se trouve, sur la rive gauche de cette rivière, la petite commune de Raon-sur-Plaine. En tant qu'unité administrative, le canton était donc composé de localités situées des deux côtés de la ligne faîtière des Vosges, dont le point culminant est ici le Donon.

On pouvait s'attendre à voir l'Allemagne réclamer pour elle la portion située sur le versant oriental. Mais il paraissait non moins naturel qu'elle nous laissât la portion occidentale, la plus minime d'ailleurs en étendue. De la sorte, la frontière eût été fixée au Donon même, au point de partage des versants alsacien et lorrain. Le tracé par la ligne de faîte avait été adopté pour la limite orientale du département de la Meurthe. Il aboutissait précisément au Donon. De même, en descendant vers le sud, une fois sortie du canton de Schirmeck, la frontière suivait constamment la crête vosgienne jusqu'au ballon d'Alsace. Il n'y avait donc aucune raison pour abandonner le principe qui avait été admis comme base de la délimitation, pour la région au-dessus et pour celle au-dessous du Donon.

Mais l'État-major allemand en avait décidé autrement. Les préliminaires avaient consacré l'œuvre commencée durant la guerre. Le canton de Schirmeck tout entier était compris dans les pays annexés. Le Donon, la ligne de faîte, le col qui passe au pied du sommet, la portion de route qui descend dans la vallée de la Plaine, la haute vallée de ce cours d'eau, le territoire de la commune de Raon-sur-Plaine, tout le versant lorrain du canton était destiné à suivre le sort du reste. Que cette application de la maxime : *major pars trahit ad se minorem* fût abusive, cela ne pouvait faire aucun doute. Les Allemands donnaient ici un flagrant démenti à leur théorie favorite des frontières naturelles. Mais les maximes les mieux établies cèdent devant les considérations d'utilité. La politique des résultats ne s'embarrasse pas des principes. La possession du col du Donon paraissait indispensable aux militaires et l'acquisition des forêts domaniales autour de Raon-sur-Plaine était une source de richesse à laquelle il était pénible de renoncer. Laquelle de ces deux raisons fut déterminante? Le furent-elles toutes deux au même degré? On ne saurait le dire. Elles l'avaient en tout cas emporté. La frontière débordait donc la ligne de partage et descendait en aval dans la vallée de la Plaine.

Ce n'était pas tout encore. Sur la rive droite de la rivière, en face de Raon-sur-Plaine, il y a une petite commune forestière, Raon-lès-Leau, qui, bien que vosgienne par sa situation orographique, était rattachée administrativement à un canton de la Meurthe qui était annexé, le canton de Lorquin. Était-ce là un titre suffisant pour réclamer cette commune? L'auteur de la carte jointe aux préliminaires en avait ainsi jugé. Il avait tracé son « liseré vert » de façon à englober Raon-lès-Leau et son territoire non moins riche en forêts que celui de l'autre Raon. Le pinceau du cartographe s'était-il égaré un peu plus loin qu'il ne fallait? N'y avait-il pas là une erreur matérielle dont nous pouvions demander la rectification? Et, puisque nous voulions garder la haute vallée de la Plaine, n'avions-nous pas droit à la restitution de Raon-lès-Leau qui en fait incontestablement partie?

Il y avait là un ensemble de questions qui n'avaient pas échappé à nos commissaires militaires. Ils avaient compté qu'à Francfort on trouverait l'occasion de faire reporter la

frontière là où elle devait être et qu'on obtiendrait facilement la restitution des deux Raon et de leur territoire.
Mais on s'était heurté à un parti pris évident. L'État-major
allemand tenait essentiellement à déborder la ligne des
crêtes. Il invoquait la nécessité pour l'Allemagne d'avoir
à elle la route qui, descendant du col, passe entre les deux
villages et assure, disait-on, la communication des deux
cantons annexés de Schirmeck et de Lorquin. Or, il suffit de
jeter les yeux sur une carte détaillée pour s'apercevoir que
la vraie communication entre ces deux cantons est assurée
par les routes dont le nœud est au col du Donon, beaucoup
plus haut par conséquent que Raon-lès-Leau. La raison
invoquée n'était donc qu'un prétexte pour empiéter sur la
vallée de la Plaine où se trouve la commune convoitée.
Nous pouvions ajouter au demeurant que ce n'était pas à
nous à fournir les moyens de faciliter la viabilité des pays
qu'on nous avait enlevés. Ces raisons ne triomphèrent pas
tout de suite. La seule assurance que nos commissaires
emportèrent de Francfort, ce fut une promesse verbale de
Bismarck que le tracé de la frontière auprès du Donon ne
resterait pas tel quel et serait revisé par la commission de
délimitation (1).

En attendant que cet engagement reçût un commencement d'exécution, les autorités allemandes procédaient de
façon à bien marquer qu'à leurs yeux cette promesse n'engageait en rien le présent. Le 29 mai 1871, le kreisdirector
de Sarrebourg faisait savoir au sous-préfet de Lunéville que
jusqu'à nouvel ordre, la commune de Raon-lès-Leau devait
être considérée comme faisant partie du territoire annexé
et, le 21 juin, le préfet de Metz avertissait le commissaire
civil impérial à Nancy que, ladite commune ne faisant plus
partie du territoire français, il devait aviser le préfet de

_____

(1) LAUSSEDAT, op. cit., p. 112, et lettre du général Doutrelaine du 2 juillet
1871 au préfet de Meurthe-et-Moselle (archives de Meurthe-et-Moselle, série R,
carton Affaires allemandes, 1870-1873, liasse Questions internationales). On
trouvera la confirmation de ces documents de source française dans le discours de Bismarck au Reichstag du 25 octobre 1871 (*Discours de Bismarck*,
t. IV, p. 14).

Nancy d'avoir à retirer les fonctionnaires français. Celui-ci
essaya de gagner du temps. Les habitants, ballottés ainsi
entre deux nationalités, protestaient contre l'annexion. Le
général Doutrelaine, consulté, répondit qu'en droit l'insistance de l'Allemagne à prendre provisoirement possession
de la commune était fondée et qu'il valait mieux, pour éviter
un conflit, céder la place aux autorités allemandes (1). Mais
cette solution n'était pas définitive. Nos commissaires militaires ne voulaient pas céder, forts des raisons très sérieuses
qu'ils avaient déjà invoquées à Francfort au mois de mai.
De leur côté, les commissaires allemands s'obstinaient dans
leurs intentions, prétendant que tout avait été définitivement réglé par le traité. On était en août et on n'était pas
encore parvenu à s'entendre. Les opérations de délimitation
se continuaient sur les autres points. Là elles étaient arrêtées.

En octobre, Pouyer-Quertier ayant été envoyé à Berlin
pour y négocier des accords relatifs à l'évacuation partielle
du territoire et à nos relations douanières avec l'Alsace-
Lorraine, on profita de la circonstance pour liquider la
question territoriale. La convention qui fut signée à Berlin
le 12 octobre 1871 porte (art. 10) que l'Allemagne rétrocède
à la France les communes de Raon-lès-Leau et Raon-sur-
Plaine, à l'exclusion toutefois de toute propriété domaniale,
par conséquent, à l'exclusion des forêts de l'État (2). Nous
n'obtenions en somme qu'une maigre satisfaction. Nous
reprenions les deux Raon, mais les forêts domaniales qui les
avoisinent étaient laissées à l'Allemagne. Et ce gain matériel était complété par l'avantage stratégique que l'État-
major allemand avait voulu s'assurer dès la première heure.
La frontière n'était pas reportée là où elle aurait dû l'être,
à la ligne de faîte. Elle descendait plus bas, du côté des deux

(1) Le dossier de cette affaire se trouve aux archives de Meurthe-et-Moselle,
série R, carton Affaires allemandes, 1870-1873, liasse Questions internationales.
LAUSSEDAT, *op. cit.*, p. 125, confirme ces renseignements et les complète en
indiquant l'intervention de l'administration allemande des postes et des contributions en vue de rattacher Raon-lès-Leau à la partie annexée de la Lorraine.
(2) VILLEFORT, t. I, p. 86.

villages restés français, de façon à laisser à l'Allemagne le
sommet tout entier du Donon et surtout la plate-forme ou
col du Donon, situé à la cote 737, alors que les deux Raon
ne sont qu'à la cote 426, c'est-à-dire 300 mètres plus bas. De
la sorte, les Allemands restaient maîtres du passage qui
rend si aisé sur ce point la traversée de la barrière vosgienne.
Ils gardaient les positions dominantes commandant la route
qui, venant de Schirmeck en Alsace, débouche par la vallée
de la Plaine sur Raon-l'Étape et Lunéville. Ils n'avaient
jamais voulu autre chose et la possession des deux petits
villages forestiers placés des deux côtés de cette route leur
importait beaucoup moins. On pouvait, puisqu'on gardait
les forêts, nous rendre les villages (1).

Cette question de rétrocession avait été, durant les négociations, constamment liée à une demande de rectification
sur un point situé non loin de là, plus au nord. Le tracé des
préliminaires nous avait, en effet, enlevé une partie du chemin de fer de Cirey à Avricourt, là où il rejoint la grande
ligne de Paris à Strasbourg. Il importait de dégager ce
raccordement et de faire en sorte que la ligne ferrée Cirey—
Avricourt fût tout entière sur territoire français. Pour cela,
nous avions demandé à Francfort qu'on nous rétrocédât la
pointe comprise entre les deux lignes jusqu'à leur intersec-
tion, c'est-à-dire la commune d'Igney et son territoire avec
une partie du territoire de la commune d'Avricourt. Bismarck avait laissé entendre qu'à cet égard nous avions
cause gagnée. Mais comme on ne pouvait s'accorder pour
les deux villages au pied du Donon, on renvoya à plus tard
le règlement du tout. En attendant, le territoire d'Igney se
trouva, comme celui des deux Raon, attribué provisoirement
à l'Allemagne.

En octobre, à Berlin, la question fut reprise, cette fois
avec succès. L'article 10 de la convention du 12 octobre 1871,

---

(1) Aussi Bismarck, discours précité du 25 octobre 1871, dit-il crûment :
« Ces deux communes étaient la monnaie qu'à l'occasion nous pouvions de
notre côté donner en paiement, vu que nous n'y attachions pour nous-mêmes
qu'une médiocre valeur. »

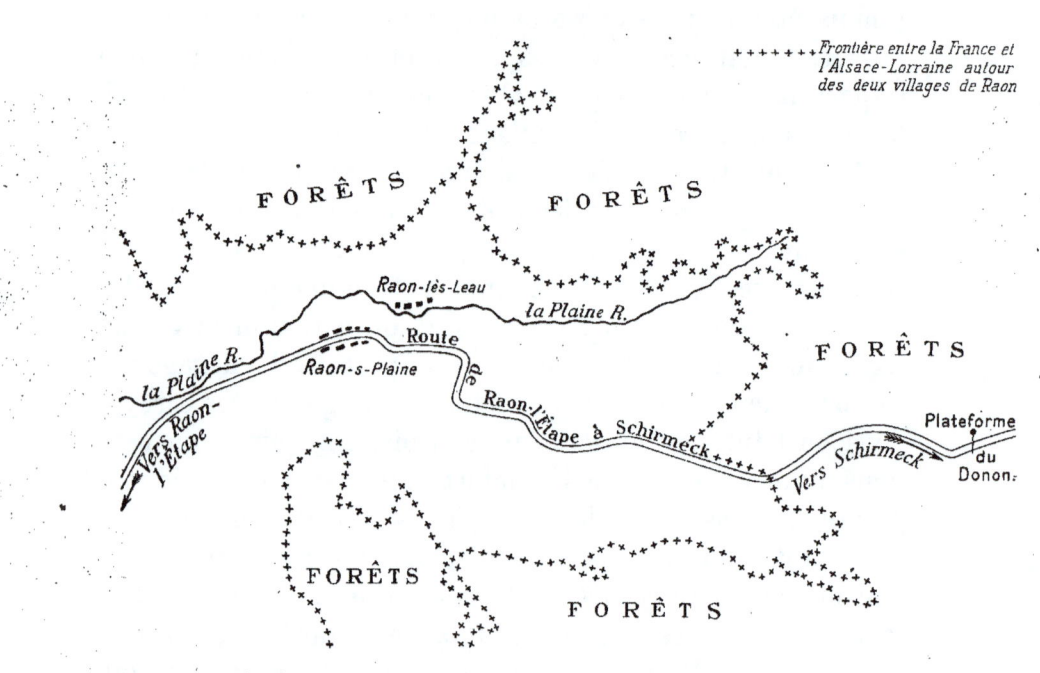

Frontière entre la France et
l'Alsace-Lorraine autour
des deux villages de Raon

FORÊTS

FORÊTS

FORÊTS

Raon-lès-Leau

la Plaine R.

Route

la Plaine R.

Raon-s-Plaine

Raon-l'Étape à Schirmeck

Plateforme
du
Donon.

Vers Raon-l'Étape

Vers Schirmeck

FORÊTS

FORÊTS

en même temps qu'il rétrocède à la France les deux Raon, lui rendait Igney et une partie de la commune d'Avricourt. Toutefois, le gouvernement allemand, soucieux de ses moindres intérêts, n'avait pas voulu abandonner ce coin de terre, sans se le faire payer. Il était convenu par le même article que la France prendrait à sa charge les frais d'une station de chemin de fer à construire sur le territoire allemand, pour servir à l'Allemagne de gare-frontière. Jusqu'à l'achèvement de la nouvelle gare, le gouvernement allemand se réservait le droit de tenir occupés le territoire d'Igney et la partie du territoire d'Avricourt qu'il consentait à nous rendre. La situation devenait plus nette, mais elle ne l'était pas encore suffisamment.

Une convention des 24 et 27 août 1872, arrêtée par la commission mixte de délimitation, rétrocéda à la France la gare d'Avricourt ainsi que les parties de terrain dépendant de la voie. Mais le gouvernement allemand se réservait gratuitement l'usage de la gare française, jusqu'à l'achèvement de celle que la France devait lui construire en territoire allemand. Cette occupation temporaire impliquait pour l'Allemagne l'exercice des droits souverains de police et de douane dans la gare et ses dépendances. Cette convention ne fut approuvée par l'Assemblée nationale que le 26 mars 1873 (1). Mais la maxime « donnant donnant » avait été pratiquée trop de fois au cours de ces négociations, on pourrait dire de ces marchandages, pour qu'on consentît à l'abandonner. Les souverains peuvent se faire des cadeaux, les gouvernements ne les imitent pas. Il nous fallut payer pour la rétrocession de la gare d'Avricourt. Un accord préparatoire du 29 août 1874 fixa le prix à 764.956 francs et cet accord fut sanctionné par une convention où les deux gouvernements étaient représentés par des ingénieurs. Datée du 8 janvier 1875, elle règle définitivement cette situation qui s'était prolongée trop longtemps. La somme à payer

---

(1) VILLEFORT, t. IV, pp. 79-80 pour le texte de la convention relative à la gare d'Avricourt et pp. 82-86 pour le projet de loi et le rapport à l'Assemblée nationale.

en définitive par la France fut portée à 796.861 francs, tant pour la rétrocession de la gare que pour les chemins d'accès. L'administration allemande devait évacuer la gare pour le 1er juin, ce qu'elle fit, en effet. De notre côté, le paiement fut effectué le 26 juillet par la Compagnie de l'Est pour le compte de l'État (1). Nous avions dû payer pour reprendre notre gare-frontière, et c'était encore nous qui payions les frais de construction de la gare allemande.

III

La cession à l'Allemagne des territoires alsaciens et lorrains nécessitait un tracé de la frontière nouvelle fait en commun par des commissaires spéciaux ayant des connaissances techniques. L'article 1 des préliminaires prévoyait déjà l'établissement de cette commission internationale et définissait sa compétence. Elle devait accomplir les opérations de délimitation sur le terrain, procéder au partage des biens-fonds appartenant aux communes ou districts coupés en deux par la nouvelle frontière; s'il y avait difficulté, en référer aux deux gouvernements. Le traité de Francfort, article 1, confirmait en tant que de besoin le mandat de la commission. La convention de Berlin du 12 octobre 1871 ne manquait pas, à l'occasion de la rétrocession des communes de Raon et d'Igney, de mentionner à nouveau l'intervention nécessaire des commissaires délimitateurs (2). Leur travail a duré fort longtemps. Commencé fin mai 1871, il ne fut complètement terminé qu'après six ans. Un procès-verbal de délimitation du 26 avril 1877 clôture toutes les opérations et règle une foule de questions accessoires (3). Les ratifications en furent échangées à Metz le 31 mai 1877.

---

(1) VILLEFORT, t. IV, pp. 87-89.

(2) La composition de la commission a varié. Au cours des opérations, l'ingénieur allemand Hauchecorne fut remplacé. En dernier lieu, la commission comprenait : du côté français : le général Doutrelaine, le colonel Laussedat, le capitaine Bouvier; du côté allemand : le général von Strantz, le major Rhein et le conseiller de régence von Bruce.

(3) VILLEFORT, t. IV, p. 89.

BIBLIOGRAPHIE

VALFREY, *Histoire du traité de Francfort*, t. I, pp. 51-53, 101-104, 115-120; SOREL, *Histoire diplomatique de la Guerre franco-allemande*, t. II, pp. 243, 304, 305, 310-312; FAVRE, *Gouvernement de la Défense nationale*, t. III, pp. 102-107, 369-373, 402, 403, 406-420, se confirment et se complètent pour les négociations et les discussions concernant le rayon de Belfort. LAUSSEDAT, *La Délimitation de la frontière franco-allemande*, pp. 28-37, 39 et suiv., 55-77, fournit un témoignage direct qui permet de contrôler utilement leurs récits. L'article du général BOURELLY, *Revue des Deux-Mondes*, 1er octobre 1905, pp. 551-577, intitulé : « La Rétrocession de Belfort à la France », est particulièrement documenté sur la richesse du bassin minier de Meurthe-et-Moselle et sur le rôle stratégique des défenses de Belfort. Il conclut en faveur de Thiers, qui a su opter pour la conservation de la place avec un rayon étendu. On trouvera dans VILLEFORT, t. II, pp. 93-137, tous les documents parlementaires français relatifs au projet d'échange concernant Belfort, et pour l'Allemagne on se référera au discours de Bismarck au Reichstag, du 12 mai 1871 (*Discours de Bismarck*, t. III, pp. 60-61).

On ne peut citer, sur la question de la rétrocession des villages de Raon, que LAUSSEDAT, *op. cit.*, pp. 52, 53, 105 et suiv., dont le récit circonstancié est appuyé de pièces inédites. Le dossier, non publié, qui se trouve aux archives de Meurthe-et-Moselle (Voir p. 119, note 1) corrobore pleinement les renseignements fournis par cet officier supérieur, membre de la commission de délimitation. Quant aux documents parlementaires, ils se réduisent ici à peu de chose. On les a cités en note à mesure qu'on avait à les utiliser.

La délimitation de la frontière n'a pas été décrite dans son ensemble. Les incidents intéressants sont rapportés dans LAUSSEDAT, *op. cit.*, pp. 85-104, 105-145.

CHAPITRE IX

LE PLÉBISCITE

I

L'argument mis en avant, par Bismarck pour justifier l'annexion, l'argument « du glacis », avait un double avantage. Il autorisait l'Allemagne à étendre ses prises au delà des frontières dites naturelles et de la limite des langues. Il lui laissait en même temps le bénéfice de l'attitude qu'elle avait adoptée dès le début, en lui permettant de se présenter comme étant toujours le peuple pacifique par excellence, qui, s'il prend des provinces, ne cherche qu'à pourvoir aux intérêts vitaux de sa défense. A ces mérites, l'argument du glacis en joignait un autre : celui de dispenser l'Allemagne d'obtenir le consentement des populations annexées. Car, du moment que la possession de certains territoires était, comme elle l'affirmait, indispensable à sa sécurité, cette nécessité de premier ordre primait tout. L'Empire allemand n'avait à consulter personne pour savoir s'il devait prendre, s'il pouvait garder ce rempart d'où il repousserait les attaques de l'ennemi héréditaire. Le souci de la défense de soi ne comporte aucun ménagement. La volonté des Alsaciens-Lorrains était un élément négligeable quand on le mettait en balance avec les intérêts vitaux de l'Allemagne (1). Mais les politiques allemands avaient d'autres raisons pour répu-

---

(1) C'est la thèse qu'on trouve dans un écrit anonyme déjà cité : Historicus, *Les Conditions de la paix et les Droits de l'Allemagne*, Genève, 1871, pp. 18-19.

gner à cette consultation. Ils pouvaient facilement préjuger
la réponse qui en sortirait. En vain avaient-ils dit et surtout
fait dire que les pays annexés étaient germaniques de langage et de coutumes, qu'ils formaient au sein de l'unité
française une sorte d'îlot particulariste (1). Ils savaient fort
bien, leur chef l'a reconnu plus tard, quelles étaient « les
sympathies vraiment françaises » du pays alsacien-lorrain,
de quelles gloires, de quels avantages il était redevable à
la France, quelle lutte il y aurait à livrer pour conquérir
les esprits, pour « briser le lien d'une ancienne parenté
nationale » fortifiée par un passé deux fois séculaire (2).
C'en était assez pour ne pas solliciter un assentiment qui
avait toute chance d'être refusé, pour éviter d'aller au-
devant d'un échec moral certain. Cette considération de
pur fait, assez puissante pour l'emporter à elle seule, se
doublait au surplus d'une sorte de répulsion instinctive
pour le suffrage populaire s'appliquant à des questions de
cet ordre.

L'idée de demander aux populations leur assentiment en
cas d'annexion n'avait ni germé ni fleuri dans la pensée
germanique. C'est une conception de l'esprit français moderne. Proclamée par la Révolution, mise en pratique par
elle, abandonnée puis appliquée de nouveau après un long
intervalle, lors de la réunion de la Savoie et de Nice, elle
était devenue pour nous comme l'idée de la souveraineté
du peuple, dont elle est le corollaire, une sorte de dogme (3).
Mais, ainsi qu'il arrive souvent, nous étions les seuls à le
professer. Les Allemands, en tout cas, n'avaient aucune
propension à l'admettre.

L'Allemagne, à cet égard, en était encore aux vieilles
maximes, aux doctrines d'ancien régime. Pour elle, la souveraineté résidait, non dans les individus associés volon-

---

(1) HISTORICUS, op. cit., pp. 23, 27, 28.
(2) Ces aveux, précieux à recueillir, sont dans le discours de Bismarck au
Reichstag, séance du 16 mai 1873, Les Discours de Bismarck, t. V, pp. 78, 83.
(3) SOREL, L'Europe et la Révolution française, t. I, pp. 318, 323; t. II,
pp. 97, 98, 101 et suiv., 422, 423; RENAN, Réforme intellectuelle et morale,
« Lettre à M. Strauss », pp. 194, 197, 198.

tairement et maintenus en association politique par la
persistance de leur libre volonté, mais dans l'État, entité
distincte des individus, force collective, être abstrait qui
a tous les droits et au-dessus duquel il n'y a rien pour s'opposer à ses desseins (1). Il suit de là que si l'État juge qu'il
est de son intérêt d'abandonner une partie de son territoire, il le peut sans être tenu de consulter les populations
dont il veut se séparer, et qu'en sens inverse, s'il croit
nécessaire de s'annexer un territoire, il le peut aussi, sans
avoir à solliciter l'adhésion des populations qu'il veut s'adjoindre. Dans les mutations territoriales des États, l'élément réel, l'idée de domanialité, de propriété foncière
l'emporte. L'idée de personnalité, l'élément individualiste
n'est point en jeu. La seule concession qu'on puisse faire
aux personnes, c'est de leur permettre, sous certaines conditions, de rompre l'attache qu'elles ont avec le sol, c'est de
les autoriser à émigrer. Il y aurait barbarie à leur refuser ce
droit. Mais on ne leur doit rien au delà. L'État annexant est
seul légitime appréciateur des raisons qui l'ont déterminé
à accroître le champ d'action de sa souveraineté. Il n'a, à cet
égard, à prendre conseil que de son intérêt, sans être obligé
de demander l'avis des habitants des territoires qu'il s'annexe. C'est toujours, sous une forme à peine déguisée,
l'idée essentielle que l'État a le droit de se défendre et qu'il
est qualifié pour pourvoir seul à cette nécessité primor-
diale.

Cette thèse antiplébiscitaire ne se présentait peut-être
pas, en 1870, avec cette apparence de rigueur doctrinale qui
fait d'elle maintenant un système cohérent et solide.
Comme toutes les théories, celle-ci a été inventée et mise en
forme après coup pour justifier la conduite de ceux qui
avaient avantage à l'invoquer. Mais il n'en reste pas moins
qu'à cette époque, la tendance allemande était déjà fortement défavorable au droit pour les populations de décider

(1) LÉVY-BRUHL, L'Allemagne depuis Leibnitz, chapitre sur la politique de
Hegel, pp. 397-399.

de leur sort. On l'avait bien vu en 1864, lors de la conférence réunie à Londres, au cours de la guerre entreprise contre le Danemark, pour la question des ¦duchés. L'impression qui se dégage des protocoles de cette réunion des puissances, c'est qu'en face de l'Angleterre, de la France et de la Suède qui consentaient à la cession des duchés de Holstein, de Lauenbourg et de la partie méridionale du Sleswig, mais à la condition que le sort de ces territoires ne fût pas réglé sans le consentement des populations, les puissances allemandes se montraient les adversaires de la consultation populaire. Sans doute, il y avait des degrés dans cette aversion. A côté de l'Autriche, résolument hostile, on voyait la Confédé- ration germanique hésitante et peu enthousiaste, tandis que, chose étrange, la Prusse paraissait consentante à demi (1). Mais le sentiment d'ensemble était que la consul- tation des populations pouvait bien être acceptée comme une procédure d'expédient, bonne à employer au cas où elle avait chance de fournir une réponse favorable. Quant à l'ériger en règle absolue, il n'en pouvait être question. Et la conférence s'était séparée sans que le principe eût été reconnu d'un commun accord comme devant servir de règle pour le cas particulier et pour les cas analogues.

Aussi la Prusse fut-elle à son aise plus tard, lorsqu'elle chercha à éluder la clause du traité de Prague (art. 5), insérée sur les instances de Napoléon III, pour réserver aux populations du Sleswig septentrional le droit d'exprimer leur volonté d'être réunis de nouveau au Danemark. On ne pouvait donc pas s'attendre à la voir, en 1871, admettre la consultation des Alsaciens-Lorrains, alors qu'ici son intérêt était d'accord avec le peu de propension qu'elle avait pour un principe d'origine révolutionnaire. Du moins il eût fallu, pour que l'Allemagne fût obligée de se soumettre à cette nécessité, que la consultation préalable des populations en cas d'annexion fût considérée par la coutume internatio-

---

(1) Martens continué par Samwer, t. XVII, part. 2, pp. 373, 375, 381, 386, 391, 412, 414, 438, 439.

nale comme un principe constant, une règle indiscutable. Or, pas plus en 1871 qu'en 1864, le droit pour les populations de disposer d'elles-mêmes ne passait pour tel.

Sans doute, il y avait un point sur lequel tout le monde paraissait d'accord : c'est que la France pouvait, sans consulter les populations des pays cédés, renoncer à sa souveraineté sur le territoire de ces pays. Il suffisait que la représentation nationale régulièrement constituée et interrogée consentît à cette abdication. Le vote de l'Assemblée ratifiant les préliminaires de Versailles obligeait donc tous les habitants, ceux qui restaient Français et ceux qui cessaient de l'être, ceux qui continuaient à faire partie de l'association et ceux qui en étaient détachés.

Seuls, des théoriciens outranciers eussent pu soutenir que la représentation nationale était incompétente pour statuer sur des questions de cet ordre et qu'on devait consulter par voie de *referendum* la nation tout entière. Si, en effet, l'État est une association volontaire d'individus, créée et maintenue par leur adhésion permanente, on ne peut en renvoyer quelques-uns sans avoir mis tous les associés en mesure de se prononcer, sans leur avoir demandé s'ils veulent rejeter de l'association une partie de ceux qui y ont vécu jusqu'alors. La population tout entière doit donc être consultée et la majorité prononcera, puisque c'est elle qui fait la loi dans toutes les consultations populaires.

Telle eût été, en effet, la solution nécessaire, si la France d'alors avait eu une constitution politique exigeant expressément le *referendum* pour des décisions de cette importance. Mais tel n'était pas notre cas, puisque nous n'avions même pas de constitution. Il y avait une assemblée. Elle avait été élue pour décider de la continuation de la lutte. Elle avait qualité pour faire la paix et, par conséquent, pour consentir toutes les conditions auxquelles la paix pouvait être accordée. En nommant des représentants à cette assemblée, le pays avait abdiqué entre leurs mains tout droit de décision collective à cet égard, même s'il s'agissait de renoncer à une partie du territoire national.

De la part des Allemands, nul ne s'avisa, bien entendu, de le contester. Ils avaient exigé, pour traiter, la réunion d'une assemblée. Mais une fois celle-ci nommée, ils ne mettaient pas en doute qu'elle eût pouvoir pour statuer sur une cession territoriale. Il fallait pour cela que l'assemblée fût régulièrement et librement élue. Ici, pourtant, Bismarck avait été sur le point de commettre une faute. En octobre 1870, au moment où il négociait avec Thiers la conclusion d'un armistice, il ne paraissait pas enclin à laisser voter tous les habitants des territoires déjà destinés dans ses desseins à être annexés. Tout au plus admettait-il que ces pays fussent représentés par des notables et, chose singulière, Thiers y avait consenti (1). Mais, mieux renseignée, la chancellerie allemande se ravisa. Elle ne persista pas dans une résolution qui eût vicié les délibérations de l'Assemblée française. Aussi en janvier 1871, Bismarck ne souleva plus les mêmes objections. Sans difficulté il admit que les élections auraient lieu en Alsace-Lorraine comme partout ailleurs. De la sorte, les pouvoirs de l'Assemblée seraient en règle, et ses résolutions, exprimant dans son intégralité le sentiment du pays, le lieraient valablement (2).

L'Assemblée ayant été nommée dans ces conditions, on n'hésita pas du côté allemand à la considérer comme régulièrement investie du droit de traiter de la paix, quelles qu'en pussent être les clauses. Chez nous, au contraire, cette conviction était loin d'être unanime. A peine l'Assemblée réunie, les députés des départements menacés par l'annexion : Haut et Bas-Rhin, Meurthe, Moselle, lurent, le 17 février, une protestation où ils déniaient à la représentation nationale toute qualité pour disposer d'une partie du territoire. En le faisant, disaient-ils, l'Assemblée « s'arrogerait un droit qui n'appartient même pas au peuple réuni dans ses comices ». Ils protestaient en conséquence contre

---

(1) THIERS, *Notes et Souvenirs*, pp. 77, 80; SOREL, *Histoire diplomatique de a Guerre franco-allemande*, t. II, p. 76.

(2) SOREL, *op. cit.*, t. II, pp. 11, 12, 180; SYBEL, *Les Droits de l'Alsace et de la Lorraine*, pp. 110-112.

tout vote et même contre « tout plébiscite qui consentirait abandon en faveur de l'étranger de tout ou partie de nos provinces de l'Alsace et de la Lorraine ». Mais cette thèse extrême, suprême appel du patriotisme sacrifié, fut implicitement rejetée par l'Assemblée, qui refusa de donner un mandat impératif aux négociateurs Thiers et Favre, et déclara s'en rapporter pleinement à eux (1). Aussi ne leur vint-il pas à l'idée de demander qu'on nous laissât procéder à une consultation populaire dans tout le pays, encore moins de réclamer une consultation séparée de la population des pays annexés. Lorsqu'ils revinrent devant l'Assemblée pour soumettre à sa ratification la convention conclue à Versailles, quelques voix isolées s'élevèrent pour soutenir à nouveau la doctrine de l'incessibilité du territoire, tout en reconnaissant cette fois que, sinon l'Assemblée, du moins la nation tout entière aurait qualité pour consentir à un abandon territorial partiel (2). On ne jugea pas nécessaire de leur répondre. Le vote ratifiant les préliminaires affirmait pour la seconde fois que l'Assemblée se reconnaissait investie du droit de renoncer, au nom de la nation, à la souveraineté d'une partie du territoire.

Un seul représentant, Vacherot, organe d'un grand nombre de ses collègues, avait, au cours de la discussion, dégagé les termes du problème et trouvé pour les exprimer les mots décisifs. Avec la sincérité d'un philosophe qui sait envisager en pleine franchise les réalités présentes, mais ne s'interdit pas d'avoir foi au progrès des idées, il montra la divergence fondamentale des systèmes. Sans doute, le nouveau droit inauguré et pratiqué par la France depuis la Révolution, appliqué par le second Empire lui-même, répudie toute annexion qui n'est pas confirmée par le vote des populations annexées. Mais, ajoutait-il, il ne peut pas être question de faire inscrire ce principe dans le traité, cela est « impossible ».

---

(1) VILLEFORT, t. II, pp. 1-5.
(2) Discours d'Edgard Quinet, Bamberger, Louis Blanc, Buffet, à la séance du 1er mars 1871, protestation de Varroy et Brice, députés de la Meurthe, dans la séance du 3 mars, VILLEFORT, t. II, pp. 31, 32, 42, 57, 59, 86.

Il faut et il suffit qu'il soit maintenu comme une doctrine d'avenir « dans le droit des gens qui n'est pas écrit, mais qui s'écrira... au milieu de tant de principes et de vérités auxquels autrefois on n'avait pas pensé et qui sont devenus des lieux communs (1) ».

Ainsi, sans renoncer à la doctrine plébiscitaire, l'Assemblée reconnaissait que, dans l'état actuel des relations internationales et surtout dans la situation où on se trouvait, elle n'avait pas le moyen de l'imposer à l'Allemagne. La consultation préalable des populations, si désirable qu'elle pût paraître, n'étant point une condition d'où dépendait la validité de la cession, on pouvait dire que l'on avait satisfait à toutes les exigences juridiques en obtenant le consentement de l'Assemblée. La France était liée par l'acte de ses représentants, par un traité régulier qui a la force obligatoire de tous les actes conventionnels internationaux et qui, comme durée, aura le sort de tous les actes de ce genre (2).

II

La France était donc en règle vis-à-vis de l'Allemagne. Mais celle-ci l'était-elle vis-à-vis de l'Alsace-Lorraine? La France venait d'abdiquer valablement ses droits de souveraineté sur certains territoires. Tout ce qu'elle avait pu faire elle l'avait fait. Comme le déclarait l'article 1 des préliminaires, elle y renonçait « en faveur de l'Empire allemand ». Et cela signifiait seulement que la France s'interdisait d'user des voies juridiques pour revendiquer les parties du territoire abandonnées par elle, tant, du moins, que le traité conservera sa valeur d'acte conventionnel obligatoire. Mais

---

(1) VILLEFORT, t. II, p. 51; RENAN, *Discours et conférences*, « Qu'est-ce qu'une nation ? ». pp. 308, 310, exprime la même pensée.

(2) La valeur obligatoire de l'acte conventionnel de Versailles en tant qu'il contient une cession de territoires n'a été niée en France par aucun jurisconsulte, même par ceux qui, comme Montluc, ont protesté au nom du droit de l'avenir. Voir MONTLUC, « Le droit de conquête », dans *Revue de Droit international et de législation comparée*, 1873, p. 587.

cette renonciation, si elle déliait les Alsaciens-Lorrains de la sujétion française, n'avait pas pour effet de les soumettre à la sujétion allemande. Puisque la France les abandonnait comme sujets, elle n'avait plus qualité pour stipuler en leur nom et pour les rattacher à une souveraineté nouvelle. Isolées désormais, dégagées pour ainsi dire du composé politique auquel elles avaient été jusqu'alors agrégées, ces populations n'étaient-elles pas rendues à leur état naturel qui est l'indépendance, la maîtrise politique qu'on exerce soi-même sur soi? Ne pouvait-on pas soutenir que la séparation d'avec la communauté française les avait appelées à une vie politique nouvelle, avait fait d'elles un peuple à l'état naissant? Et ce groupement humain, affranchi de tout lien de sujétion, n'était-il pas maître de délibérer librement sur son sort, de décider s'il voulait s'affilier à une association politique déjà existante et s'absorber en elle, ou conserver la situation qui venait de lui être faite et former un nouvel État? La question de la nécessité du plébiscite réapparaissait donc ici sous un autre aspect, plus simple, semble-t-il, non plus comme dépendant dans une certaine mesure du droit public interne de l'État cédant, mais comme mettant en jeu seulement les principes du droit des gens (1).

Ce problème ne paraît pas pourtant avoir, en 1871, préoccupé l'Allemagne. Pour elle, l'acquisition de l'Alsace-Lorraine était fondée sur un titre régulier, puisqu'elle résultait d'un accord avec l'ancien possesseur. Cela était suffisant à ses yeux. Quant à consulter les populations, elle ne s'y croyait point tenue. La théorie plébiscitaire, très humaine, très raisonnable, très soutenable en droit, n'était spéciale qu'à la France. On ne saurait dire qu'elle fût reçue alors, qu'elle soit reçue même à l'heure présente, comme un de ces principes essentiels du droit des gens qu'un peuple civilisé

_____

(1) SOREL, *op. cit.*, t. II, pp. 11-12, a bien compris, avec sa netteté de vues habituelle, que pratiquement la question du plébiscite ne pouvait se poser que de cette façon. Et c'était aussi l'opinion de notre Office des affaires étrangères. Voir FAVRE, *Gouvernement de la Défense nationale*, t. III, p. 339; CABOUAT, *Des Annexions de territoire*, Paris 1881, pp. 128, 129, 132.

se doit à soi-même de respecter. En protestant, en face de
l'Europe qui laissait faire, en réclamant au nom des Alsaciens-Lorrains privés du droit de manifester librement leurs
préférences, nous étions logiques avec nos principes, avec
notre conduite antérieure. Mais nous parlions, comme
l'avait dit si bien Vacherot, au nom d'un droit idéal dont
nous nous faisions les apôtres; nous étions, comme c'est
souvent le cas, des isolés, sans doute des précurseurs (1).
L'Allemagne, elle, appliquait la vieille et dure coutume de
l'ancien régime, suivie encore lors du grand remaniement
de l'Europe en 1815, et qui n'avait pas cessé de régner. Les
juristes et, avant tout ceux de l'école allemande, s'empres-
sèrent de le déclarer au moment de l'annexion. Depuis lors,
leur thèse a trouvé de nouveaux défenseurs et ceux-ci, ren-
chérissant sur leurs devanciers, ont contesté dans son principe même la théorie plébiscitaire et tenté de prouver son
inanité.

Pour eux, s'il y a un lien de relation entre un territoire et
ses habitants, ce lien ne peut être pour ceux-ci qu'un rapport de dépendance. Les individus isolés du territoire ne
sont rien, car ils sont séparés du *substratum* réel qui fait
d'eux les membres d'un État. De ces deux composants,
territoire et population, si intimes que puissent être les
points de pénétration réciproque, c'est le premier qui est
l'essentiel, le second n'est que l'accessoire. La possession
du territoire est donc suffisante à elle seule du moment
qu'elle est régulière, et l'Allemagne n'avait pas besoin de
renforcer son titre en sollicitant l'assentiment des populations. Son droit vis-à-vis d'elles lui vient du fait même de sa
prise de possession, du fait qu'elle se continue, de l'impossibilité pour les habitants de secouer par la force la souverai-

---

(1) C'est bien ce que reconnaît Montluc, *art. précité*, p. 587 : « Un traité
est intervenu, sans doute, conforme aux usages de la pratique internationale
et nous ne prétendons ni en contester la validité au point de vue du droit des
gens positif.. mais nous parlons de droit pur, de droit idéal et non de droit
positif, nous savons bien que nous allons à l'encontre de l'histoire et des pratiques internationales. »

neté qu'on a établie sur eux, enfin de l'assentiment tacite qui, au bout d'un certain temps, résultera de l'adaptation du peuple conquis à l'autorité du conquérant.

Mais à cette prétendue subordination des habitants au sol, ne peut-on rien objecter? Sans doute, il faut aux individus, pour pouvoir vivre d'une vie collective, un territoire qui serve de support réel à l'association politique formée par eux. Mais si depuis longtemps ce territoire est occupé, mis en valeur par eux et leurs ancêtres, peut-on voir en lui un bien vacant et sans maître sur lequel le premier occupant peut mettre la main? Ne s'est-il pas établi une sorte d'échange d'influences entre le sol et ceux qui l'habitent, en sorte que s'il est vrai qu'ils dépendent du sol, celui-ci, façonné, exploité, rendu productif, plus apte à la civilisation grâce à eux, est devenu en quelque manière une partie intégrante de leur être et dépend d'eux à son tour? N'ont-ils pas dès lors acquis le droit de se considérer non comme une masse amorphe d'individualités isolées, mais comme formant un tout homogène, un groupement collectif ayant en somme figure d'État? Et si, par les hasards de la politique, ce groupe d'hommes vient à être séparé d'une collectivité plus grande à laquelle il avait été jusque-là associé, ne peut-on pas dire que cette séparation a donné naissance à un agrégat politique devenu subitement autonome, doué de tous les organes vitaux essentiels à l'existence d'un État souverain et qui ne demande qu'à subsister d'une vie propre? Il semble donc qu'un autre État ne peut s'emparer de cet État naissant qu'après s'être fait céder la souveraineté par ceux qui l'avaient virtuellement avant lui, alors même qu'ils n'auraient pas encore eu le temps de l'exercer, par ceux qui, ne fût-ce qu'un jour, étaient les seuls maîtres légitimes, c'est-à-dire par les habitants.

Quelques-uns, dans le camp antiplébiscitaire, ont essayé de se dérober à cette argumentation. On ne comprendrait pas, ont-ils dit, que le traité conclu entre la France et l'Allemagne ait eu la singulière conséquence de faire surgir un troisième État, contrairement à la volonté des deux contractants (1). Mais les faits réfutent l'objection. Certes, ni l'un ni l'autre des contractants n'a voulu donner naissance à un État nouveau et l'État qui se proposait l'annexion moins encore que celui qui l'a subie. Mais qu'importe? Ce qu'ils ont voulu n'empêche pas ce qui est, ce qui dépasse leur volonté, à savoir l'existence d'un certain nombre d'êtres humains ayant vécu jusqu'alors avec d'autres d'une vie collective et qui, désormais, affranchis de toute sujétion, pourraient, si on le leur permettait, se constituer en association politique indépendante, vivre socialement en forme d'État.

Or, on l'a fait observer très justement, la question de savoir si un État existe n'est qu'une question de fait. Elle doit être jugée en soi, sans tenir compte des autres États existants. Ce qu'il faut considérer uniquement, c'est la population installée sur un territoire déterminé et qui aspire à s'organiser sous la forme d'une société politique, en vue d'une durée ultérieure (2). Il y a là un fait qui, quelles que soient les circonstances qui ont occasionné son apparition, s'impose à toutes les résistances intéressées, à toutes les volontés hostiles. Sans doute, les autres États ont le droit de ne pas reconnaître l'État nouveau, de ne point l'admettre dans la société internationale. Mais l'annexer, c'est plus que ne pas le reconnaître. Ce n'est plus seulement l'ignorer, c'est se mettre en contact avec lui, pour le supprimer l'instant d'après! Et, puisqu'on ne lui laisse pas le temps de se donner les organes constitutionnels nécessaires pour consentir sa propre abdication, n'est-ce pas à la population qu'il faudra s'adresser, puisqu'elle est seule dépositaire de la souveraineté et qu'elle seule peut disposer d'elle-même?

A cela, l'Allemagne aurait pu répondre, si elle avait cru nécessaire de se justifier, qu'à ses yeux la souveraineté ne réside pas dans les personnes, mais dans les États, à la condition qu'ils existent comme êtres distincts des personnes

---

(1) ROLIN-JÆQUEMYNS, *Revue de Droit international et de législation comparée*, 1873, p. 590.

(2) BLUNTSCHLI, *Le Droit international codifié*, n° 29.

qui les composent. Or, cette personnalité, cette capacité étatique, elle la déniait précisément aux territoires qu'elle venait de s'adjoindre. Elle se trouvait, eût-elle pu dire, non en face d'un État existant, vivant, organisé, mais en présence d'une masse inorganique d'individus, politiquement isolés les uns des autres et qu'elle pouvait, sans leur demander leur avis, réintégrer dans un organisme existant : l'Empire allemand. Cette réponse, les Allemands ne l'ont pas faite. Mais, ce qui revient au même, ils se sont comportés comme s'ils la faisaient. Ils l'ont traduite en acte. Ils ont annexé le territoire et ne se sont pas crus obligés de consulter ceux qui l'habitaient. Et, nous le répétons, le droit communément reçu entre les nations ne les y obligeait pas.

III

Mais il ne suffit pas d'être en règle avec le droit strict. Un pays a d'autres devoirs. Il se doit de ne pas être en désaccord avec soi-même. Or, l'attitude de l'Allemagne vis-à-vis du pays annexé contrastait singulièrement avec les sentiments qu'elle affirmait lui avoir gardés durant les longues années où il avait vécu séparé d'elle. Bien qu'il fût, comme le déclarait Bismarck, « le plus jeune enfant de la famille allemande (1) », on le traitait en suspect et en ennemi. Et pourtant, s'il était vrai que les territoires enlevés à la France formassent, ainsi qu'on le prétendait, une sorte de province qui ne s'était point fondue dans l'unité française, qui avait conservé intacts sa langue, ses coutumes, « ses antiques principes de peuple libre », ses traditions invétérées de *self governement ;* si les Alsaciens avaient toujours considéré l'Alsace comme « leur seule patrie » (2) ; si, en un mot, les provinces de l'est de la France avaient sauvegardé leur

(1) Discours au Reichstag, 3 juin 1871, *Discours de Bismarck*, t. III, p. 92.
(2) On peut lire dans Historicus, *Les Conditions de la paix et les droits de l'Allemagne*, pp. 23, 27, 28, les considérations sur le prétendu caractère autonome qu'aurait conservé l'Alsace. J'ai emprunté à cet écrit les mots entre guillemets.

individualité et faisaient figure d'État à part dans l'État français, il est difficile de comprendre pourquoi cet État n'était pas consulté sur ses destinées, pourquoi on le réincorporait de force dans l'État allemand, avec lequel il n'était pas sûr qu'il voulût être associé. La vérité est que vis-à-vis de lui on avait deux poids et deux mesures. On voyait en lui, selon les contingences du moment et les besoins d'une politique qui ne s'embarrassait pas des principes, tantôt un pays autonome, doué de l'unité, apte à vivre isolé s'il était livré à ses seules ressources, tantôt, au contraire, un assemblage de lieux géographiques juxtaposés par le hasard, mais sans rapports entre eux.

On alla plus loin encore. En novembre 1870, en pleine lutte, alors que l'issue ne pouvait plus faire doute, des négociations avaient été nouées entre les divers États allemands, en vue de la reconstitution de l'Empire. A cet effet, la Confédération de l'Allemagne du Nord concluait avec ses alliés du Sud : Bade, Hesse, Wurtemberg, Bavière, des conventions destinées à se les associer par un lien fédéral (1). Mais ces conventions par lesquelles les États contractants abdiquaient leur souveraineté, ne parurent pas suffisantes. On pensa avec raison que la population des divers membres de l'Union devait être appelée à se prononcer sur son incorporation à l'État fédéral nouveau, non, sans doute, par voie de consultation directe, mais par l'organe des représentations nationales respectives. Les parlements de chaque pays du Sud eurent à approuver leur entrée dans la Confédération agrandie, le Reichstag de l'Allemagne du Nord à approuver l'extension de la Confédération, par suite de l'admission des États du Sud au sein de celle-ci (2). Mais lorsque, un peu plus tard, le traité de Francfort adjoignit l'Alsace-Lorraine à la liste des États déjà unis par le lien fédéral, elle fut traitée autrement que les autres.

Bien qu'elle formât une province à part, une province

---

(1) LABAND, *Le Droit public de l'Empire allemand* (trad. BOUCARD et JÈZE), Paris, t. I, pp. 76, 77, 81, 161, 162.

(2) En ce sens, les explications très nettes de LABAND, *op. cit.*, pp. 83, 84.

d'Empire, un *Reichsland* doué d'une personnalité non seulement administrative, mais politique, on la tint en dehors de la procédure destinée à régulariser l'état civil du nouvel Empire. On la traita comme une conquête extraeuropéenne, comme une colonie peuplée de demi-civilisés. Avec elle, les autres États n'ont pas conclu de pacte international. Ses populations n'ont pas été appelées à approuver leur admission dans la fédération. Une loi d'Empire, du 9 juin 1871, la rattache à l'Empire, autorise à y introduire certaines parties de la constitution de l'Empire, admet qu'elle aura sa représentation au Reichstag (1). Mais ce rattachement s'est fait sans que le pays ait été consulté. On lui a fait une condition à laquelle il n'a pas pu déclarer qu'il adhérait. On l'a traité en État, mais sans lui permettre d'user de la première et essentielle prérogative de l'État, qui est de régler comme il l'entend sa destinée. Les autres États de la fédération sont des associés volontaires, lui seul est un associé forcé.

Qu'importaient à Bismarck, au génial artisan du triomphe allemand, ces contradictions et ces incohérences? N'étaient-elles pas commandées par les circonstances, par les nécessités changeantes de la politique, par l'intérêt de l'Empire rétabli, le souci de sa défense supérieur aux revendications particulières! Personne d'ailleurs, ni en France ni en Europe, ne pouvait en demander compte à l'Allemagne. La réponse était toute prête. La question à débattre n'était plus un litige international, mais une affaire de politique intérieure, un conflit entre Allemands, une querelle de famille. Et c'est cette réponse dont la conscience allemande a paru se contenter depuis lors. Elle non plus ne s'est pas laissé émouvoir par le sentiment d'être en contradiction avec elle-même, en opposition avec son propre idéal. Attachée depuis longtemps à la poursuite de son grand dessein, elle venait d'y atteindre. L'unité était réalisée et du même coup, à la patrie reconstituée, on adjoignait des pays

---

(1) LABAND, *op. cit.*, pp. 95-96.

qui, de longue date, s'étaient fondus dans l'unité française. L'idée de patrie, que l'Allemagne affirmait avec tant de force, elle la méconnaissait au même instant chez autrui. La vision prophétique de Görres en 1815 s'incarnait maintenant en réalité vivante : « L'ancien état de choses ne peut pas subsister toujours et éternellement. De nouvelles formes sont nécessaires, de grands et puissants États allemands doivent s'élever et si cet événement s'accompagne de quelque injustice, le temps l'effacera. L'herbe poussera par là-dessus (1) ».

BIBLIOGRAPHIE

Tous les traités complets consacrés au droit des gens examinent la question de la nécessité du plébiscite en cas d'annexion. Les auteurs allemands et un nombre assez grand de français sont partisans de la négative. En tête des ouvrages spéciaux consacrés à l'étude de ce problème délicat et passionnant, il faut citer celui de STŒRK, *Option und Plebiscit*, Leipzig 1879, in-8, avec (pp. 50-51) sa bibliographie très abondante complétée par celle de FREUDENTHAL, *Die Volksabstimmung bei Gebietsabtretungen und Eroberungen*, Erlangen, 1891, pp. 54-56. Des écrits ou articles de circonstance ont paru à ce sujet en 1870-1871, sous le coup des événements. Alors que la lutte durait encore, Holtzendorff, dans une conférence publique à Berlin, se posait en adversaire résolu du plébiscite « qui n'est qu'un artifice de la force, qu'une œuvre de tromperie, d'intimidation ». Voir le résumé de la conférence dans le *Moniteur officiel du Gouvernement général de Lorraine*, du 6 décembre 1870. Au cours des négociations pour la paix, SYBEL dans sa brochure : *Les Droits de l'Allemagne sur l'Alsace et la Lorraine*, Bruxelles 1871, in-8, combattait avec non moins d'énergie (pp. 110-112) la thèse plébiscitaire dont Rolin-Jæquemyns, Lieber et Padeletti ont poursuivi la réfutation dans la *Revue de Droit international et de législation comparée*, 1871, pp. 174, 389, 539; 139-145; 485-495.

---

(1) Cité par LÉVY-BRUHL, *L'Allemagne depuis Leibnitz*, p. 369.

CHAPITRE X

L'OPTION

I

L'annexion d'un territoire à un État se traduit politiquement par un transfert de souveraineté. Mais quel va être
le sort des individus qui habitent le territoire annexé?
Vont-ils conserver leur ancienne nationalité ou devenir des
nationaux de l'État annexant? Tout le monde est d'accord
pour accepter en principe cette seconde solution. L'annexion
entraîne la dénationalisation en masse des habitants du
pays annexé. Mais il a paru juste de ne pas leur imposer
ce changement malgré eux. La nationalité est une situation
juridique essentiellement volontaire. Chaque individu, considéré isolément, a le droit de choisir celle des deux nationalités qui lui paraît préférable. Il peut opter à son gré entre
la situation ancienne et la nouvelle.

Sur la dénationalisation globale et sur le droit pour chacun de se soustraire à cette conséquence de l'annexion, il ne
s'éleva en 1871 aucun doute. Mais il fallait dire avec précision qui allait se trouver atteint par la dénationalisation
et à quelles conditions pourrait se conserver la nationalité
ancienne : en l'espèce, la nationalité française. Or, sur cette
question, il y avait en 1871, il y a encore aujourd'hui, une
diversité extrême d'opinions. Aucune solution uniforme n'est
proposée par la doctrine. Les traités, chaque fois qu'ils se
sont trouvés en face d'une situation de ce genre, ne se sont
laissé influencer que par des considérations d'opportunité.
Les négociateurs de 1871 étaient donc en présence d'un

groupe de problèmes qu'ils étaient libres de résoudre selon leurs inclinations particulières, sans être astreints à l'observation d'aucune règle stricte. De là des hésitations, des tâtonnements dont les conventions portent la trace; de là aussi des divergences d'opinion entre les deux gouvernements sur l'interprétation des solutions adoptées d'un commun accord. Comme ces difficultés n'ont pas été levées rapidement, qu'au contraire elles se sont perpétuées et même accrues avec le temps, on peut dire que l'absence de principes fixes a été ici une cause constante de querelles et que le traité de Francfort, au lieu de mettre fin à la discorde entre les deux nations, n'a pas peu contribué à l'entretenir. On va voir dans quelle mesure les négociateurs, les directeurs de la politique et les autorités administratives des deux pays sont responsables de ce résultat.

Autrefois, et encore jusqu'au début du dix-neuvième siècle, c'était le traité de cession qui formulait les conditions moyennant lesquelles les habitants des territoires cédés pourraient conserver leur nationalité. Dans ce traité, chacun des deux États contractants s'inspire de considérations d'ordre différent. L'État cédant remplit vis-à-vis de ses anciens ressortissants un devoir de protection en stipulant en leur nom des facilités pour la conservation de leur ancienne condition et des garanties pour la protection de leurs droits individuels. D'autre part, l'État cessionnaire doit, lui aussi, donner toute facilité aux habitants à l'effet de garder leur nationalité, car il a intérêt à ne pas susciter parmi les populations annexées des sentiments d'hostilité. Mais, tout en leur permettant de rester ce qu'ils étaient auparavant, il est autorisé à prendre vis-à-vis des habitants les mesures qu'il juge nécessaires pour le maintien de son autorité dans les territoires nouvellement soumis à sa souveraineté.

S'inspirant de ces idées dont la conciliation est loin d'être facile, la pratique subordonne le maintien de la nationalité ancienne à trois conditions : une déclaration formelle de volonté de la part de celui qui veut répudier la nationalité nouvelle; l'émigration, c'est-à-dire le transfert effectif du domicile, destiné à confirmer en fait la manifestation de volonté; en troisième lieu, l'aliénation des immeubles situés en pays annexé. Toutefois, les traités n'ont pas toujours exigé ces trois conditions à la fois. Souvent le changement de domicile et la vente des propriétés immobilières effectuée dans un certain délai imparti par le traité, ont paru suffisants. Parfois, on s'est montré plus libéral : on n'a pas exigé la vente des immeubles. La nécessité de céder ses immeubles est, en effet, des trois conditions exigées, la moins justifiable. Des étrangers ont le droit d'avoir des immeubles, pourquoi ceux des habitants qui ne veulent pas être nationaux de l'État annexant et qui, par conséquent, vont devenir des étrangers, ne pourraient-ils pas conserver leurs immeubles? Aussi, à mesure qu'on se rapproche de notre temps, voit-on cette exigence abandonnée (1). On s'est donc contenté de la déclaration de volonté confirmée par le transfert du domicile.

La déclaration de volonté, relativement moderne, est une mesure d'ordre qui se comprend fort bien. L'État annexant a besoin de savoir de façon certaine la condition de chacun de ceux qui se trouvent sur le territoire annexé. Quant à la nécessité du changement de domicile, elle se justifie par le droit qu'a l'État annexant de veiller à sa sécurité. S'il estime que les personnes décidées à réclamer leur ancienne nationalité seront en trop grand nombre, s'il craint qu'elles ne forment un parti puissant, animé de sentiments peu favorables, entretenant l'agitation et la haine du régime nouveau, il exigera d'elles un transfert réel de domicile, il leur imposera l'émigration.

Une seconde question reste à résoudre. Quels vont être les individus dont la nationalité sera atteinte par l'annexion, ceux par conséquent qui, s'ils satisfont aux conditions

---

(1) En vertu de l'article 6 du traité du 24 mars 1860 entre la France et la Sardaigne, les sujets sardes de la Savoie et de l'arrondissement de Nice pouvaient conserver la nationalité sarde à la condition d'une déclaration suivie d'un transfert de domicile. Ils étaient libres de conserver leurs immeubles.

exigées par le traité, pourront conserver leur nationalité antérieure? Ici encore, même diversité d'opinions, mêmes divergences et plus accentuées cette fois. Aucune doctrine uniforme, aucune tradition fermement établie. Pour les uns, c'est à l'origine qu'il faut s'attacher, au fait qu'on est né sur le territoire annexé. Seuls, les originaires deviendraient donc sujets de l'État annexant. Pour d'autres, c'est le domicile qui est déterminant, et les domiciliés seuls changeraient de nationalité. Certains proposent des systèmes mixtes où l'on tient compte à la fois de l'origine et du domicile. Mais, tandis que les uns parmi ceux-là n'imposent la nationalité nouvelle qu'à ceux qui sont à la fois originaires et domiciliés, d'autres se contentent de l'une ou de l'autre de ces deux circonstances. C'est donc ce dernier système qui dénationalise le plus d'individus. Car il impose la nationalité de l'État annexant à ceux qui sont originaires sans être domiciliés, à ceux qui sont domiciliés sans être originaires et, bien entendu à ceux qui sont à la fois originaires et domiciliés.

Toutes ces solutions, si diverses qu'elles soient, s'inspirent d'une idée commune, la seule sur laquelle on soit d'accord : à savoir que l'annexion d'un territoire a une répercussion sur la condition des personnes. C'est donc parce qu'il y a une relation entre les personnes et le sol que certaines d'entre elles vont suivre le sort du sol et seront dénationalisées avec lui. Mais quel est le fait déterminant qui peut être considéré comme marquant le plus complètement cette relation? Serait-ce l'origine, c'est-à-dire la naissance sur le sol? On a dit, en effet, que cette naissance avait créé entre l'individu et le lieu où il est né un rapport indestructible, lui avait imprimé une qualité indélébile. Mais n'est-ce pas attribuer à un pur accident, à un hasard, une vertu bien singulière? Il y a sans contredit en chacun de nous une inclination instinctive pour le lieu où nous sommes nés. Mais qu'est-ce que cette attraction où le sentiment seul joue un rôle, à côté du lien solide que crée l'établissement à poste fixe dans un pays où l'on a vécu, où l'on a, à la fois, ses intérêts et ses affections?

C'est donc le domicile qui seul est décisif. Et ceux-là le comprennent bien, qui n'autorisent un annexé à conserver son ancienne nationalité qu'à la condition de quitter le pays et de transporter ailleurs son domicile. On peut ajouter d'autres raisons. On a fait observer que dans presque toutes les législations, c'est au domicile qu'on exerce ses droits politiques, c'est là que s'ouvre la succession. La relation de droit entre l'individu et le domicile l'emporte de beaucoup en force sur la simple relation de fait entre l'individu et son lieu de naissance. Enfin, l'État annexant n'a aucun intérêt à accepter la théorie qui ne tient compte que de l'origine. Quel avantage aura-t-il, en effet, à avoir pour nationaux les individus qui depuis longtemps ont abandonné les pays où ils sont nés, qui n'y sont point revenus pour s'y fixer et ont manifesté ainsi de façon significative qu'entre eux et ces pays il n'y avait aucun lien? Au contraire, on comprend fort bien que l'État annexant revendique comme siens ceux qui, quelle que puisse être leur origine, ont uni leur vie de chaque jour avec le sol où ils ont leurs intérêts agricoles, commerciaux, industriels, où ils ont noué des relations durables d'affection ou d'amitié, où les retient enfin ce lien, le plus puissant de tous, l'habitude.

Ces explications théoriques étaient nécessaires. Elles révèlent les aspects multiples du problème délicat qu'avaient mission de résoudre les négociateurs de 1871. Elles permettent d'apprécier avec plus d'impartialité le mérite des solutions acceptées. Elles feront aussi comprendre la raison d'être des divergences entre les points de vue allemand et français et pourquoi le désaccord sur les principes n'a fait que s'accuser à mesure qu'on se heurtait aux détails de l'application.

II

Les préliminaires de Versailles n'avaient pas tranché la question de dénationalisation. L'article 5 se bornait à réserver, en termes assez vagues d'ailleurs, les droits et les

intérêts des « habitants (1) ». L'emploi à deux reprises de
ce mot laissait supposer que, dans la pensée commune des
contractants, ceux-là seulement seraient atteints par l'annexion, qui « habitaient » le territoire annexé et, sans doute,
à poste fixe. C'est donc le système du domicile qui paraissait devoir l'emporter. Mais l'article 2 du traité de Francfort
avait tranché la question d'une façon moins rigoureuse
encore. Il appliquait celui des systèmes qui dénationalisait
le moins de personnes. A le lire, sans aucun parti pris ni
pensée préconçue, il ne considère comme atteints dans leur
nationalité que ceux qui, étant « originaires » des territoires
cédés, y étaient « actuellement domiciliés ». Ces personnes
avaient la faculté de conserver leur nationalité ancienne, à
condition de faire une déclaration préalable devant l'autorité
compétente et de transporter leur domicile en France. Le
délai qui leur était laissé pour satisfaire à ces exigences était
assez long, puisqu'il était reculé au 1er octobre 1872. Enfin,
on leur permettait, s'ils conservaient la nationalité française, de garder leurs immeubles dans les pays annexés (2).
L'article ne s'occupant que de ceux qui étaient à la fois
originaires et domiciliés, on avait le droit d'en induire que
les domiciliés non originaires et, à plus forte raison, les
originaires non domiciliés demeureraient Français sans avoir
rien à dire ou à faire, les uns et les autres sans déclaration
de volonté, les premiers sans être obligés de transférer leur
domicile.

Cet article consacrait donc, dans des termes aussi explicites que possible, les solutions les plus simples et les plus

---

(1) « Les intérêts des *habitants* des territoires cédés... en tout ce qui concerne
leur commerce et leur droit civil seront réglés aussi favorablement que possible
lorsque seront arrêtées les conditions de la paix définitive... Le gouvernement
allemand n'apportera aucun obstacle à la libre émigration des *habitants* des
territoires cédés... » Villefort, t. I, p. 25.

(2) Voici le texte de l'article 2 : « Les sujets français *originaires* des territoires cédés, *domiciliés actuellement* sur ce territoire, qui entendent conserver
la nationalité française, jouiront jusqu'au 1er octobre 1872 et moyennant une
déclaration préalable faite à l'autorité compétente, de la faculté de transporter
leur domicile en France et de s'y fixer... auquel cas la qualité de citoyen français leur sera maintenue. Ils seront libres de conserver leurs immeubles situés
sur le territoire réuni à l'Allemagne. » Villefort, t. I, p. 66.

libérales. Comment avait-il pu se faire admettre sans difficulté dans le traité, il est assez malaisé de le savoir. A Bruxelles, en avril, les plénipotentiaires allemands paraissaient peu disposés à accorder aux Alsaciens-Lorrains les facilités de droit commun destinées à leur permettre de conserver leur ancienne nationalité (1). Il est probable que dès ce moment ils durent aussi formuler leur thèse sur la dénationalisation des originaires. On peut donc présumer qu'à Francfort, en mai, les deux doctrines contradictoires du domicile et de l'origine manifestèrent leur antagonisme. Mais comme les négociateurs avaient à régler en fort peu de temps des questions beaucoup plus graves, on a dû tomber d'accord sur une solution transactionnelle, donnant satisfaction aux deux opinions. C'est ainsi qu'on aurait été amené à restreindre le champ de la dénationalisation à ceux-là seulement qui, étant originaires, étaient en même temps domiciliés (2).

La question de principe paraissait donc définitivement tranchée. Il n'y avait plus qu'à régler les conditions d'application, qu'à déterminer quelle serait l'autorité compétente devant qui serait faite la déclaration de volonté, quelle serait la teneur de cette déclaration et autres détails. Mais à partir de ce moment, les choses ne marchèrent plus aussi simplement. Au cours des conférences de Francfort, les diplomates allemands essayèrent de revenir sur la concession que leur gouvernement avait faite. Ils s'efforcèrent de faire triompher la théorie de l'origine et ils y parvinrent. La lecture attentive des protocoles permet de suivre pas à pas leurs tentatives persistantes en vue d'aboutir à d'autres résultats que ceux qui avaient été consacrés par le traité et, sans toucher au texte, d'en dénaturer profondément l'esprit.

A la première séance, 6 juillet 1871, les intentions des représentants de l'Allemagne se laissent déjà entrevoir. Ils

---

1) VALFREY, *Histoire du Traité de Francfort*, t. I, p. 53.
(2) Telle est l'explication donnée par VALFREY, *op. cit.*, t. II, pp. 8-9.

demandent que le terme du 1ᵉʳ octobre 1872, accordé pour prendre parti sur la nationalité, soit fixé également pour « les individus des territoires cédés résidant en Europe ». Le terme devrait, d'ailleurs, être prolongé d'un an, jusqu'au 1ᵉʳ octobre 1873, « en faveur de ceux qui résident hors d'Europe (1) ». C'était dire ou faire entendre que les personnes résidant ailleurs qu'en Alsace-Lorraine, par conséquent les originaires non domiciliés, étaient également dénationalisés par l'annexion. A mots couverts, on les désignait sous le vocable : « individus des territoires cédés résidant en Europe ou hors d'Europe. » Le changement de système était manifeste. C'était se mettre en opposition flagrante avec la lettre du traité de paix. On aurait pu s'attendre à une protestation de nos représentants. Loin de là, on les voit s'incliner sans mot dire et admettre la modification qui leur est proposée. Cet abandon d'un résultat acquis, consigné dans un acte solennel, ne peut s'expliquer que par le dessein de se concilier les bonnes dispositions de l'Allemagne et d'obtenir d'elle des concessions sur d'autres points. Quels furent ces avantages en vue desquels nos plénipotentiaires ont si facilement sacrifié la cause des originaires et consenti à voir en eux des sujets allemands ? Il est impossible de le deviner. Rien dans les protocoles de la conférence, rien non plus dans les documents parlementaires ne permet de soupçonner la cause de cette incroyable capitulation (2).

Mais puisque notre diplomatie acceptait sans opposition l'extension aux originaires des effets de l'annexion, il était naturel qu'elle cherchât à faire préciser le sens de ce terme. A plusieurs reprises, le 21 septembre, le 19 octobre 1871,

---

(1) VILLEFORT, t. I, p. 132. VALFREY, *op. cit.*, t. II, pp. 10-11, indique que nos plénipotentiaires se seraient élevés contre la prétention des Allemands. Rien dans les protocoles ne permet de le soutenir.

(2) L'exposé des motifs du projet de loi portant approbation de la convention additionnelle du 11 décembre 1871 ne parle nullement d'une protestation contre le changement d'attitude de l'Allemagne à l'égard des simples originaires. On sent, à le lire, l'embarras qu'éprouve le gouvernement français à expliquer comment et pourquoi on s'est départi du texte si net du traité de paix. Somme toute, on se contente de constater que l'Allemagne s'est attachée de préférence à l'idée de l'origine. VILLEFORT, t. II, p. 189.

on voit nos représentants réclamer une interprétation que, de leur côté, les Allemands refusent de donner, tantôt sous le prétexte qu'il ne s'est pas encore produit de difficultés pratiques à ce sujet, tantôt en soutenant que la définition du terme est fort difficile (1). De guerre lasse et précisant enfin sa pensée, le gouvernement français déclare le 19 octobre qu'il entend par originaires « les personnes nées en Alsace-Lorraine de parents qui eux-mêmes y sont nés », sauf, toutefois, à s'assurer qu'il est d'accord sur ce point avec le gouvernement allemand (2).

Cette façon de comprendre le mot originaire pouvait se justifier. La naissance sur le sol d'un pays est en effet un simple accident quand les parents n'ont pas eux-mêmes d'attache avec le sol. Mais il en est autrement quand on est né dans un pays de parents également nés dans ce pays. Être né sur un sol, de parents étrangers à ce sol, ne crée qu'un commencement de lien avec le sol. Deux générations marquent le lien plus fortement. Alors on peut dire que l'individu est rattaché au sol par sa race, qu'il y est enraciné, *herstammend*, comme disaient les Allemands pour traduire le mot « originaire » de l'article 2 du traité de paix. Toutefois, cette notion de l'origine était contraire au sens vulgaire du mot et, de plus, elle compliquait singulièrement la vérification de la nationalité dans chaque cas particulier. Aussi, les plénipotentiaires allemands ne se firent pas faute de critiquer cette définition, sans toutefois la rejeter *de plano*. Ils se bornèrent à insister pour englober les originaires non domiciliés dans la catégorie des personnes dont la nationalité était atteinte par l'annexion. Et nos agents continuèrent à accepter cette aggravation, sans soulever la moindre objection.

Attitude bien singulière ! Là où ils devraient se taire, ils parlent, font des propositions facilement réfutables. Là où ils ont pour eux le bon droit, la lettre et l'esprit du traité,

---

(1) VILLEFORT, t. I, pp. 152, 159, 160.
(2) VILLEFORT, t. I, p. 160.

ils n'osent pas même élever la voix (1). Finalement, le 28 novembre, les plénipotentiaires allemands font savoir que, de l'avis de la chancellerie fédérale, la définition du mot originaire n'est pas de la compétence de la conférence et qu'au surplus elle interprète le mot comme s'appliquant à toute personne née dans les territoires cédés (2). Interprétation raisonnable, que nos représentants acceptent. Ils abandonnent, sans mot dire, leur système des deux naissances. Leur désir de sauvegarder les droits des originaires les a entraînés trop loin, les a exposés à un léger échec. Une dépêche de d'Arnim du 18 décembre 1871 enregistre ce succès, et le 29 du même mois, notre ministère des affaires étrangères répond qu'il accepte la définition du mot originaire telle qu'elle est donnée par l'Allemagne (3).

L'article 1 de la convention additionnelle consacre les résultats de cette discussion où nos agents n'avaient pas paru à leur avantage. Sa rédaction est loin d'être un modèle de clarté. Il commence par s'occuper des individus originaires des territoires cédés qui résident hors d'Europe et il prolonge à leur profit jusqu'au 1er octobre 1873 le délai d'option. Dans un deuxième alinéa, l'article indique à quelles conditions les originaires pourront conserver leur nationalité française. De quels originaires s'agit-il? De tous, de ceux qui ont leur résidence hors d'Europe et dont on vient de parler, et aussi de ceux qui ont leur résidence en Europe. Pour ces personnes, à la condition qu'elles résident hors d'Allemagne, il n'est pas question d'un transfert de domicile; une simple déclaration de volonté suffit. Cette déclaration doit être faite, en France, devant le maire du domicile; en dehors de France, devant une chancellerie diplomatique ou consulaire française. Si l'article exclut avec soin les originaires qui résident en Allemagne — et par là il vise implicitement ceux qui habitent l'Alsace-Lorraine, —

(1) Séance du 19 octobre 1871, VILLEFORT, t. I, pp. 160-161.

(2) VILLEFORT, t. I, p. 185.

(3) Documents cités par HEPP, *Du Droit d'option des Alsaciens-Lorrains pour la nationalité française*, p. 27, et COGORDAN, *La Nationalité*, pp. 361-362.

c'est que ces personnes ne sont pas de simples originaires. Pour elles la déclaration de volonté ne suffit pas. Il faut, en plus, le transfert effectif du domicile (1).

Ainsi l'Allemagne était parvenue à ses fins. Elle avait fait consacrer sa théorie de l'origine. Tous les originaires étaient ressaisis par elle : l'originaire domicilié, aux termes de l'article 2 du traité de Francfort; l'originaire non domicilié, en vertu de l'article 1 de la convention additionnelle. On devait s'attendre à voir cette doctrine triompher dans toute son ampleur. Il fallait que tous ceux qui étaient nés en terre alsacienne ou lorraine redevinssent Allemands. Car ces individus, aux yeux des juristes allemands, étaient moins des Français que des Alsaciens-Lorrains. L'Alsace-Lorraine n'était pas un lambeau quelconque du territoire français détaché de l'ensemble. Elle était une province, une individualité géographique et politique, origine et cause d'un indigénat provincial et particulariste, distinct de la nationalité française. Tous ceux qui étaient nés sur le sol de cette province lui appartenaient. Ils avaient été signés, en naissant, d'une marque ineffaçable. Que la souveraineté française vînt à cesser, le lien d'indigénat local n'était pas rompu et le souverain nouveau substitué à l'ancien pouvait, par une sorte de droit de suite, revendiquer partout où il les trouvait, ceux que leur naissance lui désignait comme siens (2).

Mais ce n'étaient pas seulement ces considérations de pure théorie qui poussaient l'Allemagne à élargir ainsi le champ de la dénationalisation. Il est difficilement supposable qu'elle ait voulu, en réclamant les simples originaires,

---

(1) Les deux alinéas de l'article 1 sont ainsi libellés : « Pour les individus originaires des territoires cédés qui résident hors d'Europe, le terme fixé par l'article 2 du traité de paix pour l'option entre la nationalité française et la nationalité allemande est étendu jusqu'au 1er octobre 1873. — L'option en faveur de la nationalité française résultera, pour ceux de ces individus qui résident hors d'Allemagne, d'une déclaration faite, soit aux maires de leur domicile en France, soit devant une chancellerie diplomatique ou consulaire française, ou de leur immatriculation dans une de ces chancelleries. »

(2) VALFREY, op. cit., t. II, pp. 9-10; HEPP, Du Droit d'option des Alsaciens-Lorrains, p. 16.

grossir pour la parade et seulement sur le papier, le nombre de ses sujets nouveaux. On peut penser qu'elle s'est déterminée, sans doute, par cette croyance irraisonnée, par ce préjugé commun à tous les peuples, qui s'imaginent que leur nationalité est préférable à toutes et que c'est un honneur ou un bonheur de leur appartenir. N'était-ce pas cette idée d'orgueil qui nous guidait, lorsque en 1860, dans le traité de cession de la Savoie et de Nice, nous stipulions que les personnes devenues Françaises par l'effet de l'annexion étaient « les sujets sardes originaires de la Savoie et de l'arrondissement de Nice, ou domiciliés actuellement dans ces provinces (1) »? Ainsi, les originaires même non domiciliés devenaient Français de plein droit. On ne conçut alors aucun doute sur l'excellence de ce système. Aucune voix ne s'éleva chez nous pour protester contre cette extension excessive de la nationalité française. Nous n'avions donc pas à nous plaindre, en 1871, qu'on nous appliquât la loi que nous avions jadis imposée à d'autres.

III

L'Allemagne ne devait pas s'arrêter dans la voie où elle avait cru utile de s'engager. Après les domiciliés originaires, et les originaires non domiciliés, on va la voir maintenant revendiquer comme siens les domiciliés non originaires. Il semble pourtant que pour ces derniers la question ne pût pas se poser. Le texte de l'article 2 du traité ne parlait pas d'eux. D'autre part, et sans doute afin d'avoir à cet égard des assurances formelles, nos plénipotentiaires à Francfort posaient à leurs collègues allemands la question suivante, dans la réunion du 6 juillet 1871 : « Les individus *domiciliés* dans les territoires cédés et *non originaires* de ces territoires, sont-ils dispensés de la déclaration d'option? » A quoi il fut répondu « que les individus dont il s'agit seront considérés comme Français, sans être tenus à faire une dé-

---

(1) Traité de Turin, du 24 mars 1860, art. 6.

claration d'option (1) ». Enfin, à une lettre d'Arnim du 18 décembre 1871, où ce diplomate définissait ce que son gouvernement entendait par originaires, notre Office des affaires étrangères répondait le 29 du même mois : « Je m'empresse de vous remercier de cette communication d'où il résulte que les individus qui ne sont pas natifs des territoires cédés ne seront pas astreints à faire une déclaration d'option pour conserver leur nationalité française, quoiqu'ils puissent être issus de parents nés en Alsace-Lorraine, ou qu'ils résident eux-mêmes dans ce pays. » Aussi, dans une circulaire aux préfets, le 30 mars 1872, le garde des sceaux rapportait-il simplement ces documents et se bornait-il à conclure qu'il n'avait rien à ajouter à ces explications. Elles paraissaient suffisamment claires, du moins à des esprits français.

Mais l'administration allemande ne voyait pas les choses sous le même angle. Elle faisait paraître, le 16 mars 1872, une circulaire signée par le président supérieur d'Alsace-Lorraine, von Mœller, où était réglée la mise en pratique des stipulations internationales de Francfort concernant l'option. On y distinguait trois catégories de personnes dont la nationalité était atteinte par l'annexion : 1º les individus nés en Alsace-Lorraine et qui y avaient leur domicile le 2 mars 1871 (date de l'échange des ratifications des préliminaires et, par suite, date officielle du transfert de souveraineté); 2º ceux qui, n'étant pas nés en Alsace-Lorraine, y étaient domiciliés le 2 mars 1871; 3º ceux qui, n'étant pas domiciliés en Alsace-Lorraine le 2 mars 1871, y sont nés (2). Toutes ces personnes, disait la circulaire, autrefois appartenant à l'État français, dépendent de l'Alsace-Lorraine (*angehœrige Elsass-Lothringens*) et peuvent se décider pour la nationalité française.

Ainsi, ce n'étaient plus seulement les originaires domiciliés et les originaires simples, mais avec eux les domiciliés

---

(1) Protocoles de Francfort, conférence du 6 juillet 1871, VILLEFORT, t. I, p. 133.

(2) Voir le texte allemand et français dans HEPP, *op. cit.*, pp. 149 et suiv., et VILLEFORT, t. II, pp. 533-534, pour le texte français.

non originaires qui étaient déclarés ressortissants à l'Alsace-Lorraine et traités comme d'anciens Français, sauf le droit pour eux de conserver leur nationalité antérieure. C'était le contrepied de ce qui avait été convenu le 6 juillet 1871 à Francfort. Toutefois, on sentait le besoin de masquer cette atteinte à des accords solennellement conclus. Pour cela, on s'avisa de traiter les domiciliés de façon plus favorable que les domiciliés originaires. On les dispensait de la déclaration d'option, tout en les astreignant au changement de domicile (art. 2 de la circulaire). De la sorte, on était en règle, sinon avec l'esprit, du moins avec la lettre du protocole du 6 juillet, qui considérait cette classe d'individus « comme Français sans être tenus de faire une déclaration d'option ». Mais on leur imposait néanmoins, pour conserver leur nationalité, une condition difficile à remplir, exigeant des démarches coûteuses, des sacrifices d'argent ou de temps considérables et devant lesquels on pensait que bon nombre reculeraient. La date extrême du 1er octobre 1872 arrivée, les ignorants ou les retardataires deviendraient sujets allemands malgré eux. L'administration parachevait l'œuvre de la diplomatie.

On s'émut en France. Scheurer-Kestner demanda des explications au ministre des affaires étrangères (1). Il était impossible, disait-il, qu'on fît des Allemands avec des citoyens qui sont considérés comme Français par tous les documents qui nous sont connus. Le ministre répondit de façon quelque peu évasive. Mais il tenta d'obtenir un désaveu de la circulaire de M. von Mœller. Ce fut en vain. Une dépêche d'Arnim à Rémusat, du 1er septembre 1872, expliquait le point de vue allemand dans des termes qui méritent d'être confrontés avec les stipulations que cette communication avait la prétention d'interpréter (2). On verra par là comme on peut abuser avec subtilité d'un texte très clair pour lui faire dire autre chose que ce qu'il exprime.

---

(1) Séance de l'Assemblée nationale, 30 avril 1872, Villefort, t. II, pp. 304 et suiv.

(2) Le texte de la dépêche est dans Cogordan, *op. cit.*, p. 449.

Selon le représentant de l'Allemagne, la cession de l'Alsace-Lorraine a eu pour effet nécessaire de faire devenir Allemands « ses habitants de nationalité française ». Cela allait tellement de soi que cette dénationalisation n'avait pas besoin d'être constatée expressément par le traité de paix. Aussi tel n'est point le but de l'article 2 du traité de Francfort. Cet article n'a voulu qu'indiquer à quelles conditions « une certaine catégorie d'habitants pourrait se soustraire à cette conséquence naturelle de la cession ». Arnim fait allusion par là aux originaires domiciliés, les seuls visés par l'article. En exigeant d'eux une déclaration formelle d'option et la translation de leur domicile effectif, l'article, ajoute la note allemande, « n'a pas entendu dispenser de toute formalité une autre catégorie de personnes qui, devenues elles aussi allemandes par suite de la cession du pays, désireraient revendiquer leur ancienne nationalité ». C'est dire que les autres habitants, les domiciliés non originaires, ont des formalités à accomplir s'ils veulent rester Français. C'est dire surtout qu'ils sont devenus Allemands par une suite forcée de leur habitat sur le sol. C'est dire, et on le dit en effet, que des deux systèmes permettant de régler la condition des personnes en cas d'annexion, c'est celui du domicile qui a prévalu. Et, s'il en est ainsi, pourquoi, au cours des conférences de Francfort, avoir réclamé les originaires qui, eux, ne sont pas des habitants? L'une des deux prétentions exclut l'autre. A moins que pour tout accaparer on ne veuille les accepter l'une et l'autre, chacune à son tour, selon les besoins du moment.

Mais, prétendait d'Arnim, le traité de Francfort n'a pas tranché la question de dénationalisation. L'article 2 a simplement voulu faire une faveur à une certaine catégorie d'habitants, en spécifiant les conditions auxquelles ils pourront éviter la perte de leur nationalité. Des autres, il n'est pas question. On n'indique pas à quelles conditions ils pourront demeurer Français. Mais cela n'empêche nullement qu'ils soient devenus Allemands.

Singulière omission, aurions-nous pu dire! Pourquoi ne

se préoccuper que d'une seule classe d'habitants, ceux qui sont à la fois originaires et domiciliés, pourquoi n'avoir rien dit des simples domiciliés? S'il est vrai que, dans la pensée des Allemands, c'est le domicile qui est déterminant pour le changement de nationalité, il est surprenant qu'on n'ait pas parlé des domiciliés, de ceux précisément auxquels convient le nom d'habitants. Il était invraisemblable qu'une diplomatie aussi minutieusement exacte que celle de l'Allemagne eût commis un pareil oubli. Le silence de l'article, en ce qui concerne les domiciliés non originaires, s'expliquait fort bien au contraire, si l'on admet, ce que la France avait toujours cru jusque-là, que l'article 2 réglait les conditions de la conservation de la nationalité française au profit des originaires domiciliés seuls, parce que seuls ils étaient atteints par la dénationalisation.

Telles étaient les réponses que dans des temps normaux notre gouvernement eût pu faire à la communication de d'Arnim. Il est douteux qu'elles aient été faites. L'obligation pour les domiciliés non originaires de transporter effectivement leur domicile en France était contraire à la lettre et à l'esprit des conventions intervenues. La circulaire d'un agent inférieur et même l'interprétation donnée par un envoyé diplomatique ne pouvaient prévaloir contre des accords où tout, semble-t-il, avait été soigneusement précisé.

C'est seulement le 1er septembre, un mois avant l'expiration du délai laissé aux intéressés pour prendre parti, que la prétention allemande s'affirmait officiellement par la voie diplomatique. Jusque-là les domiciliés avaient été dans l'incertitude. Quand ils se tournaient du côté de la France, on leur affirmait qu'ils étaient demeurés Français, qu'ils n'avaient rien à faire pour conserver cette qualité et qu'ils ne la perdaient pas par le fait de rester domiciliés à l'étranger. De l'autre côté, on les traitait en Allemands et on ne leur permettait de répudier la nationalité du vainqueur qu'en émigrant, eux et les leurs. On leur laissait l'option entre l'Allemagne ou la ruine. Le gouvernement français, dans une note qu'il fit insérer au *Journal officiel* du 15 septembre 1872, prévenait les intéressés de la divergence de vues existant entre les deux gouvernements, divergence qu'il disait avoir combattue autant qu'il était en son pouvoir, mais qu'il n'avait pu faire disparaître (1). Elle ne disparut jamais. Les domiciliés, ballottés entre deux nationalités, demeurèrent Français à nos yeux, même s'ils avaient conservé leur domicile en pays annexé, tandis que pour cette raison, ils étaient considérés par l'Allemagne comme ayant abdiqué leur qualité de Français et comme étant devenus ses sujets.

L'option des mineurs donna lieu à des controverses analogues. Là encore, les agents allemands se lient à Francfort par des déclarations formelles. Interrogés par les nôtres, ils répondent, le 6 juillet 1871, que les mineurs émancipés ou non ont la faculté d'option, mais que le concours de leurs représentants légaux est nécessaire pour la déclaration d'option. A la séance suivante, ils affirment à nouveau qu'il n'y a pas à distinguer entre les deux catégories de mineurs (2). Mais voici que la circulaire de M. von Mœller, du 16 mars 1872, vient contredire de la façon la plus flagrante l'œuvre concertée par la diplomatie des deux pays (3). Elle décide que les mineurs non émancipés ne peuvent, ni par eux-mêmes ni par l'intermédiaire de leurs représentants légaux, opter pour la nationalité française. Si leurs parents sont encore en vie, ils suivent le choix qu'a fait leur père. C'est dire, par conséquent, que le mineur qui a son père, est privé du droit personnel d'opter. S'il a perdu son père, « il ne peut opter ni par lui-même, ni par l'intermédiaire de ses représentants légaux en se séparant de ceux-ci », ce qui signifie que l'option faite pour lui par ses représentants légaux (tuteur) n'est valable que si ces représentants restent eux-mêmes Français. Quant aux mineurs émancipés, la circulaire distinguait selon qu'ils étaient nés ou non en

---

(1) VILLEFORT, t. V, p. 123; COGORDAN, *op. cit.*, p. 448.
(2) VILLEFORT, t. I, pp. 133, 143.
(3) Texte allemand et français dans HEPP, *op. cit.*, pp. 154-155, texte français dans VILLEFORT, t. II, p. 534.

Alsace-Lorraine. Dans le premier cas, on leur appliquait la même règle qu'aux mineurs non émancipés. Dans le second cas, on les assimilait, en ce qui concerne le droit d'option, à des majeurs.

Aux explications que Scheurer-Kestner demanda au sujet de ces divergences, notre ministre des affaires étrangères répondit de façon encore plus écourtée et évasive que sur la question des domiciliés (1). Il se borna à dire qu'il avait présenté quelques observations à l'Allemagne. Il parla de faire prévaloir l'interprétation du traité la plus libérale, alors qu'il ne s'agissait pas d'interpréter, mais d'exécuter strictement des promesses solennellement faites. Cette attitude craintive ne pouvait qu'encourager l'Allemagne dans ses tentatives. Aussi, septembre arrivé, les choses sont-elles dans le même état. La note du *Journal officiel* du 15 septembre 1872 fait ressortir les divergences de vues avec l'Allemagne, mais sans oser insister sur la méconnaissance des engagements pris en son nom par ses agents (2). Les choses en demeurèrent là.

Ici, comme pour les domiciliés, l'Allemagne ne cherchait qu'à entraver les options et à retenir le plus de monde qu'elle pouvait dans les liens de la nationalité allemande. Singulière manière de faire apprécier ce bienfait à ses nouveaux sujets que de le leur présenter sous l'apparence d'une contrainte ! Elle savait d'ailleurs qu'elle était maîtresse d'arranger les choses à sa guise en Alsace-Lorraine, sans risquer d'être troublée par nos réclamations. On était encore trop près de nos désastres. L'énorme indemnité de guerre était loin d'être acquittée. La France se débattait au milieu d'embarras de toute sorte : reconstitution des finances, réorganisation de la défense nationale, consolidation du régime républicain, lutte entre les partis. Nous

---

(1) Séance de l'Assemblée nationale, 30 avril 1872, VILLEFORT, t. II, p. 306.

(2) La note du *Journal officiel* du 15 septembre rapportait des dépêches de d'Arnim, du 15 juillet et 1er septembre, où le représentant de l'Allemagne essayait bien péniblement d'expliquer le changement de front de son gouvernement.

étions en mauvaise situation pour rappeler notre adversaire de la veille à l'observation loyale d'engagements où il ne s'agissait, en définitive, que d'intérêts particuliers.

IV

Ces intérêts, c'étaient ceux de ses anciens ressortissants, de ses anciens nationaux que la France était contrainte d'abandonner à un vainqueur exigeant auquel il fallait non seulement la terre, mais, avec elle, la population nombreuse et industrieuse qui en doublait la valeur. Dans la poursuite de ce résultat, le maître nouveau des riches pays entre Rhin et Moselle ne connut ni les ménagements ni les mesures conciliatrices. Il alla jusqu'au bout de son droit et il alla plus loin encore. Il amplifia la portée de ses prises bien au delà de ce qui avait été très expressément convenu. On eut ce spectacle peu rassurant pour l'avenir, de stipulations acceptées d'un commun accord aussitôt remises en question, et ce qui était vérité en deçà des Vosges, traité d'erreur au delà.

Ce n'était pourtant que le moindre des inconvénients de ces mesures où l'on retirait ce qui avait d'abord été accordé. Qu'on songe, en effet, quels ferments nouveaux de désaffection et de discorde cette âpreté à tout vouloir prendre déposait au cœur de ceux qui des deux côtés de la nouvelle frontière en étaient les victimes! Les hommes oublient facilement les malheurs collectifs. L'acuité des ressentiments patriotiques ne survit que fort rarement à l'amertume de la défaite. Même les charges financières, qui, pourtant, touchent de façon plus sensible les individus, finissent avec le temps de paraître trop lourdes. On s'habitue à payer des impôts accrus par l'effet d'une guerre désastreuse. On n'en scrute pas la cause. Mais quand c'est la nationalité de chaque personne et, avec elle, ses droits primordiaux, ses intérêts familiaux, sa vie de tous les jours et celle aussi des siens qui sont mis en question, alors les préoccupations individuelles, si promptes à naître et en pareil cas si respectables, viennent aviver la gravité des blessures patriotiques.

On s'est souvent étonné et plaint de l'autre côté des Vosges que, dans les années qui suivirent 1871, la paix n'existât que sur le papier et non dans les cœurs. Une réflexion plus attentive eût permis aux Allemands d'en démêler les causes et de faire remonter les responsabilités jusqu'à leurs hommes d'État, qui avaient attisé le foyer d'irritation au lieu de chercher à l'éteindre. Tous ceux que l'abus de la dénationalisation atteignait jusqu'au plus profond de leurs intérêts matériels et de leurs sentiments, ceux qu'on forçait d'émigrer pour pouvoir demeurer Français, ceux qu'on forçait de rester pour ne pas être ruinés, ceux qui étaient restés et dont on annulait les options (1), avaient en pays français des parents, des attaches de famille, des amis d'ancienne date, des hôtes improvisés. Irrités, méfiants, toujours redoutant quelque vexation nouvelle, ils entretenaient chez nous l'agitation patriotique, ravivaient nos souvenirs, nous rendaient plus chères par leurs souffrances les provinces qu'il avait fallu céder. Les mesures par lesquelles l'Allemagne accentuait dès 1872 sa mainmise sur les personnes, continuaient bien après cette date (2), revêtant forcément l'allure de persécutions, de tracasseries policières, qui sur-le-champ avaient leur répercussion en France, à tous les degrés de l'échelle sociale. On n'eût pas agi autrement, si on avait voulu, de propos délibéré, entretenir des sentiments d'animosité réciproque et empêcher le temps de faire son œuvre coutumière d'apaisement.

Dans cette question du changement de nationalité des Alsaciens-Lorrains, l'Allemagne n'avait vu en somme

---

(1) D'après Ch. Grad, député de Colmar au Reichstag, cité par Cogordan, op. cit., p. 385, le nombre des options annulées par l'administration allemande pour défaut de transfert de domicile a été de 110.240. Il est de plus des deux tiers des options reçues en Alsace-Lorraine dont le nombre total a été de 159.740.

(2) Voir dans Cogordan, op. cit., p. 390, le rescrit du Statthalter du 28 août 1884.

qu'une affaire où il s'agissait de gagner le plus possible sur la partie adverse. Pour comprendre autrement le problème, il eût fallu se hausser jusqu'à une conception plus moderne du droit individuel, il eût fallu une propension native pour les solutions libérales, des vues plus largement humaines, même une plus grande foi dans le destin du jeune empire. Jusqu'alors, la conquête du sol avait passé, en cas d'annexion, comme la chose essentielle. L'annexion des personnes n'était qu'un corollaire attendu et nécessaire de toute annexion territoriale. En 1871, il semble que pour la première fois l'importance relative de ces deux aspects du problème était pour ainsi dire intervertie. La conquête des individus et des familles apparaissait avec un caractère de gravité tragique qu'on ne lui avait pas reconnu jusqu'alors. Que l'Allemagne préoccupée de sa défense prît du terrain à la France, on pouvait l'admettre. C'était la pénalité habituelle des luttes entre nations, la règle du triste jeu de la guerre. Mais les victorieux ne s'étaient pas arrêtés là. Avec toutes les terres, il leur avait fallu toutes les personnes. Par une série de manœuvres captieuses, d'interprétations arbitraires, sans souci de l'accord primitivement écrit dans le traité de paix, ils avaient poursuivi partout, comme jadis on faisait des serfs, ceux que le hasard de la naissance ou de l'habitation avait faits leurs hommes. D'être né en pays alsacien-lorrain ou d'y être résident au moment de la conquête était comme une marque qui autorisait la revendication de l'Allemagne. Telle était l'œuvre d'une diplomatie insatiable et d'une administration qui usurpait le rôle de la diplomatie pour pousser plus avant la conquête. Non contente d'empiéter sur un domaine qui n'était pas le sien, cette administration réussissait par ses exigences intolérantes à rendre l'option presque impossible pour une foule d'Alsaciens-Lorrains.

Ce que les familles d'Alsace et de Lorraine pouvaient reprocher à l'Allemagne, ce qu'elles lui reprochent toujours, c'est qu'elles ont été violentées dans tous ou dans quelques-uns de leurs membres qu'on a retenus de force sous la sujétion allemande. Chacune d'elles, quand elle évoque les souvenirs de ces temps douloureux, se rappelle une série de cas où les règles relatives à l'option furent appliquées contrairement à la lettre ou à l'esprit du traité de paix. Tous à peu près parmi les Alsaciens-Lorrains furent donc, non des recrues volontaires du nouvel établissement germanique, mais des prisonniers qui protestaient contre leur sort. C'est avec l'option ainsi entendue que l'Allemagne inaugura sa domination en Alsace-Lorraine. Il fallait beaucoup de confiance dans la durée des œuvres fondées sur la contrainte et maintenues par la force pour croire que, après avoir imposé la nationalité allemande à tant de gens qui n'en voulaient pas, on arriverait à faire d'eux de loyaux Allemands.

BIBLIOGRAPHIE

Les témoignages avec lesquels l'histoire portera un jour un jugement décisif sur cette question de l'option ne sont pas encore publiés. Ce sont les documents de famille des Alsaciens-Lorrains. Lorsqu'ils auront fait connaître les lettres, mémoires, souvenirs qu'ils conservent de ce temps, l'historien pourra évaluer le nombre et peindre la tristesse de tant de drames silencieux.

Il m'a paru inutile de fournir une liste des ouvrages de droit où se trouve étudiée au point de vue doctrinal la question des effets de l'annexion sur les personnes. Le nombre des écrits qui se sont particulièrement occupés de la situation créée aux Alsaciens-Lorrains est assez considérable. En tête se place, à raison de sa date et aussi pour la sûreté de sa documentation et la précision scientifique de ses recherches, l'ouvrage de Hepp, *Du Droit d'option des Alsaciens-Lorrains pour la nationalité française*, Paris 1872, in-12. On consultera aussi avec fruit Cogordan, *La Nationalité*, Paris 1890, in-8, 2ᵉ édit., chap. VII, pp. 317-398. Parmi les nombreuses thèses de doctorat en droit qui traitent de ce sujet, on peut citer celle de Cabouat. Paris 1881, pp. 192 et suiv., et Gilbrin, Paris 1884.

CHAPITRE XI

L'INDEMNITÉ DE CINQ MILLIARDS

I

Après la cession de l'Alsace-Lorraine, l'obligation de payer une somme de 5 milliards était la clause la plus importante des préliminaires de Versailles. La charge pécuniaire formait comme le corollaire de la diminution territoriale. Elle devait en amplifier l'effet et, dans le domaine financier, achever l'œuvre d'affaiblissement politique, suite inévitable de l'amputation du sol français. Elle allait, pensait-on, atteindre la France dans ses réserves d'épargne, drainer ses capitaux au profit de son adversaire, obérer lourdement son avenir.

Que l'Allemagne stipulât le paiement d'une indemnité de guerre, personne n'en fut surpris. Les usages n'y répugnent pas et rien ne paraît plus légitime. Ce n'est là ni une rançon, ni un *wehrgeld*, comme on l'a écrit, sous l'empire de préoccupations plus oratoires que scientifiques (1). L'indemnité n'est pas la peine d'un délit. La guerre est un mode régulier de solution des conflits internationaux. Le fait de l'avoir subie ou même déclarée ne saurait être considéré comme une faute, comme un manquement au droit des gens. En faisant la guerre, un État use de son droit souverain. Mais la guerre a occasionné des pertes d'argent. On estime juste que le vainqueur récupère les siennes sur le

_____

(1) FAVRE, *Gouvernement de la Défense nationale*, t. III, p. 467, et beaucoup d'autres. HANOTAUX, *Histoire de la France contemporaine*, t. I, p. 301, évoque « la vieille loi germanique du *wehrgeld* ».

vaincu. Dans ce procès international qui a été plaidé par les armes, le perdant doit les frais (1). Le vainqueur, cette fois, n'était ni assez sentimental, ni assez riche pour nous en faire grâce et pour payer lui-même sa gloire.

Sa conduite durant la campagne faisait présager de son attitude, une fois les hostilités terminées à son avantage. Pendant toute la durée de la guerre, l'Allemagne avait paru préoccupée de se créer des ressources financières en les demandant, sous tous les prétextes, aux pays occupés. Le régime des contributions de guerre avait fonctionné de façon ininterrompue et dans des proportions anormales (2). Vers la fin surtout, alors que la France ne faisait plus que résister pour l'honneur, la lutte avait paru dégénérer en une guerre d'argent, en une opération destinée à battre monnaie à nos dépens, en attendant que nous ayons déposé les armes. La presse, de son côté, et d'assez bonne heure, s'essayait à calculer le chiffre de l'indemnité, de façon à ce qu'il ne dépassât pas nos possibilités financières. On était prêt, le jour où se débattraient les conditions de la paix, à « en remontrer aux négociateurs français (3) ». A une date plus rapprochée, de tous les points de l'Allemagne les journaux se livrent à des évaluations évidemment destinées à préparer ou tâter l'opinion. Pour les uns, c'est 4 milliards, pour d'autres, 7 ou 8 qu'il faudrait nous demander (4).

Les Allemands nous voyaient donc arriver à Versailles prêts à accepter sans discussion le principe de l'indemnité,

---

(1) C'est la thèse qui est développée dans un de ces articles inspirés par lesquels la presse allemande préparait l'opinion européenne. « Sans doute, y disait-on, la France admet avec peine que la grande guerre se dénoue comme un vulgaire procès en dommages-intérêts ; mais tous les amis de la paix applaudiront si l'Allemagne, par ce précédent, réussit à assimiler le droit public international au droit commun. » *Moniteur officiel du Gouvernement général de Lorraine*, 25 février 1871.

(2) Un tableau officiel des contributions de guerre payées, soit avant, soit après la ratification des préliminaires, les évalue à 39.053.913 francs (VILLE-FORT, t. II, pp. 406-407). Il faut y joindre les 200 millions dont Paris a été frappé, ce qui donne un total de 239.053.913 francs.

(3) ROTHAN, dépêche du 29 septembre 1870, dans *L'Allemagne et l'Italie*, t. I, p. 152.

(4) Voir les extraits de divers journaux allemands insérés dans le *Moniteur officiel du Gouvernement général de Lorraine*, 21 février 1871.

sauf à en débattre le chiffre, dont on nous avait fait pressentir l'énormité. Dans la première entrevue (21 février), Bismarck avait demandé 6 milliards, somme, disait-il, qui n'avait rien d'excessif. Nos négociateurs se récrièrent. Thiers eut le temps d'informer Broglie qui partait pour Londres pour prendre son poste d'ambassadeur. Il le chargea de solliciter les bons offices de l'Angleterre pour la fixation de l'indemnité. Notre envoyé en parla dès son arrivée. « La conscience économique de Gladstone se souleva », rapporte un de nos diplomates, à la pensée d'un si formidable déplacement de numéraire (1). Sur les instances des Anglais, Bismarck consentit, le 24, à réduire la somme de 1 milliard. On avait dû continuer à batailler pour arriver à une entente. Thiers et Favre soutenaient qu'on ne devait pas transformer la guerre en une spéculation. Sans contester cette théorie, Bismarck, en politique pratique, se plaçait sur le terrain des faits. Aux dépenses de guerre qui s'élevaient déjà à 2 milliards, il fallait ajouter les frais pour le rétablissement du matériel, les indemnités aux nationaux allemands expulsés de France, aux armateurs et aux marins des navires capturés, les dépenses occasionnées par l'entretien des nombreux prisonniers français, les indemnités dues aux blessés, veuves, orphelins allemands (2). Tout ce surplus était évalué à 3 milliards. Nos négociateurs essayèrent encore le 25 février de contester ces évaluations, sans se faire sans doute illusion sur le succès de leurs résistances (3). Le chiffre de 5 milliards resta acquis.

Il fallait maintenant déterminer les termes de paiement et

---

(1) GAVARD, *Un Diplomate à Londres, 1871-1877*, Paris 1895, pp. 3-4; SOREL, *Histoire diplomatique de la Guerre franco-allemande*, t. II, p. 245.

(2) On peut s'assurer, en lisant l'exposé des motifs du projet de loi présenté le 25 mai 1872 au Reichstag pour l'emploi de l'indemnité de guerre (VILLEFORT, t. II, pp. 548-550), qu'ici, comme ailleurs, Bismarck ne parlait pas sans s'appuyer sur des renseignements précis, et qu'en véritable homme d'État il savait prévoir.

(3) Pour le détail de la négociation de Versailles relative aux 5 milliards, j'ai suivi le récit de SOREL, *Histoire diplomatique de la Guerre franco-allemande*, t. II, pp. 233, 234, 237, 238, 245, 246, confirmé, sauf de légères divergences, par THIERS, *Notes et Souvenirs*, pp. 116, 119, 120, 121, 123, 124.

la nature des valeurs qui seraient acceptées comme libératoires. On se rappelle qu'à Bruxelles ces points, le second surtout, donnèrent lieu à de vives controverses, qui n'étaient pas terminées lorsque brusquement la négociation fut transportée à Francfort. Dans cette ville, on s'entendit plus facilement. L'article 7 du traité contenait à cet égard les stipulations les plus explicites. Pour ce qui est des délais, nous devions payer un demi-milliard dans les trente jours après le rétablissement de l'autorité du gouvernement français dans la ville de Paris, un milliard au courant de l'année 1871 et un demi-milliard au 1er mai 1872. Restaient 3 milliards pour lesquels on nous laissait un délai de trois ans à dater du 2 mars 1871, par conséquent jusqu'au 2 mars 1874, mais avec obligation de payer les intérêts, chaque année, au taux de 5 %. Nous avions le droit de devancer le terme et toute somme payée en avance cessait d'être productive d'intérêts (1).

Cette combinaison nous imposait une lourde charge immédiate, puisqu'il nous fallait trouver dans les sept derniers mois de 1871, un milliard et demi. Pour les trois derniers milliards, nous avions sans doute du temps, mais on nous le faisait payer. Le seul avantage qu'on nous assurait, c'était de pouvoir imputer, sur ce que nous devions, la somme de 325 millions représentant l'indemnité due à la France pour la cession à l'Allemagne de ses droits sur la partie du réseau de la Compagnie de l'Est située en Alsace-Lorraine. C'est ce que décidait l'article 1, § 6, des articles additionnels, signés à Francfort le même jour que le traité de paix. En somme, c'étaient 325 millions qui étaient payés par voie de compensation.

Quant au mode d'acquittement, l'article 7 spécifiait que les paiements ne pourraient être faits que dans les principales villes de commerce de l'Allemagne, en métal or ou argent, en billets des banques d'Angleterre, de Prusse, des Pays-Bas ou de Belgique, ou en billets à ordre ou lettres de

---

(1) Villefort, t. I, p. 68.

change négociables, de premier ordre, valeur reçue comptant.
Ainsi, par défiance, on excluait les billets de la Banque
de France. On admettait bien des remises en effets de commerce, mais il fallait qu'ils fussent dus par des maisons de
solvabilité bien assurée et qu'ils représentassent une opération commerciale au comptant, pour qu'à l'échéance le
paiement ne pût être ni refusé ni retardé. Dans toutes ces
précautions se sentait la main experte des hommes de métier,
des chefs de la haute banque, à qui Bismarck demandait
conseil et qu'il avait chargés du soin de cette opération
colossale : pratiquer sur la France l'extraordinaire saignée
d'espèces métalliques et sa transfusion dans les caisses de
l'État allemand.

Les ratifications du traité n'étaient pas encore échangées,
qu'une première difficulté d'exécution surgit. Le premier
versement, 500 millions, arrivait à échéance. Il devait être
effectué dans les trente jours après le rétablissement de
l'autorité légitime à Paris. Or, la Commune agonisait. On
savait, à n'en plus douter, que dans quelques jours l'armée de Versailles entrerait de vive force dans la capitale.
Mais le gouvernement français s'inquiétait de la façon dont
il s'y prendrait pour s'acquitter, dans un aussi bref délai,
en valeurs prévues par le traité. Ses charges pécuniaires
normales se trouvaient aggravées par la nécessité de fournir une indemnité journalière de 1.250.000 francs pour
l'entretien de l'armée allemande. On proposa donc à
l'Allemagne d'accepter pour une fois seulement un paiement en billets de la Banque de France, bien qu'en principe ces billets eussent été exclus. Le gouvernement allemand accepta. Il avait de fortes dépenses à régler, soit
dans les départements occupés, soit en Alsace-Lorraine, et
il savait fort bien que, malgré la mesure d'ostracisme
prise par lui, nos billets étaient au pair, aussi bien dans les
pays annexés que dans les pays occupés (1). Il se décida

---

(1) Discours du chancelier au Reichstag, séance du 25 mai 1871, *Discours
de Bismarck*, t. III, pp. 72-73.

donc à admettre cette dérogation aux stipulations du traité, jusqu'à concurrence de 125 millions. Mais comme, en affaires, on ne donne rien pour rien, on nous accorda cette faveur à deux conditions. Au lieu de bénéficier du délai de trente jours, nous dûmes verser ces billets presque immédiatement. On devait payer et on paya, en effet, 40 millions jusqu'au 1er juin, 40 autres millions jusqu'au 8 juin, et 45 millions jusqu'au 15 (1). D'autre part, comme dans la hâte de conclure, le traité avait omis de fixer des échéances fermes pour le paiement du milliard qui devait être fourni, en sus des premiers 500 millions, dans le courant de 1871, Bismarck profita de la circonstance pour nous imposer l'obligation de verser 125 millions dans les soixante jours après l'échéance du premier demi-milliard. Tout ceci fut libellé dans une convention du 21 mai 1871, signée à Francfort par Bismarck, Favre et Pouyer-Quertier, le lendemain du jour où eut lieu l'échange des ratifications du traité (2).

S'il était assez facile de payer 125 millions en billets de la Banque de France, il était moins aisé de s'acquitter du surplus destiné à parfaire le premier demi-milliard. L'armée venait d'entrer à Paris de vive force, précisément le jour même où était signée la convention que nous venons de rapporter. La lutte cessait à peine que le chancelier nous faisait savoir qu'il entendait prendre le 1er juin comme point de départ du délai de trente jours qui nous était imparti pour acquitter ce premier demi-milliard. Le gouvernement français demanda que le point de départ fût fixé au 20 juin. La bataille, disait-il, avait duré dans Paris jusqu'au 29. On était rentré au milieu des ruines. On ne pouvait pas raisonnablement prétendre que, dès le lendemain, le gouvernement avait repris l'exercice régulier de l'autorité légitime. Nous proposions donc qu'on nous accordât jusqu'au 15 juillet pour payer. L'Allemagne, qui ne voulait rien faire de bonne grâce, refusa d'abord, pour accep-

---

(1) Voir rapport de Léon Say au nom de la commission du budget de 1875, VILLEFORT, t. IV, p. 30.
(2) VILLEFORT, t. I, p. 78.

ter ensuite (1). Fin du mois, nous pûmes indiquer les jours de juillet où nous serions en mesure de payer les 375 millions restant dus sur le premier demi-milliard.

Cette première réussite coïncidait précisément avec le succès éclatant et inespéré du grand emprunt de 2 milliards que venait de réaliser le gouvernement de Thiers. On a tout dit sur les difficultés de cette vaste opération devant laquelle les professionnels de la finance semblaient eux-mêmes reculer, sur le danger qu'on courait en adressant au public un appel qui serait resté sans écho, sur le péril contraire auquel on s'exposait en s'acquittant aussi vite et en donnant ainsi à notre créancier, avec l'impression que la France était plus riche qu'il n'avait cru, le regret de ne pas lui avoir demandé davantage.

L'idée de s'adresser non pas tant au crédit qu'à l'épargne et de provoquer sur tout le territoire une souscription patriotique s'était manifestée avec une généreuse spontanéité à Nancy, dans ce pays lorrain si durement foulé par l'invasion ennemie. Mais elle avait été arrêtée dans son premier élan par le gouvernement lui-même (2). Une proposition faite à l'Assemblée nationale et consistant à lever sur les contribuables un impôt extraordinaire de guerre, n'avait pas eu plus de succès. Par une pente naturelle on en était venu au seul système qui eût les faveurs de Thiers et de ses conseillers techniques : au système de l'emprunt. On choisit le type de l'emprunt en rente perpétuelle 5 %, émis par voie de souscription publique. C'était l'appel direct et franc au crédit, à un moment où on aurait pu le croire profondément ébranlé, un mois seulement après la chute de la Commune, alors que rien encore ne pouvait faire présager une reprise normale des affaires, un relèvement de notre

---

(1) Voir le détail de la négociation dans Favre, *Gouvernement de la Défense nationale*, t. III, pp. 468-469.

(2) Amagat, *La Gestion conservatrice et la gestion républicaine*, Paris 1889, in-8, p. 166, donne le chiffre de 6.053.869 francs comme étant celui des souscriptions patriotiques. L'idée d'une souscription publique fut reprise en 1872. Elle fut combattue alors par Bonnet, *Revue des Deux-Mondes*, 1er mars 1872, p. 143.

vitalité économique. L'audace d'une pareille tentative avait été récompensée par un triomphe qui surpassait de beaucoup les prévisions les plus optimistes. Ouverte le 27 juin, la souscription fut couverte le même jour. A Paris, les offres dépassèrent 2 milliards et demi, en province on souscrivit pour 1 milliard 250 millions et pour 1 milliard 134 millions à l'étranger. Au total, la somme offerte au gouvernement français, tant par l'épargne que par la spéculation, était de 4 milliards 897 millions, plus que deux fois et demie la somme demandée (1).

Avec l'argent du versement de garantie opéré en souscrivant, on avait donc le moyen et au delà de parer aux échéances de juillet, en vue de parfaire le paiement du premier demi-milliard.

Le 1er juillet on versait . . . . . , . . 100.461.504ᶠ85
Du 10 au 31 juillet on versait. . . . 174.870.433 80
En sorte que fin juillet, on avait payé. 375.331.938ᶠ89

dépassant, par conséquent, les 375 millions restant dus (2). Mais la réussite de l'emprunt nous mettait également en position d'opérer des versements immédiats et importants sur le milliard qui devait être payé pour la fin de 1871.

Nous payâmes, en effet :

Du 1er au 31 août 175.059.770ᶠ11
Du 1er septembre au 2 octobre. . . . 510.006.836 36
685.066.606ᶠ47

soit donc plus d'un demi-milliard en deux mois (3). Mais à ces versements effectifs doivent s'ajouter deux paiements par compensation effectués en août et dont il est nécessaire d'expliquer l'origine.

On se rappelle qu'à Francfort nos négociateurs avaient fini par obtenir de l'Allemagne qu'elle paierait 325 millions

---

(1) Chiffres donnés par THIERS, *Notes et Souvenirs*, p. 195.
(2) Chiffres du rapport de Léon Say, VILLEFORT, t. IV, p. 30.
(3) Chiffres du rapport de Léon Say, VILLEFORT, t. IV, p. 30.

pour la partie du réseau de la Compagnie de l'Est située en
territoire annexé et que cette somme serait défalquée sur
l'indemnité de guerre [art. 1, §§ 1-6 des articles additionnels
au traité de paix (1)]. C'est donc à la Compagnie que les
325 millions auraient dû être payés directement. Mais l'État
s'était arrangé avec elle. Il avait été convenu qu'il touche-
rait l'indemnité à la place de la Compagnie et lui remettrait
un titre de rente inaliénable de 20.500.000 francs, représentant, au taux de l'emprunt de 2 milliards, le capital de 325
millions (L. 17 juin 1871). Cela revenait en somme à un prêt
de 325 millions que la Compagnie faisait à l'État pour l'aider
à payer l'indemnité de guerre. Grâce à cette combinaison, il
était inutile que l'Allemagne versât effectivement la somme.
Elle n'avait qu'à la garder en compensation de ce que nous
lui devions. Il en fut de même d'une somme de 98.400 francs
redue par l'Allemagne à la ville de Paris comme solde final
du règlement de la contribution de guerre de 200 millions
imposée à Paris par la convention d'armistice. Ici encore, le
gouvernement français s'était entendu avec la ville de Paris
qui lui permettait de se substituer à elle et de se faire payer
à sa place (2). Ces deux compensations, jointes aux versements en numéraire, billets de banque, effets de commerce
font que le tableau exact des sommes payées en 1871 doit
s'établir ainsi :

Juin, billets de la Banque de France.	125.000.000ᶠ	»
Juillet	375.331.938	74
Août	175.059.770	11
— compensation	325.098.400	»
Septembre et 1ᵉʳ et 2 octobre	510.006.836	36
	1.510.496.945ᶠ	21

Au 2 octobre, nous avions donc acquitté plus de 1 milliard et demi, devancé de trois mois le terme qui nous avait
été assigné et dépassé de 10 millions les versements que nous

(1) VILLEFORT, t. I, pp. 73-74.
(2) Pour ces deux paiements par compensation, voir le rapport de Léon
Say dans VILLEFORT, t. IV, pp. 40-42.

devions faire. Aussi avions-nous obtenu, dès la fin de juillet,
l'évacuation des départements de l'Eure, de la Seine-Inférieure et de la Somme; au milieu de septembre, celle des
forts de Paris (rive droite), des départements de la Seine,
Seine-et-Oise, Seine-et-Marne et Oise. L'occupation étrangère se trouvait donc réduite à douze départements (1). Mais
il fallait songer dès ce moment aux échéances prochaines :
à celle du 2 mars 1872, pour les intérêts des trois derniers
milliards; à celle du 1er mai, pour les 500 millions devant
parfaire les deux premiers milliards, et, grâce à ces paiements,
obtenir l'évacuation de six nouveaux départements. C'est
à quoi s'employa, sur-le-champ, Thiers, fort du résultat
si brillant déjà obtenu, secondé d'ailleurs par son habile
ministre des finances, Pouyer-Quertier. La tâche était rendue plus difficile par la crise monétaire qui venait d'éclater,
à la suite du déplacement énorme de valeurs métalliques
nécessité par les paiements des mois de juillet, août et septembre. C'était, en effet, 650 millions qu'on avait à verser
pour les quatre premiers mois de 1872 (2). Or, la crainte
d'aggraver la crise monétaire empêchait le gouvernement
français de continuer ses approvisionnements en espèces
et en papier de commerce. Cette situation plus que délicate
fut dénouée par la convention du 12 octobre 1871.

La genèse de cette convention est intimement liée à une
stipulation du traité de Francfort, dont il n'a pas encore
été parlé, parce qu'elle a trait aux clauses d'ordre commercial auxquelles un chapitre spécial sera consacré. Pour favoriser les produits alsaciens-lorrains, on avait consenti à leur
laisser la libre entrée en France. Mais ce régime de faveur
n'était que transitoire. Il allait prendre fin le 21 septembre
1871. Or, Bismarck demandait qu'il fût prolongé pendant six
ans. L'industrie allemande, surtout celle du Sud, craignait
la concurrence des tissus alsaciens. Elle voulait l'éviter à

---

(1) THIERS, *Notes et Souvenirs*, p. 216; *Journal officiel* des 21 juillet et
12 septembre 1871.
(2) 500 millions en principal, plus 150 millions environ pour les intérêts
échus au 6 mars.

tout prix. Pour ne pas la mécontenter, il suffisait de conserver aux produits alsaciens leurs anciens débouchés et leur marché habituel. L'Allemagne voulait bien annexer l'Alsace, mais elle ne voulait pas de la concurrence alsacienne. La France, qui ne tenait pas à la prorogation du régime douanier transitoire, comprit qu'il y avait là une base solide de discussion, qu'elle pourrait accorder la prolongation demandée en la faisant payer à l'Allemagne. C'est ainsi qu'on eut l'idée de lier cette négociation à celle pour l'évacuation partielle du territoire.

Mais les pourparlers entamés à ce sujet à Versailles avec d'Arnim n'aboutissaient pas. Les vacances parlementaires étaient proches. Avant que l'Assemblée se séparât, Thiers se fit autoriser par avance à conclure une convention douanière en même temps qu'un accord pour l'évacuation de six départements. Les difficultés relatives aux garanties financières à accorder à l'Allemagne restaient en suspens. On laissait au gouvernement le soin de trouver une combinaison qui satisfît pleinement notre créancier (1). Thiers estimait, au surplus, une fois nanti de cette sorte de blanc-seing, qu'ici encore une entente directe avec Bismarck aurait plus de chances de réussite que des négociations à distance par la voie d'un intermédiaire qui paraissait mal disposé. Il envoya à Berlin son ministre des finances. Arnim, de son côté, était appelé par Bismarck.

Pouyer-Quertier réussit à convaincre le chancelier de l'impossibilité où nous étions d'accepter le mode de paiement qu'on nous proposait : souscription par le Trésor français de 650 millions de traites, cautionnées par la signature des grandes maisons de banque d'Europe, avec droit pour le Trésor allemand de les mettre en circulation avant l'échéance, comme on fait pour du papier de commerce ordinaire. Le crédit de la France ne pouvait plus, après l'emprunt de 2 milliards, être mis en doute. L'Alle-

_____

(1) Voir la discussion à l'Assemblée nationale, dans VILLEFORT, t. II, pp. 148-187.

magne n'avait donc rien à craindre si elle renonçait à la garantie des banquiers. Elle se contenta de la seule signature du président de la République et de son ministre des finances. Moyennant l'engagement ainsi pris de payer les 650 millions en sept termes, à partir du 15 janvier 1872, le gouvernement allemand s'engageait à évacuer immédiatement les six départements de l'Aisne, Aube, Côte-d'Or, Haute-Saône, Doubs et Jura et à réduire son corps d'occupation à 50.000 hommes. Mais il était entendu que, de son côté, la France ne mettrait aucune troupe dans les six départements évacués, qu'elle se bornerait, jusqu'au paiement intégral des 650 millions, à n'envoyer que les forces nécessaires au maintien de la tranquillité publique. L'Allemagne, poussant les précautions jusqu'à l'excès, craignant toujours une agression que des rapports tendancieux et inexacts lui présentaient comme étant dans nos intentions, établissait une sorte de bande neutre entre elle et nous. Elle se réservait, d'ailleurs, de réoccuper ces départements, en cas d'inexécution. Enfin, la France consentait à la prorogation jusqu'au 31 décembre 1872, du régime de faveur pour les produits fabriqués en Alsace-Lorraine (1).

Tous ces arrangements furent libellés dans deux actes, datés de Berlin le 12 octobre 1871. Le premier est relatif à l'évacuation et à la réduction du corps d'occupation, l'exécution de ces mesures devant avoir lieu dans les quinze jours après la ratification. L'acte indique également que les 650 millions seront payés par acomptes successifs, de quinzaine en quinzaine à dater du 15 janvier 1872. La convention douanière fait l'objet du second acte où se trouvent aussi les accords territoriaux relatifs aux deux communes de Raon, à Igney et à Avricourt (2). Le protocole de signature déclarait que les deux conventions n'en faisaient qu'une, que si la France ne ratifiait pas la convention douanière, les

---

(1) Voir pour le détail de ces négociations, VALFREY, *Histoire du traité de Francfort*, t. I, pp. 153-166, et notre chapitre XIII sur les stipulations d'ordre économique.
(2) Voir ci-dessus notre chapitre VIII, pp. 119-122.

stipulations de la convention financière ne pourraient recevoir leur exécution (1).

Cette fin d'année 1871 s'annonçait donc bien pour le gouvernement allemand. Aussi se montrait-il moins soupçonneux et faisait-il preuve de meilleures dispositions à mesure qu'il entrait en possession de « la terre promise de nos milliards (2) ». Les ratifications de la double convention à peine échangées, l'évacuation commençait fin octobre. Quant aux paiements, ils eurent lieu du 13 janvier au 6 mars 1872, avec de légères anticipations sur les dates fixées (3). A cette date, on avait versé 651.461.838ʳ 22. Les deux premiers milliards étaient donc payés, ainsi que les intérêts échus des 3 milliards restant dus.

II

Nous n'étions pas pourtant au bout de nos difficultés. Elles renaissaient à mesure qu'on les surmontait. Dix-huit mois encore devaient s'écouler avant le jour de l'acquittement intégral, pendant lesquels nous dûmes négocier avec un créancier qui ne se relâchait jamais de sa rigueur et qui, jusqu'à la dernière heure, feignant de croire que nous voulions manquer à nos engagements, menaça de s'éterniser sur notre sol.

Dès les débuts de 1872, le gouvernement français se préoccupa des moyens d'acquitter aussi vite que possible les trois derniers milliards et de libérer en conséquence les derniers départements qui servaient de gage à l'Allemagne : la Marne, les Ardennes, la Haute-Marne, la Meuse, les Vosges, Meurthe-et-Moselle et le territoire de Belfort. Mais, en homme avisé, Thiers ne voulait pas s'engager dans des négociations avant d'avoir en main le moyen de les terminer. Il ne fallait

---

(1) Texte des deux conventions de Berlin et du protocole de signature dans VILLEFORT, t. I, pp. 83-88.

(2) GABRIAC, *Souvenirs diplomatiques de Russie et d'Allemagne*, p. 183.

(3) Tableau des dates et des paiements dans le rapport de Léon Say, VILLEFORT, t. IV, pp. 30-31.

pas, d'ailleurs, paraître trop pressé d'en finir, car, selon une
tactique dont les diplomaties sont coutumières, l'autre partie se serait montrée sans doute moins disposée à conclure.
Les bases sur lesquelles on pouvait étayer une négociation
se trouvaient dans les articles 2 et 3 des préliminaires. Le
premier de ces articles nous laissait un délai de trois ans à
dater de la ratification des préliminaires, c'est-à-dire jusqu'au 2 mars 1874. Or nous étions décidés à devancer cette
date. D'autre part, l'article 3, dans son paragraphe final,
donnait à l'Allemagne la faculté de substituer à la garantie
territoriale une garantie financière reconnue suffisante.
Nous pouvions donc obtenir la libération définitive du
territoire, même avant d'avoir payé, si nous trouvions un
moyen de donner pleine sécurité à l'Allemagne. Mais quelle
garantie proposer pour satisfaire un créancier aussi dé-
fiant? D.s engagements de payer, échelonnés même à court
terme, reposant uniquement sur notre crédit, ne seraient
point accueillis. On savait que les hommes d'État allemands
et, derrière eux, les financiers, voulaient des réalités et non
des promesses. On en revenait donc au procédé qui avait pour
lui l'épreuve de l'année précédente, au paiement en numéraire ou en valeurs libératoires équivalentes.

Mais si nous offrions de payer de la sorte et si nous étions en
mesure de devancer le terme de 1874, il était légitime qu'on
nous accordât des compensations, soit en réduisant le chiffre
de l'armée d'occupation, soit en faisant coïncider avec nos
paiements partiels une diminution progressive du nombre
des départements occupés. Ces avantages nous paraissaient
la contre-partie toute naturelle de paiements anticipés.
Pourtant, le gouvernement allemand ne semblait guère
disposé à nous les consentir. Les pourparlers qu'on avait cru
utile de transporter à Berlin pour pouvoir traiter directement avec Bismarck, n'avançaient pas. Le chancelier se
dérobait à tout entretien, pendant qu'à Paris d'Arnim restait
sur la réserve, n'alléguant que des difficultés, sans vouloir
rien mettre du sien pour les résoudre.

Si les choses traînaient ainsi en longueur, c'est qu'il y

avait une lutte sourde à Berlin entre le parti des politiques et le parti militaire. Le premier insistait sur les dangers d'une occupation militaire dont la prolongation était une occasion incessante de conflits et pouvait à la longue inciter les puissances à intervenir. Le parti militaire, tout en tenant à toucher au plus tôt le reste de l'indemnité, cherchait à conserver le plus longtemps possible le gage territorial et à se garantir ainsi contre une attaque de la France, qu'il soupçonnait de desseins belliqueux et d'un ardent désir de revanche. En vain Thiers s'épuisait à donner les assurances les plus pacifiques. Notre réorganisation militaire qu'on nous reprochait de poursuivre avec une ardeur suspecte était loin d'être terminée. D'ailleurs, comme le disait le chef du gouvernement français à notre ambassadeur à Berlin, « si nous songions à la guerre, nous ne serions pas assez simples, ayant deux ans de terme, pour donner tout de suite notre argent, c'est-à-dire de quoi solder deux ou trois campagnes, à ceux qui devraient être sitôt nos ennemis. Si l'on ne comprend pas cela, il faut renoncer à se rendre intelligible (1) ». Ces représentations restaient sans écho. L'Allemagne, toujours défiante, continuait à refuser la diminution graduelle de l'armée d'occupation qui, depuis le 1er janvier 1872, était de 50.000 hommes et 18.000 chevaux. Elle n'accordait le principe de l'évacuation progressive que pour la restreindre aussitôt dans l'application. Il fallut en passer par ses exigences. Une convention signée à Versailles le 29 juin 1872 vint les consacrer (2).

Sur les 3 milliards restant dus, la France s'engageait à payer : un demi-milliard deux mois après l'échange des ratifications, un demi-milliard au 1er février 1873, un milliard au 1er mars 1874, un milliard au 1er mars 1875, avec faculté d'anticiper les paiements. L'Allemagne devait évacuer la Marne et la Haute-Marne quinze jours après le paiement

---

(1) Dépêche à Gontaut-Biron du 18 avril 1872, dans GONTAUT-BIRON, *Mon ambassade en Allemagne*, p. 100.
(2) VILLEFORT, t. II, p. 555.

du premier demi-milliard, les Ardennes et les Vosges quinze jours après le paiement du second milliard, la Meuse, Meurthe-et-Moselle ainsi que l'arrondissement de Belfort quinze jours après le paiement du troisième milliard et des intérêts restant à solder. Les départements évacués demeuraient neutralisés jusqu'à la complète évacuation du territoire, la France s'interdisant de les occuper par des forces militaires autres que celles nécessaires au maintien de l'ordre et aussi d'y élever des fortifications ou d'y agrandir les fortifications existantes. L'effectif des troupes allemandes d'occupation n'était pas diminué proportionnellement aux évacuations progressives. On prévoyait seulement qu'il pourrait l'être.

Comme on le voit, nous étions loin du but. Sans doute, on nous accordait un an de plus pour payer, puisqu'on reportait de 1874 à 1875 l'échéance du dernier milliard. Mais cet avantage était acheté fort cher. Car l'évacuation du territoire restant toujours liée aux paiements, trois départements, Meuse, Meurthe-et-Moselle et Belfort allaient subir une prolongation d'occupation pendant une année. Jusqu'à la dernière heure ils devaient rester aux mains de l'Allemagne qui pouvait, au risque de fouler encore plus ces territoires, y concentrer ses 68.000 hommes qu'on autorisait à réoccuper les départements évacués en cas de non-exécution des engagements pris. On se refusait donc à la moindre concession, on continuait à garder cette attitude défiante que rien ne justifiait, si ce n'est les rapports erronés et malveillants qu'envoyait à Berlin l'ambassadeur allemand. Il est vrai qu'on laissait la porte ouverte à une espérance. On nous autorisait, pour le dernier milliard et les intérêts, à substituer des garanties financières à la garantie territoriale. Mais encore fallait-il qu'elles eussent l'agrément de l'Allemagne, et l'échec des combinaisons proposées antérieurement dans ce but montrait combien il serait difficile de la satisfaire.

Aussi le public n'accueillit-il pas cette convention avec faveur. Elle fut cependant approuvée par l'Assemblée nationale, sans difficulté, le 6 juillet 1872 (1). Il n'y avait plus qu'un moyen d'en atténuer les fâcheux effets, c'était, comme l'avait toujours conseillé Manteuffel, de payer vite et beaucoup. Thiers se résolut donc, avec la décision inlassable dont il donnait des preuves réitérées, à tenter de nouveau la voie de l'emprunt qui lui avait si bien réussi, il y avait un an à peine. Tous les projets déjà mis en avant en 1871 avaient de nouveau été repris et discutés par les spécialistes : souscription publique, impôt forcé sur le capital ou le revenu et même paiement en rentes françaises ou en obligations de chemins de fer, bien qu'on sût pertinemment que cette dernière combinaison n'aurait pas l'agrément de l'Allemagne (2). D'aucuns, tout en admettant le procédé de l'emprunt, auraient préféré à la rente perpétuelle les bons d'État remboursables à court terme avec l'appât d'une prime de remboursement. Mais la petite épargne très routinière n'aime pas les nouveaux types de valeurs. Il y avait trop de risques à offrir un titre qui n'avait pas été expérimenté, alors que la rente perpétuelle venait si brillamment de faire ses preuves. On se décida donc pour le 5 % perpétuel. La souscription publique eut lieu le 28 juillet.

Le succès fut au-dessus de tout ce qu'on aurait pu imaginer. On avait souscrit pour 43 milliards ! Et l'étranger, l'Allemagne en tête, avait offert 26 milliards, plus de la moitié de la somme (3) ! Sans doute, la spéculation était pour quelque chose dans ce résultat. Mais, malgré tout, c'était le triomphe du crédit de la France. Aussi l'effet d'opinion fut-il immense (4). Peu importait que les souscriptions fussent réduites et dans la proportion de 88 %. Le résultat qui subsistait et qui frappait tout le monde,

---

(1) VILLEFORT, t. II, pp. 558-566.
(2) Voir, pour la critique de ces projets, l'article de BONNET, *Revue des Deux-Mondes*, 1er mars 1872.
(3) Voir les chiffres dans Léon SAY, *Exposé des motifs du budget général de 1874, Les Finances de la France sous la troisième République*, Paris 1898, t. I, p. 96.
(4) Résumé des opinions de la presse allemande dans GONTAUT-BIRON, *Mon ambassade en Allemagne*, pp. 144 et suiv.

c'est qu'ayant demandé 3 milliards, la France en obtenait 43, chiffre fabuleux et irréalisable. L'exécution de la convention du 29 juin 1872 pouvait dès lors être considérée comme assurée.

Le premier demi-milliard, dû deux mois après l'échange des ratifications, était payé à la date convenue. Les échéances futures se trouvaient reportées maintenant en 1873, où nous devions un demi-milliard au 1er février et, en mars, les intérêts annuels des sommes non encore acquittées. Or, les versements successifs opérés par les souscripteurs de l'emprunt nous mettaient largement en mesure d'anticiper sur ces dates. On put donc, au cours d'octobre, novembre et décembre 1872 et dans le mois de janvier 1873, payer à l'Allemagne plus de 600 millions (1). Et des acomptes continuèrent à lui être remis en février et mars. Nous étions donc absolument en règle et pouvions attendre les deux dernières échéances de mars 1874 et 1875, d'un milliard chacune. Mais le gouvernement était en situation de les devancer et d'obtenir en compensation l'évacuation anticipée du territoire. Thiers sentait grandir l'hostilité des partis monarchiques. Il pouvait craindre qu'on ne le laissât plus longtemps au pouvoir. Il lui fallait au plus tôt parachever son œuvre. Aussi, dès les débuts de 1873, des négociations nouvelles furent nouées à ce sujet avec l'Allemagne. Elles aboutirent le 15 mars, non sans avoir passé par des péripéties qu'il n'est pas sans intérêt de retracer (2).

<h2 style="text-align:center">III</h2>

Le gouvernement français s'était bien vite rendu compte que l'Allemagne, si pressée qu'elle pût être d'encaisser

---

(1) Le versement de garantie de l'emprunt de 3 milliards dépassait un demi-milliard. Il était de 600.376.000 francs. Voir le rapport de Léon Say sur le paiement de l'indemnité de guerre, dans VILLEFORT, t. IV, p. 33, et, pour les paiements faits jusqu'en septembre, *ibid.*, p. 31.

(2) VALFREY, *Histoire du traité de Francfort*, t. II, pp. 147-163, confirmé depuis par GONTAUT-BIRON, *Mon Ambassade en Allemagne*, chap. VIII, pp. 238-325.

l'indemnité, se montrait récalcitrante à l'idée d'une évacuation trop prompte des départements occupés. Sans doute,
elle avait, en exécution de la convention du 29 juin 1872,
évacué dans les premiers jours de novembre les départements de la Marne et de la Haute-Marne. Il semblait qu'elle
voulût s'en tenir là, retarder le moment où les autres départements seraient libérés à leur tour, conserver jusqu'à la
dernière heure un gage territorial qui comprenait encore
quatre départements de l'Est et l'arrondissement de Belfort.
Cette fois, ce n'était plus, comme l'année d'avant, notre
réorganisation militaire trop rapide qui servait de prétexte
à ses tergiversations. C'était le péril de notre situation intérieure. Thiers accentuait son évolution vers la gauche. Les
monarchistes de toute nuance ne lui pardonnaient pas d'a-
voir rompu le pacte de Bordeaux et de prendre au sérieux
le régime dont il avait été élu par eux-mêmes le représentant
et le chef. On pouvait craindre qu'il ne fût renversé. C'était
une crise en perspective, la disparition d'un gouvernement
qui avait donné des preuves palpables de sincérité et d'exactitude à tenir ses engagements, l'arrivée probable à sa place
des chefs des partis extrêmes. Ces éventualités n'étaient
pas de nature à dissiper les craintes de l'autre côté des
Vosges, ni à engager les Allemands à se dessaisir des garanties territoriales qui leur restaient.

En vain notre ambassadeur Gontaut-Biron s'efforçait-il,
en loyal serviteur de Thiers et de sa politique, de rassurer
l'Empereur. Il lui fallait lutter contre l'influence si puissante
du parti militaire et contre le mauvais vouloir de d'Arnim
qui se mettait volontairement en retard pour transmettre
à Berlin les propositions qu'on lui faisait à Paris, ou cherchait
à les faire échouer en y adjoignant d'autres combinaisons
de son cru. Le rôle étrange de cet agent finit par lasser son
chef. Bismarck voulait bien profiter de nos discordes intestines, lorsque, comme en 1871, il s'agissait de nous imposer
des conditions plus dures. Mais la situation n'était plus la
même et, puisqu'on en était maintenant à la période de
réalisation, il valait mieux profiter de nos bonnes disposi-

tions, avant que nos querelles intérieures eussent eu le temps de s'accentuer. Aussi le chancelier avait-il pris le parti de se passer des offices de son envoyé de Paris et de porter la négociation préparatoire au quartier général de Nancy où elle devait se nouer par l'intermédiaire de Manteuffel et de Saint-Vallier. Mais peu à peu, s'abandonnant à sa tendance familière, Bismarck attira à lui l'affaire et c'est à Berlin que se concentrèrent les pourparlers définitifs.

Là encore, les choses n'allèrent pas sans difficulté. Le parti militaire ne désarmait pas. Il voulait conserver Belfort jusqu'à la fin. Le bruit se répandait qu'il y avait là une arrière-pensée et que l'Allemagne, aux regrets de nous avoir abandonné cette place, refuserait au dernier moment de la restituer, ou, pour pallier ce manque de foi, ferait surgir un incident permettant de s'y maintenir. Enfin, dans le début de mars, Bismarck proposa de substituer à Belfort une autre ville forte, Toul ou Verdun, comme dernier gage devant rester aux mains de l'Allemagne jusqu'à parfait paiement. Thiers s'empressa d'accepter Verdun. En vain, à la dernière minute, essaya-t-on de revenir sur cette proposition. Gontaut-Biron tint bon et finit par l'emporter en concédant des choses de détail que l'état-major allemand considérait comme essentielles, à savoir : la conservation, en sus de Verdun, de la route allant de cette ville vers Metz. Le 15 mars fut signée à Berlin par Bismarck et Gontaut-Biron la dernière des conventions successivement conclues pour déterminer les dates de paiement et l'ordre des évacuations successives (1). Jusqu'au bout, la diplomatie allemande s'était montrée méfiante et pointilleuse, gardant ses positions avec acharnement, ne cédant qu'à contre-cœur, même quand elle n'avait rien à perdre en cédant.

La convention constate d'abord que, sur l'indemnité intégrale, 1.500 millions seuls restent à solder (2). La France

---

(1) VILLEFORT, t. IV, p. 1.

(2) En effet, les versements successifs opérés à partir de septembre 1872 avaient permis de payer et au delà le troisième milliard, et, d'autre part, les paiements de janvier, février et mars 1873 portaient à 500 millions la somme

s'engageait à les payer de la façon suivante : un demi-milliard du 15 mars au 10 mai, et le dernier milliard en quatre termes de 250 millions chacun, les 5 des mois de juin, juillet, août et septembre, avec en plus, au 5 septembre, les intérêts échus depuis le 2 mars 1873. L'Allemagne, de son côté, devait avoir évacué complètement dans un délai de quatre semaines à partir du 5 juillet, les départements des Ardennes, des Vosges, de Meurthe-et-Moselle, de la Meuse, ainsi que l'arrondissement de Belfort. La place de Verdun avec un rayon de 3 kilomètres demeurait jusqu'au dernier paiement aux mains des occupants, qui avaient quinze jours, à partir du 5 septembre, pour l'évacuer. Jusqu'à ce moment, la route de Verdun à Metz restait aux Allemands comme route militaire, avec le droit d'occuper, pour le service d'étapes, les deux localités d'Étain et de Conflans, entre Verdun et la frontière, ces postes devant être évacués en même temps que Verdun. Le nombre des troupes d'occupation n'était pas réduit au fur et à mesure des paiements. Enfin, jusqu'à l'évacuation de Verdun, les autres territoires évacués en vertu de la convention devaient rester neutres. L'Allemagne se réservait la faculté de les réoccuper ou de ne pas les évacuer en cas d'inexécution de nos engagements. Une convention additionnelle du 17 avril 1873, passée à Nancy entre Manteuffel et Saint-Vallier, réglait les détails de l'occupation temporaire de Verdun et de la route d'étapes (1). Toujours sur ses gardes, l'occupant stipulait que la route serait bordée par une zone d'une largeur totale de 12 kilomètres, que le chemin de fer, en voie d'achèvement, de Verdun à Metz, serait mis à la disposition des troupes allemandes, que les deux gîtes d'étape seraient occupés par un bataillon et que le rayon de la zone de protection de Verdun serait porté de 3 à 10 kilomètres.

---

des versements effectués sur le quatrième milliard. Voir les chiffres exacts dans VILLEFORT, t. IV, pp. 1-2. D'autre part, les intérêts échus au 1er mars 1873 avaient été payés. Notre dette était donc effectivement réduite à 1 milliard 500 millions.

(1) VILLEFORT, t. IV, p. 17.

La démission de Thiers, qui suivit de près la conclusion de la convention, n'eut pas l'influence troublante qu'on aurait pu redouter. De notre côté, les paiements se succédèrent régulièrement du 1er avril au 5 septembre (1). Les Allemands se conformèrent aux dates convenues pour l'évacuation. Le 2 août, les quatre départements, Ardennes, Vosges, Meurthe-et-Moselle, Meuse et l'arrondissement de Belfort étaient libres de troupes étrangères. Le quartier général fut transporté à Verdun où il resta jusqu'au 13 septembre. La place fut évacuée ce jour-là et le dernier gîte d'étapes, Conflans, le 16 septembre. L'occupation avait pris fin, après avoir duré, en se restreignant successivement, depuis mars 1871 jusqu'à septembre 1873, c'est-à-dire deux ans et cinq mois (2).

IV

Long espace de temps pour ceux qui avaient eu à supporter les humiliations et à traverser les périls de l'occupation étrangère, délai bien court cependant pour trouver la somme colossale exigée par l'Allemagne. La lutte n'avait donc pas été clôturée après nos défaites. La paix signée, elle avait continué tout aussi âpre sur le terrain financier. Sur ce nouveau champ de bataille, l'Allemagne, cette fois, ne nous avait pas battus. La France avait été assez riche pour payer ses revers. Et puisqu'on a tant prononcé le mot de revanche, on peut dire que l'heureux résultat des deux grands emprunts, l'habileté consommée avec laquelle fut menée la translation en Allemagne des 5 milliards, les précautions qu'on sut prendre pour éviter la crise monétaire que la migration brusque d'un capital si énorme devait provoquer selon toute prévision, tout cela ce fut la revanche inespérée et immédiate.

---

(1) Pour les chiffres des versements, consulter le rapport de Léon Say dans VILLEFORT, t. IV, p. 31.

(2) On indique mars 1871 comme point de départ du délai, parce que l'occupation dont il est question ici est l'occupation à titre de gage du paiement, telle qu'elle est réglée par l'article 3 des préliminaires.

C'est que, cette fois, nous étions prêts et bien conduits. Préparés, nous l'étions et de longue date, grâce à nos réserves pécuniaires lentement accumulées, grâce à cet esprit de suite dans l'épargne, qui est une de nos vertus nationales. La France recueillait ainsi le fruit de son travail et de son économie. A ce combat bien moderne, livré sur le terrain du crédit et de la richesse, elle eut l'heureuse chance d'être menée par un politique d'expérience doublé d'un financier consommé, alliant la prudence à l'audace, connaissant à fond l'effort qu'on pouvait demander au pays, sachant lui rendre la foi en lui-même, inspirer aux étrangers confiance en sa loyauté et en son avenir. Sans doute, il fut secondé par des collaborateurs de tout ordre, depuis le ministre des finances jusqu'aux moindres agents du Trésor. Mais de n'avoir pu se passer d'aides de camp, cela ne retire rien à la valeur du chef.

Ceux qui racontèrent ces événements peu après qu'ils s'accomplirent, cherchèrent à diminuer, au profit de l'Assemblée nationale ou de la nation elle-même, la part de Thiers dans cette œuvre de diplomate et de financier par laquelle il couronnait de façon triomphante sa carrière d'homme d'État (1). Inconsciemment ou non, ils continuaient à se faire l'écho des querelles et des passions qui avaient abouti en mai 1873 au renversement du Président. Ce changement de personne destiné à servir de préface à un changement de régime se faisait à un moment bien inopportun. La convention libératrice était signée, sans doute, mais son exécution était loin d'être terminée. Un milliard au moins restait à verser. Quatre départements de l'Est et Belfort étaient encore soumis à l'occupation étrangère. C'était le temps qu'on choisissait pour renvoyer l'homme qui avait conduit à bonne fin une tâche jugée dès l'abord insurmontable !

---

(1) VALFREY, *Histoire du traité de Francfort*, t. II, pp. 221-224; SOREL, *Histoire diplomatique de la Guerre franco-allemande*, t. II, p. 322. Mais dans des temps plus récents on a su se hausser à plus d'impartialité, par exemple DE BROGLIE, *La Mission de M. Gontaut-Biron à Berlin*, p. 23; HANOTAUX, *Histoire de la France contemporaine*, t. I, p. 629.

Depuis deux ans, l'Allemagne s'était accoutumée à traiter avec lui, elle avait fait fond sur lui, sur sa réputation de politique, sur son âge, sur son expérience de gouvernant (1). C'est à lui qu'elle avait fait crédit au moins autant qu'à la France qu'elle connaissait mal, qu'elle croyait, selon le mot de Bismarck, « plus militaire et moins riche ». N'était-ce pas un jeu dangereux que de se priver de lui, au risque de donner à notre adversaire une occasion, peut-être attendue, de profiter une fois de plus de nos discordes intestines? Si donc l'Assemblée fut la collaboratrice de Thiers dans les débuts, elle ne le fut bientôt plus qu'à contre-cœur. Quand elle se fut servie de lui pour trouver l'argent nécessaire à notre libération définitive, elle le renvoya, au risque de tout compromettre, alors qu'enfin on touchait au but. Et si l'on rappelle ici cette manifestation d'ingratitude des partis réactionnaires, ce n'est ni pour s'en étonner, ni pour raviver une polémique désormais apaisée, mais pour constater que, par une heureuse fortune, cet acte impolitique de la majorité n'eut point les suites funestes qu'on pouvait redouter.

BIBLIOGRAPHIE

Les meilleurs guides pour la série des négociations relatives au paiement de l'indemnité sont encore VALFREY, *Histoire du traité de Francfort*, t. I, pp. 93-96, 120, 121, 130-132, 144-146; t. II, pp. 71-97, 125, 126, 147-172; SOREL, *Histoire diplomatique de la Guerre franco-allemande*, t. II, pp. 309, 310, 313, 321, 322, 324-327, 338-341, 347-352; GONTAUT-BIRON, *Mon Ambassade en Allemagne*, Paris 1906, in-8, pp. 70, 122, et les deux chapitres IV et VIII qui rapportent de première main l'histoire diplomatique des conventions de 1872 et 1873. On y joindra la correspondance

---

(1) Dépêche de Gabriac à Rémusat, du 15 décembre 1871, GABRIAC, *Souvenirs diplomatiques de Russie et d'Allemagne*, Paris 1896, in-8, p. 179; dépêches de Saint-Vallier à Thiers, du 25 janvier 1872 et de Gontaut-Biron à Thiers du 15 février 1872, THIERS, *Occupation et libération du territoire*, t. I, pp. 132, 188.

échangée entre Thiers, Rémusat, Gontaut-Biron, Saint-Vallier, Manteuffel, qui figure dans les deux volumes : *Occupation et libération du territoire*, Paris 1900, in-8, publiés par la famille de Thiers.

Il y a moins de choses intéressantes qu'on aurait pu s'y attendre dans l'ouvrage de CLÉMENT-SIMON, *La Comtesse de Valon*, Paris 1909, in-8, chap. XIII : « La libération du territoire », bien que la comtesse de Valon ait été, du jour où Manteuffel prit le commandement de l'armée d'occupation jusqu'à la démission de Pouyer-Quertier, la confidente et l'intermédiaire de leurs négociations.

THIERS, *Notes et Souvenirs*, Paris 1901, in-8, pp. 116, 119, 120, 121, 123, 124, donne des précisions sur la discussion du chiffre de l'indemnité lors des préliminaires de Versailles.

Sur les opérations des deux emprunts, la réunion des fonds, leur conversion en valeurs libératoires, les modes et quotités des paiements successifs faits à l'Allemagne, le document le plus précieux à consulter est le *Rapport fait au nom de la commission du budget de 1875* par Léon SAY, travail d'une précision remarquable, véritable chef-d'œuvre de science financière. Il est reproduit dans l'ouvrage de Léon SAY, *Les Finances de la France sous la troisième République*, Paris 1898, in-8, t. I, pp. 365-442 et dans VILLEFORT, t. IV, pp. 24 et suiv. On trouvera aussi des renseignements originaux dans THIERS, *op. cit.*, pp. 183, 184, 192-196, 216-224, 231-233, 284-302, 304-314, 322-325, 344, 345, 381-393, tant sur les emprunts et la crise monétaire que sur les conventions avec l'Allemagne. Les autres ouvrages qui ont étudié les questions financières de toute sorte auxquelles a donné lieu l'énorme dette qu'il nous a fallu acquitter, s'inspirent tous du travail de Léon Say. De ce nombre je citerai seulement CUCHEVAL-CLARIGNY, *Les Finances de la France de 1870 à 1891*, Paris 1891, in-8, dont les pages 1-29 présentent en un raccourci très lumineux l'histoire des deux emprunts et les moyens employés pour faire passer en Allemagne les sommes dues par nous.

CHAPITRE XII

L'OCCUPATION

I

L'acquittement de l'indemnité dans un délai relativement si court libérait la France de deux charges bien pénibles : l'occupation d'une partie de son territoire et l'entretien
de l'armée étrangère qui y était installée. L'histoire du rétablissement des relations pacifiques normales entre les deux
pays serait incomplète, si, revenant en arrière, on n'essayait
pas de décrire ce régime transitoire, cette situation tout à
fait anormale d'un pays qui, ayant signé la paix, n'avait pas,
à raison des obligations financières mises à sa charge, reconquis la pleine possession de lui-même. Le régime de l'occupation, ses phases de décroissance alternant avec les menaces à peine dissimulées d'une prolongation au delà du terme
convenu, ses périls toujours renaissants, l'insécurité qu'elle
engendrait par le fait de son existence même et de sa durée,
les embarras qu'elle suscitait au dehors à un gouvernement
discuté au dedans et peu assuré du lendemain, tout cela
complète, en l'assombrissant encore, le tableau de ces trois
années douloureuses succédant à l'année de la défaite.
Autour de ces faits essentiels s'en groupent d'autres, dont
l'importance s'accroît de la connexité qu'ils avaient avec
les premiers : mesures relatives au logement des troupes
occupantes, au fonctionnement des services accessoires
réclamés par elle , difficulté de maintenir l'accord entre
l'administration civile française et l'autorité militaire exer-

cée par l'Allemagne, création d'une mission diplomatique spéciale auprès du commandant du corps d'occupation, rôle prépondérant du chef de cette mission et son ir fluence au quartier général, appui inattendu trouvé par lui auprès du général en chef allemand. Plus de trente ans se sont écoulés depuis ces heures d'humiliation. Ceux qui n'en furent que les contemporains éloignés et distraits, ceux, de plus en plus nombreux chaque jour qui ne les ont pas vécues, ont intérêt à les connaître. Les témoignages sont restés, ici, plus abondants qu'ailleurs. Leur sincérité, rendue évidente par leur concordance et par la qualité des témoins, rend plus facile la tâche de l'historien.

L'article 3 des préliminaires de Versailles réglait à la fois l'évacuation immédiate des départements de l'Ouest et du Centre et l'occupation de ceux qui devaient, jusqu'au paiement de l'indemnité, rester aux mains de l'Allemagne. Les premiers devaient être évacués, les uns intégralement, les autres partiellement, jusqu'à la rive gauche de la Seine, dès après la ratification des préliminaires. C'étaient : le Calvados, l'Orne, la Sarthe, l'Eure-et-Loir, le Loiret, le Loir-et-Cher, l'Indre-et-Loire, l'Yonne en entier, et jusqu'à la Seine (rive gauche) : Seine-Inférieure, Eure, Seine-et-Oise, Seine-et-Marne, Aube, Côte-d'Or. Les préliminaires ayant été ratifiés le 2 mars, une convention du 4, complétée pour le détail par une convention du 6, régla l'évacuation des forts de Paris (rive gauche), celle des départements de l'Ouest et du Centre en totalité et le mouvement de retraite de l'armée allemande sur la rive droite de la Seine. Ces accords furent exécutés en mars et avril (1).

Quant à l'évacuation des départements ou portions de départements situés entre la rive droite de la Seine et la nouvelle frontière de l'Est, elle devait s'opérer graduellement après la ratification du traité de paix définitif, au fur et à mesure des paiements successifs. Ces départements

---

(1) Voir le texte de ces conventions signées à Versailles par les généraux de Valdan et Podbielski, dans VILLEFORT, t. I, pp. 31-34.

étaient les suivants : Somme, Oise; rive droite de la Seine
pour les départements de Seine-Inférieure, Eure, Seine-et-
Oise, Seine-et-Marne, Seine, forts de Paris (rive droite),
Aisne, Aube et Côte-d'Or; Haute-Saône, Doubs, Jura,
Marne, Haute-Marne, Ardennes, Meuse, Vosges, Meurthe-
et-Moselle, territoire de Belfort, soit vingt départements,
environ le quart de tous les départements français. Ceux-là
devaient donc rester occupés un temps plus ou moins long
en garantie de la dette qu'on nous imposait.

Cette prise d'un gage territorial n'avait rien en soi d'anormal. Elle se justifiait par la pratique antérieure. Déjà, une
première fois, la France avait subi l'application d'une
mesure semblable. Le traité de Paris (20 novembre 1815)
nous imposait l'obligation de garder et d'entretenir, pendant cinq ans, un corps d'occupation de 150.000 hommes.
Toutefois, on en a fait très justement la remarque (1),
l'occupation de 1815 avait en même temps le caractère
d'une mesure de préservation défiante vis-à-vis d'un pays
qu'on considérait comme un foyer mal éteint de propagande
révolutionnaire. Aussi les puissances alliées avaient-elles
décidé de ne pas lier le paiement des 750 millions d'indemnité de guerre à la durée de l'occupation. La France pouvait
payer et n'avoir pas droit pour cela à la restitution de son
gage. Il fallait qu'elle se montrât suffisamment apaisée pour
obtenir cette faveur. En 1871, l'Allemagne n'avait plus à
concevoir de semblables craintes. Ayant brisé notre puissance militaire, elle n'avait plus de longtemps à redouter
une agression de notre part. Créancière d'une somme dont
l'énormité l'avait étonnée elle-même, elle prenait les précautions d'usage contre un débiteur dont la solvabilité peut
chanceler subitement. Mais, du jour où la dette serait intégralement payée, elle n'avait plus aucune raison plausible
pour prolonger son séjour.

On a montré dans le précédent chapitre comment les

---

(1) SOREL, *Histoire diplomatique de la Guerre franco-allemande*, t. II, pp. 355,
356.

choses étaient allées à cet égard, comment, retranchée dans la rigueur de son droit, l'Allemagne exigea et attendit que le dernier franc eût été payé pour se retirer. Jamais elle ne consentit à nous faire profiter de la stipulation écrite dans l'article 3 des préliminaires, à substituer des garanties financières à la garantie territoriale, à faire fond sur notre solvabilité, sur nos promesses. Elle n'eut pas en notre avenir la confiance que montrèrent les hommes d'affaires de tout pays, elle n'eut foi que dans la vertu indiscutable du « comptant ». Jamais non plus elle n'accorda les évacuations successives qu'en bataillant, après nous avoir imposé des concessions accessoires et chaque fois, pour ainsi dire, à regret. Toutes les occasions lui parurent bonnes pour retarder le retrait de ses troupes et manifester des sentiments de défiance ou même de crainte, d'une crainte trop excessive de la part d'un vainqueur si complet pour qu'on pût la croire sincère.

Tantôt c'était le péril prétendu de notre réorganisation militaire trop prompte, tantôt les difficultés de notre situation intérieure ; au début, l'explosion soudaine du mouvement communaliste, la sédition se prolongeant, l'écrasement de la révolte tardant à venir ; plus tard, les progrès du parti républicain, les tendances révolutionnaires du pays qui, au cas du renversement de Thiers, serait poussé, sous la dictature de Gambetta, aux résolutions extrêmes. Toujours « injustes soupçons et incurable défiance (1) », toujours l'éventualité redoutée, bien qu'à peine croyable, d'un retour offensif, d'une tentative désespérée de notre part pour recommencer la lutte et reprendre au vainqueur les provinces perdues. Peut-être n'y avait-il dans cette attitude qu'un excès de précaution, qu'une de ces façons de se garder contre l'adversaire habituelles à l'état-major allemand et qui lui avaient si bien réussi. Ainsi s'explique l'ordre adopté pour les évacuations et qui paraît toujours dicté par des préoccupations stratégiques : les places fortes

---

(1) Saint-Vallier à **Thiers**, 27 mai 1872. **Thiers**, *Occupation et libération du territoire*, t. I, p. 352.

de l'Est, Belfort, Toul, Verdun, gardées jusqu'à la dernière heure, la ligne d'invasion Metz à Verdun occupée jusqu'à la fin pour pouvoir revenir dans le délai le plus court et par la voie la plus directe sur la capitale. Peut-être aussi se mêlait-il à ces précautions d'ordre militaire des calculs plus subtils. N'était-ce pas encore une fois l'emploi de la manœuvre favorite de Bismarck : semer l'inquiétude et l'alarme pour récolter des concessions ardemment souhaitées et, comme l'avouait ingénument ou crûment d'Arnim, nous « vexer » en continuant à nous occuper, parce que nous devions payer d'autant plus et d'autant plus vite que nous serions plus « vexés » (1)?

A ces raisons déterminantes s'en joignaient d'autres d'ordre secondaire et qui, elles aussi, vinrent se mettre à la traverse de la marche normale de l'évacuation, mais pour un temps limité, et sans peser aussi lourdement sur les résolutions de l'Allemagne. Il y eut d'abord les difficultés concernant le logement des troupes quand elles devaient passer d'un département dont l'évacuation était décidée, dans les départements encore occupés. On aura l'occasion d'en parler plus loin. Il y eut aussi, dans les débuts de l'occupation, une controverse, peu importante sans doute, mais qui mérite d'être rapportée, parce qu'elle montre à quels obstacles inattendus venait se heurter notre effort vers la libération, faute d'avoir observé ou deviné la psychologie de nos adversaires (2).

On se rappelle que le premier versement sur l'indemnité était d'un demi-milliard et que, pour cette fois, on nous avait admis à nous libérer en billets de la Banque de France, jusqu'à concurrence de 125 millions. Le surplus, 375 millions, devait être payé en valeurs libératoires qui furent, en effet, remises en traites sur des banques allemandes ou

---

(1) Saint-Vallier à Thiers, 31 et 8 mai 1872. Thiers, *Occupation et libération du territoire*, t. I, pp. 330, 357, 358.

(2) On consultera sur cette question : Valfrey, t. I, pp. 144, 145; Doniol, pp. 22-28, 56, et Thiers, *Occupation et libération du territoire*, t. I, pp. 17, 18, 20, 21, 24, 35, 58, 82, 88, 92.

anglaises, Ce paiement effectué dans les débuts de juillet devait nous procurer l'évacuation de l'Eure, de la Seine-Inférieure et de la Somme. Les agents du Trésor allemand avaient mission de recevoir à Strasbourg les espèces résultant de l'encaissement de ces traites. Or, ils soutenaient que le comptage du numéraire avait seul la vertu libératoire. De la sorte, le paiement intégral ne devait dater que du jour où les valeurs métalliques auraient été toutes comptées et vérifiées par eux, du jour où, comme ils disaient, « le paiement aurait été reconnu ». Mais ce comptage et cette vérification prenaient du temps. On estimait que, dans une seule journée, on ne pouvait compter que 800.000 francs. Pour 375 millions, on voit quel délai eût été nécessaire. Le Trésor français n'avait pas songé à cette difficulté. Aussi était-on persuadé, à Paris, avoir versé le demi-milliard, alors qu'à Berlin on le tenait pour non payé. L'ordre d'évacuation se faisait donc attendre et il ne fut donné que fin juillet.

Qui avait raison dans ce conflit en apparence minuscule, dans cette querelle de comptables qui pourtant pouvait avoir les plus graves répercussions? Du côté français, on raisonnait de la façon suivante : un débiteur qui paie est libéré, ce n'est point son affaire de compter et il ne saurait être rendu responsable des lenteurs apportées par le créancier à prendre possession des espèces qu'on lui offre. Sinon, il serait loisible à ce créancier de retarder les effets libératoires du paiement. De plus, quand la dette est productive d'intérêts, et tel était le cas pour les trois derniers milliards, les retards du créancier dans l'acceptation des paiements partiels auraient cette conséquence, que les intérêts continueraient à courir, malgré le paiement effectué. Nous avions donc à la fois un intérêt présent et un intérêt d'avenir à faire triompher cette thèse. Toutefois, au point de vue strictement juridique, les prétentions allemandes étaient mieux fondées que les nôtres. Il n'y a paiement que lorsqu'il a été reçu par le créancier et, du moment qu'il ne met aucune mauvaise volonté dans l'opération de la réception, le débiteur doit supporter les conséquences inséparables du chiffre élevé de sa dette. Les Allemands pouvaient donc soutenir valablement que, seul, le paiement reconnu et non le paiement annoncé donnait droit à l'évacuation.

Une entente eût pourtant été facile. Il aurait suffi, comme le suggéra plus tard, en août 1871, notre ministre des finances, que le jour du versement fût considéré comme étant celui du paiement libératoire, sauf à nous débiter des manquants constatés d'un commun accord, l'Allemagne s'engageant de son côté à nous créditer des excédents (1). Mais il y avait des causes de toute sorte qui s'opposaient à l'adoption de cette méthode conciliatrice. On était au début de la reprise des relations pacifiques Chacun mettait de la raideur, une sorte d'amour-propre à se cantonner sur ses prétentions sans en rien vouloir céder. L'Allemagne n'avait aucun intérêt à se presser dans ses mouvements et à rapatrier ses troupes. C'était le Trésor français qui payait les frais d'entretien de l'armée occupante. Chaque journée de retard était un bénéfice net pour le Trésor allemand. Enfin, l'esprit de routine des agents inférieurs des finances avait contribué à l'échec de cette combinaison si simple (2). Dans une dépêche du 13 octobre 1871, Pouyer-Quertier annonce qu'il s'est entendu avec Delbrück pour les paiements et qu'à l'avenir ils compteront du jour du versement et non du jour où ils auront été vérifiés. Mais il semble que l'accord n'ait pas duré. Une dépêche postérieure de Saint-Vallier (31 octobre 1871) constate qu'il a fallu en passer sur ce point, comme sur tant d'autres, par les exigences tracassières d'une bureaucratie intransigeante et pointilleuse.

II

Cette difficulté était, certes, peu de chose en comparaison de celles sans cesse renaissantes et de nature beaucoup plus

---

(1) Saint-Vallier à Thiers, 19 août 1871. THIERS, *Occupation et libération du territoire*, t. I, p. 58.

(2) Saint-Vallier à Thiers, 31 octobre 1871. THIERS, *Occupation et libération du territoire*, t. I, p. 92.

aiguë que provoquait la présence d'une armée étrangère sur une partie du sol français, jointe à l'obligation de subvenir aux frais de son entretien. Cette occupation à titre de gage, ainsi que l'obligation pécuniaire qui y avait été rattachée comme corollaire, avaient été réglées avec soin par des conventions dont il n'a pas encore été parlé : celles de Ferrières et de Rouen des 11 et 16 mars 1871.

La convention de Ferrières, signée par deux intendants allemands et J. Favre, avait trait au service de l'alimentation des troupes maintenues en France, à leur logement, à tout ce qui concernait leurs divers établissements militaires (1). Déjà l'article 4 des préliminaires faisait prévoir la conclusion de cet accord. Il disposait, en effet, que les troupes allemandes s'abstiendraient de faire des réquisitions en argent ou en nature. Mais, par contre, leur alimentation était mise à la charge du gouvernement français dans une mesure qui restait à débattre avec l'intendance allemande. La convention de Ferrières n'était donc que le complément annoncé de l'article 4 des préliminaires. Le point, important parmi tant d'autres, réglé par cet accord, était la fixation du nombre d'hommes et de chevaux dont l'alimentation était mise à notre charge, l'Allemagne ayant à pourvoir en nature à cette alimentation, la France ayant à en faire les fonds. Jusqu'à la conclusion de la paix, l'indemnité de nourriture était de 1^f 75 par ration de vivres et de 2^f 50 par ration de fourrages, pour 500.000 rations de vivres et 150.000 rations de fourrages par jour, ce qui représente une somme quotidienne de 1.250.000 francs. Après l'échange des ratifications de la paix définitive et le paiement du premier demi-milliard, le nombre des rations devait s'abaisser de façon qu'au bout de quatre semaines il était réduit à 150.000 rations de vivres et 50.000 rations de fourrages. Puis ces chiffres descendaient encore au fur et à mesure des paiements partiels effectués sur l'indemnité, en sorte qu'a-

(1) Voir le texte dans VILLEFORT, t. I, pp. 40 et suiv. Il faut y joindre des nstructions spéciales émanées de l'administration militaire allemande, du mois de mars 1872. VILLEFORT, t. II, pp. 264-281.

près le paiement des deux premiers milliards, les rations de vivres tombaient à 50.000 et celles de fourrages à 18.000, ce qui représentait encore une dépense quotidienne de 132.500 francs. Cette charge financière, qui s'ajoutait à tant d'autres, était fort lourde (1). Tous nos efforts tendirent à la ramener au minimum. Le succès de l'emprunt de 1871 et les ressources qu'il mit à notre disposition permirent de profiter des stipulations concernant la réduction du nombre des troupes. Une convention du 10 novembre 1871, signée à Paris par Pouyer-Quertier et d'Arnim, abaissait pour 1871 le nombre des rations à 120.000 hommes et 40.000 chevaux, puis à 80.000 hommes et 30.000 chevaux. Enfin elle décidait qu'à dater du 1er janvier 1872 jusqu'à l'évacuation totale, le chiffre serait réduit à 50.000 hommes et 18.000 chevaux. Le prix des rations était également diminué à partir de la même date : il était de 1f 50 par homme et 1f 75 par cheval (2).

A partir, par conséquent, de 1872, le chiffre de l'armée d'occupation fut ramené à 50.000 hommes et 18.000 chevaux. Jusqu'à la fin, il se maintint sur ce pied. En vain, au cours des négociations concernant le paiement des 5 milliards et l'évacuation graduelle, on tenta du côté français d'obtenir un allégement de cette charge. On avait espéré arriver à ce résultat au cours des pourparlers engagés au printemps de 1872. L'équité, si on n'eût consulté qu'elle, eût exigé qu'on nous consentît cette réduction proportionnelle. Le maintien de l'effectif faisait disparaître un des avantages de l'évacuation, car il fallait pourvoir au logement des troupes qui quittaient les départements évacués (Marne et Haute-Marne) pour refluer dans les autres (Meuse,

---

(1) Il résulte d'un projet de loi présenté le 2 août 1872 que les dépenses pour l'armée d'occupation s'élevaient pour l'année 1871 à 248.625.000 francs. VILLEFORT, t. II, *Addenda*, p. 590.

(2) VILLEFORT, t. II, *Addenda*, p. 589. Calculée sur ces dernières bases, la dépense totale (nourriture et autres), résultant de l'entretien des troupes d'occupation, s'élevait à 25 millions par semestre. (Extrait du rapport de la commission du budget de 1872.) VILLEFORT, t. II, *Addenda*, p. 591. La dépense de l'entretien pendant toute la durée de l'occupation s'est montée à 340.737.000 francs. VILLEFORT, t. V, p. 92.

Ardennes, Vosges, Meurthe-et-Moselle, Belfort). Or, dans ces derniers, il n'y avait pas de locaux aménagés pour tant d'hommes. Il fallait donc ou bien les loger chez l'habitant, au risque d'accroître l'irritation des populations déjà si éprouvées, ou construire à grands frais des baraquements et obtenir des chefs de corps qu'ils consentissent à les occuper. C'étaient là des dépenses et des ennuis qu'avec un peu de bonne volonté on eût pu nous éviter. Ajoutons que la solidité du gage territorial n'en eût en aucune manière été ébranlée. Car il importait peu que les 16.000 hommes occupant les deux départements à évacuer fussent d'un côté de la frontière ou de l'autre. La sécurité de l'occupant ne pouvait sérieusement être menacée si ces troupes avaient été massées en Alsace-Lorraine, d'où en une journée elles pouvaient rentrer en pays occupé. Mais le parti militaire, dont les craintes, les défiances, les regrets mal dissimulés pesaient d'un poids si lourd sur les décisions de l'Allemagne, ne voulait entendre parler à aucun prix de cette réduction. On dut abandonner tout espoir d'arriver à cet égard à une solution transactionnelle. Tout ce qu'on put obtenir, ainsi qu'on l'a vu dans le précédent chapitre, c'est l'insertion dans la convention du 29 juin 1872 d'une stipulation bien vague, celle de l'article 6, prévoyant l'éventualité de la diminution de l'effectif et, comme conséquence toute naturelle, la réduction proportionnelle des frais d'entretien. Mais ce n'était qu'une simple prévision qui n'engageait en rien le gouvernement allemand et n'avait en aucune façon le caractère obligatoire d'une promesse.

En vain, après la signature de cette convention et pour chercher à atténuer la mauvaise impression qu'elle avait produite en France, essaya-t-on de renouer la négociation sur la question de diminution de l'effectif. Gontaut-Biron, à Berlin, croyait d'abord pouvoir y réussir (1). Mais les bonnes dispositions qu'on avait cru remarquer chez nos

---

(1) Dépêche de Gontaut-Biron à Rémusat, 8 juillet 1872. THIERS, *Occupation et libération du territoire*, t. I, p. 448.

voisins n'avaient été que de courte durée. Une crise nouvelle de défiance et de soupçons injustes s'était déclarée. Le parti militaire avait de nouveau circonvenu l'Empereur et lui avait fait entrevoir, en les exagérant, les dangers résultant de l'éparpillement des troupes d'occupation (1). Il parut impossible de le convaincre de nos loyales intentions. Dès lors, tout l'effort de notre diplomatie se concentra à Nancy, auprès du quartier général, pour obtenir une répartition aussi équitable que possible des troupes dans les derniers départements occupés. Ici on aboutit à des solutions satisfaisantes, grâce à l'esprit de conciliation dont ne cessa jamais de faire preuve le général en chef Manteuffel. Ce fut notre dernière tentative pour arriver à la diminution du chiffre des troupes d'occupation.

La fin de 1872 et le début de 1873 s'écoulèrent donc sans qu'aucun allégement fût apporté à la situation. Lorsque en mars 1873 fut signée la convention concernant la libération définitive, il fallut pourtant entrer dans la voie des atténuations. On ne pouvait pas raisonnablement, après avoir évacué les Ardennes, les Vosges, Meurthe-et-Moselle, la Meuse et Belfort, concentrer les 68.000 hommes de l'armée d'occupation à Verdun et sur la route de Verdun à Metz. Bismarck parla d'une mesure de ce genre à notre ambassadeur (2). Mais cette exigence comminatoire, suprême effort du parti militaire enfin désarmé à coups de milliards, ne devait pas être maintenue. On se borna à renforcer la garnison de Verdun de 1.000 hommes et à stipuler que les deux gîtes d'étapes d'Étain et Conflans seraient occupés par un bataillon. Le chiffre des troupes ne fut donc réduit que tout à fait à la fin, dans la courte durée qui va de juillet au 16 septembre 1873. C'est la seule concession qu'on put arracher à un contractant obstiné dans sa méfiance injustifiée.

---

(1) Saint-Vallier à Thiers, 13 juillet 1872. THIERS, *Occupation et libération du territoire*, t. I, pp. 449 et suiv.

(2) Gontaut-Biron à Thiers, 16 mars 1873. THIERS, *Occupation et libération du territoire*, t. II, p. 360.

III

La convention de Ferrières ne se bornait pas aux clauses concernant l'alimentation. L'Allemagne y avait fait insérer des précisions destinées à assurer à ses troupes des établissements militaires convenables (1). Fidèles à leurs habitudes d'ordre et de méthode, les Allemands avaient prévu tout ce qui concernait le logement des officiers et des hommes, les ateliers et magasins, les bureaux pour les chefs de corps et les administrations, les manèges, champs d'exercice et de tir, mess pour officiers. L'administration militaire française avait dû s'incliner devant ces nécessités, conséquences inévitables d'une occupation qui devait durer plusieurs années. Elle comprenait fort bien, au surplus, que ces mesures étaient dans l'intérêt du pays. En cantonnant les troupes dans les établissements qui leur étaient réservés, on évitait autant que possible les occasions de contact avec la population civile, on écartait des chances quotidiennes de conflit. La précision minutieuse avec laquelle ces arrangements avaient été libellés d'un commun accord, rendit tolérables les rapports forcés que ce régime anormal établissait entre les intendances militaires des deux gouvernements. Les difficultés et les heurts inévitables en pareil cas furent sans doute une cause de soucis pour ceux qui avaient mission de les empêcher ou de les atténuer. Mais les dissentiments furent toujours passagers. Jamais ils ne dégénérèrent en conflit aigu. Deux questions pourtant donnèrent lieu à des litiges qui méritent d'être rappelés.

Le premier est relatif à l'organisation du service religieux protestant (2). La convention de Ferrières avait omis de

---

(1) Une circulaire du ministre de la guerre français aux intendants (30 octobre 1871) leur donnait à ce sujet des instructions détaillées. Archives de Meurthe-et-Moselle, dossier : Affaires franco-allemandes 1871-1872, n° 514.

(2) Sur cette question il n'y a qu'une courte note insérée comme annexe dans le tome II de VALFREY, pp. 255, 256. Les renseignements qu'elle contient sont en désaccord avec les documents authentiques et inédits que nous avons pu utiliser.

mentionner, parmi les établissements militaires exigés pour
les troupes allemandes, les locaux destinés à l'exercice du
culte protestant, du moins dans les localités où il n'existait
pas d'édifice consacré par avance à ce culte. Toutefois, on
avait vite compris de notre côté qu'il fallait pourvoir à
cette nécessité d'ordre moral. Une circulaire du ministre
de la guerre, général de Cissey, du 30 octobre 1871, indiquait aux intendants qu'il était désirable que, d'un commun accord avec l'autorité civile, l'intendance aidât les
Allemands à trouver les locaux appropriés à cet objet (1). Il
semble que partout on ne tint pas compte de ces instructions
prévoyantes. Au début de 1872, une difficulté surgit à ce
propos dans la petite ville de Pont-à-Mousson (Meurthe-et-
Moselle). Le commandant de l'armée d'occupation réclamait
pour les troupes de cette localité soit un local spécial, soit
l'abandon d'une église inoccupée. Il se heurtait au mauvais
vouloir de l'administration municipale et à la négligence
de notre administration militaire. Passant rapidement au
ton de la menace, on nous laissait un court délai pour que
la question fût définitivement réglée et on nous faisait
entrevoir la possibilité de mesures de violence : l'occupation
par la force d'une église catholique pour le cas où satisfaction ne serait pas donnée à la réclamation. Les instances de
Saint-Vallier auprès du préfet de Meurthe-et-Moselle eurent
rapidement raison des retards de la municipalité. Elle mit
à la disposition de l'autorité allemande la salle de la bibliothèque du petit séminaire (2).

Saint-Vallier avait été ému de l'incident à tel point, qu'il
crut devoir solliciter l'intervention directe du chef de l'État
pour empêcher le retour de pareils faits. Une dépêche de
celui-ci aux préfets des départements occupés (Meurthe-et-
Moselle, Ardennes, Meuse, Vosges, Haute-Marne, Marne)
indiquait en termes impératifs l'obligation d'assurer aux

---

(1) Archives de Meurthe-et-Moselle, dossier : Affaires franco-allemandes
1871-1872, n° 514.
(2) La correspondance relative à ce conflit se trouve aux archives de Meurthe-et-Moselle, dossier : Affaires franco-allemandes 1871-1872, n° 695.

occupants le moyen de suivre les prescriptions de leur culte.
« Si vous ne pouvez décider les curés à prêter leurs églises
pour quelques heures, disait Thiers, ménagez-vous un local
ailleurs et notamment dans les mairies. Faites céder toutes
les résistances des maires... Parlez au nom du gouvernement et faites-vous obéir (1). » La dépêche fut communiquée à Manteuffel. Celui-ci, tout en constatant « qu'il
n'était pas dans le sens du Seigneur » de refuser une église,
déclarait se contenter de la bibliothèque du séminaire (2).
Mais il priait qu'à l'avenir on n'offrît plus, comme l'avait
fait par dérision l'autorité municipale, une salle de spectacle pour célébrer le service religieux. Avec raison il jugeait de tels procédés offensants pour lui et ses soldats (3).
Il fallait éviter qu'un conflit de ce genre se reproduisît.
C'est à quoi s'employa sur-le-champ Saint-Vallier en adressant une circulaire aux préfets des départements occupés.
Un peu plus tard, au mois d'octobre de la même année,
il crut devoir encore prendre ses précautions au moment
où l'évacuation des départements champenois allait faire
refluer des troupes en plus grand nombre dans les derniers
départements occupés (4). Cette fois, les mesures avaient
été prises en temps opportun. Une prévoyance intelligente
et toujours en éveil avait conjuré tout péril et rendu impossible le retour d'une querelle où nos administrateurs
locaux avaient pu faire supposer aux Allemands que l'in-
tolérance religieuse était pour nous une des formes du
patriotisme.

Une seconde question, celle-ci relative à l'installation

---

(1) Thiers aux préfets, 11 février 1872. THIERS, *Occupation et libération du
territoire*, t. I, p. 164.

(2) Les Allemands étaient d'autant plus surpris de la résistance des curés
français à prêter leurs églises pour quelques heures qu'en Allemagne il y a
beaucoup de localités où les édifices religieux servent à l'un et à l'autre culte.
Ils ne pensaient donc pas commettre de profanation.

(3) Manteuffel à Saint-Vallier, 11 février 1872. THIERS, *Occupation et libération du territoire*, t. I, p. 166.

(4) Circulaire du 12 février 1872 et lettres au préfet de Meurthe-et-Moselle
des 19 et 28 octobre 1872. Archives de Meurthe-et-Moselle, dossier : Affaires
allemandes 1870-1873, liasse : Entretien de l'armée d'occupation.

matérielle des troupes, n'alla pas non plus sans encombre.
C'est celle du baraquement (1). Dès la fin de 1871, elle
donnait lieu à des désaccords fâcheux et qui n'étaient point
encore terminés tout à fait en octobre 1872. Ici encore nous
eûmes à lutter à la fois contre les lenteurs voulues ou l'esprit
de routine étroit de nos agents et les exigences insatiables
des chefs de corps allemands. Il fallut au gouvernement
central toute son énergie, à son représentant près du quartier général toute son adresse, à Manteuffel tout son esprit
de bienveillante équité pour aboutir à des solutions satisfaisantes.

La convention de Ferrières prévoyait (art. 10) que les
troupes d'occupation seraient logées de préférence dans les
bâtiments publics et ceux pris à loyer dans ce but. On ne
devait employer le logement chez l'habitant qu'en cas d'insuffisance de ces deux premiers moyens. Il semblait donc
tout naturel que, là où existaient des casernes, on les utilisât
avant tous autres locaux pour y placer les soldats. Mais on
ne fut pas long à se heurter ici à une résistance inattendue
de la part des chefs de corps. Le procédé du placement chez
l'habitant paraissait avoir toutes les prédilections des Allemands, accoutumés chez eux de longue date à ce mode de
logement qui leur laisse une liberté relative et des facilités
de vie auxquelles le soldat caserné ne saurait prétendre.
Durant la guerre et pendant l'armistice, ce moyen avait été
employé partout où avaient lieu des passages de troupes et
même des séjours prolongés. Le casernement avec ses
rigueurs disciplinaires contrariait donc des habitudes invétérées et ces velléités d'indépendance qui se manifestent
toujours chez les militaires en campagne. Les chefs eux-
mêmes étaient dans les mêmes sentiments que leurs soldats.
Aussi, tous les prétextes leur étaient bons pour ne pas

---

(1) VALFREY, *Histoire du traité de Francfort*, a consacré une de ses notes
annexes à cette affaire assez complexe, t. II, pp. 245-251. On le complétera
par l'ouvrage de DONIOL sur Thiers, Saint-Vallier et Manteuffel, pp. 233-263,
et les dépêches insérées dans les deux volumes de THIERS, *Occupation et libération du territoire*.

accepter les casernements : humidité, installation incomplète, absence de literie ou de couvertures, aménagement défectueux au point de vue sanitaire (1). Ajoutons que, dans beaucoup de localités occupées ou destinées à l'être, il n'y avait point de casernes, ce qui, vu la difficulté de trouver en peu de temps des bâtiments publics pouvant servir au casernement et répondre aux exigences des occupants, nous mettait dans la nécessité de continuer la pratique du logement chez l'habitant. Or, nos populations, écrasées depuis plus d'un an par les passages incessants de troupes, demandaient avec instance que cette charge, si pénible à tous égards, leur fût épargnée (2). Les contacts rendus plus fréquents par la présence permanente des soldats étrangers au foyer de ceux qu'ils seraient tentés de traiter en vaincus pouvaient d'ailleurs devenir trop facilement une cause de rixes, de conflits et de désordres dangereux pour la sécurité de l'occupant, encore plus pour celle des populations exposées à des représailles rigoureuses.

On ne fut pas longtemps à s'apercevoir combien il était difficile de concilier ces exigences contradictoires. Ce ne fut pas sans se dépenser en efforts souvent paralysés par la lenteur ou les dissensions mesquines de nos administrations militaires (intendance et génie), que Saint-Vallier finit par obtenir le consentement de Manteuffel à l'entrée des soldats dans les casernes existantes (3). Et encore fallait-il que les locaux fussent remis en état et que rien ne manquât dans les fournitures de matériel, sinon le casernement devait être abandonné, et on nous menaçait de revenir au système de l'*Einquartierung*, au logement chez l'habitant. Assez vite

---

(1) Thiers à Saint-Vallier et Saint-Vallier à Thiers, 30 octobre 1871; Saint-Vallier à Rémusat et à Thiers, 26 octobre 1872. THIERS, *Occupation et libération du territoire*, t. I, pp. 88, 89, 90; t. II, pp. 109, 110, 116, 117.

(2) Il est à noter que, d'après l'article 10 de la convention de Ferrières, les troupes en logement chez l'habitant n'avaient plus droit à la nourriture, mais uniquement à la « place au feu et à la chandelle ».

(3) Saint-Vallier à Thiers, 31 octobre 1871. THIERS, *Occupation et libération du territoire*, t. I, p. 95, pour les obstacles apportés par nos administrations.

pourtant, dans l'été de 1871, cette première difficulté avait
été aplanie.

La solution était moins aisée à trouver pour les localités
dépourvues de casernes, pour celles aussi où les casernements existants étaient trop exigus par rapport au chiffre
de la garnison. En pareil cas, il n'y avait qu'un seul moyen
d'épargner aux habitants les désagréments du logement
militaire, c'était de construire dans les délais les plus brefs
des locaux appropriés, en y adjoignant toutes les dépendances prévues par la convention de Ferrières. Comme il
ne pouvait être question d'édifier des bâtiments en pierre,
on s'était arrêté au système des baraques. Mais la difficulté
de les faire agréer était plus grande que pour les casernes.
Les Allemands étaient encore moins préparés à admettre
ce mode de logement dont le type leur était peu familier,
édifié en matériaux légers, et où les hommes paraissaient
devoir être plus exposés aux intempéries. Il fallut toute
la diplomatie patiente de notre représentant au quartier
général, aidée des bonnes dispositions de Manteuffel, pour
triompher des répugnances irraisonnées ou feintes des soldats et de leurs chefs. Après des essais qui donnèrent
satisfaction, on réussit à baraquer sur différents points du
territoire occupé un certain nombre de troupes. Le général
en chef favorisait ce mode de casernement qui libérait les
habitants de la charge des logements militaires. Mais les
lenteurs apportées à la construction par notre administration militaire, « son formalisme maladroit et hors de saison »
paralysaient singulièrement les bonnes dispositions du chef
de l'armée d'occupation et les efforts de notre commissaire.
Les dépêches de Saint-Vallier dans les derniers jours de
1871 sont remplies de plaintes impatientes à ce sujet (1).
Et dans les débuts de 1872, en février, il fallait encore
une fois s'adresser au président de la République, solliciter des ordres catégoriques destinés à avoir raison des

---

(1) Saint-Vallier à Thiers, 24, 26 décembre 1871. THIERS, *Occupation et
libération du territoire*, t. I, pp. 110, 111, 113.

résistances sournoises et des mauvaises volontés de **nos** administrations (1).

A peine résolue, la question des baraquements se représenta dans l'été de 1872, et cette fois avec une acuité toute particulière. A la suite de la convention du 29 juin 1872, les deux départements de la Marne et de la Haute-Marne allaient être évacués. Comme on n'avait pu obtenir la réduction de l'effectif de l'armée occupante, il s'agissait de trouver de la place pour les 16.800 hommes qui devaient quitter les localités champenoises et s'ajouter à ceux qui étaient déjà dans les derniers départements occupés. Les casernements existants étaient encombrés. A tout prix le gouvernement français voulait éviter le logement chez l'habitant. Il fallait donc encore une fois recourir à l'expédient des baraques. Mais pour qu'à aucun moment les habitants ne fussent contraints de recevoir des troupes, il était nécessaire de combiner le moment de l'évacuation avec celui de l'achèvement des constructions, afin que les soldats pussent passer sans transition des baraquements des deux Marnes dans ceux à construire. Au préalable, il était nécessaire d'obtenir le consentement de l'autorité militaire allemande. Manteuffel comme auparavant s'y prêtait de bonne grâce, et aussi à toutes les combinaisons destinées à faciliter l'opération de l'évacuation et de la réinstallation dans les baraquements nouveaux (2). Mais encore une fois on eut à triompher des résistances des chefs de corps qui, regrettant le logement chez l'habitant, soulevaient des difficultés continuelles. Il fallut que Saint-Vallier traitât avec chacun d'eux séparément et obtînt d'eux un engagement écrit d'entrer dans les baraques (3). Manteuffel le secondait sans doute dans ses démarches. Mais cet officier général se trouvait dans une situation

---

(1) Thiers aux préfets de Nancy, Mézières, Bar-le-Duc, Épinal, Chaumont, Châlons-sur-Marne, 11 février 1872. THIERS, *Occupation et libération du territoire*, t. I, p. 164.

(2) Saint-Vallier à Rémusat, 4 juillet 1872. THIERS, *Occupation et libération du territoire*, t. I, pp. 434 et suiv.

(3) Saint-Vallier à Thiers, 26 octobre 1872. THIERS, *Occupation et libération du territoire*, t. II, pp. 116, 117, 118.

très délicate. S'employant à calmer les plaintes souvent
injustifiées de ses officiers subordonnés, il s'exposait à leur
mécontentement. On l'accusait de sacrifier le bien-être de ses
troupes et même leur sécurité à son désir de plaire aux Français. Il en vint même, pour faire taire les récriminations,
à allouer aux troupes baraquées des gratifications en argent
et à leur faire distribuer des rations supplémentaires de
cognac sur les fonds du quartier général, pendant la saison
des pluies (1).

L'appui que notre représentant trouvait auprès du général en chef lui était d'autant plus précieux que les obstacles auxquels il se heurtait venaient souvent de ceux qui
auraient dû être les premiers à lui faciliter la tâche. Le
désaccord persista longtemps entre nos intendants et nos
officiers du génie. Ces derniers affectaient de ne point obéir
et même de ne pas répondre aux instructions que leur donnait Saint-Vallier (2). Les préfets s'interposaient dans ses
négociations avec les chefs de corps, s'efforçant d'obtenir
pour leur département des atténuations à l'occupation et ne
visant qu'à faire retomber la charge sur les départements
voisins (3). Les retards furent tels, que l'évacuation des
deux départements de la Marne n'eut pas lieu à l'époque
fixée. Enfin, l'activité inlassable et la volonté tenace de
Saint-Vallier triomphèrent de toutes ces résistances (4).
Vers la mi-novembre, tout était terminé. On avait obtenu
l'entrée des troupes dans les baraquements, les locaux
avaient été acceptés, nulle part on n'avait imposé aux habitants les logements militaires (5).

---

(1) Saint-Vallier à Thiers, 21 décembre 1872. THIERS, *Occupation et libération du territoire*, t. II, pp. 142-143.

(2) Saint-Vallier à Thiers, 12 août 1872. THIERS, *Occupation et libération
du territoire*, t. II, pp. 8-9-10.

(3) Saint-Vallier à Rémusat, 4 juillet 1872. THIERS, *Occupation et libération du territoire*, t. I, p. 440.

(4) DONIOL, *M. Thiers, le comte de Saint-Vallier, le général de Manteuffel*,
pp. 244-245.

(5) Saint-Vallier à Thiers. THIERS, *Occupation et libération du territoire*,
t. II, p. 137.

IV

Les difficultés d'ordre militaire ne se bornèrent pas aux questions concernant les établissements destinés aux troupes de l'armée d'occupation. On eut à se préoccuper aussi d'une question connexe, celle de la répartition des corps évacuant des départements pour entrer dans d'autres. L'état-major allemand et le parti militaire, toujours défiants, insistaient pour la concentration des troupes dans des localités choisies en vue de la reprise éventuelle d'une action militaire contre nous (1). On ne voulait pas croire au besoin de repos, au désir de paix qui succèdent aux grandes crises et aux grands désastres. On persistait à voir en nous la nation turbulente et inquiète. On prêtait à nos gouvernants les plus sages des arrière-pensées de revanche, parce qu'ils voulaient une armée réorganisée, et qu'à la différence du second Empire, ils aspiraient « à ne pas être entreprenants et faibles, mais tranquilles et forts (2). » Ces dispositions d'esprit peu favorables pesèrent certainement d'un poids assez lourd sur les arrangements relatifs à l'entrée des troupes dans les baraquements.

Elles provoquèrent aussi de vives réclamations de la part de l'Allemagne chaque fois que, une partie du territoire étant évacuée, la France la faisait réoccuper par ses troupes. Les conventions qui réglaient les conditions de l'évacuation prévoyaient la neutralisation de ces territoires et stipulaient qu'on ne devait y replacer que les troupes nécessaires au maintien de l'ordre. Mais toujours en éveil, toujours en garde contre une attaque inopinée, les Allemands ne cessaient de scruter jusqu'au moindre mouvement de troupes, signalaient comme un danger le placement d'un régiment dans telle localité. En janvier 1872, Saint-Vallier avertissait le gouvernement d'avoir à se montrer très réservé, de ne pas

---

(1) Doniol, *op. cit.*, p. 237.

(2) Thiers à Gontaut-Biron, 28 janvier 1872. Thiers, *Occupation et libération du territoire*, t. II, p. 141.

fournir au chancelier l'occasion, en nous rappelant à la
stricte observance de nos engagements, de se mêler de nos
affaires intérieures (1). Et les mêmes appréhensions l'amenaient à reproduire ses observations en octobre 1872, après
l'évacuation des départements de la Marne (2). On ne savait
que faire de notre côté, ni si on pouvait réoccuper le camp
de Châlons avec des effectifs sérieux, ni si on avait le droit
de mettre une garnison importante dans des villes popu-
leuses et ouvrières comme Reims, ou si on devait céder une
fois de plus, s'incliner devant des exigences qui ne se produisaient pas encore ouvertement, mais qu'on sentait mena-
çantes. On finit par se résoudre au parti le plus prudent. Au
lieu d'envoyer toute une division, ce qui n'était pas trop
pour deux départements comme ceux de la Marne et de la
Haute-Marne, et ce qui était précisément l'ancienne garnison du temps de paix, on se borna à l'envoi d'une brigade et
d'un régiment de cavalerie (3). Il fallait faire preuve de ces
intentions pacifiques auxquelles nos adversaires, toujours
sur leurs gardes, ne voulaient pas nous croire résignés.

Ces craintes vraiment exagérées du parti militaire poussaient le quartier général dans une voie où il n'était guère
souhaitable de le voir entrer trop avant. Elles l'amenaient à
intervenir dans des questions où notre administration civile
eût dû avoir sa pleine liberté d'action. Il était difficile qu'elle
la conservât dès que les Allemands invoquaient dans l'intérêt de la sécurité de leurs troupes des raisons irréfutables.
C'est ce qui, dès le mois d'août 1871, nous avait déterminés
à régler la question délicate du droit de chasse dans un sens
restrictif. Un accord avait été ménagé à ce sujet par les
soins de Saint-Vallier. Afin d'éviter toutes les occasions
possibles de collision, le gouvernement français interdisait
par mesure générale l'exercice de la chasse au fusil dans les

---

(1) Saint-Vallier à Thiers, 12 janvier 1872. THIERS, *Occupation et libération du territoire*, t. I, pp. 118-119.

(2) Saint-Vallier à Thiers, 14 et 17 octobre 1872. THIERS, *Occupation et libération du territoire*, t. II, pp. 77, 79; 84, 88 pour la réponse de Thiers.

(3) Thiers à Saint-Vallier, 5 octobre 1872. THIERS, *Occupation et libération
du territoire*, t. II, p. 64.

départements occupés. De son côté, le général en chef prenait l'engagement d'interdire la chasse à ses officiers et soldats (1). La question se posa à nouveau l'année d'après. Sur les instances des populations, les préfets avaient cru devoir déclarer la chasse ouverte. Mais l'autorité militaire allemande maintenait avec fermeté sa décision antérieure. On pouvait craindre qu'elle ne se décidât à faire elle-même la police de la chasse, sous le prétexte de prémunir les occupants contre les agressions des chasseurs. Saint-Vallier dut provoquer l'intervention du ministre de l'intérieur. Celui-ci donna aux préfets des départements occupés le droit de prononcer la clôture générale de la chasse dans leurs départements respectifs (2).

La prévision d'une prise d'armes contre les troupes allemandes donna lieu également, dans l'automne de 1872, à une nouvelle immixtion de l'autorité militaire dans une question de police intérieure. Il s'agissait de l'armement des douaniers et des gardes forestiers (3). Tout le long de la nouvelle frontière, les préposés des douanes étaient exposés à de fréquentes agressions. La contrebande, plus active que jamais sur un terrain nouveau pour elle, était provoquée par la surélévation des droits d'entrée en France nécessitée par nos besoins d'argent. Saint-Vallier avait donc demandé qu'on nous autorisât à réarmer nos douaniers. Pouvait-on sérieusement redouter l'attaque de ces agents, au nombre de 1.200 à 1.300, égrenés sur une longue bande de territoire? Rien de moins probable. On se heurtait pourtant à un refus. Nos préposés allaient rester désarmés en face des fraudeurs. Enfin, après des négociations laborieuses, nous obtenions le droit de donner à nos douaniers les moyens de se défendre. Saint-Vallier obtenait de Manteuffel l'armement de 1.200

(1) Saint-Vallier à Manteuffel, Compiègne, 26 août 1871. Archives de Meurthe-et-Moselle, Affaires allemandes 1870-1873, liasse : Chasse, port d'armes à feu.

(2) Saint-Vallier au préfet de Meurthe-et-Moselle, 13 septembre, 2, 6 novembre 1872. Archives de Meurthe-et-Moselle, Affaires allemandes 1870-1873, liasse : Chasse, port d'armes à feu.

(3) DONIOL, op. cit. pp. 238, 239, 263.

douaniers de la ligne frontière de Meurthe-et-Moselle et de la Meuse. Il en fut de même pour le réarmement des forestiers (1).

V

L'occupation par l'Allemagne d'un certain nombre de nos départements n'avait pas eu pour unique effet de mettre à notre charge les frais d'entretien des troupes qu'elle y avait laissées, de nous obliger à leur fournir le logement et les établissements militaires accessoires, de nous forcer à prendre des mesures exceptionnelles destinées à garartir la sécurité des occupants. Le fait que l'autorité militaire n'était plus exercée par nous dans tout le rayon de l'occupation entraînait un partage d'attributions avec l'autorité civile qui restait confiée aux agents administratifs français. Ce régime avait fait l'objet d'une stipulation des préliminaires. L'article 8 portait que, après ratification du traité définitif, l'administration des départements occupés serait remise aux autorités françaises. Mais celles-ci restaient subordonnées aux commandants des troupes occupantes pour tout ce qui concernait la sûreté, l'entretien et la distribution des troupes (2). Une convention beaucoup plus explicite, signée à Rouen le 16 mars 1871, vint compléter ces dispositions un peu trop sommaires (3). Elle décidait la remise immédiate de l'administration des départements occupés aux autorités françaises, sans qu'on eût à attendre la conclusion du traité définitif. Le gouvernement français obtenait le droit de réinstaller les préfets, sous-préfets, maires et autres agents administratifs. Les services de la justice civile et criminelle, de la police, de la gendarmerie étaient rétablis. De son côté, le gouvernement impérial se

---

(1) Saint-Vallier au préfet de Meurthe-et-Moselle, 20 septembre et 8 octobre 1872. Archives de Meurthe-et-Moselle, Affaires allemandes 1870-1873, liasse : Armée, armement, poudres; Saint-Vallier à Thiers, 7 octobre 1872. THIERS, *Occupation et libération du territoire*, t. II, p. 69.

(2) VILLEFORT, t. I, p. 26.

(3) VILLEFORT, t. I, p. 56.

réservait le droit de placer partout où il le trouverait nécessaire des commissaires civils auxquels serait dévolue la direction de toutes les affaires concernant les intérêts allemands. Les fonctionnaires français devaient se confoimer aux mesures prises à cet égard par le commissaire civil, comme aussi à celles que les commandants militaires prescriraient dans l'intérêt de la sûreté, de l'entretien et de la distribution des troupes. Enfin, l'état de siège, avec toutes ses conséquences, était établi pour tous les départements occupés. Une lettre du général de Fabrice, commandant en chef de l'armée d'occupation, en date du 5 avril, adressée à notre Office des affaires étrangères, commentait en termes mesurés cette réglementation des rapports entre les autorités civiles françaises et les autorités militaires allemandes (1).

Il était désirable que les faits ne vinssent pas donner un démenti à ces bonnes intentions. Les Allemands, qui avaient, non sans regret, renoncé au droit de lever les impôts à partir du 2 mars 1871, jour de la ratification des préliminaires (2), allaient-ils se contenter de la large part d'autorité qui leur était faite, n'auraient-ils pas la tentation d'en abuser? Les administrateurs français sauraient-ils, de leur côté, se cantonner de bonne grâce dans le rôle nécessairement subordonné qui leur était assigné, imposer silence aux manifestations inopportunes d'un patriotisme exaspéré par la défaite, faire comprendre aux populations, aux organes de l'opinion que leur intérêt, d'accord avec leur dignité, leur interdisait les violences en actes et en paroles, leur conseillait le calme recueillement qui convient à des vaincus? Les habitants, foulés par l'invasion, auraient-ils la sagesse de suivre ces avis? Pourraient-ils supporter sans révolte l'humiliation constamment renouvelée d'une occupation qui, en se prolongeant, devait produire « l'effet inflammatoire d'un corps

---

(1) VILLEFORT, t. II, p. 261.
(2) Voir la seconde convention de Rouen du 16 mars 1871. VILLEFORT, t. I, p. 58.

étranger dans une plaie (1) »? Ces questions angoissantes,
nos gouvernants d'alors durent se les poser bien des fois au
cours de ces années d'épreuve, jusqu'au jour où ils purent
entrevoir en pleine confiance l'échéance de la libération.
Personne, ni eux ni les autorités allemandes, ne pouvait
espérer empêcher les rixes locales, les conflits de détail sur
des questions secondaires. Dans une situation semblable,
ils étaient inévitables et ne manquèrent pas de se produire (2). Mais, dans l'ensemble, les choses tournèrent mieux
qu'on n'eût pu le présager.

La stricte discipline de l'armée allemande d'occupation
fut, on ne saurait le nier, un des facteurs les plus efficaces
de ce résultat favorable. Elle tendait, sans doute, à fléchir
vers la fin, sous l'influence des excès de boisson (3). Les rixes
et les actes de violence s'accroissaient au point d'inquiéter
Manteuffel. Mais celui-ci se montrait d'autant plus sévère,
d'autant plus prompt à la répression. Dans un esprit de
prudence réfléchie, de conciliation intelligente, il s'efforçait
d'atténuer ce que les manifestations extérieures du loya-
lisme de ses troupes pouvaient avoir d'excessif ou de dangereux pour la sécurité des habitants. On en eut la preuve dans
les dispositions qu'il prit lors de la célébration, en mars
1872, de la fête de l'empereur d'Allemagne. Bien qu'il eût
reçu l'ordre de la faire célébrer avec la même solennité qu'en
Allemagne, il interdit par précaution les feux d'artifice et les
illuminations, décida que les banquets des soldats auraient
lieu dans l'intérieur des casernes, enfin qu'il ne serait pas
fait de distribution d'argent aux troupes, afin d'éviter
l'ivresse et les rixes, et que le nombre des villes où des salves
d'artillerie devaient être tirées serait restreint.

---

(1) Thiers à Saint-Vallier, 4 mars 1872. THIERS, *Occupation et libération du
territoire*, t. I, p. 102.

(2) Les documents conservés aux archives de Meurthe-et-Moselle contiennent de nombreuses pièces sur des questions où la préfecture a eu à agir seule,
sous les inspirations sans doute de Saint-Vallier, mais sans que son intervention fût apparente. Les archives des autres départements occupés fourniraient
certainement des documents de même nature.

(3) Saint-Vallier à Thiers, 12 avril 1872. THIERS, *Occupation et libération
du territoire*, t. I, p. 246.

Pour répondre à ces dispositions pacificatrices, nos fonctionnaires administratifs, préfets et sous-préfets, durent, par ordre, faire visite aux chefs des garnisons établies dans leurs résidences respectives (1). Les choses furent arrangées en 1873 de façon aussi discrète (2). On vit même Manteuffel s'abstenir de figurer dans des cérémonies allemandes officielles, telle que la séance d'inauguration de l'Université de Strasbourg, en expliquant que sa situation en France « lui interdisait de prendre part à une solennité qui ne pouvait manquer d'être douloureuse pour les Francais (3) ». Cette correction d'attitude, cette sympathie qui ne cherchait même pas à se dissimuler, étaient vivement appréciées par ceux, comme Saint-Vallier, qui chaque jour avaient l'occasion d'approcher le commandant en chef de l'armée d'occupation. Sa correspondance avec Thiers et le ministre des affaires étrangères est un témoignage sans cesse renouvelé des sentiments de gratitude que tout Français averti des choses aurait dû avoir pour le général.

Mieux que personne, par conséquent, Saint-Vallier était autorisé à recommander à nos fonctionnaires civils le respect des convenances internationales dans leurs relations quotidiennes avec les chefs militaires allemands. Au début, alors que le quartier général était encore à Compiègne, il dut signaler à Thiers le langage peu diplomatique des préfets ou sous-préfets qui, dans leurs rapports relatifs à des plaintes contre les Prussiens, traitaient ceux-ci de barbares, de sauvages ou de soudards. Il demandait qu'on rappelât nos agents à des formes plus courtoises dans les communications officielles (4). Il ajoutait qu'il y avait tout à gagner à

---

(1) Saint-Vallier à Thiers, 13 mars 1872; Thiers à Saint-Vallier, 15 mars 1872; Saint-Vallier à Thiers, 18 mars 1872. Thiers, *Occupation et libération du territoire*, t. I, pp. 211, 212, 213, 214, 217; archives de Meurthe-et-Moselle, Affaires franco-allemandes 1871-1872, n° 766.

(2) Saint-Vallier à Thiers, 12, 13, 24 mars 1873. Thiers, *Occupation et libération du territoire*, t. II, pp. 313, 325, 364.

(3) Saint-Vallier à Thiers, 3 mai 1872. Thiers, *Occupation et libération du territoire*, t. I, p. 322.

(4) Saint-Vallier à Thiers, 22 juillet 1871. Thiers, *Occupation et libération du territoire*, t. I, p. 26.

ne point exciter la susceptibilité toujours en éveil des militaires allemands. Plus tard, en mars 1872, il dut revenir à la charge, au moment où Manteuffel prenait sur lui d'empêcher, à l'occasion de la fête de l'Empereur, des manifestations extérieures pénibles pour nos sentiments patriotiques. Dans la Marne, les sous-préfets, « indociles et présomptueux », le procureur de la République à Reims, se faisaient une sorte de point d'honneur d'affecter vis-à-vis des fonctionnaires allemands une attitude d'impolitesse et d'éloignement contraire à nos véritables intérêts (1). Il fallait éviter que cette petite guerre discourtoise ne fournît un prétexte à des représailles dont les populations auraient fait les frais. A force de patience, de souplesse insinuante, de fermeté persuasive, notre représentant diplomatique y réussit. Sa correspondance avec le président de la République et le ministre des affaires étrangères, à partir de ce moment ne contient plus la moindre plainte à ce sujet contre les fonctionnaires administratifs, transformés pour un temps en agents diplomatiques bien stylés et prêts à accepter ses directions.

Même on les vit bientôt prendre trop à cœur leur nouveau rôle, se mêler d'une façon intempestive aux négociations entamées par Saint-Vallier, au risque de les contrecarrer ou de les faire avorter. Tel fut le cas pour le préfet de Meurthe-et-Moselle, de Montesquiou, qu'on fut obligé de semoncer depuis Paris, à la demande de Saint-Vallier, pour lui interdire de négocier directement avec l'État-Major allemand (2). Son successeur Le Guay ne devra pas imiter cet exemple fâcheux. Il est de toute nécessité qu'on lui fasse la leçon par avance. Une lettre du ministre de l'intérieur au nouveau préfet lui rappelle que les préfets des départements occupés ne correspondent qu'avec le général de division qui commande dans leur département et pour les affaires loca-

---

(1) Saint-Vallier à Thiers, 18 mars 1872. THIERS, *Occupation et libération du territoire*, t. I, p. 220.

(2) Saint-Vallier à Thiers et réponse de Thiers, 13 et 15 juillet 1872. THIERS, *Occupation et libération du territoire*, t. I, pp. 454, 455, 457, et t. II, p. 12.

les. Mais ils doivent toujours s'adresser à notre commissaire
extraordinaire à Nancy, quand ils se trouvent en présence
de questions dont la solution appartient au quartier-général
et s'abstenir de toute communication avec le commandant
en chef (1). La leçon semble avoir porté ses fruits et Saint-
Vallier se loue de l'excellente position prise dès son arrivée
par le nouveau préfet (2). Doniol, qui remplaça Le Guay à
la préfecture du chef-lieu de l'occupation, sut, comme son
prédécesseur, s'en tenir à son rôle subordonné et seconder
habilement notre agent diplomatique sans porter atteinte
à sa prérogative comme chef de mission, sans intervenir à
contretemps dans un domaine où celui-ci était seul
maître (3).

VI

Nos administrateurs trouvèrent-ils dans la presse locale,
organe et inspiratrice de l'opinion désorientée par tant de
revers, un appui utile pour cette œuvre de pacification à
laquelle le gouvernement central les avait conviés ? Il est de
toute justice de le constater. Au cours de la guerre, les journaux des départements envahis avaient presque partout
cessé leur publication. Ils avaient dû céder la place à des
feuilles inspirées par les autorités allemandes, sorte de presse
semi-officielle publiée dans chacun des gouvernements
généraux formés successivement, à mesure que l'ennemi
étendait ses prises (4). Puis, la paix signée, l'occupant avait
spontanément renoncé à cette pratique dont il n'espérait

---

(1) Victor Lefranc au préfet de Meurthe-et-Moselle, Versailles 9 septembre
1872. Archives de Meurthe-et-Moselle, série R, carton : Affaires allemandes
1870-1873, liasse : Armée, armements, poudres.

(2) Saint-Vallier à Thiers, 12 août et 17 septembre 1872. THIERS, *Occupation et libération du territoire*, t. II, pp. 12, 39.

(3) Saint-Vallier à Thiers, 29 mars 1873. THIERS, *Occupation et libération
du territoire*, t. II, p. 373.

(4) En voici la liste : *Nouvelles officielles pour le gouvernement général de
l'Alsace*, publiées d'abord à Haguenau, ensuite à Strasbourg; *Moniteur officiel
du gouvernement général de Lorraine*, paru à Nancy; *Moniteur officiel du gouvernement général siégeant à Reims*, paru à Reims; *Moniteur officiel du gouvernement général du nord de la France et de la préfecture de Seine-et-Oise*, paru à
Versailles.

plus tirer d'avantages. La liberté de paraître avait été rendue aux journaux départementaux, mais avec les restrictions que comportait l'état de siège. Sauf de très rares exceptions, ils comprirent quelle réserve prudente leur imposait la condition anormale où ils se trouvaient placés et qu'ayant affaire à l'autorité militaire allemande, ils n'auraient pas de ménagements à en espérer (1). Cette attitude de correction forcée contrastait avec celle de certains représentants de la presse parisienne qui, loin des atteintes de l'occupant, montraient moins de retenue (2). Ne ménageant leurs attaques ni à l'armée d'occupation, ni à son chef, ni aux Allemands en général, ils entretenaient l'agitation dans les régions où le gouvernement français avait le plus grand intérêt à la calmer, et ne comprenaient pas « qu'il y a peu de mérite à faire du patriotisme de mauvais goût, quand il a pour résultat d'empirer la situation des départements occupés (3) ».

Nos calmes populations de l'Est avaient heureusement un bon sens trop ferme, une vue trop claire de leurs véritables intérêts pour se laisser influencer par des excitations venues de ceux qui ne devaient pas prendre part aux périls qu'ils auraient contribué à faire naître. Obligés de vivre côte à côte pendant de longs mois avec ceux en qui ils voyaient toujours les vainqueurs d'hier, les habitants prirent le parti le plus prudent, le plus politique et le plus digne. Ils ignorèrent ou feignirent d'ignorer la présence de l'occupant qu'ils rencontraient dans leur vie journalière à chaque pas. Froids par calcul et par tempérament, peu disposés à se risquer dans des affaires dont ils apercevaient dès l'abord

---

(1) La correspondance officielle de Thiers et de Saint-Vallier ne porte aucune trace de difficultés soulevées par l'attitude de la presse locale. Aux archives de Meurthe-et-Moselle, je n'ai trouvé en tout que deux pièces concernant des menaces d'intervention militaire, en 1871 et 1872, à propos du langage des deux journaux : la *Voix de la Moselle* et l'*Impartial de l'Est* (série R, carton : Affaires allemandes 1870-1873, liasse : Presse française).

(2) C'est surtout le *Soir* qui suscita le plus de difficultés au gouvernement. Voir THIERS, *Occupation et libération du territoire*, t. I, pp. 55, 60, 61, 62, 136; t. II, pp. 80-81.

(3) Saint-Vallier à Thiers, 14 octobre 1872. THIERS, *op. cit.*, t. II, p. 81.

le côté peu profitable, vivant dans des régions ouvertes, sillonnées de routes, peu propices aux vendettas et aux surprises, ils s'abstinrent des révoltes collectives, parce qu'ils en prévoyaient l'insuccès, et des violences isolées qui, si elles n'étaient pas sans danger, étaient sans honneur et sans gloire. Il y eut des exceptions, sans doute, et il eût été surprenant qu'il en fût autrement. Des attentats individuels furent commis contre des soldats allemands. Il n'y en eut qu'un fort petit nombre dirigés contre les officiers ou les fonctionnaires de l'armée occupante.

Si rares qu'aient été les actes de violence de la part des habitants, ils ne pouvaient manquer de nous créer chaque fois des embarras et même de susciter des difficultés d'ordre général. D'abord, il y avait la question de savoir si les auteurs des attentats devaient être livrés à la justice militaire allemande ou s'ils demeuraient justiciables de nos tribunaux de répression. La réponse ne pouvait faire doute, l'état de siège ayant été établi « avec toutes ses conséquences » par la convention de Rouen. Si un particulier accusé d'attentat contre un militaire allemand était réclamé par l'autorité militaire allemande, nous n'avions aucune raison de droit pour nous refuser à le livrer. Mais il fallait au préalable instruire contre l'auteur inconnu de l'attentat. Là, semble-t-il, l'autorité allemande était incompétente. Nous seuls pouvions utilement faire les recherches indispensables, « des étrangers ne pouvant, comme nous, pénétrer dans les recoins du pays pour y découvrir et y saisir les coupables ». L'application des principes eût donc conduit notre police judiciaire à se faire l'auxiliaire, la pourvoyeuse des tribunaux de guerre allemands. Il fallait éviter dans la mesure du possible ce résultat fâcheux. Il semble qu'on l'ait senti des deux côtés. La meilleure manière d'y arriver, c'était de ne point s'attacher strictement aux règles et, « sans faire de théorie, décider chaque cas pour lui-même et selon les circonstances particulières qui l'ont accompagné ». Telles étaient les instructions pleines de bon sens pratique que donnait Thiers en réponse à une demande de Saint-Vallier (1). Il nous arriva donc plusieurs fois de livrer des prévenus aux Allemands, comme aussi, en sens inverse, ceux-ci nous abandonnèrent la poursuite, l'instruction et le jugement des inculpés.

Cette latitude laissée à la justice répressive française, si elle donnait satisfaction à notre amour-propre national et nous permettait d'épargner des rigueurs extrêmes à nos compatriotes, pouvait être la source de graves difficultés pour le pays. C'est ainsi qu'à Lunéville, en janvier 1872, trois Français ayant blessé dans une rixe un hussard prussien, nos autorités judiciaires laissaient échapper les prévenus. Maladresse ou connivence, prétendaient les autorités militaires, et elles menaçaient d'imposer des garnisaires à la ville jusqu'à ce qu'on eût retrouvé les coupables ou l'un d'entre eux, s'engageant d'ailleurs à ne prononcer qu'une peine légère pour l'exemple (2). Même mésaventure en 1873 à Saint-Dié, où l'intervention active de Saint-Vallier épargnait à la ville des mesures coercitives, mais où il fallut blâmer ou déplacer substitut, commissaire de police, lieutenant de gendarmerie, dont l'incurie nous valait cette alerte (3). Mais ces légers ennuis ne furent rien à côté des tribulations que nous causèrent, au début, en août et septembre 1871, deux attentats contre des militaires allemands, commis dans la région parisienne, à Chelles et à Montreuil-sous-Bois.

Le gouvernement avait insisté auprès de Manteuffel pour que le jugement de ces actes criminels fût laissé à la justice française, bien que l'état de siège donnât certainement compétence aux tribunaux militaires allemands. Le général y avait consenti. Mais, au lendemain même de la lutte, il était difficile de demander à des jurés un verdict qui ne fût point dicté ou influencé par la passion. Bien que le ministère

---

(1) Saint-Vallier à Thiers; Thiers à Saint-Vallier, 24 et 29 janvier 1872. THIERS, *Occupation et libération du territoire,* t. I, pp. 127, 144, 145.

(2) Saint-Vallier à Thiers, 15 janvier 1872. THIERS, *Occupation et libération du territoire*, t. I, pp. 120, 121.

(3) Saint-Vallier à Thiers, 3 et 4 avril 1873. THIERS, *Occupation et libération du territoire*, t. II, pp. 377-380.

public eût, comme il le devait, fait tous ses efforts pour obtenir une condamnation, les jurys de Seine-et-Marne et de la Seine renvoyèrent absous les auteurs de ces violences (14 et 27 novembre). Dans l'intervalle entre ces deux verdicts, Épernay et Aÿ furent le théâtre de deux nouveaux attentats. Cette fois, les autorités françaises n'hésitèrent pas à livrer les coupables aux Allemands, qui les passèrent par les armes (1). Mais la presse allemande avait pris texte des deux acquittements de Melun et de Paris pour se répandre en invectives contre nous. Loin de la calmer, Bismarck avait attisé ses colères en lui donnant l'exemple de la violence. Une dépêche de lui à d'Arnim, du 7 décembre 1871, dont copie devait être laissée à notre ministre des affaires étrangères et dont le texte intégral fut livré aux journaux allemands quelques jours après, contenait des protestations indignées contre les deux acquittements, des menaces de représailles pour l'avenir au cas où la remise des auteurs d'attentats serait refusée à l'autorité militaire, et, ce qui était plus grave encore, des attaques contre la France « où le sentiment du droit est si complètement éteint », où « les amis du droit et de l'ordre dans la presse ne se sont pas sentis assez forts pour condamner la conduite des jurés », et où les rares voix qui ont risqué un blâme timide ne se sont placées qu'au point de vue des inconvénients qu'une telle sentence peut causer à la France, mais n'ont pas affirmé « qu'elle était incompatible avec les principes éternels de la justice, de l'ordre politique et avec le niveau actuel de la civilisation » (2).

Il y avait dans ce réquisitoire coléreux, dans cette leçon de justice et de bonne tenue donnée à la France sur un ton de pédantisme moralisateur tout à fait insolite, une exagération dans l'incorrection qui frappa Manteuffel lui-même (3). Il engageait notre gouvernement à ne pas rester

---

(1) VALFREY, *Histoire du traité de Francfort*, t. II, pp. 41, 42.
(2) La dépêche est reproduite dans VILLEFORT, t. II, p. 262.
(3) Saint-Vallier à Thiers, 24 décembre 1871. THIERS, *Occupation et libération du territoire*, t. I, pp. 104, 107.

sous le coup de cette violente sortie. Meilleur juge qu'à
Berlin des bonnes dispositions de nos populations, il faisait,
dans le même temps, rendre aux habitants leurs armes de
chasse, et dans ses rapports au Roi il affirmait avec énergie
sa confiance dans la modération des habitants, attestant
la sécurité de ses soldats contrairement aux assertions
d'une diplomatie qui s'abaissait au ton des polémiques de
presse (1). Mais le gouvernement français crut préférable
de ne pas protester contre cette diatribe. Il lui eût fallu
en dire trop pour en pouvoir dire assez. Bismarck, d'ailleurs,
n'avait voulu donner qu'une satisfaction au sentiment
public allemand surexcité. Le premier moment de colère
passé, il s'attacha à atténuer la dureté du procédé et, sans
doute sous des pressions venues du dehors, s'efforça de
présenter l'incident comme ne pouvant porter atteinte aux
rapports pacifiques entre les deux pays (2).

Manteuffel, de son côté, faisait tout son possible pour ramener le chancelier à une juste appréciation des choses.
Étant allé à Berlin au début de l'année 1872, il eut l'occasion de renseigner l'Empereur et Bismarck sur l'état véritable des esprits, et ses observations étaient en contradiction
si manifeste avec celles qu'au même moment l'ambassadeur allemand Arnim envoyait de Paris, que, forcé d'opter, Bismarck, avec sa vue claire des faits, sa pénétration
prompte et sa brusquerie de décision habituelle, avait fait
fond sur les dires du général et déclaré qu'il n'aurait désormais confiance qu'en ses avis (3). Rentré à Nancy, Manteuffel
dut, à la demande de Berlin, rédiger un rapport sur l'état
d'esprit des populations, et répéter par écrit le contenu de
ses entretiens verbaux. Il affirma que les départements
occupés étaient calmes, que les fonctionnaires avaient des
relations conciliantes avec les chefs allemands, et surtout
que les rares actes d'agression contre des soldats ne devaient

---

(1) Saint-Vallier à Thiers, 12 et 25 janvier 1872. THIERS, *Occupation et libération du territoire*, t. I, pp. 116, 130.
(2) VALFREY, *Histoire du Traité de Francfort*, t. II, pp. 52-58.
(3) DONIOL, *op. cit.* pp. 90, 94.

pas être attribués à une exaltation du sentiment patriotique, encore moins à une sorte de conspiration permanente contre l'Allemagne, mais qu'il fallait y voir bien plutôt des rixes de cabarets dans lesquelles les torts étaient aussi bien du côté des Allemands que du côté des Français. Il ajoutait, toujours dans le même ordre d'idées, que la prolongation de l'occupation engendrait inévitablement le mécontentement des troupes et, par une suite forcée, l'indiscipline et l'ivrognerie surtout qui faisait de regrettables progrès, étant donnés le bon marché du vin en France et la facilité de se le procurer pour des hommes à qui il était presque inconnu (1). Ainsi, le chef de l'armée d'occupation faisait tout pour atténuer les heurts inévitables, pour apaiser les passions toujours en éveil, et surtout pour imposer à ses hommes le joug d'une discipline qu'il sentait fléchissante. Préoccupé jusqu'au bout de la bonne tenue de ses troupes, lorsqu'il vit arriver la fin de cette « triste occupation », comme il l'appelait, il fit un dernier appel à ses généraux, officiers et soldats, pour que les derniers moments de leur séjour en France ne fussent marqués par aucun incident fâcheux, capable de compromettre le renom de discipline de l'armée allemande. Il poussa la précaution plus loin. Il reporta en été les manœuvres de régiments et de brigades qui devaient avoir lieu au printemps, de façon à tenir jusqu'au dernier moment les soldats en dehors des villes, où les excitations étaient plus à redouter (2).

VII

Bien des fois, au cours de ce chapitre et des précédents, on a eu l'occasion de parler de Manteuffel et de Saint-Vallier. A chaque pas on rencontre ces deux personnages. Tous deux ont joué pendant l'occupation un rôle de premier plan, l'un

---

(1) Saint-Vallier, ayant eu connaissance de la réponse de Manteuffel, la communique en résumé à Thiers, 2 mars 1872. THIERS, *Occupation et libération du territoire*, t. I, pp. 195, 197, 198.

(2) Saint-Vallier à Thiers, 29 mars 1873. THIERS, *Occupation et libération du territoire*, t. II, pp. 371-372.

complétant l'autre, s'aidant mutuellement à rendre moins sensibles les froissements, s'ingéniant à éviter, à apaiser les conflits. On ne saurait les quitter sans porter un jugement d'ensemble sur cette collaboration de tant de mois, où l'on ne sait ce qui doit être loué le plus : l'application à remplir son devoir, le désir de conciliation et d'apaisement, la bonne volonté toujours en quête des solutions transactionnelles, l'intelligence des faits, l'esprit de finesse qui permet de les ramener à leur vraie valeur, la connaissance des hommes, de leurs passions élevées ou mesquines, la pénétration que donne le maniement des grandes affaires internationales, et, par-dessus tout, le désir d'attacher son nom à l'une de ces œuvres de paix et de concorde qui, si elles n'ont pas le retentissement tumultueux et la sanglante auréole de l'œuvre guerrière, n'en laissent pas moins des traces durables dans le souvenir reconnaissant des peuples qui en ont profité.

L'idée de créer auprès du quartier général une représentation diplomatique, où la France eût un avocat autorisé, toujours prêt à défendre ses intérêts, n'est pas née brusquement. Comme toutes les déterminations des politiques, elle a eu d'humbles commencements. Le hasard, la nécessité, plus que la volonté prévoyante, y ont eu d'abord leur part. Dès le 6 mars 1871, quelques jours après la ratification des préliminaires, Bismarck avait dû quitter la France, retourner à Berlin. Il jugea utile d'avoir un remplaçant, une sorte de substitut, qui pût parler en son nom au gouvernement français, avec lequel les relations diplomatiques restaient toujours rompues, qui eût surtout qualité pour traiter des questions complexes qu'allait amener avec elle l'occupation d'une partie de notre territoire. C'étaient là des détails d'exécution, mais qui avaient leur importance et pour le règlement desquels il fallait une attention de tous les instants. Le général saxon de Fabrice fut investi de cette mission (1). Il la remplit avec modération et équité. De

---

(1) VALFREY, t. I, p. 136; FAVRE, t. III, p. 169; SOREL, t. II, p. 261; DONIOL, p. 2.

Rouen, où était d'abord son quartier général, il négocia et signa la convention du 16 mars réglant l'administration des territoires occupés. Le mouvement insurrectionnel de Paris devenant menaçant, il se rapprocha de la capitale et se transporta, le 14 avril, à Soisy, un peu au-dessus de Saint-Denis (1). Puisque, étant délégué de Bismarck, il avait une mission d'ordre diplomatique, il était en rapport direct avec notre ministre des affaires étrangères. Mais, comme chaque minute, dans ces premiers temps de l'occupation, pouvait faire surgir des incidents exigeant une solution urgente, il était bon que notre Office des affaires étrangères eût à poste fixe un représentant qualifié auprès du général allemand. Le colonel Delahaye, attaché militaire près notre légation d'Italie, occupa d'abord ce poste de confiance. Il fut l'agent officiellement accrédité du ministre auprès du quartier général (2).

Le siège du quartier général fut maintenu à Soisy tant que dura la Commune. L'Allemagne avait intérêt à surveiller et à serrer de près la capitale en révolution. Mais, une fois le traité de paix signé, l'insurrection domptée, les choses changèrent. L'occupation se régularisait ; elle devenait conventionnelle, cessait d'être une sorte de menace journalière d'intervention armée. Le personnel supérieur, le siège du commandement en chef, furent l'objet de modifications importantes. On mit fin à la mission du général de Fabrice. Le 25 juin, le général de Manteuffel, aide de camp du roi de Prusse, était nommé à sa place (3). Immédiatement, d'accord avec Thiers, il consentait à éloigner de Paris le siège de son quartier et à le reporter plus au nord, à Compiègne (4), où il le fixait dès le début de juillet. Quelques

---

(1) VALFREY, t. I, pp. 136, 140, fait erreur en appelant cette localité Soisy-sous-Étiolles. DONIOL, p. 14, a reproduit cette dénomination inexacte. Soisy-sous-Étiolles est dans l'arrondissement de Corbeil, au sud de Paris. Valfrey se rectifie lui-même en situant Soisy près d'Enghien. C'est donc Soisy-sous-Montmorency, où il y a un château du dix-huitième siècle.

(2) FAVRE, t. II, p. 314; SOREL, t. II, pp. 282, 288, 293, 294.

(3) VALFREY, t. I, p. 139.

(4) VALFREY, t. I, p. 140; DONIOL, p. 14.

jours après, le 14 juillet, Thiers nommait le comte de Saint-Vallier plénipotentiaire du gouvernement français auprès du général commandant l'armée d'occupation (1). Cette fois, c'était autre chose que la mission déléguée au colonel Delahaye. Thiers, avec sa compréhension affinée des choses que doublaient son sens critique et sa science d'historien, avait compris qu'un organisme nouveau convenait à une situation si particulièrement anormale. Un pays n'accrédite ses agents diplomatiques qu'en dehors de son territoire. Car, c'est au delà des limites de sa souveraineté qu'il a besoin d'avoir quelqu'un qui parle pour lui. Mais les circonstances faisaient que plusieurs de nos départements, occupés par une armée étrangère, formaient comme une France distincte du reste du pays, une France diminuée, où on nous avait enlevé l'un des principaux attributs de l'État souverain : le droit d'entretenir des forces armées et de s'en servir. Dans ces territoires, un chef suprême commandait au nom d'une puissance étrangère. Il était logique qu'auprès de ce chef nous eussions de façon permanente un agent qui servît d'organe de transmission et surtout pût chaque jour défendre nos droits et veiller à nos intérêts. En fait, d'ailleurs, dès les premiers moments où l'occupation s'était constituée en forme régulière, on avait eu l'impression très nette des difficultés sans cesse renaissantes qu'entraînerait l'absence, au quartier général, d'un représentant diplomatique de la France (2).

Celui que, par une inspiration heureuse, Thiers désignait pour ce rôle particulièrement délicat et presque paradoxal d'ambassadeur à l'intérieur n'était pas un nouveau venu dans la carrière. Pendant l'Empire il avait occupé une série de postes dans les pays allemands ou de langue allemande.

---

(1) VALFREY, t. I, p. 143; DONIOL, p. 10.

(2) Aux archives de Meurthe-et-Moselle (série R, Affaires allemandes 1870-1873, liasse : Questions de service et de relations), il y a quelques pièces du mois de mai et du début de juillet, où on voit le préfet communiquer directement, sous sa seule inspiration, avec les autorités locales allemandes. Mais, embarrassé, dénué de directions d'ensemble, il a recours au ministre des affaires étrangères qui s'efforce de le guider dans ce rôle nouveau pour un préfet.

L'année 1870 et la guerre le trouvèrent plénipotentiaire à Stuttgart. Jeune encore (1), actif et infatigable au travail malgré une santé débile, très au fait de la langue, du caractère, de la tournure d'esprit des Allemands, ses qualités de séduction personnelle, une rare distinction de tenue, la grâce et l'affabilité des manières le désignaient pour ce poste ingrat, où il semblait que tant de mérites délicats dussent être un hommage de plus rendu au triomphe de la force. Sans jamais abdiquer, sans humilier notre patriotisme devant un vainqueur qui « gardait toutes ses prétentions et demandait la reconnaissance de son triomphe (2) », il sut, dans cette position difficile, conquérir l'estime et gagner la confiance du commandant en chef. Celui-ci, de son côté, bien que militaire, avait été mêlé aux choses de la politique. Envoyé en Russie en 1866, après Sadowa, il avait ménagé l'accord secret, l'entente en vue de paralyser l'Autriche, au cas de lutte, déjà prévue, contre la France. Pourvu, durant la guerre, de hauts commandements dans le Nord, puis dans l'Est, c'était sa vigoureuse poursuite qui avait acculé à la frontière suisse les troupes en déroute de l'armée de Bourbaki, porté les derniers coups à nos armées de province. Comme il était Prussien, très estimé par son Roi, il avait paru, mieux que tout autre, indiqué pour le rôle définitif de délégué impérial, de représentant de l'Empire dans des pays mis en gage sous la forte main de l'Allemagne. Mais la rudesse militaire se tempérait chez lui de finesse, de tact, de haute politesse, d'un sentiment profond d'équité et de justice, d'une nuance aussi d'humaine compassion, d'autant plus précieuse qu'elle tendait à se faire plus rare chez ses compatriotes. Ne cachant point ses sympathies pour la France, qui étaient sincères, il fut et demeura « le plus ami de nos ennemis (3) ». Il sut comprendre, pénétrer la psy-

---

(1) Né en 1833, il n'avait que trente-huit ans.

(2) Manteuffel à Thiers, 26 décembre 1872. THIERS, *Occupation et libération du territoire*, t. II, p. 149. Cette lettre est presque en entier un éloge de Saint-Vallier.

(3) Saint-Vallier à Thiers, 7 octobre 1872. THIERS, *Occupation et libération du territoire*, t. II, p. 71.

chologie du vaincu. Tandis que d'autres, à Paris, Waldersee, Arnim et son entourage, nous jugeaient légèrement, avec outrance dans la sévérité, envoyaient des rapports de nature à nous nuire dans l'esprit d'un gouvernement déjà peu disposé à la bienveillance (1), Manteuffel nous peignait au naturel (2). Il se portait le garant de nos sentiments véritables et nous défendait contre les siens, bravant les critiques de ses entours, les attaques de la presse allemande, la colère de ses chefs. Désireux d'aboutir, il nous expliqua les Allemands, nous les découvrant par leurs petits côtés, «pointilleux et méthodiques, pédants et minutieux (3) ». Il nous mettait en garde contre des défauts qu'il n'avait pas, mais qu'il regrettait de voir s'insinuer et s'installer chez ses compatriotes : l'esprit de spéculation et d'avidité, l'âpreté au gain (4). Sans jamais trahir ses devoirs, il s'efforça de nous orienter du côté où nous avions chance de nous accorder avec notre rude adversaire, de ne pas être trop inférieurs à ce terrible jouteur diplomatique auquel il nous fallait disputer lambeau par lambeau la liberté de nos actes et de notre sol (5). Il sut rester modéré et conciliant dans une situation où d'autres eussent fait montre d'arrogance et d'emportement. Avec toutes ses qualités de cœur, son idéal de loyauté, sa sensibilité extrême, son effort continu pour se hausser à l'impartialité absolue, sa propension mal dissimulée pour tout ce qui était français (6), il était bien l'homme de cette « vieille Allemagne » que nous avions tant admirée jadis, au point de méconnaître son tempérament rancunier, volontaire et combatif.

Le quartier général ne resta pas longtemps à Compiègne.

(1) Saint-Vallier à Thiers, 12 janvier 1872. THIERS, t. I, pp. 116-117; *Adde*, t. I, p. 263.

(2) Tout à la fin, on reconnaît que seul de tous les agents allemands il a vu juste. Le Roi et Bismarck l'en félicitent. THIERS, t. II, p. 368.

(3) Saint-Vallier à Thiers, 24 décembre 1871. THIERS, t. I, p. 109.

(4) Saint-Vallier à Thiers, 31 octobre 1871. THIERS, t. I, pp. 92-93.

(5) Saint-Vallier à Rémusat et à Thiers, 13, 15 août 1871. THIERS, t. I, pp. 46, 53, 54.

(6) « Plus français, disait-il lui-même, par le cœur que par la grammaire. » Saint-Vallier à Thiers, 22 juillet 1871. THIERS, t. I, p. 25.

A la suite de l'évacuation des départements (Aisne, Aube, Côte-d'Or, Haute-Saône, Doubs, Jura) que libérait la convention du 12 octobre 1871, il fut transporté à Nancy (1). Bien que cette ville, placée à l'extrême frontière d l'Est, ne fût point au centre des départements encore occupés, elle offrait pour un état-major nombreux et les services dépendant d'un commandement en chef, des ressources d'habitation et d'installation qu'aucune autre ne pouvait lui disputer. Véritable résidence princière, où l'art français du dix-huitième siècle affirme sa noblesse et sa grâce dans un ensemble d'architectures élégant et harmonieux, elle se prêtait parfaitement à ce rôle de capitale de l'occupation, qu'elle allait tenir pendant tant de mois. Saint-Vallier s'y rendit aussitôt. Il y gardait le titre et la fonction dont on l'avait chargé à Compiègne. Mais bientôt il fallut aviser à les modifier, tout en maintenant celui qui en était investi dans un poste où il avait déjà rendu tant de services. Et ce n'était point là une simple question de protocole, une pure affaire de forme. Cette transformation devenait absolument nécessaire au succès de sa mission.

Le traité de Francfort à peine signé, les deux gouvernements avaient tenu à rétablir au plus vite des rapports diplomatiques réguliers. Le 17 juin 1871, Waldersee était accrédité à Versailles comme chargé d'affaires d'Allemagne. Gabriac était envoyé à Berlin au même titre. Mais, dans le même temps, Manteuffel et Saint-Vallier à Compiègne devaient régler les questions quotidiennes que soulevait l'occupation. Notre Office des affaires étrangères, dirigé alors par Jules Favre, n'avait pas dès l'abord respecté ce partage de compétence. Il avait fait mine de s'adresser à Waldersee pour des faits relatifs à l'occupation (2). Celui-ci, de son côté, jaloux d'avoir en Manteuffel un concurrent, voyait d'un œil défavorable le général en chef nouer des

---

(1) La première dépêche datée de Nancy, donnée dans le recueil de Thiers, est du 17 octobre 1871. THIERS, *Occupation et libération du territoire*, t. I, p. 86.
(2) Saint-Vallier à Thiers, 28 juillet 1871. THIERS, *Occupation et libération du territoire*, t. I, pp. 31, 33.

négociations qu'il estimait de son ressort exclusif. Il chercha à profiter de l'occasion que nous lui offrions pour supplanter Manteuffel et devenir le maître des affaires que celui-ci, non moins jaloux de sa prérogative, se croyait en droit de ̣raiter directement. Ainsi s'explique l'avortement d'un projet négocié au début d'août, où l'on réglait l'évacuation anticipée des abords de Paris et des quatre départements qui l'entourent, où le chiffre des troupes à entretenir par la France était dès à présent diminué et devait être réduit par la suite. Bismarck avait refusé de ratifier cet accord. Il semble bien que Waldersee n'ait pas été étranger à cet échec. Le chargé d'affaires avait été vivement froissé de ne pas avoir été avisé par le gouvernement français. Il avait critiqué le projet et l'écho de ces critiques parvenu à Berlin avait engagé davantage Bismarck dans la voie de la résistance et du refus (1). Pour l'avenir, il fallait éviter d'éveiller ces susceptibilités qui risquaient de provoquer entre les représentants de l'Allemagne des conflits dont nous serions les premières victimes. Dans cette grave affaire des rapports avec l'occupant, il était absolument indispensable qu'il y eût unité de direction et qu'on s'accordât pour tout centraliser au quartier général. Saint-Vallier fut assez adroit pour y arriver. Waldersee ne paraît plus avoir soulevé de difficultés.

L'obstruction, la mauvaise volonté, les rapports tendancieux recommencèrent avec son successeur, Arnim. Celui-ci, d'abord simple chargé d'affaires (1er septembre 1871), s'était tenu au début dans une réserve et une attitude d'effacement favorables à l'accomplissement de la mission spéciale de Saint-Vallier. Mais, en fin d'année 1871, un changement important eut lieu dans les relations diplomatiques des deux pays. On s'était entendu pour remplacer les chargés d'affaires par des ambassadeurs. Gontaut-Biron était envoyé en cette qualité à Berlin; un peu plus tard, au

_____

(1) Saint-Vallier à Rémusat, 13 août 1871. THIERS, *Occupation et libération du territoire*, t. I, pp. 44-45.

début de 1872, Arnim était élevé sur place au rang d'ambassadeur. Le 9 janvier, il présentait à Thiers ses lettres de créance. Le Président avait eu tout de suite le pressentiment des difficultés que cet agent allait essayer de nous susciter. Notre représentant à Nancy le lui avait dépeint comme « un esprit étroit et méticuleux, guidé par une opinion préconçue », nous jugeant mal et inexactement d'après les rapports de ses subordonnés qu'il accueillait aveuglément, sans doute par défaut de sens critique, ou parce qu'ils répondaient à ses sentiments intimes (1).

Avec un caractère de ce genre, on pouvait craindre de nouveau les complications soulevées par Waldersee. Peut-être qu'Arnim verrait avec le même déplaisir malveillant le rôle diplomatique attribué à Manteuffel et tenterait de se subordonner le général en attirant à lui toutes les affaires traitées à Nancy. Pour parvenir à ses fins, peut-être prétendrait-il que Saint-Vallier n'était pas qualifié pour causer avec d'autres que lui. Thiers, assez fin pour comprendre l'intérêt que nous avions à continuer directement la conversation avec Manteuffel et à garder auprès de celui-ci, dans ce but, un agent éprouvé, ne voulut pas qu'on pût à un moment donné contester à notre représentant le droit qu'il avait de parler en notre nom. Comme les rapports diplomatiques étaient rétablis dans les conditions normales, il était impossible théoriquement que nous continuions à communiquer avec le quartier général. Mais, pour maintenir le contact, un contact jugé à raison si nécessaire, il suffisait de changer le titre de Saint-Vallier. On fit de lui le « Commissaire extraordinaire du gouvernement français près le commandant en chef de l'armée d'occupation » (2). C'est le titre officiel qu'il gardera jusqu'à la fin (3). Il le conservera,

----

(1) Saint-Vallier à Thiers, 12 janvier 1872. THIERS, *Occupation et libération du territoire*, t. I, pp. 116-117.

(2) Saint-Vallier à Thiers, 18 janvier 1872, où il lui annonce qu'il accepte la fonction nouvelle de Commissaire extraordinaire. THIERS, *Occupation et libération du territoire*, t. I, p. 126.

(3) Le personnel de la mission s'est augmenté au courant des années 1872 et 1873. En voici la composition en avril 1873 : un premier et un deuxième

après avoir quitté Nancy, quand, le quartier général étant transporté à Verdun, dernière place occupée, il y suivra Manteuffel.

Ce changement d'étiquette nous prémunissait contre une querelle que l'ambassadeur allemand n'eût pas manqué de soulever. Mais on n'en avait pas fini avec lui, avec ses manœuvres souterraines, avec sa politique de perfides accusations et de négligences calculées qui, si elle n'eût pas été contrebattue par notre représentant, par Manteuffel, enfin par Bismarck lui-même, eût amené des complications funestes. Aussi, est-ce à partir de ce moment que le rôle de Saint-Vallier s'amplifie. Au quartier général il est devenu l'homme nécessaire, nécessaire au chef allemand qu'il fortifie dans ses tendances pacificatrices, nécessaire à Thiers dont il est le confident de toutes les heures, le conseiller écouté, nécessaire au chancelier lui-même qui, lorsqu'il a percé à jour le jeu de son ambassadeur, passe par-dessus sa tête et communique, officieusement, mais utilement avec nous par la voie de Nancy (1). Dès lors, Nancy devient, plus que Versailles et Berlin, le centre où aboutissent tous les fils de la négociation.

Durant les longs mois de 1872 et 1873, dans cette période de préparation et d'attente où s'élaborait la libération définitive, notre Commissaire n'eut pas une défaillance. Avec une égale sollicitude il veillait à tout, aux plus petits détails comme aux plus grandes choses. Toutes les difficultés étaient proposées à son jugement. D'une main experte, avec une délicatesse de touche où l'on sentait beaucoup de fermeté, il trouvait la note juste, savait prononcer la parole décisive, s'engager à propos dans la voie où l'on était assuré de réussir, suggérer les solutions équitables, combiner les

---

secrétaire, deux attachés techniques appartenant à l'intendance et au génie militaires, un chancelier et des attachés. Saint-Vallier à Thiers, 16 avril 1873. THIERS, *Occupation et libération du territoire*, t. II, p. 396.

(1) Bismarck à Manteuffel, 2 avril 1873. Le chancelier fait à Saint-Vallier sa large part dans la réussite des négociations ayant abouti à la convention de libération du 15 mars 1873. THIERS, *Occupation et libération du territoire*, t. II, p. 382.

transactions, calmer les impatiences des uns et des autres, apaiser les susceptibilités surexcitées, détourner à propos les colères, s'imposer par la dignité de la tenue et la réserve un peu hautaine des manières, forcer la confiance du vainqueur. Insoucieux de sa santé chancelante, régulièrement il se rendait au palais du Gouvernement, siège du quartier général. Il accompagnait Manteuffel et son état-major, pendant la parade du milieu du jour, sur la place de la Carrière, aux sons d'une musique militaire qu'aucun Français ne consentait à écouter. Parmi les habitants de la capitale lorraine, il passait sans bruit, sans faste, presque inaperçu (1). Seuls quelques hauts fonctionnaires civils pouvaient savoir l'importance de ce rôle sans précédent, comprenaient la raison de ces assiduités auprès du vainqueur, ce raffinement de politesse où l'aisance du geste cachait parfois tant de soucis et d' patriotiques angoisses.

Par dérogation aux usages, le chef de l'État correspondait directement avec notre agent de Nancy, sans passer par le département dont celui-ci dépendait. Thiers, jaloux de sa responsabilité, parce qu'il se sentait de force à la porter, avait banni tout intermédiaire entre lui et son collaborateur de tous les instants (2). Aussi, au 24 mai, Saint-Vallier voulut suivre le Président dans sa retraite. Celui-ci le dissuada de se retirer (3). Il resta sous des chefs nouveaux, Mac-Mahon et Broglie, avec lesquels il avait des affinités politiques plus étroites qu'avec l'ancien Président. Ceux-ci continuèrent à se servir de lui, mais avec une réserve et une froideur qu'ils n'essayèrent pas de dissimuler. Pendant les trois semaines qui suivirent la crise présidentielle, ils le

---

(1) L'hôtel de la mission était situé rue du Manège, dans un quartier très retiré, d'une solitude quasi conventuelle. Il avait été pris en location par l'État, le 27 septembre 1871 (Archives de Meurthe-et-Moselle, série R, carton : Affaires allemandes 1870-1873, liasse : Mobilier de la mission française).

(2) Dans les deux gros volumes de dépêches publiées par la famille de Thiers, il y en a 9 seulement de Saint-Vallier à Rémusat, ministre des affaires étrangères, contre 130 du même à Thiers et 41 en réponse de celui-ci à Saint-Vallier.

(3) Saint-Vallier à Thiers, 26 mai 1873; Thiers à Saint Vallier, 27 mai 1873, THIERS, *Occupation et libération du territoire*, t. II, pp. 417-420.

laissèrent, à Nancy, sans nouvelles, sans directions (1). Le souci des « choses de l'intérieur » faisait passer l'occupation et les rapports avec l'occupant à l'arrière-plan (2). Au surplus, n'avait-on pas, grâce à Thiers, conclu l'arrangement du mois de mars pour la libération définitive? Il n'y avait plus qu'à laisser aller les événements, qu'à récolter ce que d'autres avaient semé. Puis peu à peu il avait fallu reprendre l'œuvre du précédent gouvernement au point où il l'avait laissée, avec l'aide de celui en qui il avait si justement placé sa confiance. Avant la chute de Thiers, Saint-Vallier avait essayé d'améliorer la convention de mars, d'obtenir l'évacuation de Verdun en août, avant le temps fixé. Saint-Vallier, qui restait ce qu'il s'était montré, essaya de renouer cette négociation, interrompue par notre crise intérieure (3).

Mais le gouvernement nouveau ne fut pas aussi habile manœuvrier que l'ancien. Préoccupé outre mesure de replacer Gontaut-Biron en vedette, il ne se souvint pas assez de Nancy, de Manteuffel, du secours qu'apporterait son intervention officieuse auprès de Bismarck, maintenant en plein accord avec lui. Le général eût aplani les voies auprès du chancelier. Celui-ci, qui n'était pas préparé par des confidences ou des avis du quartier général, répondit par un refus aux avances de Gontaut-Biron. L'affaire de l'évacuation anticipée de Verdun avait échoué. Broglie et son gouvernement n'étaient pas partisans de la décentralisation diplomatique. Pour avoir décapité Nancy de son rôle si utile, ils s'étaient enlevé le bénéfice d'un succès personnel (4). Saint-Vallier, au surplus, n'était pas *persona grata* auprès de ses nouveaux chefs. On ne lui pardonnait

---

(1) DONIOL, p. 399.

(2) DONIOL, p. 399, note 1, rapporte que le gouvernement de Mac-Mahon envoya les 24 et 25 mai des dépêches chiffrées au « *général de division à Nancy* ». Les hommes nouveaux qui prenaient le pouvoir avaient oublié sans doute la présence de l'armée occupante dans l'Est.

(3) DONIOL, chap. XXV. L'auteur paraît avoir eu communication par Saint-Vallier de la correspondance entre celui-ci et Broglie pendant les trois derniers mois de l'occupation.

(4) DONIOL, pp. 400-404, donne sur cet épisode mal connu des précisions intéressantes.

pas d'avoir eu le patronage de Thiers. Quand tout fut terminé, quand le dernier soldat étranger eut repassé la frontière, le gouvernement de Mac-Mahon s'abstint de donner
à notre représentant au quartier général les témoignages de
gratitude auxquels il eût été en droit de prétendre, s'il avait
pu, au cours de sa carrière, conserver des illusions
sur la reconnaissance des hommes politiques (1). Sacrifié à
de mesquines rancunes de parti, Saint-Vallier dut attendre
jusqu'en 1877 pour être replacé dans un poste où il pouvait
rendre d'utiles services. Il fut jusqu'en 1881 notre ambassadeur à Berlin. Son nom reste inséparable de celui de l'homme
d'État qui sut se l'attacher comme collaborateur de tous les
instants dans l'œuvre de la libération du territoire.

BIBLIOGRAPHIE

Sur l'histoire générale de l'occupation et des incidents notables auxquels elle a donné lieu, VALFREY, *Histoire du traité de
Francfort*, t. I et II *passim*, donne, comme toujours, des renseignements qu'on sent de première main, bien que, par une réserve
de mise à l'époque où il écrit, il n'ait pas indiqué ses sources.
SOREL, *Histoire diplomatique de la Guerre franco-allemande*, t. II,
passim, est moins complet que Valfrey.

DONIOL, dans l'étude très approfondie, intitulée : *M. Thiers,
le comte de Saint-Vallier, le général de Manteuffel*, Paris 1897,
(2e édit. 1898), s'est particulièrement attaché à raconter l'œuvre
diplomatique accomplie en collaboration constante par les pro-
tagonistes dont il met les noms en vedette. Préfet de Meurthe-et-
Moselle durant les derniers mois de l'occupation, il a été dans
une certaine mesure mêlé aux efforts de Thiers dans la poursuite
de son œuvre libératrice. Pour la fin de l'occupation, le livre a
donc toute la valeur d'un témoignage inspiré par la vue directe
des événements. Mais l'auteur ne s'est pas contenté de ses souvenirs personnels qui eussent été insuffisants. Il a eu l'occasion
de puiser à des sources plus abondantes et plus sûres. La famille

---

(1) Saint-Vallier à Thiers, 27 septembre 1873. THIERS, *Occupation et libération du territoire*, t. II, p. 422.

de Thiers lui avait, par avance, donné communication des documents qu'elle avait l'intention de publier. Doniol a utilisé largement ces archives si libéralement ouvertes. Les dépêches qu'il reproduit textuellement ou dont il s'est constamment aidé donnent à son ouvrage une saveur marquée d'authenticité et font oublier les imperfections d'un style cahoteux, embarrassé, parfois obscur.

Les renseignements fournis par Valfrey et par Doniol ont été confirmés et complétés par la publication due à la famille de Thiers. Les deux volumes qu'elle a donnés en 1900, sous le titre : *Occupation et libération du territoire, 1870-1873, Correspondances,* contiennent la majeure partie de la correspondance diplomatique échangée entre le Président, les représentants de la France à Nancy ou Berlin et les chefs militaires de l'occupation allemande. Nombreux, ordonnés avec soin en série chronologique, se complétant et s'éclairant l'un par l'autre, ces documents précieux se suffisent à eux-mêmes. Comme l'insinue Doniol (Introduction, XVII), ils dispensent de recourir au Dépôt du quai d'Orsay, beaucoup plus pauvre qu'on ne l'imagine sur cette époque, et où l'on ne trouverait, paraît-il, que des échos affaiblis de la vérité. On peut presque dire, tant ils sont vivants, qu'ils dispensent ou découragent d'écrire l'histoire de ce moment.

Sur la reprise des relations diplomatiques entre les deux pays, on consultera : GABRIAC, *Souvenirs diplomatiques de Russie et d'Allemagne*, Paris 1896 ; BROGLIE, *La Mission de M. Gontaut-Biron à Berlin*, Paris, 1896, et GONTAUT-BIRON, *Mon Ambassade en Allemagne (1872-1873)*, Paris 1906. Ces trois ouvrages, le dernier surtout, contiennent des précisions sur le rôle diplomatique de Saint-Vallier et Manteuffel à Nancy. HANOTAUX, mieux placé que tout autre, pendant un temps, pour donner de l'inédit, s'est borné, ici comme ailleurs, aux surfaces. On trouve chez lui des portraits vivement enlevés d'une pointe alerte et fine (cf. celui de Manteuffel, I, 295) et des anecdotes caractéristiques (cf. sur Arnim, I, 357-359).

Comme il s'agissait de l'histoire politique et diplomatique de l'occupation, on n'a pas cru devoir procéder à un dépouillement méthodique de la presse locale des divers départements occupés. Cette recherche n'eût enrichi, croyons-nous, que le côté anecdotique de l'ouvrage. Tel n'était pas le but qu'on se proposait. Pour la même raison, on a estimé inutiles les investigations dans les archives de tous les départements occupés. Tout au contraire pour les archives départementales de Meurthe-et-Moselle. Là, du moins, à raison de la présence prolongée de Saint-Vallier, il y **avait chance de trouver quelques pièces inédites et d'une portée** générale. On peut voir qu'en effet notre attente n'a pas été trompée. Nous indiquons les cotes des dossiers que nous avons compulsés, pour le cas où l'on voudrait, derrière nous, poursuivre le même travail, en descendant dans les détails : un carton coté : série R, *Affaires allemandes 1870-1873 ;* un dossier désigné ainsi : *Affaires franco-allemandes 1871-1872 ;* un dossier : *Pièces sur l'évacuation allemande 1873;* un dossier : *Évacuation allemande ;* un dossier : *Affaires diverses concernant l'occupation allemande en 1871-1872.* Tous ces dossiers renferment un grand nombre de lettres de Saint-Vallier, ayant surtout trait à l'exécution, à la mise en vigueur de ses instructions, dans le département de Meurthe-et-Moselle. Elles permettent de le suivre au jour le jour dans sa tâche ingrate et montrent avec quel scrupule il s'appliquait, même dans les plus petites choses, à ne rien négliger de son devoir.

CHAPITRE XIII

LES STIPULATIONS D'ORDRE ÉCONOMIQUE

I

Le rétablissement des rapports pacifiques entre les deux pays comportait un règlement de leurs relations commerciales. La situation n'était plus la même qu'avant la guerre. En droit, elle était changée par la venue au monde d'un État nouveau, l'Empire allemand. Cette personne économique nouvelle n'aurait-elle pas des intérêts particuliers qu'il fallait proclamer et sauvegarder? L'homme d'État qui venait de fonder l'Empire avait dû certainement porter ses vues de ce côté. Il devait tenter de consacrer son triomphe sur le terrain économique après l'avoir assuré dans le domaine politique. Dans les préliminaires il n'avait rien manifesté de ses intentions à cet égard. Ce fut à Bruxelles seulement que la question fut soulevée pour la première fois. Elle se posait dans les termes suivants.

Avant la guerre, la France était liée par un traité de commerce, du 2 août 1862, conclu avec la Prusse agissant au nom de l'Union douanière allemande, connue sous le nom de *Zollverein*. Ce traité s'inspirait des principes qui dominaient le fameux accord de 1860 par lequel la France et l'Angleterre avaient inauguré la politique du libre-échange. Il stipulait la liberté commerciale avec des tarifs annexes et une clause, formant l'article 31, par laquelle chacun des États s'engageait à faire profiter l'autre de toute faveur (abaissement de tarifs, etc.) qu'il pourrait accorder par la suite à une puissance tierce, et à n'établir entre eux aucune prohibition ou aucun droit qui ne fût applicable également aux autres nations. Somme toute, c'était la clause connue sous le nom de clause de la nation la plus favorisée, mais avec une rédaction quelque peu différente de la formule habituelle.

Il s'agissait tout d'abord de savoir quelle influence la survenance de l'état de guerre avait pu avoir sur le traité de 1862. On incline aujourd'hui à admettre que la guerre ne met pas fin aux traités d'ordre économique qui liaient les deux belligérants. Comme ils touchent à des intérêts privés, ils ne sont pas incompatibles en droit avec l'existence des hostilités qui ne mettent aux prises que les États et non les individus (1). Toutefois, en fait, leur exécution sera, dans la plupart des cas, suspendue, à raison des obstacles que la guerre fait surgir entre les nationaux des puissances en conflit. Cette doctrine permet de décider que, la paix étant rétablie, les traités de ce genre, et notamment ceux de commerce, peuvent reprendre leur application immédiate, sans qu'il y ait besoin pour cela d'une entente formelle entre les deux États. Mais, en 1871, cette solution libérale ne s'était pas encore fait jour. On admettait comme principe constant que l'effet de la guerre était de mettre fin à tous les traités, aux traités de commerce, de navigation, aussi bien qu'aux autres (2). Les négociateurs français et allemands arrivaient donc à Bruxelles avec la ferme conviction que les relations commerciales devaient faire l'objet de stipulations expresses, soit qu'on voulût rétablir le traité de 1862, soit qu'on se décidât à le remplacer par

---

(1) Dans ce sens : Piédelièvre, *Précis de Droit international public*, Paris 1895, t. III, n° 832 ; Bry, *Précis élémentaire de Droit international public*, Paris 1901, n° 384. Mais d'autres auteurs tiennent encore pour l'ancienne opinion : Chrétien, *Principes du Droit international public*, Paris 1893, n° 380 ; Bonfils (Fauchille), *Manuel de Droit international public*, Paris 1898, p. 438.

(2) Cette idée était à ce point dominante qu'elle a inspiré le libellé de l'article 11 du traité de Francfort : « Les traités de commerce avec les différents États de l'Allemagne ayant été *annulés* par la guerre », expression pour le moins outrée, car, même dans cette doctrine, la guerre résout les traités de commerce, elle ne les annule pas.

une convention nouvelle. Sur ce point, par conséquent, les négociations pouvaient s'engager en pleine indépendance. La France n'était pas obligée de subir les exigences de son antagoniste. Si l'Allemagne voulait des avantages, il nous était loisible d'y mettre le prix.

Nos négociateurs, semble-t-il, tentèrent de jouer ce jeu. Comme Bismarck paraissait tenir au rétablissement du traité de 1862, on songea à lui faire payer ce résultat, soit par une diminution du montant de la contribution de guerre, soit par une réduction de la durée de l'occupation. Mais ce marché ne faisait pas l'affaire du chancelier. Selon lui, le rétablissement des relations pacifiques entraînait de droit la remise en vigueur du traité de commerce. Il n'avait donc rien à payer pour l'obtenir. Très habilement, en vue de garder tous ses avantages, il répudiait la doctrine courante sur les effets de la guerre. Mais, poussant plus loin sa pointe, il demandait que le traité fût renouvelé pour dix ans. Au lieu de le laisser venir à expiration le 31 décembre 1877, on le prolongerait jusqu'en mai 1881. L'Allemagne en aurait eu le bénéfice pendant trois ans et demi de plus. Cette insistance à vouloir conserver le traité de commerce de 1862 prouvait tout l'intérêt qu'avait l'Allemagne à ce que rien ne fût changé entre elle et nous aux rapports d'ordre commercial. La proposition de proroger l'effet du traité jusqu'en 1881 était une invite évidente à poursuivre les pourparlers. En demandant le plus, Bismarck, selon une tactique connue, voulait, sans doute, obtenir le moins. Il fournissait ainsi à nos représentants un terrain propice à la discussion. Malheureusement, ici comme ailleurs, abandonnés à eux-mêmes, sans directions, sans initiative, ils paraissent être restés en dessous de leur tâche. On ne parvint à s'entendre sur rien.

C'est dans ces conditions que la négociation fut reprise, en mai, à Francfort. Cette fois, Pouyer-Quertier assistait Jules Favre. La compétence technique de notre ministre des finances pouvait nous valoir un succès. Mais ce négociateur arrivait avec des préoccupations et des idées préconçues qui ne lui permettaient pas de tirer parti de la situation. La politique financière de Thiers, dont il s'inspirait visiblement, consistait à chercher dans les relèvements de tarifs les ressources budgétaires dont la France allait avoir besoin pour faire face à ses obligations subitement accrues. Le gouvernement était donc peu disposé à se lier les mains pour un temps aussi long que le proposait Bismarck et cela, juste au moment où nos traités de commerce avec l'Angleterre et la Belgique allaient arriver à leur terme. De tous les côtés, la France devait reconquérir sa liberté d'action. Le système du libre-échange était une de ces idées napoléoniennes auxquelles Thiers, Pouyer-Quertier et leurs entours financiers étaient foncièrement hostiles. N'étant disposés à aucune concession, nos représentants à Francfort étaient donc mal armés pour discuter utilement.

Toutefois, il fallait trouver un terrain d'entente. Voyant que, de notre côté, on rejetait l'idée de se lier, même pour dix ans, Bismarck, toujours soupçonneux, voulait se prémunir contre un péril éventuel. Il craignait que la France, en relevant ses tarifs à l'égard de l'Allemagne, ne cherchât à tuer son industrie grandissante, qu'elle ne prît sa revanche immédiate sur le terrain économique. « Il aimait mieux, déclara-t-il, recommencer la guerre à coups de canon que de s'exposer à la guerre à coups de tarifs (1). » Il discuta, paraît-il, avec violence et, suivant le proécdé dont il avait éprouvé avec nous le bon effet, il menaça de rompre s'il n'obtenait pas des garanties de nature à le tranquilliser pour l'avenir. Il comprenait pourtant qu'il était en mauvaise situation pour nous imposer un traité avec tarifs nouveaux. Il sentait qu'il devait ménager la susceptibilité des puissances qui eussent été mécontentes de le voir prcfiter de ses succès militaires pour obtenir un traitement commercial exceptionnel (2). Bismarck ne pouvait donc

---

(1) Propos rapporté par FAVRE, *Gouvernement de la Défense nationale*, t. III, p. 374.

(2) Après la signature du traité, comme il lui fallait se justifier devant le Reichstag d'avoir été si peu exigeant, Bismarck déclara (séance du 12 mai

exiger de nous que le maintien du *statu quo*. De notre côté, la passion protectionniste de nos hommes d'État leur déconseillait de se lier par un traité.

Il fallait pourtant sortir de cette impasse. Pour aboutir, on se rejeta des deux côtés sur la clause de la nation la plus favorisée. Elle apparut aux deux parties comme étant la vraie solution conciliatrice. Avec cette stipulation si simple dans sa brièveté et son apparente équité, les contractants crurent avoir sauvegardé pleinement les intérêts dont ils avaient la charge. Bismarck pensait qu'il s'assurait contre toute velléité de guerre douanière de notre part, Pouyer-Quertier et Favre qu'ils avaient les mains libres pour toute modification ultérieure de nos tarifs (1). L'avenir devait prouver aux contractants qu'ils s'étaient mépris les uns et les autres et n'avaient pas mesuré toute la portée de cette clause.

Rendant compte au Reichstag (séance du 12 mai 1871) du résultat de la négociation de Francfort, Bismarck eut le triomphe modeste. « Je me suis borné, déclara-t-il, à demander que nous fussions traités dans l'avenir et par réciprocité d'après le principe des nations les plus favorisées. » Chez nous, le vicomte de Meaux, rapporteur du projet de loi portant ratification du traité de Francfort, expliquait que nos plénipotentiaires, mis en face de la proposition de renouveler le traité de 1862 pour dix années, avaient préféré admettre le régime de la nation la plus favorisée, voulant « sauvegarder pour l'avenir... le droit d'établir librement chez nous des tarifs (2) ». Personne, dans le Parlement, ne contesta ces appréciations. L'article 11, à la différence des stipulations concernant l'échange des terri-

---

1871) « qu'il n'est pas admissible... qu'on fasse d'un traité de commerce une condition obtenue par la guerre et qui, s'imposant à la souveraineté d'un grand pays, restreindrait son droit de législation ». *Discours de Bismarck*, t. III, pp. 59-60. Ce n'était pas la vraie raison. Mais, dans les assemblées politiques, c'est très souvent celle-là qu'il faut se garder de dire.

(1) FAVRE, *Gouvernement de la Défense nationale*, t. III, p. 374. « Pour ma part, je ne pouvais éprouver beaucoup de chagrin d'une semblable solution, je la considérais, je la considère encore comme la plus avantageuse au développement de notre production et de nos échanges. »

(2) VILLEFORT, t. II, p. 95.

toires, ne provoqua aucune observation, ne souleva aucune critique.

C'est qu'en effet, au premier abord, rien n'était moins insolite qu'une stipulation de ce genre. En établissant entre les deux pays le régime de la nation la plus favorisée, l'article 11 n'avait pas créé une nouveauté dans l'ordre économique. Depuis longtemps, pareille clause figurait dans les traités généraux ou spéciaux de commerce, de navigation, dans ceux pour la protection de la propriété littéraire, artistique, industrielle. Notre traité avec le Zollverein ne faisait pas exception. L'article 31 stipulait pour les deux parties contractantes l'obligation réciproque de faire profiter l'autre de toute faveur ou privilège dans les tarifs qu'elle pourrait accorder par la suite à une tierce puissance. Elles s'engageaient en outre à n'établir aucune prohibition d'importation ou d'exportation l'une envers l'autre qui ne fût applicable aux autres nations. En dehors des tarifs convenus dans le traité, on établissait donc, à titre complémentaire, le régime de la nation la plus favorisée pour toute convention ultérieure avec une tierce puissance. De sorte qu'en 1871, l'Allemagne n'obtenait, semble-t-il, que le maintien de cet article si minutieusement concerté et qu'on s'était borné à libeller selon une forme plus brève en adoptant la clause de style : « Régime du traitement réciproque sur le pied de la nation la plus favorisée. »

Cela comprenait sûrement les avantages déjà existants au profit d'une puissance tierce, comme aussi les avantages qui seraient ultérieurement concédés. Toutefois, on avait voulu spécifier quels étaient ces avantages. On déclarait en conséquence que la règle adoptée s'appliquerait aux droits d'entrée et de sortie, au transit, aux formalités douanières (1). Mais, voulant étendre la portée de la clause à d'autres relations que les échanges de marchandises, on ajoutait : « Sont compris dans cette règle... l'admission et le traitement des sujets des deux nations, ainsi que de leurs

---

(1) Art. 11, alin. 2. VILLEFORT, t. I, p. 70.

agents. » Par là on avait voulu régler le sort et le traitement des nationaux des deux pays qui viendraient dans l'un d'eux pour y commercer ou pour y séjourner n'importe dans quel but. Cela revenait à dire qu'ils seraient traités comme les étrangers les plus favorisés. Ils n'auraient à payer aucune taxe, à moins qu'elle ne fût exigée de tous les autres. Ils ne devaient être soumis à aucune charge ou mesure vexatoire, si, du moins, les autres étrangers y échappaient. Rien de plus naturel d'ailleurs que cette extension donnée à la clause de la nation la plus favorisée. Il n'y a pas de raison pour la limiter exclusivement aux relations douanières. Elle peut s'entendre de toute faveur dont bénéficie ou bénéficiera un État tiers ou les nationaux de celui-ci. Or, parmi ces faveurs, figurent celles qui concernent les personnes, agents des échanges internationaux. Ce ne seront donc pas les marchandises seules qui pourront entrer, sortir, transiter aux meilleures conditions, ce seront aussi ceux qui viennent pour placer ces marchandises.

Mais, tout en élargissant le domaine d'application de la clause, les négociateurs de Francfort trouvèrent utile de restreindre sa portée géographique. Six pays furent indiqués, dans l'alinéa 3 de l'article, comme étant les seuls dont les deux contractants pouvaient réclamer le traitement. C'étaient : l'Angleterre, la Belgique, les Pays-Bas, la Suisse, l'Autriche, la Russie. Avec les autres pays d'Europe, avec les pays hors d'Europe, la France ou l'Allemagne pouvaient traiter sans être tenues de concéder les avantages qu'elles ont pu consentir à ces pays. Ce furent nos plénipotentiaires qui réclamèrent cette limitation. Bismarck semble n'y avoir vu aucun obstacle. Facilement il nous accorda ce point, pensant que les relations entre la France et les pays autres que les six mentionnés étaient et resteraient sans influence sur les relations franco-allemandes. Comme il lui fallait se justifier aux yeux du Reichstag d'avoir été si conciliant, le chancelier expliqua (1) « qu'on n'avait pas voulu rendre

_____

(1) Séance du 12 mai 1871.

impossibles les traités avec différents États, proches voisins de la République française et qui sont de moindre importance. Je cite notamment Monaco, qui n'a que trois navires, Tunis et autres États semblables ». Il y a dans ces assertions des inexactitudes voulues. Il est peu sérieux de citer Monaco, Tunis et autres États de même ordre comme étant les seuls pouvant commercer avec la France en dehors des six mentionnés dans le traité. L'Espagne, l'Italie, la Turquie, les États-Unis, l'Amérique du Sud, sont pour nous des clients bien autrement importants. La vérité est que l'Allemagne n'avait pas de produits à importer qui pussent concurrencer ceux de ces pays. Elle n'avait donc rien à craindre de ce côté. Pourquoi ne pas l'avoir dit en pleine franchise? Parce qu'il fallait, sans doute, se faire pardonner même l'apparence d'une concession, parce qu'aussi Bismarck connaissait la psychologie des assemblées politiques, où toute vérité n'est pas bonne à dire. Il s'en tira par un *Witz*, par une de ces plaisanteries un peu lourdes où il excellait. Monaco et ses trois petits navires se trouvèrent là, à point nommé, pour grossir la collection.

Le régime commercial instauré par l'article 11 n'avait donc en somme rien qui fût anormal. Par un point, toutefois, il consacrait une anomalie. D'habitude, la clause de la nation la plus favorisée est insérée dans un traité de commerce, de navigation ou autre convention de nature économique dont la durée est limitée conventionnellement. En pareil cas, le sort de la clause est lié au traité dont elle n'est qu'une dépendance. Elle est donc conclue à temps, comme le traité lui-même. Toutefois, rien n'empêcherait d'insérer la clause dans un traité à durée indéfinie, comme un traité d'alliance ou de paix. Cela est beaucoup moins fréquent et c'est une pratique peu recommandable. Les traités de paix surtout sont faits, en théorie du moins, pour un temps indéterminé, *à perpétuité*, selon la formule qui est de style en pareil cas. Au contraire, il est de l'essence des traités de commerce de n'être conclus que pour un temps relativement court. Car, puisqu'ils règlent des intérêts éminemment variables et changeants, les contractants ne peuvent pas, ne doivent pas s'y lier pour un avenir indéfini. Il en résulte que la plus élémentaire prudence conseille de ne pas insérer dans un traité de paix des stipulations concernant les relations commerciales. On peut dire qu'il y a une sorte d'incompatibilité foncière entre des clauses d'ordre commercial et celles qui sont de l'essence d'un traité de paix. S'il est vrai qu'en politique on doit s'abstenir de dire : jamais, en économie politique il faut se garder de dire : toujours.

Cette pensée ne fut point présente, paraît-il, à l'esprit des négociateurs de Francfort quand ils convinrent de l'article 11. La clause de la nation la plus favorisée fut insérée dans le traité de paix. Elle fait corps désormais avec lui. Elle lie perpétuellement les deux pays. Il n'y a qu'une guerre ou un accord réciproque qui puisse la faire tomber. Mais on ne s'aperçut pas tout de suite de ce qu'avait d'anormal l'insertion de la clause dans le traité. A coup sûr, si quelqu'un s'en douta, ce ne furent pas nos négociateurs, ni Favre, cela va de soi, ni même Pouyer-Quertier, malgré sa compétence technique. Rien n'eût été plus facile que de limiter la durée de la clause. On aurait stipulé qu'elle servirait de base aux relations commerciales des deux pays pendant le temps qui restait à courir jusqu'à l'expiration du traité de commerce, c'est-à-dire jusqu'en 1877. Mais ce ne fut pas à ce parti qu'on s'arrêta. Cédant aux menaces de Bismarck, du coup on alla aux extrêmes. Nos diplomates improvisés nous privèrent d'un trait de plume du droit de jamais pouvoir contracter à notre guise avec les six pays européens mentionnés dans l'article. Du moins, si nous concédions à ces pays un traitement de faveur, l'Allemagne devait en profiter immédiatement et sans rien avoir à concéder en échange. Par crainte de se lier les mains pour dix ans, on se les était liées à tout jamais.

Bismarck, de son côté, avait-il calculé avec plus d'habileté que nos représentants la portée de l'engagement indéfini

que nous souscrivions? On l'a soutenu (1). Avec sa vision
de grand homme d'État initié à toutes les questions, il
aurait compris les avantages que l'industrie allemande encore
jeune pouvait retirer d'une clause qui nous condamnait à
l'immobilité. Sans doute, la France fut gênée pendant un
temps par l'article 11. Elle s'aperçut que la clause de la nation la plus favorisée lui liait les mains, qu'elle paralysait de
toute manière notre liberté d'agir, tantôt en nous forçant à
rester cantonnés dans un protectionnisme excessif, tantôt en
nous enlevant le meilleur du bénéfice des conventions que
nous passions avec l'un des six États visés par l'article 11.
Somme toute, ou bien il fallait nous résigner à ne rien conclure, ou, si nous traitions, à voir l'Allemagne profiter de la
convention passée avec un tiers et annuler ainsi l'effet favorable qu'on en attendait. Tout cela, qui est certain, s'est
produit pendant une période qui a pu paraître trop longue
à notre impatience. Mais aller jusqu'à dire que Bismarck
ait par avance monté et combiné cette machine de guerre,
de façon à infliger à la France un Sedan économique, c'est
faire trop d'honneur à son astuce et à sa prévoyance.

Jadis, chaque fois que l'Empire entrait en collision avec
nous, Leibnitz suggérait l'idée d'une guerre commerciale qui
devait faire plus de mal à la France que dix armées (2). Bismarck s'est-il donné comme ayant tenté de réaliser le rêve
du philosophe? Il est possible, mais le résultat n'a pas été
celui qu'il attendait. Après avoir amené l'isolement économique des deux pays, ce qui fut d'abord favorable à l'industrie allemande qui avait besoin de protection, la clause
de la nation la plus favorisée a fini par devenir pour l'Allemagne une entrave et une gêne. Un temps est arrivé où, la
phase de croissance dépassée, l'Allemagne, à son tour, s'est
sentie liée dans son libre arbitre économique. Quand elle
veut traiter avec un des six pays indiqués par l'article 11,
elle dépense son ingéniosité en des combinaisons destinées

---

(1) ONCKEN, *Revue d'Économie politique*, 1891, pp. 596, 598.
(2) LÉVY-BRUHL, *L'Allemagne depuis Leibnitz*, p. 19.

à ne pas permettre à la France de retirer quelque avantage du traité qu'elle conclut. Elle fait tous ses efforts pour échapper à la clause qu'elle passe pour nous avoir imposée, et ses efforts prouvent bien que nous ne sommes pas les seuls à en supporter les fâcheux effets.

Les deux pays souffrent donc l'un comme l'autre, ou l'un après l'autre alternativement de l'introduction dans un traité perpétuel d'une clause essentiellement temporaire. Cette stipulation fausse leurs relations commerciales réciproques, fausse leurs rapports avec les six puissances tierces qu'on n'a pas consultées au préalable pour savoir si elles consentaient à figurer sur la liste. Si quelqu'un des négociateurs a cru trouver dans l'article 11 un moyen de rapprochement entre les deux adversaires, il s'est singulièrement mépris. On n'a fait au contraire que provoquer des sentiments d'irritation d'autant plus âpres qu'ils ont leur source dans l'intérêt. Il n'était pas besoin d'ajouter ce nouvel élément de discorde à tant d'autres. Avec un peu plus de prévoyance et moins de précipitation on aurait pu l'éviter.

II

Les difficultés qu'a soulevées dans la pratique l'application de la clause de la nation la plus favorisée ne sauraient trouver place ici. Elles sont en dehors du plan du présent ouvrage. Une seule pourtant mérite d'être signalée. Elle a surgi presque immédiatement après la conclusion de la paix à Francfort et elle a été aplanie par la convention additionnelle du 11 décembre 1871. Il est donc impossible de l'omettre (1).

Dès les premières heures du rétablissement de la paix, la question s'était posée de savoir si l'article 11 devait s'appli-

---

(1) Les autres questions d'application n'ont provoqué aucun échange d'observations entre les deux pays et n'ont pas été solutionnées par des actes internationaux conventionnels. Elles n'ont donné lieu qu'à des décisions judiciaires.

quer aux avantages résultant du traité franco-badois du
16 avril 1846. Cet accord entre la France et le grand-duché
de Bade concernait l'exécution, dans chacun des deux pays.
des jugements rendus dans l'autre. Par dérogation aux principes concernant l'effet des décisions judiciaires rendues à
l'étranger, on y décidait que les jugements rendus dans l'un
des pays seraient exécutoires dans l'autre, lorsqu'ils auraient acquis l'autorité de la chose jugée, mais sans avoir
besoin d'être revêtus de l'*exequatur* et qu'ils emporteraient
tels quels hypothèque judiciaire (1). Du côté allemand, on
s'était empressé de réclamer l'extension de cette convention,
non, sans doute, à toute l'Allemagne, mais à l'Alsace-Lorraine. Il y avait encore à cette date un mouvement d'affaires
assez intense des deux côtés de la frontière nouvelle. Les
relations commerciales continuaient entre les départements
annexés et le reste de la France. Des procès seraient inévitablement engagés devant les juridictions d'Alsace ou de
Lorraine. L'Allemagne voulait offrir ce don d'avènement à
ses nouveaux sujets, les faire bénéficier sans effort et par le
seul jeu de la clause de la nation la plus favorisée, d'un
traité qui n'avait pas été fait pour eux. Mais cette prétention n'était pas soutenable. On venait d'admettre en principe que la guerre mettait fin aux traités ayant pour objet
les relations d'intérêt privé. Le traité franco-badois était
de ce nombre. L'Allemagne n'en pouvait réclamer l'application ni pour l'Empire, ni pour une partie de l'Empire, que
ce fût Bade ou l'Alsace-Lorraine. Aux conférences de Francfort, les plénipotentiaires allemands s'en rendirent compte.
Pour que l'extension de ce traité à l'Alsace-Lorraine fût
acceptée, il fallait d'abord commencer par déclarer rétabli
le traité avec Bade, puis seulement on pouvait, par une
stipulation spéciale l'étendre aux pays annexés. Les plénipotentiaires français ne s'y opposèrent pas (2).

De là est sorti l'article 18 de la convention additionnelle

---

(1) Texte de la convention dans Villefort, t. I, p. 283.
(2) Conférence du 21 septembre 1871 (Protocole n° 5), Villefort, t. I,
p. 152.

de Francfort du 11 décembre 1871 (1). On y proclame tout
d'abord la remise en vigueur de tous les traités et conventions qui liaient la France et les divers États allemands
avant la guerre. On en excepte naturellement l'arrangement commercial figurant déjà dans le traité de paix, sous
l'article 11, et aussi les relations postales réservées pour un
arrangement ultérieur (2). Il résulte de cette stipulation
générale que le traité franco-badois est rendu à la vie. Rien
ne s'oppose plus à ce qu'il soit étendu à l'Alsace-Lorraine.
Et c'est ce que proclame le même article 18. On en fait autant pour le traité d'extradition entre la France et la Prusse
et la convention franco-bavaroise sur la garantie des œuvres
d'esprit et d'art.

III

On avait réglé conventionnellement, en décembre 1871,
entre la France et les provinces qu'elle venait de perdre, des
rapports que l'article 11 à lui seul était insuffisant à régir.
Mais on n'avait pas pu attendre aussi longtemps pour établir dans nos rapports avec les pays annexés un *modus
vivendi* douanier. Dès octobre 1871, une convention spéciale déterminait les bases sur lesquelles allaient se faire
transitoirement les échanges internationaux entre la France
et les portions du territoire alsacien-lorrain annexées à
l'Empire allemand.

Les négociateurs allemands s'étaient préoccupés de cette
question dès le principe. L'article 5 des préliminaires déclarait que, dans l'intérêt des habitants des territoires cédés,
« il sera fixé (lors de la paix définitive) un espace de temps
pendant lequel ils jouiront de facilités particulières pour la
circulation de leurs produits (3) ». Cette stipulation paraissait uniquement inspirée par des sentiments de bienveil-

---

(1) VILLEFORT, t. I, p. 97.
(2) C'est la convention du 12 février 1872. Son texte est rapporté par VILLE-
FORT, t. I, p. 112.
(3) VILLEFORT, t. I, p. 25.

lance. Brusquement séparés de la patrie, nos concitoyens n'avaient pas eu encore le temps de nouer des relations commerciales avec l'Empire, de s'y créer des débouchés, d'y conquérir une clientèle. La France ne pouvait donc pas faire obstacle à cet arrangement projeté. Mais tant de sollicitude de la part des conquérants cachait une arrière-pensée. L'annexion d'un pays comme l'Alsace où l'industrie avait atteint sous le second Empire un si haut degré de développement, allait singulièrement gêner les industries similaires de l'Allemagne. Il fallait éviter cette concurrence redoutable. Il était donc avantageux d'établir au profit des produits alsaciens-lorrains un régime douanier de faveur. La France continuerait à les recevoir dans les mêmes conditions qu'autrefois, comme si les provinces cédées ne faisaient pas partie de l'Empire. L'Allemagne voulait bien les profits de sa conquête, elle s'efforçait d'en répudier les charges.

En exécution des prévisions inscrites dans les préliminaires, un arrangement provisoire fut conclu le 9 avril 1871 entre notre ministre des finances et trois délégués de l'industrie des pays annexés : MM. Dollfus, Sparry, Marin (1). Jusqu'au traité de paix, tous les produits de l'industrie de l'Alsace et de la Lorraine devaient être reçus sur le territoire français en franchise des droits de douane, à charge de réciprocité pour les produits français entrant en Alsace-Lorraine. Pour éviter des fraudes trop faciles, consistant à introduire en France des produits manufacturés en tout ou en partie dans d'autres pays que les pays annexés, les marchandises entrant en France devaient être accompagnées de certificats d'origine délivrés par un syndicat de négociants alsaciens-lorrains. Satisfait de cette combinaison, le gouvernement allemand demanda à Francfort, en mai, que ce régime transitoire fût prolongé pendant six années. Peut-être eût-il été politique de notre part d'adhérer à cette proposition. On eût empêché ainsi les industriels annexés de tour-

_____

(1) Texte de l'arrangement dans VILLEFORT, t. I, p. 64.

ner leur activité du côté opposé à la France. On les eût retenus ainsi par les liens puissants de l'intérêt dans le cercle de l'influence française. Mais la passion protectionniste l'emporta. Décidés à fermer nos frontières aux importations étrangères, nos plénipotentiaires n'étaient guère disposés à accueillir sans restriction la proposition qu'on leur faisait. Ils voulurent se faire payer leur adhésion. On ne s'entendit pas sur les compensations qu'ils demandaient. Il fallut s'en tenir à l'arrangement provisoire antérieurement conclu avec les délégués alsaciens-lorrains. L'article 9 du traité de Francfort le maintint pour une durée de six mois à dater du 1er mars.

Comme c'était au 1er septembre 1871 qu'il devait prendre fin, des négociations furent entamées au courant d'août pour proroger cet accord. Non seulement les industriels alsaciens y trouvaient leur profit, mais d'autres encore : des Suisses, des Allemands du Sud, qui étaient venus s'établir dans la région mulhousienne. L'intérêt de l'Alsace était donc de conserver l'entrée libre du marché français. Bismarck devait chercher à lui conserver cet avantage, puisqu'il évitait ainsi à l'industrie allemande une concurrence dangereuse. Le gouvernement de Thiers, qui connaissait ces circonstances, ne demandait qu'à en profiter. La base de la négociation était toute trouvée. Nous consentirions la prorogation moyennant la libération anticipée de six départements : Aisne, Aube, Côte-d'Or, Haute-Saône, Doubs, Jura (1). Mais les pourparlers traînèrent en longueur. On paraissait d'accord sur l'arrangement douanier, on ne pouvait s'entendre sur les garanties financières que nous devions fournir pour obtenir la libération partielle anticipée. Arnim, qui arrivait chez nous à ce moment comme chargé d'affaires et précisément en vue de faire aboutir l'arrangement, inaugurait sa mission en France par un échec. D'autre part, l'Assemblée nationale allait prendre ses vacances d'automne. Thiers ne voulut pas la laisser partir sans avoir

---

(1) THIERS, *Notes et Souvenirs*, pp. 218-219.

obtenu d'elle des pouvoirs l'autorisant à conclure la convention et à la ratifier. Une discussion très vive s'engagea (1).

Les partisans à outrance de la politique protectionniste estimaient qu'en accordant à l'Alsace-Lorraine un régime douanier de faveur on venait au secours de l'industrie allemande menacée par la concurrence. Ils craignaient que, grâce aux facilités d'importation laissées aux produits alsaciens, les produits allemands n'arrivassent en France, en traversant l'Alsace, en franchise de droits, malgré la surveillance exercée par le syndicat des industries alsaciennes. Pour éviter d'être les mauvais marchands dans l'arrangement à intervenir, il fallait, disaient-ils, imposer la réciprocité absolue des échanges avec l'Alsace-Lorraine. Le gouvernement, dans le projet soumis à l'Assemblée, proposait de limiter cette réciprocité aux articles nécessaires à la fabrication des produits manufacturés alsaciens-lorrains. Mais la commission chargée de l'examen du projet avait fait prévaloir l'idée de la réciprocité absolue. Au lieu de la limiter aux produits manufacturés français nécessaires à l'industrie locale des pays annexés, elle avait spécifié qu'il s'agissait de tous les produits destinés à la consommation de l'Alsace-Lorraine, nécessaires ou non à l'industrie locale. C'est dans ces conditions que le Parlement avait autorisé le gouvernement à conclure l'arrangement.

Notre ministre des finances, Pouyer-Quertier fut envoyé en mission spéciale à Berlin pour traiter directement de ces questions avec le chancelier. Non sans peine il réussit à s'entendre sur les conditions de l'évacuation et sur le régime douanier transitoire. Deux conventions signées le même jour, 12 octobre 1871, consacrèrent ces accords et il était nettement indiqué que, bien qu'elles fussent libellées dans deux actes séparés, elles formaient un tout indivisible. On a parlé plus haut de la convention concernant l'évacuation (2). Pour ce qui est des arrangements douaniers, on

---

(1) Voir la discussion dans VILLEFORT, t. II, pp. 148 et suiv.
(2) Voir chapitre XI, p. 174.

aboutissait aux résultats suivants (1). Le régime de faveur fait à l'Alsace-Lorraine n'était pas prolongé pour une durée de six années, ainsi que l'Allemagne l'avait proposé. La franchise entière de tout droit de douane n'était admise pour les produits fabriqués dans les pays annexés que du 1er septembre au 31 décembre 1871. Du 1er janvier au 30 juin 1872 on percevrait, à l'entrée en France, le quart des droits applicables aux produits similaires allemands en vertu de la clause de la nation la plus favorisée. Du 1er juillet au 30 décembre 1872, le tarif serait élevé à la moitié des droits.

Somme toute, les faveurs douanières faites à l'Alsace-Lorraine ne devaient durer en tout qu'un an et demi. Mais cet avantage était le seul qu'obtenaient nos protectionnistes. Il leur fallut renoncer à la condition de réciprocité générale qu'ils avaient imposée à nos négociateurs. Bismarck la repoussa avec énergie. C'eût été l'entrée à tarifs réduits ou en franchise des produits manufacturés français en Allemagne « par la porte ouverte de l'Alsace-Lorraine (2) ». Cela eût forcé l'Allemagne à établir chez elle, en arrière de la frontière nouvelle, une seconde ligne de douane, pour se défendre contre l'invasion subreptice des produits français. Toutefois, les Allemands admirent que seraient admis en franchise jusqu'au 31 décembre 1871 et avec des réductions de droits pendant l'année 1872, les produits français (amidon, fécule, matières tinctoriales, produits chimiques) destinés à être incorporés dans les produits fabriqués en Alsace-Lorraine, et aussi les produits français destinés à recevoir un complément de main-d'œuvre. Mais il fallait prévenir les fraudes et empêcher les produits étrangers de passer en France par la voie d'Alsace-Lorraine aux conditions de faveur réservées aux produits des pays annexés. On instituait à cet effet des syndicats d'honneur. Ils devaient délivrer aux fabricants des certificats d'origine pour

---

(1) Texte de la convention dans VILLEFORT, t. I, p. 89.
(2) THIERS, *Notes et Souvenirs*, p. 220.

l'importation en France de leurs produits, surveiller les
usines de façon à empêcher l'augmentation des quantités
portées aux certificats, ou l'emploi de matières incorporées
aux produits fabriqués autres que les matières premières
nécessaires à leur fabrication, enfin veiller à ce que les produits importés en France ne dépassent pas en quantité les
quantités de produits identiques importés en France par les
départements alsaciens-lorrains en 1869 (art.7 de la convention). Cette disposition, à elle seule, montre à quelles
complications aboutissait cet arrangement transitoire. Mais
c'était là un sacrifice qu'il nous fallait faire à nos compatriotes violemment séparés de la patrie commune. Ce régime
de faveur, avec tous les embarras qu'il pouvait susciter,
n'était qu'un dernier hommage rendu à leur attachement
à la France. Il devait d'ailleurs prendre fin assez rapidement. Au surplus, il ne faut pas l'oublier, les concessions que
nous faisions de ce côté étaient liées étroitement à celles que
nous obtenions d'autre part pour l'évacuation anticipée.
A ce moment, c'était là le but essentiel. Il fallait, pour y
atteindre, se résigner aux sacrifices nécessaires.

IV

On vient de voir que nos rapports économiques avec l'Alsace-Lorraine n'avaient pu être réglés au mois de mai 1871,
lors des négociations pour la paix. Il avait fallu attendre
quelques mois plus tard, jusqu'à ce qu'on eût trouvé un terrain d'entente. Les solutions ne furent point aussi longtemps
retardées pour les voies ferrées situées en pays conquis. Ici,
l'Allemagne avait intérêt à trancher dans le vif, à ne pas
s'attarder à des solutions transitoires. Elle n'y manqua point.
A Francfort, en mai, elle sut imposer à nos représentants
les stipulations les plus favorables à ses intérêts économiques et financiers actuels et futurs. Elle se fit céder, moyennant une indemnité relativement minime, les voies ferrées
exploitées par la Compagnie des chemins de fer de l'Est,

établies sur les territoires annexés. Elle compléta cette acquisition en obtenant sans bourse délier le droit d'exploiter, à la place de la Compagnie de l'Est, les lignes ferrées du grand-duché de Luxembourg. Les choses à cet égard furent menées avec une habileté et une promptitude de décision qui font honneur à la compétence technique des négociateurs allemands. Ici, encore une fois, nous trouvions des adversaires admirablement préparés et sachant par avance tout le parti qu'on pouvait tirer de notre défaite.

Lors des conférences de Bruxelles, la question s'était posée de savoir ce qu'allaient devenir, par l'effet de l'annexion, les lignes ou parties de lignes du réseau de l'Est situées en Alsace-Lorraine. Il semblait, au premier abord, qu'il ne dût pas y avoir de difficulté. La Compagnie de l'Est pouvait, comme par le passé, continuer son exploitation jusqu'au terme de sa concession. De même qu'il était permis à des Allemands de posséder et administrer en France des industries privées, rien n'empêchait une société commerciale française d'avoir en Allemagne un établissement d'ordre similaire qu'elle pourrait gérer en pleine liberté. Mais il ne fallait pas compter qu'on laisserait ce principe élémentaire recevoir en Alsace-Lorraine son application. Les chemins de fer, l'Allemagne l'avait bien senti, sont à la fois un instrument de pénétration pacifique et une arme de combat. Entre les mains d'une compagnie française, le réseau alsacien-lorrain eût été comme une sorte de véhicule de l'influence française et cela dans les pays où l'on se proposait d'instituer le plus promptement possible l'œuvre de germanisation. Bien plus, comme l'Allemagne savait tout le parti qu'une stratégie scientifique peut tirer des voies ferrées, il paraissait peu vraisemblable qu'elle les abandonnerait à une société qui ne serait pas dans sa main, à son entière discrétion. Il n'y avait donc aucune chance qu'on laissât la Compagnie de l'Est continuer à exploiter son réseau en pays annexé. Mais, comme elle était une personne privée, il ne pouvait être question de la déposséder de sa propriété sans s'être entendu avec elle et sans lui offrir une indemnité d'expropriation convenable. Les négociateurs allemands songèrent à s'acquitter de cette obligation au plus bas prix.

Comme on manque rarement de raisons de droit pour justifier les solutions les moins équitables, ils invoquaient le principe en vertu duquel, en France, les concessions de chemins de fer n'ont qu'une durée de quatre-vingt-dix-neuf ans, délai après lequel elles doivent faire retour à l'État. Ils parlaient de porter la question devant un tribunal d'expropriation à Berlin. Là on aurait soutenu que l'État allemand étant le successeur de l'État français en Alsace-Lorraine, le réseau de la Compagnie situé dans ce pays devenait propriété d'État par l'effet même de la cession territoriale. Restait néanmoins le droit de jouissance de la Compagnie pour le temps à courir jusqu'à l'expiration de sa concession, droit de jouissance que l'Allemagne ne pouvait pas confisquer sans en offrir le prix. Sur ce point le tribunal d'expropriation eût été appelé à se prononcer en même temps que sur la question de principe. Mais dès à présent les Allemands offraient une indemnité de 90 millions (1), somme que nos négociateurs et les représentants de la Compagnie de l'Est jugeaient notoirement insuffisante (2).

La discussion qui, sur ce point comme sur tant d'autres n'avait pas abouti, fut reprise à Francfort par Pouyer-Quertier et conduite cette fois avec plus d'habileté et d'énergie. Il fit ressortir avec insistance que les droits de la Compagnie n'étaient pas suffisamment sauvegardés par l'octroi des 90 millions que l'Allemagne offrait au hasard, sans dire d'après quelles données elle se bornait à ce chiffre. Bismarck proposa 120 millions et pendant plusieurs jours s'en tint à cette somme. Nous obtînmes alors qu'on fît venir de Berlin deux ingénieurs qui finirent par reconnaître que le minimum de l'indemnité due était de 280 à 290 mil-

---

(1) Le chiffre de 90 millions est indiqué comme celui de l'offre la plus basse des Allemands par Pouyer-Quertier dans la discussion du projet de loi tendant à indemniser la Compagnie de l'Est. VILLEFORT, t. III, p. 541.

(2) Les représentants de la Compagnie de l'Est qui assistaient nos négociateurs à Bruxelles et à Francfort étaient : MM. Ledru et Regray. VILLEFORT, t. III, p. 511 (discours de Fourtou à l'Assemblée nationale, du 27 mai 1873).

lions. Pouyer-Quertier, de son côté, demandait comme équitable le chiffre de 360 millions. Et encore, n'était-il tenu compte que de la valeur du réseau exploité tant en immeubles qu'en matériaux, combustibles, mobilier des gares, outillage des gares, sommes dues à la Compagnie. Il y avait aussi tout un autre ordre de réclamations que la Compagnie, ou l'État français parlant en son nom, pouvait faire valoir contre l'Allemagne.

Au cours des opérations de guerre, le gouvernement allemand avait mis sous séquestre toutes les parties du réseau de l'Est qu'il avait pu atteindre. Mais il ne s'était pas contenté d'utiliser les voies pour ses transports militaires, il avait usé du réseau pour y faire du trafic, transporté des voyageurs et des marchandises, encaissé le prix de ces transports. De ce chef, la Compagnie avait donc une répétition à exercer contre l'État allemand qui avait exploité à sa place. D'autre part, bien que la Compagnie eût eu le droit de reprendre l'exploitation commerciale de son réseau resté français, à dater de l'armistice, le séquestre n'avait pas été levé tout de suite et avait persisté jusqu'en fin mars. De plus, pour la partie du réseau devenue allemande, la compagnie avait, semble-t-il, le droit d'en percevoir privativement les produits jusqu'à une date qui n'était pas encore connue, mais qui devait être celle de la ratification par la France du traité définitif non encore signé. C'étaient donc encore là deux chefs accessoires de réclamations auxquelles l'Allemagne ne pouvait légitimement se soustraire (1). Elle paraissait disposée à s'acquitter de cette obligation assez lourde s'élevant, au dire de la Compagnie, à 43.850.000 francs (2).

Tous ces intérêts si importants : indemnité pour expropriation du réseau, pour le séquestre durant les hostilités,

---

(1) Ces détails sur les réclamations pour l'exploitation des lignes de l'Est par les Allemands se trouvent dans le rapport de Krantz à l'Assemblée nationale, lors de la discussion de la loi du 17 juin 1873, VILLEFORT, t. III, p. 488.

(2) Chiffre donné par le rapport de Krantz cité ci-dessus. L'inspecteur général des finances chargé de la vérification des comptes de la Compagnie évaluait la perte provenant du séquestre à 37.100.000 francs. Voir FOURTOU, exposé des motifs du projet de la loi du 17 juin 1873, VILLEFORT, t. III, p. 474.

la Compagnie aurait pu sans doute les débattre à elle toute seule avec l'Allemagne. L'arrangement à intervenir entre les deux parties et qui aurait mis fin à ce débat n'aurait par conséquent pas figuré dans les instruments diplomatiques. Mais comme, dès le début, le gouvernement français avait pris en main la cause de la Compagnie et s'était substitué à elle pour la défense de ses droits compromis, à Francfort il persista dans les mêmes errements. Il y trouva d'ailleurs son avantage. On finit, en effet, par tomber d'accord sur un chiffre global comprenant les divers chefs de réclamations soulevées par la Compagnie. Pour que les choses fussent faites en règle, le gouvernement français s'engageait à user vis-à-vis de la Compagnie de son droit de rachat des concessions situées en territoire annexé. On énumérait avec précision quel était l'objet de ce droit de rachat : immeubles, matériaux, mobilier, outillage, à l'exclusion du matériel roulant. Le gouvernement français s'engageait à subroger le gouvernement allemand dans les droits résultant de ce rachat, moyennant quoi, l'Allemagne payait pour toute chose 325 millions.

Mais elle n'avait pas à verser effectivement cette somme à l'État français. On convint qu'elle viendrait en déduction de l'indemnité de guerre, sauf au gouvernement français à régler avec la Compagnie de l'Est qui, en définitive, grâce à cette combinaison, lui faisait une avance de 325 millions. Au surplus, l'Allemagne se déchargeait, sans bourse délier, de l'obligation résultant pour elle de sa main-mise sur le réseau alsacien-lorrain pendant la durée du séquestre. Il était convenu que c'était le gouvernement français qui prenait à sa charge les réclamations que la Compagnie pouvait élever à cet égard. Enfin, pour la partie du réseau possédée par la Compagnie sur le territoire suisse, de la frontière d'Alsace à Bâle, le gouvernement allemand offrait de la reprendre moyennant 2 millions (1). Tous ces arrange-

---

(1) La Compagnie, pour ne pas favoriser l'introduction de l'Allemagne en Suisse, a vendu à la Suisse ce tronçon de ligne moyennant 2.500.000 francs. VILLEFORT, t. III, p. 560.

ments devaient prendre place dans une série d'articles additionnels au traité de paix. Et ils y figurent, en effet, à l'article 1, sous les paragraphes 1 à 6 (1).

On en était là, et on paraissait en avoir fini avec cette question épineuse, quand, à la dernière heure, les Allemands démasquèrent une prétention qu'ils avaient habilement tenue en réserve et à laquelle nous ne paraissions guère préparés. Comme complément du marché conclu avec la Compagnie de l'Est, ils demandèrent la cession du droit qu'avait celle-ci d'exploiter les lignes du réseau Guillaume-Luxembourg et de ses annexes.

En 1857, par une convention du 6 juin entre la Société Guillaume-Luxembourg et la Compagnie de l'Est, cette dernière avait été chargée d'exploiter le réseau luxembourgeois à titre de compagnie fermière, moyennant une redevance dont le chiffre variait avec les produits de l'exploitation. En 1868, la société luxembourgeoise voulut une redevance fixe. Le gouvernement de Napoléon III, obligé de renoncer à ses projets d'annexion du grand-duché, avait voulu conserver à la France cette voie de pénétration dans un pays qu'on venait de nous disputer. Il avait en conséquence incité la Compagnie de l'Est à négocier une nouvelle convention avec la société grand-ducale. Cette convention, conclue le 21 janvier 1868, approuvée par une loi de la même année, concédait pour une durée de quarante-cinq ans à la compagnie française l'exploitation du réseau Guillaume-Luxembourg, moyennant une redevance annuelle de 3 millions. La Prusse, mécontente d'avoir été contrainte d'évacuer la forteresse de Luxembourg qu'elle considérait comme sienne, ne pouvait voir que d'un œil jaloux la situation que nous conservions dans le pays, au lendemain de 1867. Le moment favorable était venu de nous déloger de cette position dont l'importance peut-être plus commerciale que stratégique n'avait pas échappé à la vue claire des hommes d'État allemands (2).

---

(1) VILLEFORT, t. I, pp. 73-74.

(2) Un article de la *Gazette de la Croix* reproduit par le *Moniteur officiel du Gouvernement général à Reims* du 31 décembre 1870 s'élève contre le

Or, en s'en souvient, les stipulations du traité augmentant en notre faveur le rayon autour de Belfort n'avaient été obtenues que moyennant une cession de territoires situés à l'ouest de Thionville. Ce recul de la frontière vers l'ouest avait eu pour résultat de diminuer encore nos points de contact avec le grand-duché. Les négociateurs allemands invoquèrent cette situation nouvelle pour soutenir que les conditions, qui auparavant expliquaient l'exploitation des lignes luxembourgeoises par la Compagnie de l'Est, étaient totalement changées. Il n'y avait plus aucun intérêt pour nous à laisser notre compagnie jouir du bénéfice de son contrat. L'Allemagne, au contraire, avait le plus grand avantage à se substituer à elle. Car elle allait de la sorte bénéficier du grand courant de transit international se dirigeant d'Angleterre, Hollande et Belgique vers le sud, du côté de la Suisse et, à travers celle-ci, vers l'Italie. Le réseau luxembourgeois servait de soudure, de nœud central à ces deux grands tronçons de lignes ferrées. Avant la guerre, les marchandises empruntaient déjà cette voie pour descendre des pays du Nord vers les régions méditerranéennes. La Compagnie de l'Est avait profité de cette situation. Il s'agissait pour les Allemands, toujours à la piste des profits assurés, de la déposséder de cet avantage et de dévier le courant sur l'Alsace-Lorraine en suivant la ligne la plus directe allant de Luxembourg à Metz, puis, après avoir longé parallèlement la nouvelle frontière orientale de la France sur territoire lorrain, se raccordant aux lignes alsaciennes. Il suffisait pour cela que la Compagnie de l'Est consentît à subroger l'Allemagne dans ses droits d'exploitant. Mais la Compagnie, personne privée, concessionnaire de l'exploitation d'un réseau sur territoire neutre, était, semble-t-il, en dehors des atteintes de l'Allemagne. Pour arriver jusqu'à

---

privilège accordé à la Compagnie française et le représente comme portant atteinte à l'indépendance du Grand-Duché. La pensée qu'a l'Allemagne de se substituer à nous dans l'exploitation des lignes luxembourgeoises se révèle également dans une note du *Moniteur officiel du gouvernement général de Lorraine* du 14 février 1871.

elle, les négociateurs allemands pensèrent à utiliser l'intervention de l'État français. Puisque notre gouvernement avait pris en main la cause de la Compagnie, s'était constitué d'office son avocat, son porte-parole, à Bruxelles d'abord, à Francfort ensuite, il n'y avait qu'à peser sur lui pour obtenir qu'il décidât la Compagnie à céder son bail à l'Allemagne.

C'est ce qui eut lieu en effet, et, chose à peine croyable, sans que nos négociateurs opposassent la moindre résistance. Ils auraient pu, certes, défendre énergiquement leur client et stipuler pour lui une indemnité spéciale (1). Ils ne paraissent pas y avoir pensé. Ignoraient-ils la situation au point de ne pas se rendre compte de l'importance de la question? On l'a prétendu (2). Mais cela paraît peu vraisemblable, sinon de la part de Jules Favre, du moins de la part de Pouyer-Quertier. Et cela est d'autant moins probable qu'ils étaient assistés de deux représentants de la Compagnie auxquels ils communiquaient au fur et à mesure toutes les propositions qui leur étaient faites du côté allemand (3). Peut-être Bismarck leur fit-il observer que s'il consentait à élever jusqu'à 325 millions l'indemnité que ses ingénieurs eux-mêmes estimaient d'au moins 280 millions, cette majoration était destinée à compenser le dommage que la Compagnie subirait par suite de l'abandon de son bail d'exploitation (4). Peut-être aussi que, pressés d'en finir et dans la crainte que l'offre des 325 millions leur échappât, nos négociateurs ne virent pas toute la gravité de l'opération qu'on leur proposait, tout le parti que l'Allemagne espérait

---

(1) L'inspecteur général des ponts chargé d'évaluer en 1873 les dommages causés à la Compagnie de l'Est par le traité de Francfort estimait à 33 millions le dommage provenant de la perte du réseau luxembourgeois. Rapport de Krantz, VILLEFORT, t. III, p. 489.

(2) VALFREY, t. I, p. 107.

(3) Discours de Fourtou lors de la discussion de la loi du 17 juin 1873. VILLEFORT, t. III, p. 511.

(4) « L'indemnité afférente à ces lignes (Guillaume-Luxembourg) fut comprise dans les 325 millions », a déclaré Pouyer-Quertier dans la discussion de la loi du 17 juin 1873. VILLEFORT, t. III, p. 551.

en tirer au point de vue commercial et politique (1). Peut-être enfin que, par une de ces habiletés dont les diplomaties sont coutumières, on ne présenta pas tout d'abord le projet comme aboutissant à une dépossession du droit d'exploitation de la Compagnie et se borna-t-on à insister sur l'un des côtés de la combinaison projetée, à savoir que l'État français ne concéderait aucune ligne nouvelle à la Compagnie de l'Est, susceptible de rétablir la continuité de son réseau avec les lignes luxembourgeoises (2).

Ce ne serait donc qu'à la dernière minute et au moment de signer qu'on aurait mis nos négociateurs en face de l'article évinçant la Compagnie de son bail et cela sans la moindre indemnité. Il est difficile, faute de documents, de répondre à ces questions et de savoir quelle part il faut faire ici à l'habileté consommée des négociateurs allemands, à la précipitation coupable ou à l'ignorance des nôtres. Toujours est-il que sur ce point encore Bismarck triomphait pleinement. La Compagnie de l'Est allait être évincée de sa concession luxembourgeoise au profit du gouvernement allemand. Celui-ci lui serait subrogé sans avoir rien à payer. Chez Bismarck, le politique génial était doublé d'un homme d'affaires avisé qui s'entendait aux marchés avantageux.

L'accord qui s'était établi si aisément sur ce point prit également place dans l'article 1 des articles additionnels où il forme le dernier paragraphe (§ 7). On constate d'abord, en un style plus que confus, que la situation qui a servi de base à la convention du 21 janvier 1868 n'est plus la même, étant donnée la cession du réseau alsacien-lorrain à l'Allemagne. Dès lors, la convention de 1868 n'a plus pour la Compagnie de l'Est aucun intérêt. Aussi le gouvernement allemand se déclare-t-il prêt à se substituer à elle dans ses

(1) Pouyer-Quertier avoue lui-même que, « d'après tous les renseignements que nous avons obtenus sur la question des lignes Guillaume-Luxembourg, nous étions convaincus qu'elle n'était pas assez grave pour nous faire retarder la signature de la convention ». VILLEFORT, t. III, p. 551.
(2) En ce sens VALFREY, t. I, p. 107.

droits et charges. Mais il faut son consentement. Comment va-t-on l'obtenir puisqu'elle n'est pas partie contractante au traité? Le gouvernement français est là qui va faire l'office qu'on attend de lui, celui de courtier désintéressé. On prévoit en conséquence qu'il entrera en pourparler avec la Compagnie et se fera subroger par elle dans le bénéfice de son contrat d'exploitation. Cela fait, il s'oblige dès à présent à céder gratuitement dans un délai de six semaines ses droits au gouvernement allemand.

Mais la Compagnie pourrait résister, refuser de s'arranger avec le gouvernement français qui a stipulé pour elle. Le gouvernement allemand, qui a tout prévu, a fait entrer cette éventualité dans ses calculs. Il s'assure de l'adhésion de la Compagnie en faisant exercer sur elle une pression par l'État français qui n'est pas en situation de lui refuser ce service et qui va le lui rendre pour rien. Si la Compagnie ne veut pas capituler, le gouvernement français s'engage à ne lui accorder de concessions nouvelles que sous la condition expresse que la compagnie n'exploitera pas les lignes du grand-duché. Autrement dit, la Compagnie devra opter : ou bien renoncer à son contrat, alors on pourra lui concéder des lignes nouvelles sur le territoire français, de manière à lui permettre de reconstituer son réseau amoindri, disloqué par l'annexion; ou bien elle ne renonce pas, et alors l'État s'interdit de lui concéder des lignes nouvelles. La Compagnie est forcée de choisir entre la continuation de l'exploitation luxembourgeoise et la reconstitution de son réseau français.

Ces stipulations sont exprimées en formules dont le style volontairement embarrassé et quelque peu énigmatique était destiné sans doute à masquer la portée des clauses arrachées à notre ignorante indifférence ou à notre faiblesse. Une question pourtant restait non résolue, mais qui ne nous concernait plus. L'État luxembourgeois accepterait-il la substitution de l'État allemand à la Compagnie de l'Est? Et comme les lignes exploitées comprenaient, à titre de dépendance, un tronçon de 55 kilomètres sur territoire belge,

la Belgique, elle aussi, admettrait-elle l'ingérence du gouvernement allemand dans l'exploitation de ce tronçon ? Bismarck ne paraît pas s'être préoccupé de ce détail. Il était
sûr d'imposer sa volonté, celle du plus fort, aux deux gouvernements neutres, trop faibles pour élever des objections
contre les projets de leur puissant voisin. Nos négociateurs
auraient pu, en tout cas, faire leurs réserves en ce qui concernait l'approbation des gouvernements luxembourgeois et
belge. On n'a aucune preuve qu'ils y aient un seul instant
songé. La Compagnie de l'Est opta, comme il fallait s'y
attendre, pour la renonciation. Dès le 27 juin 1871, elle se
démettait entre les mains du gouvernement français de son
droit à l'exploitation des lignes du réseau luxembourgeois et
le gouvernement avisait immédiatement le chancelier allemand que la subrogation pouvait être consommée (1). Le
Luxembourg échappait à notre influence. Les liens qui
l'unissaient à l'Allemagne se resserraient encore. Bismarck
prenait sa revanche du demi-échec de 1867.

BIBLIOGRAPHIE

Sur l'article 11 du traité de Francfort, VALFREY, *Histoire du
traité de Francfort*, t. I, pp. 22-23, 96-100, est assez complet;
SOREL, *Histoire diplomatique de la Guerre franco-allemande*, t. II,
pp. 276, 305, 306, est resté très sommaire; HANOTAUX, *Histoire
de la France contemporaine*, t. I, pp. 276-277, n'a fait que conden-
ser ce qui avait été écrit avant lui. Il y a plus de renseignements dans les ouvrages techniques. Cf. BONNET, *La Clause de
la nation la plus favorisée*, thèse de doctorat en droit, Grenoble
1900, pp. 71 et suiv.; ONCKEN, dans *Revue d'Économie politique*,
1891, pp. 585 et suiv., article substantiel et pénétrant où sont
montrés les inconvénients de l'article 11 pour tout le monde,
même pour l'Allemagne; ZIMMERMANN, *Die Handelspolitik des
deustchen Reichs, von Frankfurter Frieden bis zur Gegenwart*,
Berlin 1901, 2e édit., pp. 1-2, 66-68.

(1) VILLEFORT, t. III, p. 537.

Sur le régime douanier transitoire appliqué à l'Alsace-Lorraine, cf. VALFREY, t. I, pp. 155-164; THIERS, *Notes et Souvenirs*, pp. 218-226; DONIOL, *M. Thiers, le comte de Saint-Vallier, le général de Manteuffel*, pp. 62-65, et les dépêches rapportées dans THIERS, *Occupation et libération du territoire*, t. I, pp. 67, 68, 70, 73, 75, 78, 80, 84.

En ce qui concerne la question de la dépossession de la Compagnie de l'Est, VALFREY, t. I, pp. 60-63, 104-111, a puisé aux bonnes sources et le fait bien voir. FAVRE, *Gouvernement de la Défense nationale*, t. III, pp. 374-376, ne dit presque rien du sujet et ne paraît guère se douter de l'importance des articles qu'il a débattus et signés. Le rapport du vicomte de Meaux à l'Assemblée nationale sur le projet portant ratification du traité de Francfort (VILLEFORT, t. II, p. 96), ne contient qu'une vague allusion aux accords concernant la Compagnie. Mais les documents parlementaires qui ont trait au projet de loi présenté en janvier 1873 à l'Assemblée nationale, en vue des concessions de lignes nouvelles et des indemnités accordées par l'État à la Compagnie de l'Est, donnent sur les négociations de Francfort des précisions et des compléments d'information, qui, vu la pénurie des documents sur cette question, sont bien utiles. Il faut citer entre autres : l'exposé des motifs du projet présenté par Fourtou, ministre des travaux publics, le rapport de la commission par Krantz (VILLEFORT, t. III, pp. 463-502). La discussion du projet n'est pas moins profitable à consulter, à raison surtout des éclaircissements que Pouyer-Quertier a été amené à fournir au sujet des négociations de mai 1871 à Francfort (VILLEFORT, t. III, pp. 503-582 et notamment 541, 542, 551).

CHAPITRE XIV

STIPULATIONS ACCESSOIRES

—

I

Du traité de Francfort on connaît maintenant l'essentiel, les clauses qu'enregistre l'histoire politique, celles qui durent, qui continuent à l'heure présente à développer la série de leurs effets : grands changements territoriaux avec leurs conséquences de tout ordre, sacrifices financiers qu'il a fallu souscrire, accords économiques par lesquels on a engagé l'avenir. Reste un certain nombre de stipulations dont l'importance est moins grande, mais qu'une étude complète de l'acte de Francfort ne peut laisser de côté. Presque toutes s'imposaient aux négociateurs comme corrollaire obligé des dispositions principales.

Quelques-unes de ces stipulations n'étaient que la confirmation d'accords antérieurs. Tel est le caractère de l'article 8 du traité, aux termes duquel les troupes allemandes devaient continuer à s'abstenir des réquisitions en nature et en argent dans les territoires occupés par elles. L'article 3 de la convention additionnelle du 26 février 1871 avait déjà édicté cette mesure (1). Mais l'article 8 en subordonnait le maintien à l'exécution intégrale des engagements du gouvernement français concernant l'entretien de l'armée allemande, tels qu'ils avaient été libellés dans la convention de Ferrières du 11 mars 1871. Toujours en garde contre un

_____

(1) Villefort, t. I, p. 27.

manquement à nos obligations, peu confiants dans nos moyens financiers, les Allemands se réservaient, en somme, dans le traité de paix le droit d'instaurer à nouveau le régime des réquisitions, déjà si abusif et si vexatoire en temps de guerre.

Du même caractère était l'article 9 qui prolongeait le régime douanier de faveur fait aux produits industriels des territoires annexés. On a vu qu'un arrangement provisoire était intervenu à cet égard le 9 avril 1871 entre notre ministre des finances et les représentants de l'industrie des pays cédés (1). Cet accord n'avait été conclu que dans l'attente du traité de paix. Il s'agissait de le maintenir. C'est ce que fait l'article 9 en décidant que l'accord est établi pour six mois, depuis le 1er mars 1871. En fait, par conséquent, l'arrangement transitoire du 9 avril se trouvait simplement prorogé de trois mois. Il devait prendre fin le 1er septembre.

II

Plus importantes étaient les stipulations concernant les sujets des deux États contractants. C'était d'abord l'article 10 concernant la remise des prisonniers de guerre. Cette restitution était de droit et l'Allemagne n'avait pas attendu le traité pour commencer à nous rendre nos soldats (2). Mais la défiance continuait à la hanter malgré la victoire. Elle s'assurait contre le danger, peu probable pourtant, d'une attaque de notre part avec une armée qu'elle aurait contribué elle-même à reconstituer. De là ce luxe de précautions dans l'article 10 : obligation pour la France de renvoyer dans leurs foyers les prisonniers qui sont libérables; de ne pas opérer de concentration de troupes sur la rive droite de la Loire, sauf pour l'armée de Paris dont l'effectif, après le rétablissement du gouvernement dans la capitale et jusqu'à l'évacuation des forts de la rive

(1) Voir chapitre XIII, p. 249.
(2) Voir l'article 6 des préliminaires, et la convention de Ferrières du 11 mars 1871 concernant la remise des prisonniers. VILLEFORT, t. I, p. 54.

droite, ne devra pas dépasser 80.000 hommes ; obligation d'envoyer en Algérie les 20.000 prisonniers qui allaient être rendus sur-le-champ.

Des militaires allemands prisonniers de guerre il n'était rien dit. Leur nombre, en effet, était minime et d'ailleurs l'Allemagne avait pourvu à leur sort dès la première heure. La convention d'armistice (art. 14) décidait, en effet, qu'il serait procédé immédiatement à l'échange de tous les Allemands faits prisonniers de guerre, depuis le commencement des hostilités. On spécifiait au surplus que l'échange s'appliquait aux prisonniers civils tels que les capitaines de navires marchands faits prisonniers par la marine française en même temps qu'étaient capturés leurs navires (1).

Mais si la liberté avait été rendue aux équipages, les navires et les cargaisons arrêtés et retenus par la France, en vertu du droit de prise, n'avaient pas été relâchés. On se rappelle qu'à Bruxelles le gouvernement allemand, après avoir tenté, mais vainement, de nous arracher une déclaration de principe au sujet de la légitimité des prises, après avoir été obligé de renoncer à une indemnité spéciale pour les dommages causés à la marine et au commerce allemands, s'était rabattu, faute de mieux, sur une solution transactionnelle à laquelle nos plénipotentiaires avaient adhéré. Elle trouva place dans le traité où elle forme l'article 13 (2). On y décidait que les bâtiments condamnés par les conseils des prises avant le 2 mars 1871, jour de la ratification des préliminaires, seraient considérés comme définitivement condamnés. Ceux qui, à cette date, n'étaient pas jugés définitivement devaient être restitués avec la cargaison. Sur quatre-vingt-dix bâtiments capturés, il y en eut treize restitués en exécution de la stipulation que nous venons de rapporter (3).

Le traité se préoccupait aussi de la situation faite par les

---

(1) D'après Barboux, *Jurisprudence du Conseil des prises*, pp. 34-35, le nombre des prisonniers faits sur mer ne dépassait pas 250.

(2) Villefort, t. I, pp. 71-72.

(3) Barboux, *op. cit.*, et Villefort, t. I, p. 72, note 1.

événements de guerre aux sujets allemands. Tel était l'objet de l'article 12 (1). Un certain nombre avaient été expulsés par mesure administrative. Le traité leur assurait la conservation de tous les biens acquis par eux en France. Ceux qui avaient été admis à domicile en vue d'une naturalisation ultérieure, pouvaient rentrer et établir de nouveau leur domicile en territoire français. Bien plus, et par une véritable restitution en entier, on décidait que s'ils revenaient dans le délai de six mois après l'échange des ratifications du traité, ils seraient réintégrés dans le bénéfice de leur situation antérieure. En conséquence, le délai stipulé par la loi française pour l'obtention de la naturalisation ne devait pas être considéré comme ayant été interrompu. Et même le temps écoulé entre leur expulsion et leur retour devait compter à leur profit comme s'ils n'avaient pas cessé de résider en fait en France. Pleine de sollicitude pour ceux de ses enfants qui étaient venus s'installer chez l'ennemi héréditaire, l'Allemagne leur facilitait, on le voit, le moyen d'abdiquer leur nationalité et de l'échanger contre celle des vaincus. Toutefois, pour l'honneur des principes, on jugeait bon de déclarer ces avantages applicables par voie de réciprocité aux Français établis en Allemagne ou qui voudraient y résider.

Pareil souci d'égalité avait dicté aux contractants l'article 16, par lequel les deux gouvernements s'engageaient à faire respecter et entretenir les tombes des soldats enterrés sur leurs territoires respectifs (2). Ici, la réciprocité était plus qu'une affaire de pure convenance internationale, plus qu'un hommage forcé rendu aux principes. Elle s'imposait comme un devoir pieux.

III

L'annexion à l'Empire allemand d'une partie du territoire français entraînait comme conséquence immédiate et

---

(1) VILLEFORT, t. I, p. 71.
(2) VILLEFORT, t. I, p. 72.

corollaire inévitable un certain nombre de solutions qu'on avait jugé utile de mentionner dans l'instrument de paix, bien qu'elles fussent d'importance secondaire. Mais leur insertion dans un acte discuté et rédigé avec la hâte que l'on sait, démontre jusqu'à quels détails descendait la prévoyance méticuleuse de la chancellerie allemande. De ce nombre sont les clauses des articles 3 et 4 (1). Le premier imposait au gouvernement français l'obligation de remettre au gouvernement allemand les archives concernant l'administration civile, militaire et judiciaire des territoires cédés (2). Le second oblige également le gouvernement français à remettre le montant des sommes versées antérieurement au Trésor à différents titres et dont l'État n'était que dépositaire, par exemple le montant des primes d'enrôlement et de remplacement appartenant aux militaires et marins originaires des territoires cédés et ayant opté pour la nationalité allemande, les cautionnements des comptables de l'État, les sommes versées à titre de consignations judiciaires.

Dans la même catégorie il faut ranger l'article 5 auquel se rattache l'article 14 posant le principe du traitement égal des deux États pour la navigation intérieure sur la Moselle et les canaux terrestres de la Marne au Rhin, du Rhône au Rhin, de la Sarre et les eaux navigables communiquant avec ces voies de navigation (3).

Enfin, l'acte de Francfort indique également la nécessité d'un remaniement des circonscriptions ecclésiastiques. Tel est l'objet de l'article 6. En ce qui concernait les cultes protestant et israélite, rien ne s'opposait à une décision immé-

---

(1) VILLEFORT, t. I, p. 67.

(2) Dès le 8 septembre 1870, les Allemands avaient envoyé aux archives de la Meurthe, à Nancy, des agents chargés de dresser un état des pièces d'archives historiques qu'ils se proposaient de nous réclamer, en sus des documents d'administration courante. Mais à la suite de nos protestations au cours des négociations de Bruxelles, l'Allemagne renonça à sa réclamation en tant qu'elle portait sur les archives historiques. Elle se borna à demander ceux de ces documents qui concernaient l'administration. *Archives de Meurthe-et-Moselle*, dossier : Relations avec le gouvernement allemand en 1870-1872.

(3) VILLEFORT, t. I, pp. 67, 72.

diate. Les communautés appartenant à l'Église réformée et à la confession d'Augsbourg, sises en territoire annexé, ne pouvaient plus relever d'une autorité ecclésiastique française. De même, en sens inverse, les communautés protestantes, sises en territoire français et qui jusque-là relevaient du Consistoire supérieur de Strasbourg, ne pouvaient plus dépendre de cette autorité. Il fallait constater ces effets de l'annexion. Mais il suffisait de les mentionner pour qu'ils pussent sur-le-champ se convertir en un arrangement obligatoire pour les deux parties. Les communautés protestantes, en effet, ne reconnaissent pas une autorité spirituelle supérieure, distincte de l'État, et avec laquelle il était nécessaire que les deux puissances contractantes s'entendissent au préalable. Tout était mûr ici pour un accord immédiat et définitif. C'est ce que constatent les alinéas 2 et 3 de l'article 6. Et la situation était identique, pour les mêmes motifs, à l'égard des communautés du culte israélite. Il n'y avait qu'à dire que celles situées à l'est de la nouvelle frontière cesseraient de dépendre de leur supérieur administratif, c'est-à-dire du Consistoire central de Paris. Tel est l'objet de l'alinéa 4 du même article (1).

Pour le culte catholique, les choses ne pouvaient pas recevoir une aussi prompte solution. Le problème était le même, sans doute. Certains évêques français, ceux de Nancy et de Saint-Dié continuaient à avoir dans leurs diocèses des paroisses qui, politiquement, faisaient partie de l'Empire allemand. Un archevêque français, celui de Besançon, conservait dans sa province les évêchés désormais allemands de Metz et de Strasbourg. Il y avait là un enchevêtrement auquel on n'aurait pas répugné dans l'ancien temps, mais que des États modernes ne pouvaient plus admettre. Il fallait donc y mettre un terme au plus tôt et faire coïncider les circonscriptions ecclésiastiques avec les nouvelles frontières politiques. Mais ici la solution ne dépendait pas de la seule volonté des États contractants. Une puissance tierce,

---

(1) VILLEFORT, t. I, pp. 67-68.

le Saint-Siège, avait à dire son mot, à donner son approbation à l'arrangement. L'article 2 du Concordat du 26 messidor an IX statuait en effet que les nouvelles circonscriptions diocésaines qu'on jugeait à propos d'établir à cette époque, devaient être tracées de concert entre le gouvernement et le Saint-Siège. On pouvait penser que cet article avait posé un principe, établi un précédent, qu'il était nécessaire d'observer. D'autre part, l'article 9 du Concordat exigeait également l'accord des évêques et du gouvernement pour l'établissement d'une nouvelle circonscription des paroisses des diocèses. Il fallait donc, se conformant à l'esprit de cette disposition, que le gouvernement français s'assurât de l'assentiment des évêques intéressés. Il n'était pas possible de remplir sur-le-champ ces conditions. On devait donc se contenter ici d'une stipulation d'attente engageant l'avenir. Tel est l'objet de l'alinéa 1 de l'article 6 du traité. Il se borne à constater la communauté de vues des deux États sur l'opportunité d'un remaniement en harmonie avec le tracé de la nouvelle frontière. Il ajoute que les deux puissances se concerteront sans retard après la ratification du traité pour arriver à ce résultat (1).

Mais la solution devait se faire attendre plus longtemps qu'on n'avait cru tout d'abord. En décembre 1871, aucun arrangement n'était encore intervenu. Il fallut que la convention additionnelle de Francfort, du 11 décembre 1871, constatât (art. 9) le droit pour les évêques des diocèses traversés par la nouvelle frontière d'exercer leur autorité spirituelle comme par le passé, jusqu'à la conclusion des arrangements prévus par le traité de paix (2). L'année 1872 et les débuts de 1873 s'écoulèrent sans que cette situation anormale eût pris fin. Au début de mai 1873, Bismarck fit demander par Manteuffel à Saint-Vallier si la France avait songé à l'exécution des promesses contenues dans l'article 6 du traité et si elle avait ouvert à ce sujet des négociations

---

(1) VILLEFORT, t. I, p. 67.
(2) VILLEFORT, t. I, p. 93.

avec le Saint-Siège (1). Bismarck, on le comprend, avait hâte
de faire cesser un état de choses qu'il considérait comme
préjudiciable à l'œuvre de germanisation des provinces conquises et qu'un gouvernement fort, jaloux de son autorité,
ne pouvait pas longtemps tolérer. Il pouvait craindre, et il
l'a déclaré ouvertement à la tribune du Reichstag, que
nos prélats, continuant à avoir entrée en Alsace-Lorraine,
n'en profitassent pour propager, en tout cas pour y maintenir
l'influence française.

Mais c'était, à ce moment, le plus fort de la lutte menée
par Bismarck contre le parti catholique. Vis-à-vis du Saint-
Siège, il était dans une situation qui ne lui permettait pas
de prendre l'initiative d'une négociation. Avec adresse il
nous poussait en avant, alors que notre intérêt était plutôt
de laisser la question en suspens. Thiers, qui s'en rendait
compte, répondait qu'ici comme ailleurs nous étions prêts
à tenir nos promesses, mais qu'il y avait là une affaire délicate où la hâte pouvait être préjudiciable. D'ailleurs, la
cour de Rome pressentie, gardait, paraît-il, une réserve
prudente. Comme elle a coutume, elle semblait s'accommo-
der aisément du *statu quo* et d'une situation où elle n'était
pas obligée de prendre parti. La chute de Thiers arrêta la
négociation. Mais deux mois après, un incident, peu grave
en soi, vint fournir à la diplomatie allemande le moyen
qui lui permit d'insister auprès de nous pour en venir à
ses fins.

En mai 1870, l'évêque de Nancy avait obtenu du pape
l'autorisation de couronner solennellement la statue de la
Vierge, honorée dans l'église bâtie sur la colline de Sion,
dans le canton de Vézelise (département de la Meurthe). La
cérémonie fut ajournée à cause de la guerre. Mais en 1873,
l'occupation tirant sur sa fin et Sion étant sur le territoire
de son diocèse resté français, l'évêque, Mgr Foulon, crut le

---

(1) VALFREY, *Histoire du traité de Francfort*, t. II, p. 170, et DONIOL,
M. Thiers, le comte de Saint-Vallier, le général de Manteuffel, pp. 392-393, où
se trouve une dépêche de Saint-Vallier à Thiers, du 6 mai, non reproduite dans
THIERS, *Occupation et libération du territoire.*

moment propice pour procéder à cette fête. Le 26 juillet, il adressa une lettre pastorale au clergé et aux fidèles de son diocèse et cette lettre fut lue en chaire le 3 août, même dans les parties du diocèse annexées à l'Allemagne. Dans cet écrit, le prélat exprimait en pleine sincérité sa joie et ses espérances patriotiques, mais en des termes dont il eût été prudent d'atténuer l'ardeur. « Après une guerre formidable, disait-il, qui a désolé notre chère Lorraine et une paix désastreuse qui l'a mutilée, au lendemain du départ des soldats étrangers qui foulaient depuis trois ans notre sol, qu'il sera à propos de mêler aux chants de la délivrance les prières du repentir ! » Et, plus loin, il terminait ainsi : « Pour la Patrie, afin qu'elle mérite de voir bientôt se lever sur elle des jours meilleurs et que les revendications qu'elle désire, elle se les assure d'abord par sa foi ; pour la Patrie, afin que les cruelles séparations que lui a imposées la guerre ne soient pas sans espoir et que des sommets de Sion, l'horizon ne soit pas à jamais borné par une frontière. » A la suite de ce mandement, les fêtes eurent lieu le 10 septembre, en présence des évêques « de nos deux infortunées sœurs Metz et Strasbourg », comme disait encore l'évêque de Nancy dans sa lettre pastorale (1).

Ces expressions peu mesurées et surtout ces allusions à la revanche avaient le don d'exaspérer nos vainqueurs. Elles ne manquèrent pas leur effet. Bismarck sur-le-champ témoigna sa mauvaise humeur à Manteuffel qui était encore à Verdun pour un mois. L'avènement au pouvoir des partis de droite, à la place de Thiers, excitait les soupçons du chancelier. Il craignait que le gouvernement français ne soutint sous main les résistances du clergé catholique alsacien-lorrain par l'entremise des évêques français. En octobre, il avait chargé Arnim de faire à ce sujet des représentations à notre ministre des affaires étrangères, et celui-ci avait dû

---

(1) Ces détails et les textes cités nous sont donnés dans une brochure parue en 1874, à Paris, aux bureaux de la *Semaine religieuse* : « La justice allemande et l'évêque de Nancy » (Nation. L b ³⁷, 4867).

répondre en donnant les assurances les plus pacifiques (1).
Néanmoins Bismarck patienta jusqu'au début de 1874, où
il prit texte de la manifestation de l'évêque de Nancy pour
appeler, officiellement cette fois, l'attention du gouvernement français sur la nécessité de remanier la carte des circonscriptions diocésaines. Puis, pour mieux mettre en son jour
ce que cette juridiction d'un évêque français sur territoire
allemand pouvait avoir d'anormal, il fit traduire en justice
les prêtres de la partie allemande du diocèse de Nancy
qui avaient lu en chaire le mandement de leur évêque.
Quelques-uns furent acquittés. Le plus grand nombre furent
condamnés à plusieurs jours d'emprisonnement dans une
forteresse. L'évêque de Nancy lui-même, cité à comparaître
devant le tribunal de Saverne, fut condamné par défaut,
le 25 mars 1874, à deux mois de cette même peine.

Malgré le peu de propension qu'il avait à faire régler cette
question, le gouvernement français ne pouvait plus tergi-
verser. Des négociations furent poussées activement auprès
de la Curie, pendant que, d'autre part, on s'assurait de l'assentiment des évêques pour les modifications à apporter à
leur juridiction. L'accord s'étant fait facilement avec les
évêques, rien ne s'opposait plus à ce qu'on obtînt de Rome
les décrets nécessaires. Ils furent rendus les 10 et 14 juillet
1874 (2). Par le premier, le Saint-Siège distrait du diocèse
de Metz, pour être incorporées au diocèse de Nancy et de
Toul, un certain nombre de communes, celles qui faisaient
partie auparavant du département de la Moselle et qui sont
restées françaises. En sens inverse, Rome détache du diocèse
de Nancy et de Toul les communes de la Lorraine qui sont
annexées à l'Allemagne. De même, certaines paroisses du

---

(1) Ici on n'a plus, comme pour la période de l'occupation, la correspondance diplomatique. Mais Doniol et Debidour, qui ont sûrement eu cette correspondance en communication, citent, le premier une dépêche de Saint-Vallier à Broglie du 5 septembre 1873, et le second une communication d'Arnim
du 16 octobre 1873 ; DONIOL, *M. Thiers, le comte de Saint-Vallier, le général de
Manteuffel*, p. 417 ; DEBIDOUR, *L'Église et l'État sous la troisième République*
t. I, p. 117.

(2) Voir leur texte en latin et en français dans VILLEFORT, t. IV, pp. 126,
et suiv.

diocèse de Saint-Dié étant maintenant allemandes, sont attribuées au diocèse de Strasbourg. Enfin, plusieurs paroisses du diocèse de Strasbourg en sont distraites pour être réunies à l'archidiocèse de Besançon : ce sont toutes les localités du Haut-Rhin qui restent à la France, comme faisant partie du territoire de Belfort. Dans le second décret pontifical il est statué que les évêchés de Strasbourg et de Metz seront distraits de la juridiction métropolitaine de l'archevêque de Besançon pour être directement placés sous celle du Saint-Siège. Si ces évêchés cessaient de dépendre d'un siège archiépiscopal français, l'Alsace et la Lorraine catholiques obtenaient du moins l'indépendance vis-à-vis de Trèves ou de Cologne, indépendance assez illusoire du reste, puisque l'Allemagne pouvait espérer faire asseoir un jour sur les sièges de Strasbourg et de Metz, des pasteurs allemands d'origine ou de cœur.

Il n'y avait plus désormais qu'à enregistrer ces résultats. Une commission mixte se réunit à Paris le 7 octobre 1874 et consigna dans un protocole les changements sur lesquels tout le monde était maintenant d'accord (1). Il avait fallu trois ans pour que l'article 6 du traité de Francfort reçût son exécution. La frontière ecclésiastique ne chevauchait plus la frontière politique. Le dernier lien qui unissait la France aux pays cédés était rompu.

BIBLIOGRAPHIE

Sur la délimitation des diocèses et l'incident relatif au mandement de l'évêque de Nancy, VALFREY, *Histoire du traité de Francfort*, t. II, pp. 169-172, 199-201, a, dès le premier moment, fourni les précisions les plus circonstanciées. SOREL, *Histoire diplomatique de la Guerre franco-allemande*, t. II, pp. 353, 354, est aussi exact, mais plus sommaire. Doniol et Debidour, qui ont eu

---

(1) VILLEFORT, t. IV, p. 140.

en mains les dépêches, non encore publiées, relatives à cette affaire, permettent d'en reconstituer, au moins dans les grandes lignes, les phases diplomatiques. Cf. DONIOL, *M. Thiers, le comte de Saint-Vallier, le général de Manteuffel,* 2e édit., pp. 391-393, 406-417; DEBIDOUR, *L'Église et l'État sous la troisième République,* t. I, p. 117. André DREUX, *Dernières années de l'ambassade en Allemagne de M. de Gontaut-Biron,* Paris 1907, in-8, pp. 5, 6, 13, 14, mentionne également l'incident du mandement épiscopal de Foulon et relate les mesures que dut prendre le gouvernement français pour tempérer l'ardeur combative des évêques.

CHAPITRE XV

LES CONFÉRENCES
ET LA CONVENTION ADDITIONNELLE
DE FRANCFORT

I

Les contractants de Francfort avaient réservé des questions accessoires dont quelques-unes avaient leur importance. L'article final du traité du 10 mai (art. 17) reconnaissait la nécessité de procéder à cet égard à un règlement ultérieur. Il contenait l'engagement pris en commun d'ouvrir des négociations à Francfort même. Cette procédure eût paru toute naturelle s'il ne s'était en effet agi que de solutions de détail. Mais certains des points ainsi réservés touchaient à des intérêts essentiels. La solution eût dû être fournie par l'instrument de paix et non remise à plus tard. Mais la hâte insolite qu'on avait mise à conclure le traité, n'avait pas permis aux représentants des deux pays de parfaire leur œuvre. On était donc obligé de continuer à négocier. D'ailleurs, les questions laissées ainsi en réserve étaient délicates. Il s'agissait, en somme, de régler les multiples conséquences du passage des pays annexés sous la souveraineté de l'Empire allemand et, comme on l'a dit si justement, « d'opérer le partage de l'indivision séculaire entre la France et les provinces séparées d'elle (1) ».

---

(1) VALFREY, *Histoire du traité de Francfort*, t. II, p. 6.

Dès le mois de juin 1871 les délibérations commencèrent. Elles se prolongèrent jusqu'en décembre et aboutirent à la signature d'une convention additionnelle au traité de paix, portant la date du 11 décembre (1). Cette convention est complétée par un protocole de clôture et un protocole de signature. Nos représentants furent MM. de Goulard et de Clercq, qu'on avait déjà vus à l'œuvre à Bruxelles. L'Allemagne envoya d'Arnim, auquel elle adjoignit MM. Weber et Uxkull, représentants de la Bavière et du Wurtemberg (2).

Les points sur lesquels les représentants des deux pays eurent à statuer touchent à des intérêts généraux et à des intérêts particuliers. Il y a peu de chose à dire des premiers. Les discussions n'ont pas été ici d'une nature aussi irritante et n'ont pas donné lieu à des désaccords aussi flagrants que lorsqu'il s'est agi de régler certaines situations particulières, en relation d'ailleurs avec la situation politique générale. Aussi bien le plus important à cet égard avait été écrit dans les préliminaires et dans le traité. La séparation politique était consommée. Les conséquences d'ordre administratif s'en déduisaient d'elles-mêmes.

Parmi les clauses de cette catégorie, on ne mentionnera donc que pour mémoire : celle de l'article 4 concernant l'échange des condamnés et des aliénés, en tenant compte de leur nationalité; de l'article 6 sur l'échange des casiers judiciaires afférents aux communes séparées de leurs arrondissements anciens, de l'article 8 contenant engagement réciproque de restituer tous les titres, plans et papiers ayant trait aux communes détachées de leurs anciens centres administratifs. C'étaient là, après tout, des détails d'exécution dont la place était bien marquée dans une convention additionnelle.

On n'en peut pas dire autant de certaines clauses qui auraient dû figurer dans le traité, parce qu'elles sont tout autre chose que le corollaire de l'état de fait nouveau créé

---

(1) VILLEFORT, t. I, pp. 89 et suiv.
(2) Arnim n'ayant pas continué à siéger comme plénipotentiaire de l'Allemagne, n'a pas signé la convention additionnelle.

par les cessions territoriales. Je veux parler des stipulations de l'article 18 relatives aux traités et conventions existant avant la guerre entre la France et les États allemands. On convenait de les remettre tous en vigueur, sauf, bien entendu, les traités de commerce auxquels s'appliquait l'article 11 du traité de Francfort (1). Pourtant, à certains égards, cet article 18 est bien à sa place dans la convention additionnelle, car il déclarait que certaines de ces conventions remises en vigueur seraient étendues à l'Alsace-Lorraine. Ici l'Allemagne prenait en main l'intérêt de ses nouveaux sujets. Elle les faisait profiter des arrangements conclus autrefois par la France avec des États allemands (2).

Signalons enfin des articles qui, prévoyant des comptes de deniers entre les deux États, en renvoyaient l'établissement à une commission mixte de liquidation dont il sera parlé plus loin (art. 11, 13, 14 de la convention additionnelle, nos II, III, VI du protocole de clôture).

Si sur tous ces points on se mit facilement d'accord, il n'en fut plus de même dès qu'il s'agit de la condition des personnes et de leurs intérêts pécuniaires. Rien de vital ni d'essentiel pour les deux États dans ces problèmes de second plan. Pourtant, chose singulière, la discussion en fut laborieuse. La divergence des vues qui ne faisait que s'accentuer à chaque tournant du chemin, les incertitudes et les retards voulus des représentants de l'Allemagne, l'insistance parfois intempestive des nôtres rendirent les négociations peu faciles. Le récit circonstancié de ces désaccords, des arrangements auxquels nous finîmes par nous résoudre, fait éclater une fois de plus dans tout son jour la dissemblance des mentalités des deux adversaires. Une fois de plus aussi, on

---

(1) La liste et le texte de ces différents traités, par ordre alphabétique des États et par ordre de matières, sont donnés par VILLEFORT, t. I, pp. 190 et suiv. Ce sont des traités de navigation, des conventions pour la propriété artistique, littéraire, industrielle, des conventions d'extradition, des conventions diverses, notamment celle avec le grand-duché de Bade pour l'exécution des jugements.

(2) Ces conventions sont celles avec Bade sur l'exécution des jugements, sur l'extradition avec la Prusse, sur la garantie réciproque des œuvres d'esprit et d'art avec la Bavière.

voit combien la guerre moderne, en touchant au vif les multiples intérêts des particuliers, laisse derrière elle de causes de trouble et de ferments de discorde et comme il faut aux diplomaties un désir sincère de conciliation, aux hommes qu'elles emploient un esprit libéré des préjugés nationaux, une ardeur de concorde et de bonne volonté, pour arriver à faire régner la paix après l'avoir solennellement proclamée.

II

Des questions délicates qui mirent ainsi à nu le désaccord persistant entre les deux nations, la plus importante a été examinée dans le chapitre où nous avons parlé de la condition des habitants et de l'option. A côté de celle-là, les autres paraissent minimes et le sont en effet. Il faut, à moins de se contenter d'une énumération sans intérêt, les aborder dans le détail. Aussi bien, ces petits côtés de la négociation suivie à Francfort ont leur valeur documentaire.

Il y eut d'abord l'affaire des pensions civiles et militaires. Le gouvernement allemand prendrait-il à sa charge les pensions des fonctionnaires français de tout ordre et des militaires qui accepteraient la nationalité allemande (1)? L'Allemagne fit connaître, le 21 septembre, qu'elle ferait le service des pensions civiles et ecclésiastiques liquidées avant le 2 mars 1871, date de la ratification des préliminaires et de la fin de la souveraineté française sur les pays annexés. Il était naturel, en effet, que la France cessât de payer une pension à celui qui abdiquait la nationalité française, et équitable que l'État dont cette personne se déclarait le ressortissant fût désormais chargé du service de cette pension. L'intérêt de l'Allemagne lui conseillait d'ailleurs cette solution. Il fallait bien offrir une prime à ceux d'entre les

---

(1) VALFREY, *Histoire du traité de Francfort*, t. II, pp. 16-18; Exposé des motifs du projet de loi portant approbation par l'Assemblée nationale de la convention additionnelle, VILLEFORT, t. II, pp. 190-191.

retraités qui consentiraient à devenir sujets allemands et leur rendre plus sympathique la nationalité nouvelle qu'ils auraient choisie. Toutefois, pour les pensions militaires, l'Allemagne distinguait deux catégories. Elle ne consentait à acquitter que celles déjà acquises ou liquidées avant le 19 juillet 1870, jour de la déclaration de guerre. Mais elle se réservait de payer à son bon plaisir celles qui ne seraient acquises qu'à la date des préliminaires, ne voulant pas que ce fût pour elle l'objet d'une obligation conventionnelle (1). Nos représentants insistèrent pour que cette distinction fût abandonnée. Il est difficile de comprendre la raison de cette insistance. Quel intérêt avions-nous, en effet, à défendre les anciens soldats français qui allaient accepter la nationalité allemande? Mais l'Allemagne les tenait en suspicion. Elle ne voulait pas, disait-elle, payer des pensions à ceux qui avaient porté les armes contre elle. C'en était assez pour que nous cherchions à défendre leurs intérêts menacés. Nous dûmes néanmoins nous ranger à la solution proposée par les Allemands [protocole n° 11 du 24 novembre 1871] (2).

Une question voisine de celle-là fut résolue, elle aussi, de façon équitable, mais après des lenteurs qu'on aurait pu éviter. Il s'agissait de la situation de nos compatriotes annexés, investis d'offices ministériels. Chez nous, à raison du droit de présentation attaché à l'office, ces charges sont, en fait, sinon en droit, un bien quasi patrimonial. Le titulaire de ces charges ne pourrait être, sans indemnité, dépossédé par l'État du droit de présentation. Tout au contraire en Allemagne, où la charge n'est pas une propriété. Or, on savait qu'un des premiers soins du gouvernement allemand serait d'appliquer son principe en Alsace-Lorraine. Ces dépossessions imminentes allaient léser les titulaires. Nos plénipotentiaires prirent en main leur cause. Ils proposèrent un article où se trouvait énoncée l'obligation pour l'Alle-

---

(1) En fait, le gouvernement allemand a consenti à payer beaucoup de pensions militaires liquidées après le 19 juillet 1870. VALFREY, *op. cit.*, t. II, p. 18, n. 2.

(2) Article 2 de la convention additionnelle, VILLEFORT, t. I, p. 90.

magne de payer une juste indemnité aux possesseurs d'office
évincés. Les Allemands déclarèrent qu'un projet de loi
étant en préparation sur cet objet, il devenait inutile d'en
parler dans la convention (1). De fait, une loi allemande du
14 juillet 1871 sur la réorganisation judiciaire de l'Alsace-
Lorraine consacra le principe de l'indemnité.

Mais cette loi n'avait parlé que des charges vénales dépendant du service judiciaire. Restait à assurer le sort des
officiers ministériels comme les commissaires-priseurs, cour-
tiers, agents de change, qui n'étaient pas visés par la loi. C'est
à quoi s'employèrent, non sans peine, nos représentants. Ils
réussirent à faire insérer dans le protocole de clôture des
conférences un article 4 où le gouvernement allemand se
déclarait prêt à étudier les mesures propres à étendre le
bénéfice de l'indemnité aux titulaires de charges vénales
n'ayant pas le caractère d'offices de judicature. L'indemnité
devait être accordée sans distinction de nationalité et serait
attribuable aux veuves et enfants (2). C'était la solution la
plus équitable, la plus libérale. Pourquoi avoir attendu
jusqu'à la dernière heure pour l'admettre? L'Allemagne
devait d'ailleurs tenir sa promesse l'année d'après, lorsque,
par la loi du 10 juin 1872, elle a supprimé en Alsace-Lorraine tous les offices auxquels s'appliquait la vénalité.

Qu'allait-il advenir des droits acquis à des particuliers
antérieurement à l'annexion en vertu de jugements, de
constitutions d'hypothèques, de concessions de brevets, de
canaux, de chemins de fer d'intérêt local, de mines? Il était
naturel que ces points fissent l'objet d'un règlement circonstancié. Les représentants des deux États y collaborèrent
sans discussions irritantes et aboutirent à des décisions
satisfaisantes pour les intérêts en jeu. Les articles 3, 7, 10,
13, 14, 15, 16 de la convention additionnelle formulent le
résultat de leur entente (3). On n'eut pas de peine non plus
à s'accorder sur une clause d'immunité douanière qui existe

---

(1) Protocole n° 1, du 6 juillet 1871, VILLEFORT, t. I, p. 136 et n. 1.
(2) VILLEFORT, t. I, p. 99.
(3) Voir pour ces textes VILLEFORT, t. I, pp. 90, 92, 94, 95, 96.

entre la France et d'autres pays limitrophes et qui est destinée à faciliter les exploitations agricoles sises à la frontière. De chaque côté de celle-ci on établit une zone de franchise de 10 kilomètres où les produits agricoles et forestiers sont déclarés affranchis de tout droit d'importation, exportation et circulation (1). Cette mesure était indispensable, car la ligne séparative des deux pays coupait des exploitations constituées depuis longtemps d'après la nature des lieux et l'assiette des relations vicinales.

Toujours dans la sphère des intérêts particuliers une question restait à vider, qui n'avait pas comme les précédentes un caractère général, puisqu'elle ne concernait qu'une seule personne, la Banque de France. Mais ici, se dessinent avec un relief saisissant les procédés de la diplomatie allemande de l'époque. Les discussions à propos de l'option, sur la question des offices ou des pensions, nous ont déjà révélé son peu de propension à céder facilement sur les détails, nous la montrent se laissant arracher les solutions d'équité, se donnant l'apparence de faire des concessions quand il ne s'agissait que de reconnaître l'existence d'un droit non douteux. Cette fois on va assister à une lutte du même genre, menée avec plus d'âpreté et de passion, parce qu'il s'agit d'actes irréguliers accomplis au cours des opérations de guerre, parce que les Allemands s'obstinent à ne point en avouer l'irrégularité et surtout à ne pas vouloir en supporter les conséquences pécuniaires.

Lors de la prise de Strasbourg, en septembre 1870, l'un des premiers actes des Allemands fut la saisie de toutes les valeurs mobilières qui se trouvaient dans cette ville et qui appartenaient à l'État. Ils se crurent autorisés à agir de même à l'égard de la Banque de France. Après avoir contraint le directeur de la succursale à ouvrir le caveau muré où se trouvait l'encaisse, ils saisirent la somme de 5.690.000 francs en monnaies divisionnaires qui, paraît-il, y était enfermée dans des sacoches portant la mention : « A la dis-

_____

(1) Article 12 de la convention additionnelle, VILLEFORT, t. I, p. 94.

position du trésorier général. » Le directeur ayant protesté, on fit venir un fonctionnaire de Berlin qui, après examen des livres, constata que la Banque, en compte avec le trésorier général du Bas-Rhin, était débitrice de la somme représentée précisément par le numéraire saisi. Pour l'administration allemande, c'était là un argument sans réplique en faveur de la validité de la prise. Sans doute, la condition juridique de la Banque de France n'était pas ignorée de l'Allemagne fort au courant de tout ce qui concernait nos institutions intérieures et leur fonctionnement. On savait à merveille que la Banque n'était pas banque d'État, mais un établissement financier particulier, une banque privée. Les Allemands le savaient d'autant mieux que, peu de jours avant la reddition de Strasbourg, le 4 septembre 1870, l'intendance allemande avait, à Reims, essayé vainement de mettre la main sur l'encaisse de la succursale et que sur un ordre formel du Kronprinz Frédéric-Guillaume, les fonds saisis avaient été rendus à la Banque (1). Mais à Strasbourg, il y avait cette circonstance particulière que le numéraire saisi représentait la somme due par la succursale au Trésor. On pouvait donc soutenir qu'en définitive cette somme n'appartenait plus à la Banque.

Toutefois, on pouvait répondre et dès la première heure nous répondîmes, en effet, que l'État français créancier n'avait, pas plus que tout autre créancier, un droit exclusif de propriété sur les valeurs existant dans la caisse de la Banque, sa débitrice, et ce alors même que ces valeurs avaient été préparées en vue de le payer. Tout ce qui se trouvait dans la caisse et qui ne pouvait pas être considéré comme dépôt était propriété de la Banque et non de ses créanciers. Ces raisons péremptoires n'avaient pas touché le fonctionnaire commis par l'Allemagne pour discuter la question pendante à Strasbourg. Les 5.690.000 francs saisis étaient restés séquestrés pendant toute la durée de la guerre.

_____

(1) Le texte de l'ordre du prince royal daté du 7 septembre est reproduit par Pommier, *La Banque de France et l'État*, p. 447.

De plus, et pour accentuer encore la mainmise sur les établissements de la Banque en province, le gouvernement allemand avait nommé des administrateurs pour gérer les trois succursales de Strasbourg, Colmar et Metz. La paix conclue, les agents préposés par l'Allemagne ne faisaient pas mine de s'en aller. La Banque ne pouvait donc liquider en pleine liberté les affaires en suspens dans ses succursales. Encore moins pouvait-elle songer à y entreprendre des affaires nouvelles (1).

Les choses en étaient là quand s'ouvrirent les conférences de Francfort. Le séquestre des 5.690.000 francs saisis à Strasbourg n'était pas levé. La gestion des succursales n'était pas rendue à la Banque. Sur ce dernier point il n'y eut pas de difficultés. Sans doute, la Banque aurait pu continuer à avoir ses succursales en pays annexé. Mais il est probable que l'Allemagne n'eût pas toléré leur maintien. C'eût été un obstacle à ses projets d'intégrale germanisation. Aussi bien la Banque ne le demandait-elle pas. Ce qu'elle voulait, c'était pouvoir procéder à la liquidation de ses trois succursales, mais d'y procéder seule, en pleine indépendance, comme toute autre banque privée l'eût pu faire. Le protocole de clôture de la convention additionnelle (art. IX) consacra à cet égard les droits incontestables de la Banque (2). On limitait toutefois à trois mois la durée de la liquidation et on interdisait d'entreprendre pendant ce délai aucune opération nouvelle sans s'être concerté au préalable avec l'autorité locale. Quant aux fonds saisis, les plénipotentiaires allemands paraissent avoir été disposés, dès

---

(1) Au moment de la prise de possession de ces trois succursales, elles étaient débitrices du Trésor de 11 millions. L'Allemagne émit la prétention de saisir des valeurs appartenant à la Banque jusqu'à concurrence de cette somme. On répondit que les succursales n'étaient pas des établissements distincts, que le compte de chacune d'elles se fondait dans la comptabilité générale, dont il n'était qu'un des éléments. Il pouvait donc se faire que ce qui était dû au Trésor dans les trois succursales fût largement compensé par le découvert du Trésor dans d'autres succursales et surtout à Paris, au siège social. Il ne paraît pas qu'ici l'Allemagne ait persisté dans ses prétentions. VALFREY, op. cit., t. II, p. 22, n. 1.

(2) VILLÉFORT, t. I, p. 101.

le début, à reconnaître les droits de la Banque. Ils accordaient, en conséquence, la levée du séquestre. Mais à la séance du 2 novembre 1871, ils émirent la prétention de restituer la somme en billets de banque et non en numéraire. De plus, comme la Banque de France réclamait les intérêts de la somme indûment retenue, ils déclarèrent ne pouvoir adhérer à cette demande (1).

Si l'on était d'accord sur le principe, on était donc loin de s'entendre sur les conditions de la restitution. La prétention de s'acquitter en billets ne pouvait se soutenir. Du numéraire, telle était la chose séquestrée, du numéraire, telle devait être la chose restituée. La rareté des espèces métalliques à cette date expliquait au surplus notre insistance. L'Allemagne, qui proscrivait avec tant de soin les billets de banque dans les paiements à faire sur l'indemnité de guerre, ne montrait plus pour cette monnaie fiduciaire la même aversion, dès qu'il s'agissait pour elle non de recevoir, mais de payer. Elle était donc mal venue à imposer une restitution en billets. Aussi, le 7 novembre, ses plénipotentiaires déclarèrent-ils que la restitution aurait lieu en espèces monnayées d'argent. Notre thèse triomphait sur ce point (2).

Nous fûmes moins heureux sur la question des intérêts. Qu'ils fussent payés à la Banque, rien de plus juste, car l'Allemagne n'avait pas laissé dormir la somme séquestrée. Elle l'avait employée, circonstance qui, jointe au fait de la détention illégale, justifiait notre réclamation. Mais ici, la résistance de nos adversaires fut irréductible. Il fallut que la Banque fît son deuil des intérêts. A la séance du 2 décembre, les Français déclarèrent que, malgré sa confiance dans son droit, elle consentait à ne pas insister (3). Et puisque l'Allemagne ne doit pas d'intérêts, la somme séquestrée ne sera pas restituée immédiatement. Rien ne presse plus le débiteur. Le retard qu'il mettra à se libérer ne lui coûtera rien. Aussi les Allemands font-ils spécifier dans le projet de

---

(1) Protocole n° 8, VILLEFORT, t. I, p. 170.
(2) Protocole n° 10, VILLEFORT, t. I, p. 178.
(3) Protocole n° 13, VILLEFORT, t. I, p. 187.

protocole de clôture, que la mainlevée du séquestre n'aura pas lieu tout de suite. En vain les Français demandèrent-ils que sur ce point l'Allemagne devançât ses engagements dès à présent et qu'elle ordonnât à titre gracieux la mainlevée du séquestre. Cet appel à la conciliation resta sans réponse (1).

En conséquence, ce fut seulement le protocole de clôture de la convention additionnelle (art. IX, § 4), qui donna mainlevée du séquestre et ordonna la restitution des monnaies divisionnaires en espèces monnayées d'argent. Il avait fallu, depuis le jour de la saisie, quatorze mois pour arriver à un résultat qu'à Reims l'intervention du premier prince du sang avait singulièrement hâté. En tout cas, une fois posée à Francfort, rien n'eût été plus simple que de résoudre la question selon les indications de la plus élémentaire équité. La diplomatie eût dû avoir à cœur de réparer le temps perdu. Elle s'en garda bien, préférant ses voies habituelles d'atermoiement où l'on espère gagner quelque chose, où on le gagne en effet, mais aux dépens de ce qui est juste.

Somme toute, à l'égard de la Banque de France, nos plénipotentiaires avaient obtenu dès Allemands un désaveu de l'acte abusif commis par eux lors de la reddition de Strasbourg. On n'aboutit pas à un résultat aussi satisfaisant au sujet d'une mesure non moins irrégulière prise par l'administration civile des pays occupés. En pleine période de guerre, le gouverneur civil de la Lorraine avait vendu à des négociants de Berlin une quantité considérable de chênes, plus de 15.000 arbres, d'au moins 5 mètres de hauteur et 50 centimètres de diamètre, mesurés à $1^m 25$ au-dessus du sol, à prendre dans les forêts domaniales de la Meuse et de la Meurthe. Cette vente était consentie au prix tout à fait inférieur de 3 thalers ($11^f 25$) par arbre. En novembre 1870, les acheteurs avaient cédé leur marché à d'autres spéculateurs allemands, lesquels, après avoir commencé d'exploiter et avoir fait abattre environ 9.000 arbres, avaient

---

(1) Protocole n° 12 du 28 novembre 1871, VILLEFORT, t. I, p. 186.

à leur tour cédé leur contrat, le 15 mars 1871, à un industriel français demeurant à Nancy. Mais celui-ci dans le fait n'était que le prête-nom de l'administration française des forêts qui n'avait pas trouvé d'autre moyen d'arrêter la dévastation de nos forêts domaniales de l'Est. Ce dernier acquéreur avait dû, pour arriver à se faire céder le marché par les seconds cessionnaires allemands, leur verser comptant 150.000 francs et souscrire pour le surplus des traites jusqu'à concurrence de 300.000 francs. Mis en demeure de payer ces billets, il s'y était refusé, excipant de la nullité de la vente (1).

Rien n'était plus justifié que ce refus de payer. Les arbres vendus étaient des « anciens », marqués en réserve lors des coupes annuelles. Ils faisaient donc partie, non des produits périodiques du domaine forestier, mais du fonds lui-même. On pouvait, on devait les considérer comme une partie intégrante du sol, comme une chose à laquelle le propriétaire lui-même, l'État français n'aurait pas pu toucher sans l'accomplissement de certaines formalités protectrices. A plus forte raison, l'ennemi occupant, simple administrateur provisoire, n'avait-il pas le droit de faire ce qui est interdit au propriétaire. Les premiers cessionnaires allemands avaient donc acheté et vendu une chose hors du commerce. Le marché primitif et les rétrocessions subséquentes étaient nuls. En fait, d'ailleurs, l'administration allemande avait eu conscience de l'irrégularité de ses actes. Alors que l'adjudication des coupes de bois de l'exercice 1870 était annoncée officiellement dans le *Moniteur du Gouvernement général de la Lorraine* (2), on se gardait bien de donner la même publicité à la vente anormale des réserves qu'on consentait à l'amiable sans passer par la voie de l'adjudication publique.

Ces agissements d'une administration plus soucieuse de se faire de l'argent que de respecter les règles du droit des gens s'aggravaient encore du fait que la vente avait lieu en

---

(1) Narré de faits emprunté à l'arrêt de la cour d'appel de Nancy, 3 août 1872, DALLOZ, 1872, 2. 230.
(2) Numéros des 21 octobre et 18 novembre 1870.

dehors de l'aménagement régulier, par pièces isolées à prendre au hasard, surtout enfin qu'elle était consentie par le Commissaire civil à un prix dérisoire. La presse allemande elle-même, quand elle avait connu ces actes de déprédation, avait cru de son devoir de protester. « Chaque nation, disait la *Gazette de Cologne*, attache avec raison beaucoup d'importance à la conservation de ses forêts. Si ce déboisement devait s'entreprendre sur une large échelle, chose que nous ignorons et qui ne sera pas, nous l'espérons, nous augmenterons sans aucun profit pour nous l'animosité à notre égard... Qu'il nous suffise d'espérer que les coupes seront limitées (1). » Fort heureusement, ces coupes abusives avaient été entravées par les difficultés de l'exploitation en plein hiver et surtout par la résistance patriotique des bûcherons, voituriers et autres ouvriers qui, malgré les menaces, refusaient de travailler dans les bois domaniaux (2). La guerre, d'ailleurs, se terminait. L'armistice était signé et, le 15 mars, les bénéficiaires allemands du marché consenti par l'administration civile cédaient leurs droits au prête-nom de l'administration forestière française qu'ils avaient pris pour un acheteur sérieux. Le désastre des forêts lorraines était conjuré.

Il fallait néanmoins qu'on s'expliquât entre diplomates sur la validité des concessions d'exploitation faites par les autorités allemandes. L'État français rentré en possession de son domaine pouvait se voir exposé à un recours de la part des concessionnaires allemands non payés par l'industriel français qui leur avait repris leur marché. Aussi, lors de la première réunion de la conférence, nos plénipotentiaires demandèrent l'insertion, dans la convention additionnelle, d'un article portant annulation des contrats passés par l'autorité allemande pendant la guerre. On répondit du

---

(1) Extrait de la *Gazette de Cologne* dans le *Nord* de Bruxelles, du 29 janvier 1871.

(2) Un avis du Directeur allemand du service forestier, daté de Nancy, 4 janvier 1871, prévenait ces personnes d'avoir à reprendre leurs travaux sous peine d'être jugées par un conseil de guerre (*Moniteur du Gouvernement général de Lorraine* du 10 janvier 1871).

côté allemand que des ordres avaient été donnés de Berlin pour empêcher des mesures d'exécution militaire au sujet de ces contrats, mais qu'on ne voulait souscrire aucune clause par laquelle le gouvernement allemand les déclarerait nuls (1). Nous dûmes nous incliner devant cette volonté bien arrêtée. Il fut convenu simplement que nous pourrions insérer dans un protocole non sujet à ratification, une déclaration unilatérale concernant la validité des coupes de bois (2). Mais cette déclaration ne devait pas avoir le caractère d'une entente, d'une solution prise d'un commun accord.

Telle est la portée restreinte de la déclaration qui se trouve consignée dans le protocole de signature de la convention additionnelle. Le gouvernement français y dénie, en ce qui le concerne, toute valeur légale et toute force obligatoire aux aliénations de coupes de bois consenties par l'administration allemande. En conséquence, il répudie toute responsabilité, pécuniaire ou autre, que les tiers intéressés voudraient faire peser sur lui (3).

BIBLIOGRAPHIE

L'historique des conférences de Francfort peut être facilement suivi dans sa marche générale et reconstitué dans sa physionomie d'ensemble grâce à la publication des protocoles des réunions, lesquelles eurent lieu du 6 juillet au 2 décembre. VILLEFORT, t. I, pp. 130 et suiv., a donné le texte intégral de ces protocoles. Valfrey a consacré tout un chapitre (t. II, pp. 5-34), à l'exposé des questions les plus importantes agitées à Francfort. C'est dans son ouvrage et aussi dans l'Exposé des motifs du projet de loi

---

(1) Protocole n° 1, VILLEFORT, t. I, pp. 138-139.
(2) Protocole n° 9, VILLEFORT, t. I, p. 173.
(3) VILLEFORT, t. I, p. 102. Le procès des concessionnaires allemands contre leur acheteur français s'est terminé par l'arrêt de la cour d'appel de Nancy du 3 août 1872, annulant la vente. Le pourvoi contre cet arrêt a été rejeté par arrêt de la Cour de cassation du 16 avril 1873, rapporté dans DALLOZ, 1874, 1, 261.

portant approbation de la convention additionnelle, rapporté par Villefort, t. II, pp. 188 et suiv., qu'il faut chercher les éléments d'un commentaire explicatif de ces délibérations. Sorel, *Histoire diplomatique de la Guerre franco-allemande*, t. II, pp. 328-330, est beaucoup trop sommaire.

Sur la question des réclamations de la Banque de France on n'a, en dehors des protocoles, que les précieux renseignements dus à Valfrey, *op. cit.*, t. II, pp. 20-23, et la mention fort brève de l'Exposé des motifs de la loi approbative de la convention additionnelle, dans Villefort, t. II, p. 195. Il faut y joindre les quelques pages consacrées par Pommier, *La Banque de France et l'État*, Paris, 1904, in-8 (thèse), pp. 446-449, à la question des rapports de la Banque avec l'occupant en cas de guerre.

La question soulevée par les aliénations de coupes de bois est peu connue. Les seuls documents officiels que j'aie pu me procurer sont signalés dans les notes au bas du texte. Je les ai complétés par des informations dont j'ai eu connaissance au cours du procès plaidé devant la cour d'appel de Nancy au sujet de la validité des ventes de coupes.

CHAPITRE XVI

LES CONFÉRENCES DE FRANCFORT (*Suite*)
LA COMMISSION DE LIQUIDATION DE STRASBOURG

—

I

Il est d'usage dans les traités de paix d'insérer une clause d'amnistie. Elle vise les actes délictueux commis au cours des hostilités par les sujets d'un des États belligérants au préjudice de l'autre État ou de ses sujets. Elle libère les auteurs de ces actes des condamnations prononcées contre eux; elle les met en tout cas à l'abri de poursuites postérieures au rétablissement de la paix. Cette clause figurait dans le traité de Francfort, mais son effet avait été limité aux habitants des territoires cédés. Pour protéger ses anciens nationaux la France, d'accord avec l'Allemagne, avait fait stipuler: « qu'aucun habitant des territoires cédés ne pourra être inquiété ou recherché dans sa personne ou dans ses biens à raison de ses actes politiques ou militaires pendant la guerre (1) ». Telle qu'elle était libellée, cette clause d'amnistie n'était donc pas générale. Elle laissait en dehors de ses prévisions tous ceux, militaires ou civils, qui, demeurant en dehors des territoires cédés, avaient été frappés de condamnation par les autorités allemandes. Il y avait là des situations dignes d'intérêt qui méritaient l'attention de nos plénipotentiaires. Avec une persévérance louable, ils s'employèrent donc à compléter sur ce point l'œuvre imparfaite du mois de mai. Mais leurs efforts se heurtèrent à une

---

(1) Article 2, alinéa 3, VILLEFORT, t. I, pp. 66-67.

volonté fermement arrêtée de ne point céder sur une question où, plutôt que de transiger sur les principes, le gouvernement impérial se fit arracher par lambeaux les mesures
de clémence et d'humanité. Cette lutte dura plusieurs mois.
Elle se prolongea bien au delà du terme des conférences de
Francfort. Ses péripéties méritent un récit circonstancié.

Lors de la première réunion, le 6 juillet 1871, nos agents
avaient proposé un projet d'article où, s'inspirant de l'esprit de l'article 2 du traité, on aurait étendu le bénéfice de
l'amnistie aux Français, militaires ou civils, condamnés dans
les départements occupés ou en Allemagne, à quelque titre
que ce fût, sauf pour crime de droit commun (1). Les Allemands se déclarèrent prêts à accepter l'article, pourvu qu'il
fût complété par une formule impliquant réciprocité à la
charge de la France. En apparence, rien n'était plus légitime, la clause d'amnistie étant toujours réciproque. Cela
signifiait par conséquent que la France relâcherait ou s'abs-
tiendrait de poursuivre les sujets allemands à raison de tout
acte délictueux commis par eux à l'occasion de la guerre.
Mais ce n'est pas de la sorte que l'Allemagne entendait la
réciprocité. Amenés à s'expliquer, ses agents avaient avoué
que, dans leur pensée, elle devait avoir pour effet d'exonérer
de toute peine ou de toute poursuite les Français condamnés
ou compromis pour acte de connivence avec l'Allemagne (2).

Ainsi l'Allemagne voulait couvrir non ses nationaux, mais
des Français qui, manquant à leur devoir, lui avaient servi
d'auxiliaires. Nos agents ne manquèrent pas de faire observer ce que cette extension de la réciprocité avait d'insolite.
Insolite à un double titre, puisqu'elle ne concernait pas des
sujets allemands et que de plus elle tendait à nous prescrire
la conduite que nous avions à tenir vis-à-vis de nos
propres nationaux, en sorte qu'elle était un empiétement
évident sur notre souveraineté interne. C'était comme si
l'Allemagne nous eût demandé de ne pas enquêter sur les

---

(1) VILLEFORT, t. I, p. 137, n. 1.
(2) Protocole nº 1, VILLEFORT, t. I, p. 137.

capitulations de places fortes et de ne pas soumettre les commandants de ces places à la juridiction des conseils de guerre. Ces objections parurent toucher les plénipotentiaires allemands, qui déclarèrent avoir besoin d'en référer à leur gouvernement auquel ils demanderaient des instructions.

Elles ne vinrent qu'en octobre. A la séance du 19 de ce mois (1), l'Allemagne annonce qu'en présence des objections de la France contre la réciprocité, la chancellerie préfère la suppression complète de l'article sur l'amnistie. Il était facile de répondre et on répondit sur-le-champ que nos objections ne visaient pas le principe de la réciprocité mais l'extension inattendue qu'on lui donnait du côté allemand. Pour prouver leur désir d'arriver à une entente, nos représentants proposèrent une rédaction où la réciprocité d'amnistie était exprimée dans les termes les plus explicites au profit des sujets allemands expulsés ou condamnés (2). Cette proposition très raisonnable n'avait aucune chance de succès. Le 2 novembre, on leur fit savoir que la chancellerie allemande laissait le choix entre la suppression de l'article sur l'amnistie dans son entier ou le renvoi de la question à des négociations distinctes de celles de Francfort. C'était l'avortement pour un temps de toute espérance d'amnistie.

Pourtant nos représentants ne voulaient pas lâcher pied. A la séance du 7 novembre, ils constatent que le projet allemand ne contient plus rien sur l'amnistie et protestent contre cette omission sûrement volontaire (3). Peine inutile ! Ils se heurtent à un parti pris, à une décision irrévocable de tout refuser. Elle va leur être signifiée dans la séance du 24 novembre (4). La question, disent les Allemands, est réglée par le traité de paix, en ce qui concerne les prisonniers de guerre. Il n'y a donc pas lieu d'y revenir. D'ailleurs, les demandes françaises tendent à faire annuler des décisions émanant des tribunaux militaires allemands.

---

(1) Protocole nº 7, VILLEFORT, t. I, p. 163.
(2) Protocole nº 7, VILLEFORT, t. I, p. 163, n. 1.
(3) Protocole nº 10, VILLEFORT, t. I, pp. 176-177.
(4) Protocole nº 11, VILLEFORT, t. I, p. 180.

Or, cela ne peut s'obtenir que par une négociation diplomatique ultérieure et non dans une convention destinée, comme
celle de Francfort, à régler les relations financières, commerciales, industrielles, judiciaires entre les deux pays. Au
surplus, demander une amnistie générale, c'est demander
au gouvernement allemand de renoncer conventionnellement à son droit régalien de faire grâce.

Parmi ces raisons accumulées à dessein pour faire impression sur nos représentants et les forcer à reculer, il en était
qui n'avaient aucune force. A l'égard des prisonniers militaires, rien n'était plus erroné que de prétendre que l'acte
de Francfort avait tout réglé. C'était commettre une con-
fusion évidente. Car il ne s'agissait pas d'obtenir la mise en
liberté des prisonniers de guerre, proclamée par l'article 10,
mais la libération de personnes, militaires ou civiles,
condamnées par des tribunaux militaires pour faits individuels se rattachant à l'état de guerre. Ce qui était plus soutenable, c'est que la clause d'amnistie n'était pas à sa place
dans la convention additionnelle. De fait, c'est dans le
traité lui-même qu'elle eût dû être insérée. Mais l'Allemagne avait tellement pressé la conclusion de l'acte du mois
de mai qu'il n'y avait rien de surprenant s'il présentait des
lacunes. La convention additionnelle était faite pour les
combler. On pouvait y insérer tout ce qui manquait dans le
traité et qui était de nature à rétablir les relations pacifiques
entre les deux pays. Or, la clause d'amnistie est précisément
inspirée par le désir de pacification, puisqu'elle tend à effa-
cer les conséquences de l'état de guerre. Cette stipulation,
insérée dans un acte conventionnel, est sans doute une
renonciation au droit d'accorder des grâces individuelles.
Mais il est excessif de voir là une de ces abdications auxquelles les gouvernements ne se résolvent qu'à la dernière
extrémité. Toutes les stipulations conventionnelles sont des
renonciations de l'État au droit absolu qu'il a de se compor-
ter à sa guise. Si la raison mise en avant par l'Allemagne est
bonne, elle vaut pour tous les cas; elle rend impossible
toutes les conventions internationales.

Malgré la faiblesse des arguments donnés par leurs collègues, les plénipotentiaires français sentirent que le terrain se dérobait sous eux. Il fallait abandonner la lutte. A la dernière séance, le 2 décembre, ils passent condamnation (1). Ici encore, l'obstination allemande l'emporte. Ni la convention additionnelle, ni le protocole de clôture ne font mention de l'amnistie. Le rapport présenté à l'Assemblée nationale à la ratification de laquelle était soumise la convention additionnelle, signale cette grave lacune, tout en constatant que la faute n'en pouvait être imputée aux plénipotentiaires français. Il ajoutait que l'amnistie serait, sans doute, réalisée sous une autre forme par le gouvernement allemand (2).

Les grâces ainsi escomptées, à défaut du mérite de la spontanéité, auraient pu avoir celui de la promptitude. C'était pour l'Empereur allemand l'occasion de faire un beau geste de générosité. Il la laissa passer. Il fallut tous les efforts de notre diplomatie pour lui arracher bribes par bribes des décisions qui nous paraissaient une suite inévitable de la conclusion de la paix. Il faut dire, pour expliquer ces résistances que, parmi les prisonniers retenus en Allemagne, plusieurs avaient fait partie des corps francs et que ceux-là l'Allemagne persistait à les traiter non en belligérants mais en criminels. La divergence des points de vue, allemand et français, sur la légitimité de l'emploi des francs-tireurs, l'irritation causée par les acquittements de Melun et Paris, la propension instinctive des Allemands à ne rien oublier du passé, à tenir compte des faits particuliers, tout contribuait à retarder une mesure générale qui nous paraissait commandée par la logique de la situation nouvelle (3).

Dès novembre 1871, notre chargé d'affaires, Gabriac, annonçait qu'une clause générale d'amnistie ne trouverait pas place dans la convention additionnelle, qu'on ne se

---

(1) Protocole n° 13, VILLEFORT, t. I, p. 188.
(2) VILLEFORT, t. II, pp. 197-198.
(3) GONTAUT-BIRON, *Mon Ambassade en Allemagne, 1872-1873*, pp. 40-41, fait ressortir un certain nombre de ces raisons, dont l'opinion française, peu au fait de la mentalité allemande, ne comprenait pas la force.

refusait pas à des mesures individuelles, mais qu'on établirait certaines catégories et des gradations dans l'acte de clémence dont l'Empereur voulait se réserver l'initiative (1). A son tour Gontaut-Biron, nommé ambassadeur en décembre 1871, négocie sans perdre de temps la mise en liberté des malheureuses victimes de toutes ces lenteurs. Le 29 février 1872, l'Empereur signe la grâce des militaires, au nombre de soixante-deux, détenus pour faits d'insubordination commis durant leur captivité. C'était la catégorie la plus nombreuse (2). Mais les civils étaient encore réservés. On ne pouvait pas arriver à savoir du gouvernement allemand quel en était exactement le chiffre (3). Parmi eux se trouvaient les francs-tireurs, objets de cette animosité qui ne voulait pas désarmer, et des prisonniers civils originaires de la Lorraine non annexée pour lesquels Manteuffel s'entremettait en vain (4). On dut attendre jusqu'en juillet 1872 pour obtenir un nouveau décret d'amnistie. Et il n'était pas complet encore. Les insistances pressantes de notre ambassadeur triomphèrent enfin des dernières hésitations impériales. Il avait fallu sept mois pour tirer des prisons de l'Allemagne une poignée d'obscurs captifs qu'en un trait de plume et sans dommage pour sa jeune gloire elle eût pu rendre sur-le-champ à la liberté.

II

Pendant qu'à Francfort se débattaient et se résolvaient ces problèmes d'importance inégale mais dont pas un n'était indifférent, l'attention publique en France était ailleurs. L'exposé des motifs du projet de loi portant approbation de la convention additionnelle, le rapport de la commission, relataient sans passion les résultats de ces laborieuses confé-

---

(1) Dépêche du 21 novembre 1871, à Rémusat dans : GABRIAC, *Souvenirs diplomatiques de Russie et d'Allemagne*, pp. 319-320.
(2) GONTAUT-BIRON, *op. cit.*, p. 50.
(3) GONTAUT-BIRON, *op. cit.*, p. 51.
(4) GONTAUT-BIRON, *op. cit.*, p. 49.

rences qui avaient passé inaperçues (1). A plusieurs reprises, les rédacteurs de ces documents officiels protestaient contre les solutions peu satisfaisantes ou contre les lacunes regrettables de l'acte complémentaire du traité de paix. Mais la note dominante était plutôt la satisfaction d'en avoir fini avec ces irritantes discussions de détail et comme une sorte de résignation passive devant l'inévitable conséquence de tant de désastres. L'Assemblée approuva sans débat la convention.

L'Allemagne triomphait une fois de plus sur le terrain de la diplomatie. Elle avait pu, sauf quelques positions reconquises par nous à grand'peine, fortifier sur tous les points sa conquête et, puisqu'il s'agissait de commenter le traité de paix, faire en sorte, comme on l'a dit (2), que le commentaire tournât presque toujours à son profit. Aucun avantage, si minime fût-il, ne lui parut négligeable. Avec sa précision scientifique coutumière, elle déduisit, proposa, imposa les solutions qu'elle estimait justes parce qu'elles étaient rigoureusement tirées de ses conceptions particulières, parce qu'elles répondaient à la grande pensée qui l'avait toujours hantée depuis le début du siècle et l'avait guidée dans la lutte pour ce qu'elle appelait la reprise des pays perdus. Elle ne nous fit des concessions que sur des points de détail et parce qu'elle ne pouvait pas s'y refuser. Elle demeura intraitable pour le surplus.

En terminant, ses représentants purent en pleine sincérité nous donner un satisfecit pour l'esprit de conciliation, disons de sacrifice, dont notre gouvernement avait fait preuve en aplanissant les difficultés qui menaçaient de retarder la conclusion de ces pénibles négociations, que Bismarck, toujours pressé, trouvait encore trop lentes à son gré (3). Si courtoises que soient dans la forme les rela-

---

(1) Exposé des motifs du 20 décembre 1871; Rapport du comte d'Harcourt du 6 janvier 1872, VILLEFORT, t. II, pp. 188-201.

(2) SOREL, *Histoire diplomatique de la Guerre franco-allemande*, t. II, p. 330.

(3) Protocole n° 13, VILLEFORT, t. I, p. 189; dépêche de Gabriac à Rémusat, du 21 novembre 1871, dans GABRIAC, *Souvenirs diplomatiques de Russie et d'Allemagne*, pp. 321-322.

tions des diplomaties, il nous eût été difficile de rendre aux Allemands le même témoignage et de leur retourner le compliment. Ils ne tenaient guère d'ailleurs à ces satisfactions d'ordre platonique. Ils avaient mieux. Quant à nous, nous n'étions guère en situation de nous montrer trop exigeants. Après la grande amputation, qu'importaient quelques livres de chair de plus? L'occupation de garantie commençait. Elle pesait sur quatorze départements. De lourdes charges financières restaient à amortir. Au lendemain de l'insurrection parisienne, en pleine période de formation politique, cherchant à tâtons sa voie, travaillée dans les sens les plus divers, peu assurée du lendemain, en proie aux disputes des partis, la France n'avait ni la force ni la liberté qui lui eussent permis d'élever la voix. Elle ne pouvait qu'accepter en silence les conditions qu'on voulait bien lui faire.

III

Tout n'était pas réglé pourtant après la convention additionnelle de Francfort. Il y avait encore à dresser d'un commun accord des comptes assez compliqués dont les éléments essentiels avaient été indiqués par le traité de Francfort. L'article 4 stipulait, en effet, que dans un délai de six mois, à dater de l'échange des ratifications, la France devait remettre à l'Allemagne toutes les sommes dues à divers titres par l'État français aux départements, communes, établissements publics des territoires cédés, aux militaires originaires de ces pays, comptables publics pour leurs cautionnements, celles enfin qui avaient été versées à la Caisse des dépôts et consignations à la suite de décisions judiciaires ou administratives. Les Allemands n'avaient rien oublié. S'ils prenaient leur conquête franche de charges financières, ils n'omettaient pas de réclamer les sommes figurant à son actif. Mais il y avait là des comptes plus compliqués qu'on n'avait cru d'abord. Les négociateurs de la convention additionnelle n'avaient pas eu le temps de s'en occuper. Ils convinrent de renvoyer l'exécution de l'article 4 à une commission mixte de liquidation. C'est ce qu'ordonne l'article 11 de la convention additionnelle (1).

Composée de six membres, trois pour chaque nation, la commission se réunit à Strasbourg, pour la première fois, le 28 mai 1872, et, pour la dernière, le 2 juillet 1878. Les procès-verbaux de ses séances ont été consignés dans cent soixante-neuf protocoles qui ne paraissent pas avoir été livrés à la publicité (2). Bien que les travaux de cette commission n'aient pas soulevé de controverses de principes et n'aient eu qu'un intérêt secondaire, on ne peut négliger de les mentionner. Ils forment la phase ultime de cette longue série de négociations où les deux peuples essayaient de renouer le lien des relations normales entre États. Ils les clôturent de façon significative; une dernière fois on y voit se manifester le caractère bien moderne de cette guerre qui ne fut pas uniquement une lutte pour l'influence ou la gloire, mais se tourna si souvent en un combat pour l'argent. Ici, comme ils l'avaient fait à plusieurs reprises, les Allemands déposent l'épée pour se montrer administrateurs entendus, comptables méticuleux et créanciers peu accommodants.

Il fallut sept mois pour tomber d'accord sur l'établissement d'un premier compte qui fut arrêté le 22 décembre 1872. Il comprenait les sommes dues par le Trésor français, notamment pour le montant des dépôts appartenant aux caisses d'épargne d'Alsace-Lorraine, des cautionnements des comptables de ces caisses, pour le règlement du compte des centimes communaux et des consignations. La somme au débit de la France était de 10.500.000 francs qui devaient être payés le 2 janvier 1873 (3).

Le second compte fut arrêté le 6 septembre 1873. Il comprenait avant tout et pour la majeure part le solde des fonds placés au Trésor par les communes et établissements

---

(1) VILLEFORT, t. I, p. 93.
(2) Pour les noms des Commissaires et des secrétaires ainsi que les autres précisions du texte, cf. VILLEFORT, t. IV, pp. 491, 492 note.
(3) VILLEFORT, t. IV, pp. 496 et suiv.

publics d'Alsace-Lorraine et aussi le reliquat du compte
financier du département du Bas-Rhin pris tout entier par
l'annexion. Le solde débiteur à la charge de la France res-
sortait à 2.900.000 francs qui devaient être payés le 15 septembre 1873 (1). Si, pour ce second compte, on était allé
assez vite en besogne, c'est que Bismarck avait manifesté
sa mauvaise humeur. Il s'impatientait des lenteurs de la
commission, des « minuties », de « l'étroitesse » où elle se
complaisait, trouvait qu'on y discutait « sur des vétilles » (2).
Or, il tenait essentiellement à ce que ce compte fût apuré et
réglé pour le moment de l'évacuation définitive qui devait
avoir lieu en septembre 1873. Il voulait faire cadrer ce
ıèglement avec la sortie de France du dernier soldat allemand. On avait plié devant cette volonté. Les choses s'é-
taient promptement arrangées et le paiement eut lieu à la
date fixée, le 15 septembre. Le 16, les derniers gîtes d'étape
entre Verdun et la frontière nouvelle étaient évacués.

A partir de ce moment les travaux traînèrent en longueur.
On ne parvenait plus à s'entendre ni sur le principe des
réclamations respectives, ni sur le montant de plusieurs
d'entre elles. Bismarck n'avait plus les mêmes raisons pour
intervenir et forcer la main aux Commissaires. De notre
côté, nous commencions à recouvrer notre franchise d'action et le droit de résister. Après des débats qui se prolongèrent encore pendant cinq ans, il fallut recourir à l'intervention des diplomates. Un accord transactionnel fut signé à
Berlin, le 13 mai 1878, entre notre ambassadeur et le sous-
secrétaire d'État à la chancellerie d'Alsace-Lorraine (3).
Pour mettre fin au différend, le gouvernement allemand
était déclaré débiteur à forfait d'une somme de 1.225.000
francs. Mais elle se trouva compensée par diverses dettes
dues à l'Allemagne dans des liquidations partielles sur lesquelles on était parvenu depuis à s'entendre. En définitive,

---

(1) VILLEFORT, t. IV, pp. 520 et suiv.
(2) DONIOL, *M. Thiers, le comte de Saint-Vallier, le général de Manteuffel*,
p. 418.
(3) VILLEFORT, t. IV, pp. 542-543.

la France n'avait plus à prétendre qu'à un reliquat net de 31.805 francs qui lui furent payés le 29 juin 1878 (1). La commission, après avoir établi cette compensation et constaté le paiement du solde, déclara que tout compte était définitivement réglé, que les deux gouvernements se donnaient réciproquement décharge et renonçaient à toute réclamation ultérieure. La liquidation financière nécessitée par la perte de nos provinces de l'Est nous coûtait finalement un peu plus de 13 millions (2). Elle avait duré sept ans.

BIBLIOGRAPHIE

VALFREY, *Histoire du traité de Francfort*, t. II, pp. 24-30, a utilisé les protocoles des conférences de Francfort pour composer son récit très circonstancié des débats relatifs à l'amnistie. Nous n'avons pu que puiser à la même source. Il faut y joindre les renseignements fournis par GONTAUT-BIRON, *Mon Ambassade en Allemagne*, chap. II, pp. 37-58, sur les négociations postérieures à la Conférence en vue d'obtenir la grâce des prisonniers retenus dans les prisons allemandes.

Le *Recueil* de VILLEFORT, t. IV, pp. 491-580, contient tous les documents concernant les travaux de la commission de liquidation de Strasbourg, soit : les décisions générales de la commission, les tableaux justificatifs annexes et la convention entre les deux États pour le règlement final avec les décisions annexes. Valfrey, dont le second volume a paru en 1875, n'a pu parler que du deuxième compte de liquidation réglé en 1873. Les difficultés pour le règlement final et la convention de 1878 sont de beaucoup postérieures. DONIOL, *M. Thiers, le comte de Saint-Vallier, le général de Manteuffel*, 1898 (2e édit.), bien qu'écrivant plus tard, ne s'est pas non plus occupé de l'accord définitif, puisqu'il n'envisageait nos relations avec l'Allemagne que dans leur rapport avec la libération du territoire. Les pages 418-419 sont rédigées de façon si peu claire que l'on pourrait croire que les séances de la commission de liquidation se sont terminées en 1873, alors qu'elles ne furent clôturées qu'en 1878.

---

(1) VILLEFORT, t. IV, pp. 573 et suiv.
(2) Exactement 13.400.000 francs moins 31.805, soit 13.368.195 francs.

ANNEXES

ANNEXE N° 1

PRÉLIMINAIRES DE PAIX

Versailles, le 26 février 1871.

Entre le chef du pouvoir exécutif de la République française, M. Thiers, et le ministre des affaires étrangères, M. Jules Favre, représentant la France, d'un côté, et, de l'autre, le chancelier de l'empire germanique, M. le comte Otto de Bismarck-Schœnhausen, muni des pleins pouvoirs de S. M. l'Empereur d'Allemagne, roi de Prusse ;

Le ministre d'État et des affaires étrangères de S. M. le roi de Bavière, M. le comte Otto de Bray-Steinburg ;

Le ministre des affaires étrangères de S. M. le roi de Wurtemberg, M. le baron Auguste de Waechter ;

Le ministre d'État, président du conseil des ministres de S. A. R. Mᵍʳ le grand-duc de Bade, M. Jules Jolly ; représentants l'Empire germanique ;

Les pleins pouvoirs des deux parties contractantes ayant été trouvés en bonne et due forme, il a été convenu ce qui suit, pour servir de base préliminaire à la paix définitive à conclure ultérieurement :

ART. 1. — La France renonce en faveur de l'Empire allemand à tous ses droits et titres sur les territoires situés à l'est de la frontière ci-après désignée :

La ligne de démarcation commence à la frontière nord-ouest du canton de Cattenom, vers le grand-duché de Luxembourg, suit, vers le sud, les frontières occidentales des cantons de Cattenom et Thionville, passe par le canton de Briey en longeant les frontières occidentales des communes de Montois-la-Montagne et Roncourt, ainsi que les frontières orientales des communes de Sainte-Marie-aux-Chênes, Saint-Ail, Habonville, atteint la frontière du canton de Gorze qu'elle traverse le long des frontières communales de Vionville, Bouxières et Onville, suit la frontière sud-ouest resp. sud de l'arrondissement de Metz, la frontière occidentale de l'arrondissement de Château-Salins jusqu'à la commune de Pettoncourt dont elle embrasse les frontières occidentale et méridionale, pour suivre la crête des montagnes entre la Seille et le Moncel, jusqu'à la frontière de l'arrondissement de Sarrebourg au sud de Garde.

La démarcation coïncide ensuite avec la frontière de cet arrondissement jusqu'à la commune de Tanconville, dont elle atteint la frontière au nord; de là elle suit la crête des montagnes entre les sources de la Sarre blanche et de la Vezouse jusqu'à la frontière du canton de Schirmeck, longe la frontière occidentale de ce canton, embrasse les communes de Saales, Bourg-Bruche, Colroy-la-Roche, Plaine, Ranrupt, Saulxures et Saint-Blaise-la-Roche du canton de Saales et coïncide avec la frontière occidentale des départements du Bas-Rhin et du Haut-Rhin jusqu'au canton de Belfort, dont elle quitte la frontière méridionale non loin de Vourvenans pour traverser le canton de Delle, aux limites méridionales des communes de Bourogne et Froide-Fontaine et atteindre la frontière suisse, en longeant les frontières orientales des communes de Jonchery et Delle.

L'Empire allemand possédera ces territoires à perpétuité, en toute souveraineté et propriété. Une commission territoriale, composée des représentants des hautes parties contractantes, en nombre égal des deux côtés, sera chargée, immédiatement après l'échange des ratifications du présent traité, d'exécuter sur le terrain le tracé de la nouvelle frontière, conformément aux stipulations précédentes.

Cette commission présidera au partage des biens-fonds et capitaux qui, jusqu'ici, ont appartenu en commun à des districts ou des communes séparées par la nouvelle frontière; en cas de désaccord sur le tracé et les mesures d'exécution, les membres de la commission en référeront à leurs gouvernements respectifs.

La frontière, telle qu'elle vient d'être décrite, se trouve marquée en vert sur deux exemplaires conformes de la carte du territoire formant le gouvernement général d'Alsace, publiée à Berlin en septembre 1870, par la division géographique et statistique de l'État-major général, et dont un exemplaire sera joint à chacune des deux expéditions du présent traité.

Toutefois, le tracé indiqué a subi les modifications suivantes, de l'accord des deux parties contractantes : dans l'ancien département de la Moselle, les villages de Sainte-Marie-aux-Chênes, près de Saint-Privat-la-Montagne, et de Vionville, à l'ouest de Rezonville, seront cédés à l'Allemagne; par contre, la ville et les fortifications de Belfort resteront à la France avec un rayon qui sera déterminé ultérieurement.

ART. 2. — La France paiera à S. M. l'Empereur d'Allemagne la somme de 5 milliards de francs. Le paiement d'au moins 1 milliard de francs aura lieu dans le courant de l'année 1871, et celui de tout le reste de la dette dans un espace de 'trois années, à partir de la ratification des présentes.

ART. 3. — L'évacuation des territoires français occupés par les troupes allemandes commencera après la ratification du présent traité par l'Assemblée nationale, siégeant à Bordeaux. Immédiatement après cette ratification, les troupes allemandes quitteront l'intérieur de la ville de Paris, ainsi que les forts situés sur la rive gauche de la Seine et, dans le plus bref délai possible, fixé par une entente entre les autorités militaires des deux pays, elles évacueront entièrement les départements du Calvados, de l'Orne, de la Sarthe, d'Eure-et-Loir, du Loiret, de Loir-et-Cher, d'Indre-et-Loire, de l'Yonne, etc, de plus, les départements de la Seine-Inférieure, de l'Eure, de Seine-et-Oise, de Seine-et-Marne, de l'Aube et de la Côte-d'Or jusqu'à la rive gauche de la Seine. Les troupes françaises se retireront en même temps derrière la Loire, qu'elles ne pourront dépasser avant la signature du traité de paix définitif. Sont exceptées de cette disposition la garnison de Paris dont le nombre ne pourra pas dépasser 40.000 hommes, et les garnisons indispensables à la sûreté des places fortes. L'évacuation des départements situés entre la rive droite de la Seine et la frontière de l'Est, par les troupes allemandes, s'opérera graduellement après la ratification du traité de paix définitif, et le paiement du premier demi-milliard de la contribution stipulée par l'article 2, en commençant par les départements les plus rapprochés de Paris, et se continuera au fur et à mesure que les versements de la contribution seront effectués. Après le premier versement d'un demi-milliard, cette évacuation aura lieu dans les départements suivants : Somme, Oise et les parties des départements de la Seine-Inférieure, Seine-et-Oise et Seine-et-Marne, situées sur la rive droite de la Seine, ainsi que la partie du département de la Seine et les forts situés sur la rive droite. Après le paiement de 2 milliards, l'occupation allemande ne comprendra plus que le département de la Marne, des Ardennes, de la Haute-Marne, de la Meuse, des Vosges, de la Meurthe, ainsi que la forteresse de Belfort avec son territoire qui serviront de gage pour les 3 milliards restants, et où le nombre des troupes allemandes ne dépassera pas 50.000 hommes. S. M. l'Empereur sera disposée à substituer à la garantie territoriale, consistant dans l'occupation partielle du territoire français, une garantie financière, si elle est offerte par le gouvernement français dans des conditions reconnues suffisantes par S. M. l'Empereur et Roi pour les intérêts de l'Allemagne. Les 3 milliards dont l'acquittement aura été différé porteront intérêt à 5 % à partir de la ratification de la présente convention.

Art. 4. — Les troupes allemandes s'abstiendront de faire des réquisitions soit en argent, soit en nature dans les départements occupés. Par contre, l'alimentation des troupes allemandes qui resteront en France aura lieu aux frais du gouvernement français, dans la mesure convenue par une entente avec l'intendance militaire allemande.

Art. 5. — Les intérêts des habitants des territoires cédés par la France, en tout ce qui concerne leur commerce et leurs droits civils, seront réglés aussi favorablement que possible lorsque seront arrêtées les conditions de la paix définitive. Il sera fixé à cet effet un espace de temps pendant lequel ils jouiront de facilités particulières pour la circulation de leurs produits. Le gouvernement allemand n'apportera aucun obstacle à la libre émigration des habitants des territoires cédés et ne pourra prendre contre eux aucune mesure atteignant leurs personnes ou leurs propriétés.

Art. 6. — Les prisonniers de guerre qui n'auront pas déjà été mis en liberté par voie d'échange seront rendus immédiatement après la ratification des présents préliminaires. Afin d'accélérer le transport des prisonniers français, le gouvernement français mettra à la disposition des autorités allemandes, à l'intérieur du territoire allemand, une partie du matériel roulant de ses chemins de fer dans une mesure qui sera déterminée par des arrangements spéciaux et aux prix payés en France par le gouvernement français pour les transports militaires.

Art. 7. — L'ouverture des négociations pour le traité de paix définitif à conclure sur la base des présents préliminaires aura lieu à Bruxelles immédiatement après la ratification de ces derniers par l'Assemblée nationale et par S. M. l'Empereur d'Allemagne.

Art. 8. — Après la conclusion et la ratification du traité de paix définitif, l'administration des départements devant encore rester occupés par les troupes allemandes, sera remise aux autorités françaises; mais ces dernières seront tenues de se conformer aux ordres que le commandant des troupes allemandes croirait devoir donner dans l'intérêt de la sûreté, de l'entretien et de la distribution des troupes.

Dans les départements occupés, la perception des impôts après la ratification du présent traité s'opérera pour le compte du gouvernement français et par le moyen de ses employés.

Art. 9. — Il est bien entendu que les présentes ne peuvent donner à l'autorité militaire allemande aucun droit sur les parties du territoire qu'elle n'occupe point actuellement.

Art. 10. — Les présentes seront immédiatement soumises à la ratification de l'Assemblée nationale française siégeant à Bordeaux et à S. M. l'Empereur d'Allemagne.

En foi de quoi, les soussignés ont revêtu le présent traité préliminaire de leurs signatures et de leurs sceaux.

Fait à Versailles, le 26 février 1871.

Bismarck.   A. Thiers.
                                             Jules Favre.

Les royaumes de Bavière et Wurtemberg et le grand-duché de Bade ayant pris part à la guerre actuelle, comme alliés de la Prusse, et faisant partie maintenant de l'Empire germanique, les soussignés adhèrent à la présente convention au nom de leurs souverains respectifs.

Versailles, le 26 février 1871.

Comte de Bray Steinburg,
Baron de Waechter.
Mittnacht.
Jolly.

ANNEXE N° 2

TRAITÉ DE PAIX

Francfort-sur-le-Mein, 10 mai 1871.

M. Jules Favre, ministre des affaires étrangères de la République française, M. Augustin-Thomas-Joseph Pouyer-Quertier, ministre des finances de la République française, et M. Marc-Thomas-Eugène de Goulard, membre de l'Assemblée nationale, stipulant au nom de la République française, d'un côté;

De l'autre, le prince Otto de Bismarck-Schœnhausen, chancelier de l'Empire germanique, le comte Harry d'Arnim, envoyé extraordinaire et ministre plénipotentiaire de S. M. l'Empereur d'Allemagne près du Saint-Siège, stipulant au nom de S. M. l'Empereur d'Allemagne;

S'étant mis d'accord pour convertir en traité de paix définitif le traité de préliminaires de paix du 26 février de l'année courante, modifié ainsi qu'il va l'être par les dispositions qui suivent, ont arrêté :

ART. 1. — La distance de la ville de Belfort à la ligne de la frontière, telle qu'elle a été d'abord proposée lors des négociations de Versailles et telle qu'elle se trouve marquée sur la carte annexée à l'instrument ratifié du traité des préliminaires du 26 février, est considérée comme indiquant la mesure du rayon qui, en vertu de la clause y relative du premier article des préliminaires, doit rester à la France avec la ville et les fortifications de Belfort.

Le gouvernement allemand est disposé à élargir ce rayon de manière qu'il comprenne les cantons de Belfort, de Delle et de Giromagny, ainsi que la partie occidentale du canton de Fontaine, à l'ouest d'une ligne à tracer du point où le canal du Rhône au Rhin sort du canton de Delle, au sud de Montreux-le-Château, jusqu'à la limite nord du canton entre Bourg et Félon, où cette ligne joindrait la limite est du canton de Giromagny.

Le gouvernement allemand, toutefois, ne cédera les territoires susindiqués qu'à la condition que la République française, de son côté, consentira à une rectification de frontière le long des limites occidentales des cantons de Cattenom et de Thionville qui laissera à l'Allemagne le terrain à l'est d'une ligne partant de la frontière du Luxembourg entre Hussigny et Redingen, laissant à la France les villages de Thil et de Villerupt, se prolongeant entre Errouville et Aumetz, entre Beuvillers et Boulange, entre Trieux et Lomeringen, et joignant l'ancienne ligne de frontière entre Avril et Moyeuvre.

La commission internationale, dont il est question dans l'article 1 des préliminaires, se rendra sur le terrain immédiatement après l'échange des ratifications du présent traité pour exécuter les travaux qui lui incombent et pour faire le tracé de la nouvelle frontière, conformément aux dispositions précédentes.

Art. 2. — Les sujets français, originaires des territoires cédés, domiciliés actuellement sur ce territoire, qui entendront conserver la nationalité française, jouiront, jusqu'au 1er octobre 1872, et moyennant une déclaration préalable faite à l'autorité compétente, de la faculté de transporter leur domicile en France et de s'y fixer, sans que ce droit puisse être altéré par les lois sur le service militaire, auquel cas la qualité de citoyen français leur sera maintenue.

Ils seront libres de conserver leurs immeubles situés sur le territoire réuni à l'Allemagne.

Aucun habitant des territoires cédés ne pourra être poursuivi, inquiété ou recherché, dans sa personne ou dans ses biens, à raison de ses actes politiques ou militaires pendant la guerre.

Art. 3. — Le gouvernement français remettra au gouvernement allemand les archives, documents et registres concernant l'administration civile, militaire et judiciaire des territoires cédés. Si quelques-uns de ces titres avaient été déplacés, ils seront restitués par le gouvernement français, sur la demande du gouvernement allemand.

Art. 4. — Le gouvernement français remettra au gouvernement de l'Empire d'Allemagne, dans le terme de six mois à dater de l'échange des ratifications de ce traité :

1º Le montant des sommes déposées par les départements, les communes et les établissements publics des territoires cédés;

2º Le montant des primes d'enrôlement et de remplacement appartenant aux militaires et marins originaires des territoires cédés, qui auront opté pour la nationalité allemande;

3º Le montant des cautionnements des comptables de l'État;

4º Le montant des sommes versées pour consignations judiciaires, par suite de mesures prises par les autorités administratives ou judiciaires dans les territoires cédés.

Art. 5. — Les deux nations jouiront d'un traitement égal en ce qui concerne la navigation sur la Moselle, le canal de la Marne au Rhin, le canal du Rhône au Rhin, le canal de la Sarre et les eaux navigables communiquant avec ces voies de navigation. Le droit de flottage sera maintenu.

Art. 6. — Les hautes parties contractantes étant d'avis que les circonscriptions diocésaines des territoires cédés à l'Empire allemand doivent coïncider avec la nouvelle frontière déterminée par l'article 1 ci-dessus, se concerteront après la ratification du présent traité, sans retard, sur les mesures à prendre en commun à cet effet.

Les communautés appartenant, soit à l'Église réformée, soit à la confession d'Augsbourg, établies sur les territoires cédés par la France, cesseront de relever du consistoire supérieur et du directeur siégeant à Strasbourg.

Les communautés israélites des territoires situés à l'est de la nouvelle frontière cesseront de dépendre du consistoire central israélite siégeant à Paris.

Art. 7. — Le paiement de 500 millions aura lieu dans les trente jours qui suivront le rétablissement de l'autorité du gouvernement français dans la ville de Paris. Un milliard sera payé dans le courant de l'année et un demi-milliard au 1er mai 1872. Les trois derniers milliards resteront payables au 2 mars 1874, ainsi qu'il a été stipulé par le traité de paix préliminaire. A partir du 2 mars de l'année courante, les intérêts de ces 3 milliards de francs seront payés chaque année, le 3 mars, à raison de 5 % par an.

Toute somme payée en avance sur les trois derniers milliards cessera de porter des intérêts à partir du jour du paiement effectué.

Tous les paiements ne pourront être faits que dans les principales villes de commerce de l'Allemagne et seront effectués en métal or ou argent, en billets de la Banque d'Angleterre, billets de la Banque de Prusse, billets de la Banque royale des Pays-Bas, billets de la Banque nationale de Belgique, en billets à ordre ou en lettres de change négociables, de premier ordre, valeur comptant.

Le gouvernement allemand ayant fixé en France la valeur du thaler prussien à 3f 75, le gouvernement français accepte la conversion des monnaies des deux pays au taux ci-dessus indiqué.

Le gouvernement français informera le gouvernement allemand, trois mois d'avance, de tout paiement qu'il compte faire aux caisses de l'Empire allemand.

Après le paiement du premier demi-milliard et la ratification du traité de paix définitif, les départements de la Somme, de la Seine-Inférieure et de l'Eure seront évacués en tant qu'ils se trouveront encore occupés par les troupes allemandes. L'évacuation des départements de l'Oise, de Seine-et-Oise, de Seine-et-Marne et de la Seine, ainsi que celle des forts de Paris, aura lieu aussitôt que le gouvernement allemand jugera le rétablissement de l'ordre, tant en France que dans Paris, suffisant pour assurer l'exécution des engagements contractés par la France.

Dans tous les cas, cette évacuation aura lieu lors du paiement du troisième demi-milliard.

Les troupes allemandes, dans l'intérêt de leur sécurité, auront la disposition de la zone neutre située entre la ligne de démarcation allemande et l'enceinte de Paris, sur la rive droite de la Seine.

Les stipulations du traité du 26 février, relatives à l'occupation des territoires français après le paiement des 2 milliards, resteront en vigueur. Aucune des déductions que le gouvernement français serait en droit de faire ne pourra être exercée sur le paiement des 500 premiers millions.

Art. 8. — Les troupes allemandes continueront à s'abstenir des réquisitions en nature et en argent dans les territoires occupés; cette obligation de leur part étant corrélative aux obligations contractées pour leur entretien par le gouvernement français. Dans le cas où, malgré les réclamations réitérées du gouvernement allemand, le gouvernement français serait en retard d'exécuter lesdites obligations, les troupes allemandes auront le droit de se procurer ce qui sera nécessaire à leurs besoins en levant des impôts et des réquisitions dans les départements occupés et même en dehors de ceux-ci, si leurs ressources n'étaient pas suffisantes.

Relativement à l'alimentation des troupes allemandes, le régime actuellement en vigueur sera maintenu jusqu'à l'évacuation des forts de Paris.

En vertu de la convention de Ferrières, du 11 mars 1871, les réductions indiquées par cette convention seront mises à exécution après l'évacuation des forts.

Dès que l'effectif de l'armée allemande sera réduit au-dessous du chiffre de 500.000 hommes, il sera tenu compte des réductions opérées au-dessous de ce chiffre pour établir une diminution proportionnelle dans le prix d'entretien des troupes payé par le gouvernement français.

Art. 9. — Le traitement exceptionnel accordé maintenant aux produits de l'industrie des territoires cédés pour l'importation en France sera maintenu pour un espace de temps de six mois, depuis le 1er mars, dans les conditions faites avec les délégués de l'Alsace.

Art. 10. — Le gouvernement allemand continuera à faire rentrer les prisonniers de guerre en s'entendant avec le gouvernement français. Le gouvernement français renverra dans leurs foyers ceux de ces prisonniers qui sont libérables. Quant à ceux qui n'ont point achevé leur temps de service, ils se retireront derrière la Loire. Il est entendu que l'armée de Paris et de Versailles, après le rétablissement de l'autorité du gouvernement français à Paris, et jusqu'à l'évacuation des forts par les troupes allemandes, n'excédera pas 80.000 hommes. Jusqu'à cette évacuation, le gouvernement français ne pourra faire aucune concentration de troupes sur la rive droite de la Loire, mais il pourvoira aux garnisons régulières des villes placées dans cette zone, suivant les nécessités du maintien de l'ordre et de la paix publique.

Au fur et à mesure que s'opérera l'évacuation, les chefs de corps conviendront ensemble d'une zone neutre entre les armées des deux nations.

20.000 prisonniers seront dirigés sans délai sur Lyon, à la condition qu'ils seront expédiés immédiatement en Algérie, après leur organisation, pour être employés dans cette colonie.

Art. 11. — Les traités de commerce avec les différents États de l'Allemagne ayant été annulés par la guerre, le gouvernement français et le gouvernement allemand prendront pour base de leurs relations commerciales le régime du traitement réciproque sur le pied de la nation la plus favorisée.

Sont compris dans cette règle les droits d'entrée et de sortie, le transit, les formalités douanières, l'admission et le traitement des sujets des deux nations ainsi que de leurs agents.

Toutefois, seront exceptées de la règle susdite les faveurs qu'une des parties contractantes, par des traités de commerce, a accordées ou accordera à des États autres que ceux qui suivent: l'Angleterre, la Belgique, les Pays-Bas, la Suisse, l'Autriche, la Russie.

Les traités de navigation ainsi que la convention relative au service international des chemins de fer dans ses rapports avec la douane, et la convention pour la garantie réciproque de la propriété des œuvres d'esprit et d'art, seront remis en vigueur.

Néanmoins, le gouvernement français se réserve la faculté d'établir sur les navires allemands et leurs cargaisons des droits de tonnage et de pavillon, sous la réserve que ces droits ne soient pas plus élevés que ceux qui grèveront les bâtiments et les cargaisons des nations susmentionnées.

Art. 12. — Tous les Allemands expulsés conserveront la jouissance pleine et entière de tous les biens qu'ils ont acquis en France.

Ceux des Allemands qui avaient obtenu l'autorisation exigée par les lois françaises pour fixer leur domicile en France sont réintégrés dans tous leurs droits, et peuvent, en conséquence, établir de nouveau leur domicile sur le territoire français.

Le délai stipulé par les lois françaises pour obtenir la naturalisation sera considéré comme n'étant pas interrompu par l'état de guerre pour les personnes qui profiteront de la faculté ci-dessus mentionnée de revenir en France dans un délai de six mois, après l'échange des ratifications de ce traité et il sera tenu compte du temps écoulé entre leur expulsion et leur retour sur le territoire français, comme s'ils n'avaient jamais cessé de résider en France.

Les conditions ci-dessus seront appliquées en parfaite réciprocité aux sujets français résidant ou désirant résider en Allemagne.

Art. 13. — Les bâtiments allemands qui étaient condamnés par les conseils de prises, avant le 2 mars 1871, seront considérés comme condamnés définitivement.

Ceux qui n'auraient pas été condamnés à la date susindiquée seront rendus avec la cargaison, en tant qu'elle existe encore. Si la restitution des bâtiments et de la cargaison n'est plus possible, leur valeur, fixée d'après le prix de la vente, sera rendue à leurs propriétaires.

Art. 14. — Chacune des deux parties continuera sur son territoire les travaux entrepris pour la canalisation de la Moselle. Les intérêts communs des parties séparées des deux départements de la Meurthe et de la Moselle seront liquidés.

Art. 15. — Les hautes parties contractantes s'engagent mutuellement à étendre aux sujets respectifs les mesures qu'elles pourront juger utile d'adopter en faveur de ceux de leurs nationaux qui, par suite des événements de la guerre, auraient été mis dans l'impossibilité d'arriver en temps utile à la sauvegarde ou à la conservation de leurs droits.

ART. 16. — Les deux gouvernements français et allemand s'engagent réciproquement à faire respecter et entretenir les tombeaux des soldats ensevelis sur leurs territoires respectifs.

ART. 17. — Le règlement des points accessoires sur lesquels un accord doit être établi, en conséquence de ce traité et du traité préliminaire, sera l'objet de négociations ultérieures qui auront lieu à Francfort.

ART. 18. — Les ratifications du présent traité par l'Assemblée nationale et par le chef du pouvoir exécutif de la République française d'un côté, et de l'autre, par S. M. l'empereur d'Allemagne, seront échangées à Francfort, dans le délai de dix jours, ou plus tôt si faire se peut.

En foi de quoi, les plénipotentiaires respectifs l'ont signé et y ont apposé le cachet de leurs armes.

Francfort, le 10 mai 1871.

Jules FAVRE.   BISMARCK.
POUYER-QUERTIER.   ARNIM.
DE GOULARD.

Articles additionnels

ART. 1, § 1. — D'ici à l'époque fixée pour l'échange des ratifications du présent traité, le gouvernement français usera de son droit de rachat de la concession donnée à la Compagnie du chemin de fer de l'Est. Le gouvernement allemand sera subrogé à tous les droits que le gouvernement français aura acquis par le rachat des concessions, en ce qui concerne les chemins de fer situés dans les territoires cédés, soit en construction.

§ 2. — Seront compris dans cette concession :

1º Tous les terrains appartenant à ladite compagnie, quelle que soit leur destination, ainsi que : établissements de gares et de stations, hangars, ateliers et magasins, maisons de gardes de voie, etc. ;

2º Tous les immeubles qui en dépendent, ainsi que les barrières, clôtures, changements de voie, aiguilles, plaques tournantes, prises d'eau, grues hydrauliques, machines fixes, etc. ;

3º Tous les matériaux, combustibles et approvisionnements

de tout genre, mobilier de gares, outillage des ateliers et des gares, etc.;

4° Les sommes dues à la Compagnie des chemins de fer de l'Est, à titre de subventions accordées par des corporations ou personnes domiciliées dans les territoires cédés.

§ 3. — Sera exclu de cette cession le matériel roulant. Le gouvernement allemand remettra la part du matériel roulant avec ses accessoires qui se trouverait en sa possession au gouvernement français.

§ 4. — Le gouvernement français s'engage à libérer envers l'Empire allemand entièrement les chemins de fer cédés, ainsi que leurs dépendances, de tous les droits que des tiers pourraient faire valoir, nommément des droits des obligataires. Il s'engage également à se substituer, le cas échéant, au gouvernement allemand, relativement aux réclamations qui pourraient être élevées vis-à-vis du gouvernement allemand par les créanciers des chemins de fer en question.

§ 5. — Le gouvernement français prendra à sa charge les réclamations que la Compagnie des chemins de fer de l'Est pourrait élever vis-à-vis du gouvernement allemand ou de ses mandataires, par rapport à l'exploitation desdits chemins de fer et à l'usage des objets indiqués dans le paragraphe 2, ainsi que du matériel roulant. Le gouvernement allemand communiquera au gouvernement français, à sa demande, tous les documents et toutes les indications qui pourraient servir à constater les faits sur lesquels s'appuieront les réclamations susmentionnées.

§ 6. — Le gouvernement allemand paiera au gouvernement français, pour la cession des droits de propriété indiqués dans les paragraphes 1 et 2 et en titre d'équivalent pour l'engagement pris par le gouvernement français dans le paragraphe 4, la somme de 325 millions de francs. On défalquera cette somme de l'indemnité de guerre stipulée dans l'article 7.

§ 7. — Vu que la situation qui a servi de base à la convention conclue entre la Compagnie des chemins de fer de l'Est et la Société royale grand-ducale du chemin de fer Guillaume-Luxembourg, en date du 6 juin 1857 et du 21 janvier 1868 et celle conclue entre le gouvernement du grand-duché de Luxembourg et les sociétés des chemins de fer Guillaume-Luxembourg et de l'Est français, en date du 5 décembre 1868, a été modifiée essentiellement, de manière qu'elles ne sont applicables à l'état des choses créé par les stipulations contenues dans le paragraphe 1, le gouvernement allemand se déclare prêt à se substituer aux droits et charges résultant de ces conventions pour la Compagnie des chemins de fer de l'Est.

Pour le cas où le gouvernement français serait subrogé, soit par le rachat de la concession de la Compagnie de l'Est, soit par une entente spéciale, aux droits acquis par cette société, en vertu des conventions susindiquées, il s'engage à céder gratuitement, dans un délai de six semaines, ses droits au gouvernement allemand.

Pour le cas où ladite subrogation ne s'effectuerait pas, le gouvernement français n'accordera de concessions pour les lignes de chemins de fer appartenant à la Compagnie de l'Est et situées dans le territoire français que sous la condition expresse que le concessionnaire n'exploite point les lignes de chemins de fer situées dans le grand-duché de Luxembourg.

Art. 2. — Le gouvernement allemand offre 2 millions de francs pour les droits et les propriétés que possède la Compagnie des chemins de fer de l'Est sur la partie de son réseau située sur le territoire suisse, de la frontière à Bâle, si le gouvernement français lui fait tenir le consentement dans le délai d'un mois.

Art. 3. — La cession de territoire auprès de Belfort, offerte par le gouvernement allemand dans l'article 1 du présent traité en échange de la rectification de frontière demandée à l'ouest de Thionville, sera augmentée des territoires des villages suivants : Rougemont, Leval, Petite-Fontaine, Romagny, Félon, La Chapelle-sous-Rougemont, Angeot, Vauthiermont, La Rivière, La Grange, Reppe, Fontaine, Frais, Foussemagne, Cunelières, Montreux-le-Château, Bretagne, Chavannes-les-Grandes, Chavanatte et Suarce.

La route de Giromagny à Remiremont, passant au Ballon d'Alsace, restera à la France dans tout son parcours et servira de limite en tant qu'elle est située en dehors du canton de Giromagny.

Francfort, le 10 mai 1871.

Jules Favre.   Bismarck.
Pouyer-Quertier.   Arnim.
De Goulard.

Protocole de signature

Francfort, 10 mai 1871

Les soussignés, après avoir entendu la lecture du traité de paix définitif, l'ont trouvé conforme à ce qui a été convenu entre eux. En vertu de quoi ils l'ont muni de leurs signatures. Les trois articles additionnels ont été signés séparément. Il est entendu qu'ils feront partie intégrale du traité de paix. Le soussigné, chancelier de l'empire allemand, a déclaré qu'il se charge de communiquer le traité aux gouvernements de Bavière, de Wurtemberg et de Bade, et d'obtenir leurs accessions.

Jules FAVRE.   BISMARCK.
POUYER-QUERTIER.   ARNIM.
E. DE GOULARD.

ANNEXE N° 3

CONVENTION ADDITIONNELLE
AU TRAITÉ DE PAIX DU 10 MAI ENTRE LA FRANCE
ET L'ALLEMAGNE

Le président de la République française d'une part, et S. M. l'empereur d'Allemagne, d'autre part, ayant résolu, conformément à l'article 17 du traité de paix conclu à Francfort le 10 mai 1871, de négocier une convention additionnelle à ce traité, ont, à cet effet, nommé pour leurs plénipotentiaires, savoir :

Le président de la République française, M. Marc-Thomas-Eugène de Goulard, membre de l'Assemblée nationale, et M. Alexandre-Johann-Henry de Clercq, ministre plénipotentiaire de 1re classe,

Et S. M. l'Empereur d'Allemagne, M. Weber, conseiller d'État de S. M. le Roi de Bavière, et M. le comte Uxkull, conseiller intime de légation de S. M. le Roi de Wurtemberg ;

Lesquels, après s'être communiqué leurs pleins pouvoirs, trouvés en bonne et due forme, sont convenus des articles suivants :

ART. 1. — Pour les individus originaires des territoires cédés qui résident hors d'Europe, le terme fixé par l'article 2 du traité de paix pour l'option entre la nationalité française ou la nationalité allemande est étendu jusqu'au 1er octobre 1873.

L'option en faveur de la nationalité française résultera, pour ceux des individus qui résident hors d'Allemagne, d'une déclaration faite soit aux maires de leur domicile en France, soit dans une chancellerie diplomatique ou consulaire française, ou de leur immatriculation dans une de ces chancelleries.

Le gouvernement français notifiera au gouvernement allemand, et par périodes trimestrielles, les listes nominatives qu'il aura fait dresser d'après ces mêmes déclarations.

ART. 2. — Les pensions tant civiles qu'ecclésiastiques, régulièrement acquises ou déjà liquidées jusqu'au 2 mars 1871, au profit, soit d'individus originaires des territoires cédés, soit de leurs veuves ou de leurs orphelins qui opteront pour la nationalité allemande, restent à leurs titulaires en tant qu'ils auront leur domicile sur le territoire de l'Empire et seront désormais, à dater du même jour, acquittées par le gouvernement allemand.

Sous les mêmes conditions et à dater du même jour, le gouvernement allemand se chargera des pensions militaires, régulièrement acquises ou déjà liquidées jusqu'au 19 juillet 1870, au profit soit d'individus originaires des pays cédés, soit de leurs veuves et orphelins.

Le même gouvernement tiendra compte aux fonctionnaires civils de tout ordre et aux militaires et marins originaires des territoires cédés et qui seraient confirmés par le gouvernement allemand dans leurs emplois ou grades, des droits qui leur sont acquis par les services rendus au gouvernement français.

ART. 3. — Les hautes parties contractantes voulant, dans l'intérêt des justiciables, obvier aux difficultés qui pourraient, en matière civile, résulter du démembrement des anciennes circonscriptions judiciaires, il est entendu :

1º Que tout jugement prononcé par les tribunaux français et ayant acquis l'autorité de la chose jugée avant le 20 mai 1871, sera considéré comme définitif et exécutoire de plein droit dans les territoires cédés ;

2º Qu'aucune exception d'incompétence, à raison du changement de frontières respectives, ne pourra être élevée contre les jugements d'un tribunal civil ou d'une cour d'appel français rendus avant le 20 mai 1871 et qui seraient encore passibles d'appel ou de recours en cassation ;

3º Que la solution des procès engagés sur des matières non personnelles appartiendra au tribunal de la situation de l'objet litigieux ;

4º Que le tribunal du domicile du défendeur sera seul compétent pour vider les procès de première instance engagés sur des matières personnelles ;

5º Que le même principe sera appliqué aux procès vidés en première ou en seconde instance qui n'auraient pas encore acquis force de chose jugée, mais dont les pourvois d'appel ou les recours en cassation ne seraient interjetés que postérieurement au 20 mai 1871 ;

Et 6º qu'en ce qui concerne les procédures d'appel et les pourvois en cassation régulièrement engagés avant le 20 mai 1871, ils seront vidés par les tribunaux qui s'en trouveront saisis, à moins que, par suite de la nouvelle démarcation des frontières respectives, les parties en cause ne se trouvent toutes deux soumises, en matières personnelles, à la compétence des tribunaux de l'autre État.

Art. 4. — Les condamnés originaires des territoires cédés qui sont actuellement détenus dans les prisons, maisons centrales et établissements pénitentiaires de la France ou de ses colonies, seront dirigés sur la ville la plus rapprochée de la nouvelle frontière pour y être remis aux agents de l'autorité allemande.

Réciproquement, le gouvernement allemand fera remettre aux autorités françaises compétentes les condamnés français non originaires des territoires cédés, qui sont actuellement détenus dans les prisons, maisons centrales et établissements pénitentiaires des pays cédés.

Il en sera de même des personnes recueillies dans les maisons d'aliénés.

Art. 5. — Dans les provinces cédées, l'Allemagne recouvrera par ses agents et à son profit, les frais de justice criminelle et les amendes; elle prendra à sa charge et paiera aux intéressés les frais de justice criminelle qui leur sont actuellement dus.

Art. 6. — Les extraits des casiers judiciaires, relatifs aux communes que la nouvelle frontière sépare de leurs anciens arrondissements, seront réciproquement échangés entre le gouvernement français et l'Empire allemand.

Les autorités judiciaires et administratives françaises, ainsi que les particuliers, auront la faculté de se faire délivrer des extraits des casiers judiciaires conservés dans les territoires cédés.

L'Empire allemand remettra à l'avenir, sans frais, à la France, les bulletins des condamnations prononcées par les tribunaux de répression des territoires cédés, contre des individus de nationalité française.

Réciproquement, la France remettra à l'avenir, sans frais, à l'Allemagne, les bulletins des condamnations prononcées par ses tribunaux de répression, contre des individus originaires des territoires cédés qui seront devenus sujets allemands.

Art. 7. — Conformément aux principes posés par l'article 15 du traité de paix, il est convenu que toute facilité sera accordée aux ayants droit, français ou allemands, pour assurer la garantie et l'exercice des droits hypothécaires acquis avant le 20 mai 1871.

Il est également entendu :

1° Que les registres de la conservation des hypothèques, déposés actuellement dans les chefs-lieux des arrondissements démembrés, seront laissés ou mis à la disposition de celui des deux États qui, par suite de la nouvelle délimitation, possédera l'étendue la plus considérable du territoire de ces mêmes arrondissements;

Et 2º que les intéressés, français ou allemands, établis dans l'étendue des circonscriptions administratives démembrées, auront toujours la faculté de se faire délivrer, par les autorités respectives compétentes, des copies en forme des certificats d'inscription ou de radiation dont ils pourront avoir besoin.

ART. 8. — Les hautes parties contractantes s'engagent à se restituer réciproquement tous les titres, plans, matrices cadastrales, registres et papiers des communes respectives que la nouvelle frontière a détachées de leurs anciens centres administratifs et qui se trouvent déposés dans les archives des chefs-lieux de département ou d'arrondissement dont elles dépendaient précédemment.

Il en sera de même des actes et registres concernant les services publics de ces mêmes communes.

Les hautes parties contractantes se communiqueront réciproquement, sur la demande des autorités administratives supérieures, tous les documents et informations relatifs à des affaires concernant à la fois la France et les territoires cédés.

ART. 9. — Jusqu'à la conclusion des arrangements prévus par le premier paragraphe de l'article 6 du traité de paix du 10 mai 1871, il est convenu que les évêques établis dans les diocèses traversés par la nouvelle frontière conserveront, dans toute son étendue, l'autorité spirituelle dont ils sont actuellement investis et resteront libres de pourvoir aux besoins religieux des populations confiées à leurs soins.

ART. 10. — Les individus originaires des territoires cédés ayant opté pour la nationalité allemande, qui ont obtenu du gouvernement français, avant le 2 mars 1871, la concession d'un brevet d'invention ou d'un certificat d'addition, continueront à jouir de leur brevet dans toute l'étendue du territoire français, en se conformant aux lois et règlements qui régissent la matière.

Réciproquement, tout concessionnaire d'un brevet d'invention ou d'un certificat d'addition accordé par le gouvernement français avant la même date, continuera, jusqu'à l'expiration de la durée de la concession, à jouir pleinement des droits qu'il leur donne dans toute l'étendue des territoires cédés.

ART. 11. — Une commission mixte, composée de délégués spéciaux choisis en nombre égal par chacune des hautes parties contractantes sera chargée d'assurer l'exécution des stipulations contenues dans l'article 4 du traité de paix signé à Francfort le 10 mai 1871.

Elle sera de même chargée de la liquidation des sommes dues à la Caisse des dépôts et consignations pour les prêts faits par elle aux départements, villes et communes comprises dans les territoires cédés.

A cet effet, elle opérera l'apurement et la liquidation des sommes réclamées de part et d'autre, et fixera le mode à adopter pour leur acquittement.

Cette commission sera également chargée de la remise des titres et documents relatifs aux créances sur lesquelles elle aura à statuer. Son travail ne sera considéré comme définitif qu'après avoir reçu l'approbation des hautes parties contractantes.

ART. 12. — Pour faciliter l'exploitation des biens-fonds et forêts limitrophes des frontières, sont affranchis de tout droit d'importation, d'exportation ou de circulation : les céréales en gerbes ou en épis, les foins, la paille et les fourrages verts, les produits bruts des forêts, bois, charbons ou potasses, ainsi que les engrais, semences, planches, perches, échalas, animaux et instruments de toute sorte servant à la culture des propriétés situées dans une zone de 10 kilomètres de chaque côté de la frontière, sous réserve du contrôle réglementaire existant dans chaque pays pour la répression de la fraude.

Dans le même rayon et sous les mêmes garanties, sont également affranchis de tous droits d'entrée et de sortie ou de circulation : les grains et bois envoyés par les habitants des deux pays à un moulin ou à une scierie situés sur le territoire de l'autre, ainsi que les farines et planches en provenant.

La même faculté est accordée aux nationaux des deux pays pour l'extraction de l'huile des semences recueillies sur leurs bien-fonds et pour le blanchiement des fils et toiles écrues fabriqués avec les produits de la terre qu'ils cultivent.

ART. 13. — Le gouvernement allemand reconnaît et confirme les concessions de routes, canaux et mines accordées, soit par le gouvernement français, soit par les départements ou les communes sur les territoires cédés.

Il en sera de même des contrats passés par le gouvernement français, les départements ou les communes, pour le fermage ou l'exploitation de propriétés domaniales, départementales ou communales, situées sur les territoires cédés. ...

L'Empire allemand demeure subrogé à tous les droits et à toutes les charges qui résulteraient de ces concessions et contrats pour le gouvernement français.

. . . .

ART. 14. — (*Arrangements relatifs aux canaux.*)

ART. 15. — (*Arrangements relatifs au curage et à l'entretien des cours d'eau.*)

ART. 16. — Le gouvernement de l'Empire allemand demeure subrogé en tout aux droits et obligations du gouvernement français en ce qui concerne les concessions des chemins de fer ci-après spécifiés, savoir :

. . . .

ART. 17. — Les hautes parties contractantes s'engagent à se communiquer mutuellement, dans le plus bref délai, la liste des bureaux de douanes et des localités spécialement ouvertes aux opérations de transit et de transbordement, prévues par les articles 2, 10 et 17 de la convention du 2 août 1862 sur le service international des chemins de fer dans ses rapports avec la douane.

L'article 23 du traité de commerce conclu le 2 août 1862 entre la France et le Zollverein, qui exempte réciproquement de tout droit de transit les marchandises de toute nature venant de l'un des deux territoires dans l'autre ou y allant, est remis en vigueur pour le temps déterminé dans l'article 32 de ce même traité.

ART. 18. — En dehors des arrangements internationaux mentionnés dans le traité de paix du 10 mai 1871, les hautes parties contractantes sont convenues de remettre en vigueur les différents traités et conventions existant entre la France et les États allemands antérieurement à la guerre, le tout sous réserve des déclarations d'adhésion qui seront fournies par les gouvernements respectifs lors de l'échange des ratifications de la présente convention.

Sont toutefois exceptées les conventions spéciales entre la France et la Prusse relatives au canal de la Sarre.

De même, les stipulations du présent article ne sont pas applicables aux relations postales qui sont réservées à un arrangement ultérieur entre les deux gouvernements.

Il est également convenu que les dispositions de la convention franco-badoise du 16 avril 1846 sur l'exécution des jugements, du traité d'extradition conclu entre la France et la Prusse le 21 juillet 1845 et de la convention franco-bavaroise du 24 mars 1865 sur la garantie réciproque de la propriété des œuvres d'esprit et d'art, seront provisoirement étendues à l'Alsace-Lorraine et que, dans les matières auxquelles ils se rattachent, ces trois arrangements serviront de règle pour les rapports entre la France et les territoires cédés.

Art. 19. — La présente convention, rédigée en français et en allemand, sera ratifiée, d'une part, par le président de la République française après approbation de l'Assemblée nationale et, d'autre part, par S. M. l'Empereur d'Allemagne, et les ratifications en seront échangées à Versailles dans le délai d'un mois ou plus tôt si faire se peut.

En foi de quoi, les plénipotentiaires respectifs l'ont signée et y ont apposé le cachet de leurs armes.

Francfort, le 11 décembre 1871.

E. de Goulard.   Weber.
De Clercq.   Uxkull.

Protocole de clôture

Au moment de procéder à la signature de la convention additionnelle au traité de paix du 10 mai 1871, arrêtée entre eux à la date de ce jour, les plénipotentiaires soussignés ont fait les déclarations suivantes :

I. — Tous les militaires et marins français originaires des territoires cédés, actuellement sous les drapeaux et à quelque titre qu'ils y servent, même celui d'engagés volontaires ou de remplaçants, seront libérés en présentant à l'autorité militaire compétente leur déclaration d'option pour la nationalité allemande.

Cette déclaration sera reçue, en France, devant le maire de la ville dans laquelle ils se trouvent en garnison ou de passage, et des extraits en seront notifiés au gouvernement allemand, dans la forme prévue par le dernier alinéa de l'article 1 de la convention additionnelle de ce jour.

II. — *(Disposition relative aux arrérages de pensions payées par le Trésor français depuis les préliminaires de Versailles.)*

III. — *(Disposition relative à la liquidation des caisses de retraite, de prévoyance, secours mutuels, etc., établies dans les territoires cédés.)*

IV. — La loi du 14 juillet 1871 sur la réorganisation judiciaire de l'Alsace-Lorraine ayant, par son article 18, consacré le principe d'un dédommagement au profit des titulaires des offices dits ministériels, en cas d'abolition du régime de vénalité sous lequel ils étaient placés, les plénipotentiaires allemands déclarent que leur gouvernement est prêt à étudier les mesures propres à étendre le même principe d'indemnité aux titulaires de charges vénales n'ayant pas le caractère d'offices de judicature, dont la transmission à titre onéreux viendrait à être légalement prohibée.

Dans le cas où une indemnité serait accordée, celle-ci sera attribuée aux titulaires, sans distinction de nationalité et restera de même acquise à leurs veuves et orphelins.

V. — (*Déclaration des plénipotentiaires français sur les droits des individus brevetés mentionnés dans l'article 10 de la convention additionnelle.*)

VI. — (*Remboursement de fonds des communes cédées, versés dans les caisses des recettes générales de Colmar, Strasbourg et Metz.*)

VII. — (*Remboursement de cautionnements des comptables.*)

VIII. — (*Facilités accordées au Trésor français pour le recouvrement de ses créances.*)

IX. — A dater de la signature de la convention additionnelle de ce jour, la Banque de France liquidera seule et directement, par ses propres agents, les trois succursales établies dans les territoires cédés.

Le liquidateur choisi par elle aura désormais la libre et entière disposition de sa correspondance, des clefs de sa caisse et de tous les fonds et valeurs dont il est chargé d'assurer la rentrée. Ses opérations devront être complètement terminées au plus tard dans l'espace de trois mois après l'échange des ratifications de la convention additionnelle.

Jusqu'à cette époque, il ne pourra toutefois entreprendre aucune opération nouvelle d'escompte, de prêts ou d'avances sur titres, ni faire, dans les territoires cédés, aucun placement temporaire de fonds, avant de s'être concerté avec l'autorité locale compétente.

Mainlevée est donnée à la Banque de France du séquestre mis sur son dépôt de monnaies divisionnaires, et restitution lui en sera faite en espèces monnayées d'argent.

Le présent protocole, qui sera considéré, de part et d'autre, comme approuvé et sanctionné sans autre ratification spéciale, par le seul fait de l'échange des ratifications de la convention additionnelle à laquelle il se rapporte, a été dressé, en double expédition, à Francfort, le 11 décembre 1871.

E. DE GOULARD.   WEBER.
DE CLERCQ.   UXKULL.

Protocole de signature

Les plénipotentiaires soussignés de la République française et de S. M. l'Empereur d'Allemagne s'étant réunis le 11 décembre 1871, il a été procédé au collationnement des textes en langue française et allemande de la convention additionnelle au traité de paix du 10 mai 1871, ainsi que du protocole de clôture y annexé, qui ont été arrêtés entre eux dans la conférence du 2 de ce mois. Les deux textes ont été reconnus exacts et identiquement conformes.

Au moment d'apposer leurs signatures, les plénipotentiaires français, par ordre de leur gouvernement, ont fait la déclaration suivante :

Des aliénations de coupes de bois dans les forêts de l'État ont été consenties durant la guerre, sur territoire français, par les autorités civiles et militaires allemandes. A raison des circonstances au milieu desquelles ont été souscrits les contrats passés à ce sujet, le gouvernement français ne saurait, en ce qui le concerne, reconnaître à ces contrats ni valeur legale ni force obligatoire, et entend repousser toute responsabilité, pécuniaire ou autre, que les tiers intéressés pourraient, de ce chef, vouloir faire peser sur lui.

Les plénipotentiaires allemands ont, de leur côté, déclaré que la réserve relative au chemin de fer de Nancy à Château-Salins et Vic, mentionnée dans l'article 16 de la convention additionnelle, concerne une entente entre le gouvernement impérial et la compagnie concessionnaire sur les conditions d'exploitation de ce chemin.

A la suite de ces déclarations, dont il a été donné acte, les plénipotentiaires respectifs ont signé et scellé les deux actes susmentionnés, et le présent protocole a été dressé séance tenante à Francfort, les jour, mois et an que dessus.

DE GOULARD.   WEBER.
DE CLERCQ.   UXKULL.

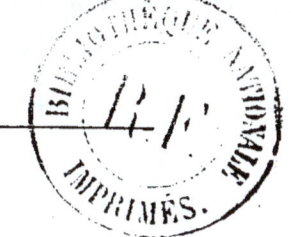

INDEX ALPHABÉTIQUE

INDEX BIBLIOGRAPHIQUE (1)

---

(1) Les pages auxquelles renvoie cet Index sont celles où j'ai cité un ouvrage, soit dans la bibliographie générale terminant le chapitre I, soit dans les bibliographies spéciales. J'ai renvoyé également aux pages au bas desquelles un ouvrage, journal, document, n'est cité qu'en note.

CABOUAT. — *Les annexions de territoire,* 133, 162.

CAMP (Maxime DU). — *Les convulsions de Paris,* 30.

CHRÉTIEN. — *Principes du droit international public,* 237.

CHUQUET. — *L'Alsace en 1814,* 83.

CLERCQ (DE). — *Recueil des traités de la France,* 9.

COGORDAN. — *La nationalité,* 162.

— *Recueil des traités et actes relatifs à la paix avec l'Allemagne par M. Villefort (Revue des Deux-Mondes, 1880),* 9.

CRESSON. — *Les premiers jours de l'armistice en 1871,* 24.

CRÉTINEAU-JOLY. — *Histoire des traités de 1815,* 83.

CUCHEVAL-CLARIGNY. — *Les finances de la France de 1870 à 1891,* 187.

DAHLMANN-WAITZ. — *Quellenkunde der deutschen Geschichte,* 8.

DALLOZ. — *Vº Place de guerre,* 105.

DÉLEROT. — *Versailles pendant l'occupation,* 25.

DEBIDOUR. — *Histoire diplomatique de l'Europe depuis l'ouverture du Congrès de Vienne jusqu'à la clôture du Congrès de Berlin,* 14.

— *L'Église et l'État sous la troisième République,* 276.

DENIS. — *La fondation de l'Empire allemand,* 15, 103.

DONIOL. — *M. Thiers, le comte de Saint-Vallier, le général de Manteuffel,* 233, 264, 276, 302.

DREUX (André). — *Dernières années de l'ambassade en Allemagne de M. de Gontaut-Biron,* 12, 276.

DUMONT (Albert). — *L'administration et la propagande prussienne en Alsace,* 101.

DURET. — *Histoire de quatre ans, 1870-1873,* 14.

(Anonyme). — *Elsass und Lothringen deutsch,* 83.

Enquête parlementaire sur les actes du gouvernement de la Défense nationale, 28, 29.

ESTERHAZY. — *Mémoires du comte Valentin Esterhazy,* 71.

FAVRE (Jules). — *Gouvernement de la Défense nationale,* 11, 29, 39, 58, 67, 68, 84, 124, 264.

FIORE (Pasquale). — *Nouveau droit international,* 23.

FREUDENTHAL. — *Die Volksabstimmung bei Gebietsabtretungen und Eroberungen,* 140.

Friedensvertrag zwischen dem deutschen Reiche und Frankreich vom 10. mai 1871, mit dem Präliminaire-Frieden und den Schluss-Protokollen, 10.

GABRIAC (DE). — *Souvenirs diplomatiques de Russie et d'Allemagne,* 11, 12, 84, 183, 234.

GAVARD. — *Un diplomate à Londres, 1871-1877,* 165.

GIGOUT. — *Les principales violations du droit des gens commises par les armées allemandes pendant la campagne de 1870-1871,* 30.

GILBRIN. — ***Essai sur la condition juridique des Alsaciens-Lorrains,*** 162.

GONTAUT-BIRON (DE). — *Mon ambassade en Allemagne, 1872-1873*, 12, 186, 234, 302.

GUELLE. — *Précis des lois de la guerre sur terre*, 30.

HAHN (Ludwig). — *Fürst Bismarck, Sein politisches Leben und Wirken*, 10.

HANOTAUX. — *Histoire de la France contemporaine*, 14, 57, 102, 234, 263.

HEIMWEH. — *La question d'Alsace*, 79.

HEITZ (Fr.-Ch.). — *L'Alsace en 1789*, 85.

HEPP. — *Du droit d'option des Alsaciens-Lorrains pour la nationalité française*, 162.

HÉRISSON (D'). — *Journal d'un Officier d'ordonnance*, 29.

HEYLLI (D'). — *Jules Favre et le comte de Bismarck*, 91.

HISTORICUS. — *Les conditions de la paix et les droits de l'Allemagne*, 84.

HOLTZENDORFF. — *Eroberungen und Eroberungsrecht*, 78.

— *Conférence* (dans *Moniteur officiel du gouvernement général de Lorraine*), 140.

HOYNS. — *Die Zurücknahme von Elsass und Lothringen*, XIV.

JACOB (Karl). — *Bismarck und die Erwerbung Elsass-Lothringens*, 102.

Justice allemande et l'évêque de Nancy (La), 273.

KIEPERT. — *Specialkarte der deutsch-französischen Grenzländer mit Angabe der Sprachgrenze*, 102.

— *Elsass und Lothringen nach ihrer gegenwärtigen Einteilung seit der deutschen Besitzergreifung*, 102.

LABAND. — *Le droit public de l'empire allemand* (trad. Boucard et Jèze), 138.

LABORDÈRE. — *La métallurgie française dans le monde* (*Revue de Paris*, 1909), 112.

LACROIX. — *Journal d'un habitant de Nancy pendant l'invasion de 1870-1871*, 89.

LAUSSEDAT. — *La délimitation de la frontière franco-allemande*, 58, 68, 124.

LAVISSE. — *La question d'Alsace dans un cœur d'Alsacien*, 85.

LEHAUTCOURT. — *La guerre de 1870-1871*, 8.

LENZ (Gustav). — *Die alten Reichslande Elsass und Lothringen*, XIV, 84.

LÉVY-BRUHL. — *L'Allemagne depuis Leibnitz*, 83, 127, 140, 245.

LIEBER. — *De la valeur des plébiscites dans le droit international* (*Revue de Droit international et de Législation comparée*, 1871), 140.

LŒNING. — *L'administration du gouvernement général de l'Alsace durant la guerre de 1870-1871* (*Revue de Droit international et de Législation comparée*, 1872, 1873), 101.

Say (Léon). — *Les finances de la France sous la troisième République*, 187.

Schmidt. — *Elsass und Lothringen, Nachweis wie diese Provinzen dem deutschen Reiche verloren gingen*, 83, 84.

Schulz (Albert). — *Bibliographie de la guerre franco-allemande et de la Commune de 1871*, 7.

Schuré. — *L'Alsace et les prétentions prussiennes*, 85.

Simon (Clément). — *La comtesse de Valon*, 59, 107, 187.

Simon (Jules). — *Le gouvernement de M. Thiers*, 13.

Sorel. — *Histoire diplomatique de la guerre franco-allemande*, XVI, 10, 29, 40, 57, 68, 101, 124, 186, 233, 263, 275, 291.

— *L'Europe et la Révolution française*, 83.

— *Le traité de Paris du 20 novembre 1815*, 83.

Statistique de l'industrie minérale en France et en Algérie pour 1906, 114.

Stœrk. — *Option und Plebiscit*, 140.

Sybel (de). — *Der Frieden von 1871 (Les droits de l'Allemagne sur l'Alsace-Lorraine)*, 78, 130, 140.

Thiers. — *Notes et souvenirs de M. Thiers, 1870-1873*, 11, 40, 68, 187, 264.

Traités de la France avec l'Allemagne, janvier 1871 à octobre 1873, 9.

Trauttwein von Belle. — *Das Elsass in 17. und 18. Jahrhundert*, 85.

Valfrey. — *Histoire du traité de Francfort et de la libération du territoire*, XV, 10, 57, 67, 68, 124, 186, 233, 263, 264, 275, 290, 291, 302.

— *Histoire de la diplomatie du gouvernement de la Défense nationale*, 29, 30.

Vaulabelle. — *Histoire des deux Restaurations*, 72.

Villain (François). — *Les minerais de fer du département de Meurthe-et-Moselle*, 112.

— *Le gisement de fer oolithique de la Lorraine*, 112.

Villain (Georges). — *Le fer, la houille et la métallurgie à la fin du dix-neuvième siècle*, 112, 114.

Vinoy. — *L'armistice et la Commune*, 29.

Wagner. — *Elsass und Lothringen und ihre Wiedergewinnung für Deutschland*, XIV, 84.

Weiss (J.-J.). — *Au pays du Rhin*, 24.

Zévort. — *Histoire de la troisième République*, 14.

Zimmermann. — *Die Handelspolitik des deutschen Reichs vom Frankfurter Frieden bis zur Gegenwart*, 263.

Indépendance belge (1870), 85, 102.

— (1871), 43, 46, 53.

Journal officiel (1872), 157, 158.

TABLE DES MATIÈRES

www.ingramcontent.com/pod-product-compliance
Lightning Source LLC
Chambersburg PA
CBHW070309030726
47505CB00004B/956